Les inséparables

JULIE COHEN

Les inséparables

———

ROMAN

Traduit de l'anglais
par Josette Chicheportiche

J'AI LU

Ouvrage publié sous la direction de
Marie-Pierre Bay

TITRE ORIGINAL
Together

©Julie Cohen, 2017

POUR LA TRADUCTION FRANÇAISE
© Mercure de France, 2018

Pour Teresa et Harriet

Il s'agit en bref d'une musique qui n'a ni commencement ni fin, une musique qui n'a ni véritable apogée ni véritable résolution, une musique qui, à l'instar des amants de Baudelaire, « repose légèrement sur les ailes d'un vent à la dérive *».*

Glenn GOULD,
Variations Goldberg, 1956

PREMIÈRE PARTIE

2016

1

Robbie se réveilla alors qu'il faisait encore nuit dehors. Ils avaient dormi les fenêtres ouvertes et il entendait le bruit des vagues contre les rochers. C'était un bruit si constant qu'il n'y prêtait presque plus attention, mais ce matin, il l'entendait. Il entendait aussi Emily respirer. Il resta allongé dans le lit pendant encore quelques minutes, écoutant son souffle et le va-et-vient de l'eau, tous deux réguliers et familiers, comme si tous deux pouvaient à jamais continuer.

Emily lui tournait le dos, mais son corps touchait le sien, confortablement calé contre ses hanches, sa cheville lovée par-dessus la sienne de sorte qu'elle laissait reposer ses orteils contre la plante de son pied. Presque tous les matins, il roulait sur le côté et glissait un bras autour de sa taille ; elle se nichait alors de nouveau contre lui dans son sommeil, et ils restaient ainsi un moment, assez long pour qu'il sente, après s'être levé tandis qu'elle dormait encore dans leur lit, la chaleur de son corps sur lui, et se rappelle, tout en vaquant à ses occupations du matin, le parfum de ses cheveux.

Si son état se stabilisait, ou s'il progressait comme on pouvait s'y attendre, il savait que *ça*, ce serait la seule chose qui ne changerait jamais. Non pas le rythme de leur sommeil ni la façon dont ils se touchaient. Ils avaient dormi dans cette position la première fois qu'ils avaient passé la nuit ensemble, cinquante-quatre ans auparavant, et chaque nuit qui ne les avait pas réunis dans le même lit avait été une nuit de perdue, en ce qui le concernait. Robbie savait que son corps se rappellerait celui d'Emily même s'il acceptait de vivre suffisamment longtemps pour que son esprit oublie qui elle était.

Ce serait suffisant, de vivre pour ces moments d'intimité. Pour lui, ce serait suffisant. Mais il devait penser à Emily.

Depuis le jour où il l'avait rencontrée, il y avait plus de cinquante ans, tout ce qu'il avait accompli, c'était pour elle, et ce qu'il s'apprêtait à accomplir était la dernière chose qu'il devait faire pour elle. Maintenant, tant qu'il en était encore capable.

Robbie s'écarta doucement d'Emily sans perturber son sommeil. Il s'assit de son côté du lit. Il avait quatre-vingts ans, et, hormis sa cuisse qui l'élançait par temps de pluie à cause d'une ancienne blessure, il était plutôt en forme, physiquement. Il se reconnaissait plus ou moins dans le miroir, bien que ses cheveux fussent presque entièrement devenus gris et qu'il eût la peau tannée et sans âge d'un homme qui avait pratiquement vécu toute sa vie au grand air. Son corps possédait probablement encore dix années en lui, voire quinze.

Préservées par le sel : c'est ce qu'on disait des vieux marins.

Sans trop prendre le temps de réfléchir, il s'habilla dans la semi-obscurité, comme presque tous les matins à l'exception de certains dimanches. Il descendit au rez-de-chaussée, sa main tenant la rambarde qu'il avait façonnée lui-même dans une unique pièce de chêne massif. Il avait dû retirer l'encadrement de la porte d'entrée pour la passer. C'était en 1986 – Adam avait dix ans.

Il se testait à présent lui-même sur ce genre de dates, réitérant les faits, dans l'espoir qu'ils s'imprimeraient. *Adam a épousé Shelley en 2003. On s'est installés à Clyde Bay en 1977. J'ai rencontré Emily en 1962. Je suis né en 1936, pendant la Grande Dépression. J'ai pris ma retraite en 19... Non, j'avais soixante-dix ans, ou est-ce que j'avais... en quelle année sommes-nous maintenant ?*

Robbie regarda autour de lui. Il était dans la cuisine, dont il avait construit les placards de ses propres mains. Il remplissait la verseuse pour le café. Tous les matins, il accomplissait les mêmes gestes pendant qu'Emily dormait ; Adam ne tarderait pas à descendre encore tout ensommeillé, pour sa distribution de journaux avant d'aller à l'école, et...

Un chien donna un petit coup de museau contre sa jambe. « Une minute, Bella », dit-il doucement, et il baissa les yeux et ce n'était pas Bella. Ce chien avait une tache blanche sur la poitrine, et ce n'était pas Bella parce que Bella était toute noire, c'était... c'était le fils de Bella, c'était...

Un autre chien bâilla bruyamment et se leva avec peine de son panier dans le coin de la cuisine, un chien noir avec du gris sur le museau et

15

une tache blanche sur la poitrine. Robbie observa le vieux chien puis le jeune chien, et le jeune chien appuya sa tête contre sa main et remua la queue et c'était Rocco. Cela lui revint d'un seul coup. C'était Rocco, et le vieux chien était son père, Tybalt, et Bella était la mère de Tybalt et elle était morte depuis trente ans.

La main de Robbie tremblait quand il ouvrit la porte pour laisser les deux chiens sortir.

C'était comme le brouillard qui arrivait en silence, de nulle part, et vous immobilisait si implacablement que vous ne voyiez plus rien du tout, pas même les voiles de votre propre bateau. Avec un brouillard pareil, on ne pouvait naviguer qu'aux instruments, et non à vue – mais avec un brouillard pareil, aucun des instruments ne fonctionnait. Vous voguiez dans des eaux que vous connaissiez comme la paume de votre main, mais vous étiez incapable de dire où vous étiez. Vous pouviez heurter un rocher que vous aviez évité des milliers de fois ; qui vous était aussi familier qu'un vieil ami. Ou vous pouviez vous tromper complètement et mettre le cap sur la mauvaise direction et ne jamais retrouver votre chemin.

Il s'interrompit dans la préparation du café. Il dénicha une feuille de papier et un stylo et s'assit à la table de la cuisine pour écrire à Emily la lettre qu'il composait dans sa tête depuis plusieurs jours maintenant. Il l'écrivit rapidement, avant que le brouillard ne revienne et ne l'en empêche. Les mots n'étaient pas aussi éloquents qu'il l'aurait aimé. Il y avait tant de choses qu'il taisait. Mais bon, n'avait-il pas toujours dit à Emily qu'il n'était pas poète ?

Je t'aime, écrivit-il. *Tu es mon commencement et ma fin, Emily, et tous les jours entre les deux.*

Franchement, c'était tout ce qu'il voulait dire, de toute façon. Cela résumait tout.

Il plia soigneusement la feuille et écrivit *Emily* sur le rabat. La lettre à la main, il sortit par la porte de la cuisine pour gagner le jardin, où les chiens l'accueillirent en agitant la queue, la langue pendante.

La lumière était du gris clair qui précède l'aube. Tybalt et Rocco le suivirent tandis qu'il faisait le tour de la maison qu'il avait construite pour Emily et lui. Il vérifia les fenêtres, les marches de la véranda, les portes, les bardeaux; il inspecta de loin le toit avec ses trois pignons, et la cheminée. Il avait passé l'été à effectuer des réparations. En prévision de ce jour.

Il ne restait plus rien à faire ici. Tout était en bon état; Emily ne devrait pas avoir de problème quand l'hiver serait là. Et après, Adam l'aiderait. William pourrait peut-être lui donner un coup de main, lui aussi.

Un rosier sauvage poussait contre les bardeaux en cèdre sur le côté de la maison. Le mois dernier, c'était une explosion de fleurs; à présent, il n'en restait que quelques-unes pour affronter la fin de l'été. Évitant les épines, il cueillit une rose. Rose vif avec un cœur jaune, les pétales tendres et parfaits.

Il siffla les chiens qui rentrèrent dans la maison avec lui. Il leur versa à manger dans leurs gamelles et changea l'eau de leurs bols. Il caressa leurs têtes et les gratta derrière les oreilles.

Puis il monta à leur chambre, à Emily et à lui, avec la lettre et la rose.

Emily dormait encore. Elle n'avait pas bougé. Il la regarda. Des fils argentés se mêlaient à ses cheveux dorés comme le soleil, et sa peau était douce dans le sommeil. C'était la fille qu'il avait rencontrée en 1962 ; la fille qu'il avait l'impression d'avoir attendue toute sa vie jusqu'à ce qu'il la croise. Il songea à la réveiller pour voir à nouveau ses yeux. Ils étaient de la même couleur que la mer quand il l'avait contemplée pour la première fois, en 1952, une nuance de bleu qu'il n'avait même jamais été capable d'imaginer avant ce jour-là.

Mais s'il la réveillait pour voir ses yeux une dernière fois, ce ne serait pas la dernière fois, car elle ne le laisserait jamais partir.

Et s'il remettait ça à plus tard et encore à plus tard, le brouillard un jour se refermerait sur lui. Il venait furtivement, mais d'un seul coup. Un instant, on voyait nettement – et l'instant suivant, on était aveugle. Et plus qu'aveugle : on n'arrivait même pas à se rappeler comment c'était de voir.

Il posa la lettre sur la table de chevet d'Emily, à côté de son verre d'eau. Ce serait la première chose qu'elle découvrirait à son réveil. Il plaça la rose en travers de la lettre. Puis il se pencha et l'embrassa, du bout des lèvres, sur la joue. Il respira à pleins poumons son parfum.

« Je ne t'aurais jamais oubliée », murmura-t-il, plus doucement que le bruit de l'océan dehors.

Il s'obligea à se redresser et à la laisser là, endormie. Il s'était dit que ce serait difficile de la quitter, mais cela avait été bien plus difficile, jadis. Quand ils s'étaient dit au revoir la première fois.

Aujourd'hui, c'était plus facile. Aujourd'hui, ils avaient tellement de bonnes années derrière eux. Chaque année qu'ils avaient passée ensemble avait été une bonne année. Une année qui avait valu la peine d'être vécue, jusqu'à la moindre seconde.

Robbie sortit par la porte de devant pour ne pas avoir à croiser les chiens. Il descendit les marches de la véranda puis l'allée en pente jusqu'au bout de leur jardin. De l'autre côté de la route et le long du petit sentier taillé dans les broussailles, avec des brindilles qui s'accrochaient à son pantalon, jusqu'à ce qu'il atteigne les rochers sur le rivage. Du granite gris du Maine, qui en fonçant devenait noir, et quand on le regardait de près, on distinguait de minuscules éclats de mica qui brillaient comme des diamants.

Il retira ses chaussures et ses chaussettes et les laissa sur un rocher en hauteur, épargné par les embruns. Il déposa sa chemise et son pantalon pliés à côté. Puis, pieds nus, il s'avança jusqu'au rocher le plus éloigné, que les vagues arrosaient et que les algues rendaient glissant.

Il pensait qu'il y aurait peut-être du brouillard aujourd'hui, mais non. Tout était dégagé devant lui et le soleil commençait à se lever. Doré et rose, pas tellement éloigné des couleurs de cette rose sauvage qu'il avait laissée près d'Emily. Ce serait une belle journée, le genre de journée où on pouvait apercevoir Monhegan Island à l'horizon. Des casiers à homards dansaient sur l'eau, bleue et blanche et rouge. Il savait à qui chacun d'eux appartenait et à quelle heure leurs propriétaires arriveraient pour les hisser à bord de leurs bateaux. Mais ce n'était pas avant un petit moment.

Il avait amplement le temps.

Robbie plongea dans l'eau. Les vagues éclaboussèrent à peine son corps.

Il avait toujours été un excellent nageur. C'était facile pour lui. Triton, l'appelait Emily. Il donna des coups de pied dans les vagues. Même après avoir été réchauffée pendant tout l'été, l'eau était assez froide pour vous couper le souffle, mais si vous ne vous arrêtiez pas de bouger, vous n'aviez pas de problème au début, jusqu'à ce que le courant vous emporte. Des morceaux d'un bateau qui avait échoué à Marshall Point, à un kilomètre et demi au nord, avaient été retrouvés jusqu'à Terre-Neuve.

Il nagea sans cesser de fixer l'horizon. Il mit un long moment avant d'être épuisé. Assez long pour que la courbe supérieure du soleil émerge de l'eau devant lui, une lumière éblouissante, l'enveloppant dans l'éclat qu'elle jetait sur toute la surface de l'océan. Elle brillerait par la fenêtre de la chambre où Emily dormait, elle effleurerait sa joue et ses cheveux.

Robbie continua de nager jusqu'à ce qu'il n'en puisse plus. Alors il laissa la mer l'entraîner au loin, au cœur de quelque chose qui était plus grand que lui-même, plus vaste que la mémoire.

2

Juillet 2016
Clyde Bay, Maine

Le gâteau était fini, le thé glacé bu ; Emily était assise au soleil de l'après-midi, à la table de pique-nique dans leur jardin, la main de Robbie dans la sienne. Grâce à la brise qui soufflait de l'océan, la chaleur était supportable.

« Je ne m'attendais pas à un gâteau, dit-elle à Adam et à Shelley, mais il était délicieux. Merci.

— On n'aurait pas pu fêter votre anniversaire de mariage avec juste de la glace, dit son fils. Quarante-trois ans, ce n'est pas rien.

— Encore sept années et vous arriverez à cinquante », ajouta Shelley, leur belle-fille.

Robbie pressa doucement la main d'Emily sous la table. Francie, leur plus jeune petite-fille, âgée de quatre ans, essuya une trace de crème au beurre sur sa joue. « C'est quoi un anniservaire de mariage ?

— Un anni*versaire*. C'est quand on célèbre la date à laquelle deux personnes se sont mariées », répondit Adam, son père. Francie avait les cheveux blonds d'Adam et les yeux noirs et les taches de rousseur de Shelley. Les deux aînés, Chloe et Bryan, étaient de vrais rouquins, contrairement à quiconque dans la famille. Parfois Adam plaisantait sur les gènes récessifs et le facteur, ce qui se terminait toujours par une tape que Shelley lui donnait.

Rocco déposa une balle aux pieds de Bryan et le garçon, aussitôt debout, la lança de l'autre côté de la pelouse pour que le labrador aille la chercher. Tybalt, le chien plus âgé, était couché, haletant, à l'ombre d'un arbre. Chloe, qui à douze ans préférait la compagnie des adultes, esquissait des visages sur la table avec du thé glacé renversé. « Où sont tes photos de mariage, Grand-mère ? demanda-t-elle. Je n'ai jamais vu ta robe de mariée. »

Emily sourit. « C'est parce que je n'en ai pas eu. On s'est enfuis, ton grand-père et moi.

— Je suis un grand romantique, que veux-tu, déclara Robbie. J'ai enlevé ta grand-mère et je ne l'ai libérée qu'après lui avoir mis la bague au doigt.

— Il me semble me souvenir que c'est toi en effet qui as insisté pour m'offrir une bague. » Elle l'effleura de son pouce : un anneau en or figurant deux mains jointes.

« Je peux la voir ? » demanda Chloe, et Emily la retira en la faisant tourner autour de son doigt. Ce n'était pas facile ; ses articulations avaient gonflé avec l'âge. Elle la lâcha dans la paume ouverte de Chloe et regarda sa petite-fille l'admirer sous tous ses côtés. « On dirait qu'elle ne finit jamais, dit-elle. Une main devient l'autre main et elles se tiennent l'une l'autre.

— C'est exactement la raison pour laquelle je l'ai choisie », confia Robbie. Il reprit la bague à

Chloe et la présenta à Emily, qui la glissa de nouveau à son doigt en souriant.

« Vous avez eu le coup foudre ? »

Chloe s'intéressait beaucoup aux coups de foudre, Emily le savait. L'adolescente lisait l'un après l'autre tous les romans d'amour des collections « Jeunes Adultes », dont la plupart racontaient des histoires de maladies horribles, de mondes futurs alternatifs terrifiants ou de vampires. Emily en avait lu quelques-uns sur les conseils de sa petite-fille. Elle avait beaucoup aimé.

« Absolument, répondit Robbie. Dès que j'ai vu ta grand-mère, j'ai su qu'elle était la femme de ma vie. Et tu as pensé la même chose en ce qui me concerne, n'est-ce pas, Emily ?

— J'ai pensé que tu étais très beau. Mais je ne peux pas dire que j'ai songé au mariage à ce moment-là.

— Tu as pensé que tu n'avais jamais vu un homme aussi beau que moi, corrigea Robbie.

— C'est vrai. » Elle sourit, contemplant sa chevelure argentée, encore si fournie. Ses yeux noirs avaient conservé leur pétillement malicieux, et sa bouche se fronçait en un sourire de bonne humeur plein d'assurance. « L'homme le plus beau que j'avais jamais vu. Et le plus imbu de lui-même.

— Avec raison.

— Avec juste raison.

— Où étiez-vous ?

— Dans une gare, dit Robbie. Je l'ai vue tout au bout d'un hall rempli de monde. »

Emily pressa aussitôt sa main. « Non, chéri, dit-elle. C'était dans un aéroport. »

Il plissa les yeux. Son visage se troubla puis s'éclaircit presque instantanément, assez vite pour que personne d'autre qu'elle ne le remarque. « Mais oui, bien sûr, c'est exact. Dans un aéroport, en 1972.

— En Floride, dit Adam, où je suis né. Il va falloir qu'on y aille, un de ces jours. Je ne m'en souviens pas du tout.

— À Disney ? s'empressa de suggérer Francie en grimpant sur les genoux de son père.

— Peut-être. » Il embrassa sur la tête. « Ou on pourrait aller en Angleterre, où votre grand-mère est née.

— Bref, vous vous êtes enfuis et vous avez quitté l'Angleterre pour l'Amérique ? poursuivit Chloe. Tu n'avais ni robe de mariée ni fleurs ni rien ?

— On a juste pris la mer au coucher du soleil, dit Emily.

— Dans le même bateau que celui que vous avez aujourd'hui ?

— Non, c'en était un autre.

— Tu t'es jetée à l'eau, dit Robbie. Et je t'ai sauvée.

— On s'est sauvés *l'un l'autre*, corrigea Emily. Et on ne s'est plus jamais séparés ensuite, sauf une nuit ou deux ici ou là.

— C'est tellement romantique », soupira Chloe. La gorge d'Emily se serra en entendant dans ces mots l'écho lointain de ceux d'une autre adolescente de douze ans : une adolescente aux cheveux noirs et non roux. Polly aurait pu dire exactement la même chose, tant d'années auparavant. Elle lança un coup d'œil à Robbie pour voir s'il l'avait entendu lui aussi, mais il souriait à sa petite-fille.

« En fait, reprit Emily, les amours romanesques sont assez épuisants. Je préfère la vie de tous les jours.

— Pas moi, rétorqua Chloe.

— Tes parents ont eu une histoire tout aussi romantique, déclara Robbie. Ils se sont rencontrés à la photocopieuse.

— Ton père, commença Shelley, n'était jamais prêt pour son cours d'histoire américaine du matin et il arrivait toujours en avance à l'école afin de photocopier les fiches d'exercices, pile au moment où je voulais photocopier des poèmes pour la classe d'anglais.

— Elle a mis un semestre à comprendre que je le faisais exprès, précisa Adam.

— Berk, fit Chloe. Il ne se passe jamais rien de romantique dans une *école*. »

Emily vit qu'Adam et Shelley échangeaient un regard – la complicité des couples mariés, qui communiquent sans parler.

Bryan, âgé de huit ans, arriva en courant, hors d'haleine. « Grand-père, Rocco veut aller se baigner. Je peux l'emmener ?

— Pas ici, dit Adam. Le courant est trop fort en face de la maison. »

Robbie se leva. « Je vais descendre avec vous jusqu'à la baie. Tu pourras lui lancer toutes les balles que tu veux près du débarcadère. Vous ne tiendrez pas tous les deux dans le petit canot, mais je peux emprunter la vedette de Little Sterling et vous emmener faire un tour. Tu veux venir, William ?

— Je m'appelle Francie, dit Francie.

— Très bien, tu veux venir alors, Francie ? »

La fillette sauta des genoux de son père et glissa sa main dans celle de son grand-père. « Tu pourras m'acheter une glace ?

— Tu en as déjà mangé une », intervint Shelley, mais Robbie fit un clin à la fillette et souffla : « Chut, ne dis rien à ta mère.

— Je viens aussi ! lança Chloe. Maman, tu me prêtes ton téléphone ? »

Shelley leva les yeux au ciel, mais tendit l'appareil à sa fille.

« Tu nous suis, Em ? demanda Robbie ? Je t'achèterai une glace, à toi aussi. La plus grosse glace que tu as jamais vue, pour ma bien-aimée.

— Adam va vous accompagner, n'est-ce pas Adam ? » Adam acquiesça, et Emily déposa un baiser sur la joue de Robbie. « Je vais rester ici et faire la vaisselle. N'oublie pas de sécher les chiens et les enfants avant de les laisser rentrer dans la maison. »

Il l'embrassa et elle le regarda s'éloigner avec leur fils, entouré de leurs petits-enfants et de leurs chiens. Hormis ses cheveux gris, on pouvait encore le confondre de dos avec l'homme qu'elle avait rencontré pour la première fois, il y avait si longtemps, avant qu'ils n'imaginent qu'un jour tout cela serait possible.

Il avait appelé Francie « William ».

Dans la cuisine, les deux femmes remplirent le lave-vaisselle, travaillant en rythme, tranquillement. Comparée à certaines de ses amies qui avaient des problèmes avec leurs belles-filles, Emily reconnaissait qu'elle était gâtée. Shelley lui annonça qu'ils avaient l'intention, pour le reste des congés du 4 Juillet, d'aller à Rangeley où sa famille possédait un cabanon au bord du lac. Ils y passeraient deux semaines, de façon à ce que les enfants puissent jouer avec leurs cousins et que Shelley revoie toute sa famille élargie. « C'est ce qu'il y a de mieux quand on est prof, dit-elle en enveloppant les restes du gâteau. Les vacances d'été.

— Je ne te crois pas un seul instant, répliqua Emily. Tu adores tes élèves.

— Pourquoi ne vous joindriez-vous pas à nous ? Vous êtes les bienvenus, Robbie et vous, et on a une chambre supplémentaire. Vous pourriez même emmener les chiens ; ils se plairont au bord du lac. Mon frère a un petit dériveur, mais il ne sait pas s'en servir.

— L'idée est tentante. Il faut que j'en parle à Robbie. Il fait quelques travaux dans la maison, cet été.

— Adam a l'impression qu'il est sur six chantiers à la fois. Et il n'avait pas l'air content parce que Robbie lui a toujours dit qu'il fallait finir un chantier avant d'en commencer un autre.

— Ah bon ? fit Emily vaguement. Il doit sans doute y avoir beaucoup de réparations qui ne peuvent pas attendre. L'hiver a été rigoureux. Dis-moi, vous avez eu des nouvelles de William, récemment ? Il n'a pas appelé depuis le mois dernier.

— Il nous a envoyé un mail il y a une semaine avec des photos des enfants. Je vous le transférerai, si vous ne l'avez pas reçu. » Shelley ouvrit la porte du réfrigérateur pour ranger le pot de lait et marqua une pause avant de demander : « Mais... c'est quoi, ça ?

— Ça quoi ? »

Shelley sortit quelque chose du frigo et le tint en l'air. C'était le portefeuille de Robbie.

« Il va avoir du mal à acheter des glaces sans ça », fit-elle observer, et elle éclata de rire.

Emily s'empressa de retourner à la vaisselle avant que sa belle-fille ne voie l'expression qui s'affichait sur son visage. « L'un des enfants a dû le cacher là pour lui jouer un tour », dit-elle, instinctivement, en rinçant un verre. Mais elle savait que ce n'était pas l'un des enfants.

Le feu d'artifice explosait au loin, au-dessus de Clyde Bay et autour de la pointe, à quatre cents mètres de leur maison. Certaines années, ils l'avaient regardé depuis le bateau, d'où ils voyaient les lumières du rivage et le reflet des fusées sur l'eau. Cette année, les enfants étaient partis trop tard et Emily était trop fatiguée pour se donner la peine de sortir le bateau du mouillage. Le principal inconvénient quand on vieillissait, c'était la fatigue. Et l'après-midi, aussi joyeux fût-il, l'avait fatiguée, à force de surveiller Robbie et de surveiller Adam et Shelley pour voir s'ils avaient remarqué, s'ils avaient compris.

William avait appelé en fin de journée pour leur souhaiter un bon anniversaire de mariage. Il était à peine trois heures là où il se trouvait en Alaska. Il avait appelé sur son téléphone portable et non sur le téléphone de la maison, et d'après le regard qu'elle surprit entre Adam et Shelley quand elle décrocha, elle déduisit que l'un d'eux lui avait envoyé un texto pour lui rappeler de téléphoner. Elle fit semblant de n'en rien savoir et bavarda avec lui, racontant le gâteau et le soleil et comment les chiens et les enfants avaient ramené la moitié de la plage dans la maison à leur retour. Le rire de William, à un continent de distance, était si semblable à celui de Robbie.

« Ton père serait très heureux de parler avec toi, dit-elle avant de passer le téléphone à Robbie. C'est William. »

Robbie prit le téléphone et elle observa la scène. « Salut, fils. Oui, merci. Tout va bien, là-haut ? Formidable, formidable. » Un silence. Emily tendit l'oreille pour savoir si William parlait à l'autre bout du fil.

« Tu veux sans doute t'entretenir avec ton frère. » Robbie apporta le téléphone à Adam, et Emily poussa ce petit soupir qui lui était si habituel.

À présent, dans la chambre d'amis qui faisait office de bureau, Emily apercevait des éclairs par la fenêtre, mais pas le feu d'artifice lui-même. Enveloppée dans un peignoir, elle s'assit pour consulter ses mails. Comme promis, Shelley avait transféré celui de William dès son retour. Emily l'ouvrit et découvrit avec plaisir les photos des deux enfants de William. C'était dur pour lui, la garde alternée ; mais dans la mesure où il vivait à moins de quatre kilomètres de chez son ex-femme, il voyait ses enfants presque tous les jours.

Brianna, la fille, ressemblait énormément à William enfant : comme lui, elle avait les dents du bonheur, les cheveux noirs – même sa coupe rappelait celle de William dans les années 1970. Emily se disait que tout finissait par revenir à la mode, à un moment ou un autre. Brianna posait à côté de son frère aîné, John, au bord d'un lac entouré de pins, chacun avec une canne à pêche à la main. L'Alaska faisait beaucoup penser au Maine, même si, d'après William, les mouches noires y étaient bien plus redoutables.

Elle s'apprêtait à appeler Robbie pour qu'il vienne regarder les photos quand elle s'aperçut qu'elle avait reçu un autre mail, d'une certaine Lucy Knight. L'objet était : *Christopher*.

Chère Emily,

J'espère que vous ne m'en voudrez pas de vous écrire ainsi, sans crier gare.

J'ai pensé que vous aimeriez peut-être savoir que Christopher nous a quittés il y a un mois. J'aurais préféré vous l'annoncer plus tôt, mais tout semble me prendre tellement plus de temps depuis qu'il est parti. Il n'a pas souffert; il est mort dans son sommeil, soudainement, d'une crise cardiaque. À mon réveil, il n'était plus là.

Je sais que nous ne nous sommes jamais revues après cette unique fois, mais Christopher parlait souvent de vous, comme d'une collègue et d'une amie. Il considérait son séjour en Amérique du Sud – il n'a jamais dit explicitement que c'était la période la plus heureuse de sa vie car, comme vous n'êtes pas sans l'ignorer, il a toujours été d'une extrême gentillesse –, mais il disait que c'était l'une des plus productives, durant laquelle il lui semblait avoir été le plus utile. C'était un homme bon et j'ai eu beaucoup de chance de vivre avec lui. Il me manque terriblement.

Bien à vous,

Lucy Norris Knight

Elle plaqua sa main sur sa bouche. Christopher.

« Chérie ? » Robbie entra dans la pièce et posa sa main sur le dossier du fauteuil. « Tu viens te coucher ?

— Je... je regardais une photo de Brianna et de John et j'ai vu ça. C'est Christopher. » Elle fit pivoter le fauteuil pour que Robbie puisse lire le mail par-dessus son épaule.

« Oh, Em, je suis désolé. » Il approcha une chaise et glissa un bras autour de ses épaules.

Elle avait les larmes aux yeux. « Je pense à lui parfois. Je me suis souvent demandé s'il... mais je n'ai jamais posé la question. J'ignore comment Lucy a eu mon adresse mail. C'est sa femme, Lucy. Elle a dû la chercher quelque part.

— Polly ?

— Ça m'étonnerait. Et je ne pense pas que Polly la connaisse. Elle est sans doute passée par un moteur de recherche ou quelque chose dans le genre.

— Christopher l'avait peut-être.

— Il ne m'a jamais envoyé de mail. La dernière fois que je l'ai vu, c'était à l'enterrement de ma mère. » Elle secoua la tête. « Je pense à lui maintenant et je le revois exactement comme il était à Cambridge. Je n'arrive pas à l'imaginer vieux, ou même tel qu'il était lorsqu'on – lorsqu'on vivait ensemble en Bolivie. Je le vois maigre, avec cette coupe de cheveux qu'il avait, si nette, et ces lunettes à monture d'écaille qu'il portait. Une vie entière s'est écoulée depuis ce temps-là. N'est-ce pas curieux ?

— Il était ton meilleur ami.

— Pendant très, très longtemps, oui, c'est vrai. Jusqu'à ce que je te rencontre. » Elle posa la paume de sa main sur la joue de Robbie et il la retourna pour l'embrasser.

« Je suis désolé, dit-il à nouveau. C'est une triste nouvelle.

— Je le connaissais si bien. Je savais tout de lui, autrefois. » Elle fit défiler le mail, mais il n'y avait rien d'autre. Juste l'annonce de la mort de Christopher, et les mots attentionnés de son épouse, qui lui avait écrit alors que rien ne l'y obligeait.

« Il savait, dit-elle. Il savait... que... »

Robbie fronça légèrement les sourcils. « Tu crois ?

— Je le lui ai dit. Il l'avait en fait plus ou moins deviné. On était encore à Cambridge, on passait nos examens. On n'en a parlé qu'une seule fois, et il n'est plus jamais revenu sur le sujet. Pas même quand toi et moi... quand je l'ai quitté.

— Tu crois qu'il l'a dit à sa femme ?

— Je ne pense pas. Christopher était un gentleman. Je lui ai demandé de garder le secret et il a dû le faire. C'était un homme bon. »

Robbie la regarda. « Cela signifie, commença-t-il lentement, que plus personne n'est au courant maintenant. »

Elle hocha la tête.

« Et Polly ? fit-il.

— Je ne suis même pas sûre qu'elle soit encore en vie. Mais je ne pense pas qu'elle l'ait su. Elle ne voulait pas savoir. Marie ?

— Je ne lui en ai jamais parlé.

— Donc personne ne sait.

— À part toi et moi. Nous sommes les derniers êtres vivants à connaître la vérité.

— Oui, répondit Emily. Oui. Rien que toi et moi.

— Ce qui veut dire que nous sommes libres. Nous sommes enfin libres, toi et moi. »

3

Lorsque Emily se réveilla, Robbie était parti. Tendant une main pour toucher son oreiller, elle constata qu'il était encore chaud et portait l'empreinte de sa tête. Le soleil s'était levé et pénétrait par la fenêtre de leur chambre.

Quand ils avaient emménagé dans le Maine, la seule façon pour eux de vivre face à la mer, c'était de faire l'acquisition d'un terrain sur lequel se dressait une maison à moitié abandonnée : petite et carrée, austère, datant de l'époque victorienne, abîmée par les intempéries et dont le toit, percé de trous, s'affaissait. Robbie l'avait tellement restaurée qu'il ne restait pas grand-chose de son emprise initiale au sol. C'était à présent une maison à trois pignons, en bardeaux de cèdre, avec une large véranda le long de la façade donnant sur la mer, des moulures blanches à toutes les portes et fenêtres, et un garage-atelier sur le côté. Mais parfois, quand Emily la regardait, elle voyait le fantôme de cette vieille demeure du XIXe siècle, tenant debout, elle aussi.

La chambre principale se trouvait à l'origine à l'arrière, mais Robbie l'avait installée à l'avant, orientée vers l'est et la mer. Il voulait entendre le bruit des vagues quand ils dormaient, et il voulait voir le soleil se lever.

En réalité, il se réveillait avant le lever du soleil, même depuis qu'il était à la retraite.

Emily sourit et l'écouta aller et venir dans la maison. Il sifflait, parfois, tandis qu'il passait d'une pièce à l'autre. Il aimait le rock, mais il sifflait du Bach. Elle était persuadée qu'il n'était même pas conscient de ce qu'il faisait. C'était un fil sonore qui reliait leurs années ensemble : au même titre que les griffes des chiens sur le plancher, le bruit des pas des enfants, la radio dans son atelier, le murmure continuel de l'océan.

Elle ne l'entendit pas ce matin, mais elle continua quand même à tendre l'oreille.

Le téléphone sonna ; elle le laissa sonner deux fois pour voir si Robbie décrocherait en bas, puisque, à cette heure, l'appel serait sûrement pour lui, et non pas pour elle. Comme il ne répondait pas, elle attrapa le combiné sur la table de chevet de Robbie.

« Docteur Brandon ? »

Elle reconnut aussitôt la voix : il ne s'était jamais vraiment débarrassé de son accent québécois. « Bonjour, Pierre.

— Je me demandais si vous ne voudriez pas descendre au chantier naval. Ce n'est pas que ça pose un problème, et on est toujours content de voir Bob, mais... »

Elle s'assit dans le lit. « Qu'est-ce qu'il a fait ? Il va bien ?

— Oh, rien de grave. Et oui, il va bien. Mais vous pourriez peut-être venir, vous voyez ce que je veux dire ? »

Elle s'habilla en vitesse et prit sa voiture, remarquant que le camion de Robbie n'était plus là.

Pierre n'avait pas changé le nom du chantier naval quand il l'avait acheté à Robbie, qui partait alors à la retraite; le nom était toujours peint en bleu sur fond blanc, Chantier naval Brandon. Pierre l'avait visiblement fait repeindre peu de temps auparavant. Lorsqu'elle arriva, elle vit qu'il l'attendait près de l'entrée de l'un des bassins de radoub, en compagnie de Little Sterling, chacun tenant une tasse de café de chez Dunkin' Donuts à la main. Pierre était petit et nerveux, issu d'une famille de bûcherons. Little Sterling, malgré son nom, était massif comme une montagne, et de son côté, on pêchait le homard de père en fils. À cause de leurs silhouettes, les deux hommes faisaient penser à Laurel et Hardy, mais aujourd'hui, Emily ne les trouvait pas comiques.

« Il était là quand je suis arrivé ce matin, lui expliqua Pierre. Il travaillait d'arrache-pied, et ne voulait ni café ni rien du tout. Il dit qu'il doit finir le ketch avant ce week-end, mais il n'y a pas d'urgence, le voilier n'est arrivé qu'hier. »

Ils regardèrent tous les trois le bassin en contrebas où Robbie s'occupait de l'un des bateaux sur cale. Il leur tournait le dos.

« Est-ce qu'il... » Emily déglutit. « Est-ce qu'il vous a reconnus ?

— Oh, oui. Il m'a dit que je ne finirais jamais mon apprentissage si je passais la journée à boire du café.

— Il va bien, docteur? demanda Little Sterling.

— Oui, je suis sûre qu'il va même très bien », répondit Emily avec fermeté avant de descendre vers la cale. Le bruit de ses pas sur le ponton en bois annonça sa présence, et Robbie leva les yeux des travaux de radoub qu'il accomplissait sur le bateau à la coque blanche et lui sourit.

Ce sourire lui fit comprendre qu'il savait qui elle était. Ressentant un immense soulagement, elle mesura alors à quel point elle avait eu peur.

« Robbie ? Ça va, chéri ? »

Il posa sa brosse métallique. « Jamais été mieux.

— Pourquoi es-tu ici ?

— Je travaille sur ce ketch. Il... » Sa voix s'estompa, et l'espace d'un instant il parut perplexe.

« Ce n'est plus ton chantier naval, dit-elle doucement, en lui effleurant le poignet. Tu l'as vendu à Pierre, tu te souviens ?

— Pierre ?

— Pierre L'Allier. Tu disais qu'il était la personne la plus compétente pour le reprendre quand tu partirais à la retraite, et tu le lui as laissé à un prix ridiculement avantageux.

— Oh. Oh, oui, c'est vrai. Je me suis bien fait avoir. » Robbie parcourut du regard les bateaux sur cale, les bateaux dans l'enclos, l'atelier peint en blanc. Pierre et Little Sterling s'étaient éclipsés, sans doute pour les laisser en tête à tête.

« Qu'est-ce que je fabrique ici ? » demanda-t-il à Emily.

Son cœur se serra dans sa poitrine. « Je... tu ne te rappelles pas ?

— Je voulais peut-être travailler un peu sur le *Variations Goldberg* ? » Il regarda à nouveau autour de lui. « Mais il est au mouillage, n'est-ce pas ?

— On pourrait le sortir, aujourd'hui. »

Robbie opina, apparemment soulagé. « Ça me plaît bien. Donne-moi... donne-moi juste le temps de ranger ces outils.

— Je vais demander à Pierre si on peut utiliser son youyou pour rejoindre le mouillage, ça nous évitera de retourner en ville. » Elle l'embrassa sur le front, et se dirigea vers l'atelier. Pierre et Little Sterling se tenaient près d'un élévateur hydraulique mobile et parlaient tout bas. Ils redressèrent la tête quand elle s'approcha.

« Tout va bien, dit-elle. Merci de m'avoir prévenue. On voudrait faire un tour sur le *Variations Goldberg*. On peut vous emprunter un canot ?

— Fourth vous conduira, déclara Little Sterling. Vous n'aurez qu'à l'appeler quand vous voudrez rentrer. » Il chercha son téléphone portable dans sa poche. « J'aurais juré que Bob pensait qu'il travaillait encore ici, quand je l'ai vu ce matin.

— Il n'y a pas de problème, s'empressa de dire Pierre. Bob peut venir quand il veut. En ce qui me concerne, cet endroit est toujours le sien. Il l'a construit de toutes pièces. »

Emily hocha la tête et avala péniblement sa salive, essayant d'ignorer le sentiment brûlant de honte qui lui tordait l'estomac.

Fourth – de son vrai nom Sterling Ames, le Quatrième, fils de Little Sterling qui était le troisième de ce nom – avança son canot à moteur jusqu'au bout de la cale avec l'insouciante adresse de quelqu'un qui a piloté des bateaux depuis l'enfance. Robbie sauta à bord et aida ensuite Emily. Il avait toujours ce regard dans les yeux : perdu, presque impuissant, comme s'il cherchait désespérément à comprendre.

Ce n'était pas une expression qui lui allait bien. Robbie n'avait jamais reculé devant rien. Emily avait l'impression d'être en présence d'un étranger quand il avait ce regard-là.

Leur sloop était à un mouillage privé dans le golfe même de Clyde Bay ; Fourth les y conduisit sans leur demander où ils allaient. Les gens d'ici connaissaient les bateaux des uns et des autres comme ils connaissaient les enfants des uns et des autres. Elle observa le visage de Robbie à mesure qu'ils approchaient de leur voilier et vit que l'enchantement remplaçait petit à petit son air perdu. Il l'avait construit de ses propres mains : l'avait moulé et poncé, l'avait gréé, avait vernis le teck, peint le pont en blanc et la coque en vert foncé, et inscrit lui-même le nom sur la poupe. Ce bateau, c'était d'innombrables week-ends et après-midi et matins : le temps et la mémoire rendus visibles.

« C'est un beau voilier, dit Robbie.

— D'après papa, il n'y a pas de meilleur sloop en bois dans tout l'État du Maine, déclara Fourth.

— Non, il n'y en a pas, renchérit Emily. Il nécessite beaucoup d'entretien, mais il en vaut la peine.

— C'est comme une femme », dit Robbie, machinalement, et elle lui sourit et pressa sa main dans la sienne.

« J'ai toujours voulu vous demander, commença Fourth, mais est-ce que Goldberg est votre nom de jeune fille, docteur ? C'est pour ça que le bateau s'appelle *Variations Goldberg* ?

— Non, dit Robbie. C'est... c'est un... » Il claqua des doigts. « Goldberg est un...

— C'est un morceau de musique classique, intervint Emily, plus à l'intention de Fourth qu'à celle de Robbie, même si c'était à lui qu'elle s'adressait. De Bach. C'est un aria, suivi par toute une série de variations dans différents tempos et modes, qui se terminent tous par le même aria. Un peu comme un cercle.

— C'est ça, dit Robbie en tendant le bras pour attraper le balcon avant. Je savais que je m'en souvenais. »

« Tu en as parlé avec lui ? » demanda Sarah. Elle était assise avec Emily autour de la table dans sa cuisine, où les deux femmes déjeunaient. Presque tous les mercredis, elles déjeunaient ensemble, parfois dehors, parfois chez l'une ou l'autre. Sarah avait préparé une salade César et du café glacé. Sa fille aînée, Dottie, devait apporter une tarte aux noix de Pécan plus tard, de l'épicerie générale de Clyde Bay, où elle travaillait.

« Non, pas encore.

— Ce n'est pas un peu bizarre, en soi ?

— Mais... » Emily remua son café. « Il y a beaucoup de choses dont on ne parle pas.

— Vous êtes toujours en train de parler, tous les deux. Vous parlez tout le temps.

— Oui, mais il y a des sujets... on se connaît depuis si longtemps, on est constamment ensemble. Il y a des choses dont on n'a pas besoin de parler parce qu'on les sait.

— Je comprends pourquoi aucun de mes mariages n'a duré, plaisanta Sarah. Je veux toujours tout savoir. Où étais-tu hier soir ? Combien de bières tu as bu ? À quelle heure tu es rentré ? C'est le parfum de qui que je sens sur toi ? »

Emily rit malgré elle. Logiquement, Sarah et elle n'auraient pas dû être amies ; elles ne se ressemblaient pas du tout et venaient de milieux totalement différents. Presque trente ans les séparaient. Emily était une obstétricienne à la retraite et Sarah travaillait comme caissière au supermarché, à Thomaston. Sarah était née dans le Maine, et Emily, même après quarante ans passés ici, faisait partie des gens qu'on appelait « ceux d'Ailleurs ». Elles étaient devenues amies, par hasard, et au fil des années leurs racines s'étaient entremêlées. Pendant un temps, Sarah avait été la belle-fille d'Emily, mais cela n'avait pas duré.

Sarah était la seule personne avec qui Emily pouvait en parler. Avec Adam et William, ce n'était pas possible, du moins pas avant que cela ne soit un sujet de préoccupation.

« Les gens commencent à s'en rendre compte, dit-elle. Comme Pierre et Little Sterling, après ce qui s'est passé au chantier, l'autre jour. Et Joyce à la pharmacie dit qu'il est venu chercher mes médicaments deux fois le même jour.

— C'est ça le problème, quand on vit dans une petite ville. Les gens s'en aperçoivent. Mais ils sont bienveillants, aussi.

— Robbie est un homme tellement fier. Tellement indépendant. S'il pense qu'on le prend en pitié... »

Sa voix mourut.

« Ou si on *te* prend en pitié? dit Sarah. Est-ce que tu as peur de ça, aussi?

— Évidemment que non. Il ne s'agit pas de moi.

— Je te connais plutôt bien, maintenant, Em. Et je sais que tu aimes aider les gens. C'est ton rôle dans la région. Combien de personnes as-tu mises au monde à Port Clyde?

— Quatre-vingts pour cent environ de la population qui a entre quarante et dix ans. Il y a quelques familles où j'ai mis au monde les deux parents, et ensuite les enfants.

— Tu as mis au monde Dottie. Je regrette que tu ne mettes pas au monde son bébé. Elle est sur le point d'accoucher. »

Emily sourit. « Je suis à la retraite.

— Robbie aussi a aidé les gens. Il leur a donné du travail, il a réparé leurs bateaux. Il a fait tout ça pour William. Et je sais qu'il a effectué des petits travaux pour des gens qui ne pouvaient pas se le permettre financièrement. Il a beaucoup participé à la reconstruction après le passage de l'ouragan Sandy. Tu n'as pas à te sentir mal parce que les gens s'en aperçoivent, ou veulent faire quelque chose. »

À une époque, Sarah avait accepté l'aide d'Emily, et Emily la lui avait offerte volontiers. Elles s'étaient rendu bien d'autres services au cours des années. Mais Sarah ne savait pas tout. Elle ignorait pourquoi Robbie et Emily avaient besoin de ne dépendre que d'eux-mêmes, pourquoi ils se satisfaisaient d'une plénitude à deux. Plus personne n'était au courant maintenant, hormis eux.

« Mon père était le médecin du village, dit-elle. Tout le monde le respectait, et il avait aidé tout le monde à un moment ou à un autre. J'ai toujours voulu être comme lui.

— Et que s'est-il passé quand *lui* a eu besoin d'aide ? Parce que je suis sûre qu'un jour, il en a eu besoin.

— Je... je ne sais pas. On n'était plus en contact, alors. »

Sarah tendit le bras au-dessus de la table et lui toucha la main. « Ce n'est pas un échec. C'est une maladie. C'est ce que tu n'as cessé de me dire, quand tu m'as aidée.

— On ne sait pas encore si c'est une maladie.

— Et si c'en est une ?

— Dans ce cas, on fera ce qu'on a toujours fait. On l'affrontera à deux, Robbie et moi. »

Sarah se leva et posa la salade sur la table avant de les resservir l'une et l'autre. « Comment vont Adam et les enfants ?

— Ils sont merveilleux, comme toujours.

— Et William ?

— Il va bien. Tu le connais. Robbie et lui se ressemblent trop pour pouvoir se parler, mais il m'appelle, et il reste en contact avec Adam.

— Pareil ici. Il a téléphoné à Dottie la semaine dernière pour son anniversaire. Mais il n'a pas demandé à me parler.

— Je suis désolée, Sarah. »

Sarah haussa les épaules. « Il est un meilleur père pour Dottie que son vrai père ne l'a jamais été. Comment vont les enfants ?

— Il a envoyé quelques photos. » Emily prit son téléphone et montra à Sarah les photos de Brianna et de John.

« Cette petite est le portrait craché de son père, dit Sarah.

— Oui. Les gènes Brandon sont costauds. Adam tient plus de moi. » C'était une réponse automatique.

« Il s'est remis avec leur mère ? »

Emily fit non d'un signe de tête. « Il est plus heureux dans le rôle du père que du mari. Comme tu le sais.

— La famille, c'est ça qui compte, déclara Sarah. Et on peut se trouver une famille auprès de nos amis, aussi. Tu me l'as appris il y a des années. Vous nous laisserez tous vous aider. Tous ceux que vous avez aidés. C'est ça, appartenir à une communauté. Et tu appartiens à notre communauté, maintenant, que tu le veuilles ou non.

— Je sais », répondit Emily. Bien que Sarah soit une vraie amie, Emily n'ajouta pas que faire partie d'une communauté était l'une des choses qui la terrifiaient le plus. Car cela aussi était fragile.

Il n'y a rien de plus difficile à rompre qu'une habitude, songeait Robbie. Une fois qu'elle est prise, elle a son propre caractère inévitable, sa propre puissance. Autant essayer d'arrêter le vent.

Mais Emily pressentait que quelque chose n'allait pas. Et il le pressentait, lui aussi. Cela faisait des mois, maintenant. Peut-être même des années. Un brouillard voilait tout un pan de sa vie : un pan différent chaque jour. Il surgissait sans prévenir et le laissait dans un profond désarroi. Et elle savait qu'il savait, et il savait qu'elle savait, mais pourtant ni l'un ni l'autre n'en parlait.

C'était une façon d'être qu'ils avaient adoptée au début de leur rencontre : pas tout au début, mais plus tard, lorsqu'ils avaient découvert que leur amour n'était viable que si le silence les maintenait ensemble dans certains lieux.

Le vendredi soir, c'était toujours lui qui s'occupait du dîner, et il préparait en général du chili con carne ou commandait une pizza. Ce soir, il ne fit rien de tout cela. Il attendit six heures et sortit la retrouver dans le jardin où elle arrachait les mauvaises herbes, la tête protégée par un chapeau de paille aux larges bords. Il s'accroupit à côté d'elle.

« Oh, fit-elle, surprise. Tu viens me donner un coup de main ? »

Elle s'était exprimée d'une voix légère : elle était heureuse de le voir, elle l'aimait et elle était toujours la même, bien que ses yeux trahissent une légère circonspection. Parce que n'importe quel changement par rapport à leur façon d'être était synonyme d'inquiétude, maintenant. Les changements étaient ce qui n'allait pas.

« On est vendredi, mais je n'ai pas préparé à dîner, annonça-t-il. Tu sais pourquoi je te dis ça ?

— Pour que je sache qu'on va manger une pizza.

— Pour que tu saches que je sais qu'on est vendredi, aujourd'hui, et l'heure qu'il est. Parce que ce n'est pas toujours le cas, n'est-ce pas ? »

Elle ne répondit pas.

« Il y a quelque chose dont on doit parler. Ce n'est pas en l'ignorant que ça disparaîtra.

— Rien ne disparaît, dit-elle.

— Tu as peur, chérie ? »

Elle hocha la tête. Il glissa un bras autour de ses épaules, s'agenouillant près d'elle dans l'herbe.

4

Août 2016
Portland, Maine

L'hôpital de Portland était plus grand et plus spécialisé que le Pen Bay Hospital où Emily avait passé tant d'années, mais elle connaissait un ou deux médecins qui y travaillaient. Parfois, quand elle allait à Portland, elle s'arrangeait pour déjeuner avec eux, ou pour prendre un café.

Aujourd'hui, elle était assise dans la salle d'attente avec Robbie, parmi d'autres patients et leurs familles qui, comme eux, avaient rendez-vous avec le neurologue. Au cours de sa carrière à l'hôpital, elle n'avait reçu que des femmes enceintes et de jeunes mères ; aussi était-ce légèrement troublant de n'être entourée que de personnes âgées, et encore plus troublant de se dire que Robbie et elle étaient également âgés.

« Je nous ai toujours vus comme de jeunes amants, murmura Robbie à son oreille. Je te vois toujours telle que tu étais la première fois qu'on s'est rencontrés. Est-ce que ça signifie que j'ai un problème de mémoire ? »

Il avait de bons jours, et de mauvais jours. Aujourd'hui était un bon jour. Il s'était préparé, s'était occupé des chiens, avait parlé de leurs amis communs, plaisanté sur leur destination, suggéré un restaurant où déjeuner dans le Vieux Port, après le rendez-vous. Il l'avait laissée conduire, mais c'était chose courante quand ils prenaient la voiture d'Emily. Il n'avait ni égaré ses clés ou son portefeuille ni oublié de lacer ses chaussures.

Que ce soit un bon jour inquiétait en fait Emily : et si le neurologue passait à côté des symptômes devenus si manifestes pour elle ?

Mais elle se serait tout autant inquiétée si ça avait été un mauvais jour.

Il appelait ça un brouillard. Le brouillard faisait partie de la vie quotidienne quand on habitait sur la côte du Maine. La fraîcheur de l'océan rencontrait le vent chaud qui venait du sud, et de la condensation se formait. Vous pouviez vous trouver à l'intérieur des terres, par une belle journée d'été sous un ciel bleu, et dès que vous arriviez à moins de huit cents mètres de la côte, peut-être même à un kilomètre et demi, le brouillard vous enveloppait. Certains étés, il y avait du brouillard tous les jours. Elle regardait par les fenêtres de leur maison et elle avait l'impression de flotter dans un nuage.

« Ce n'est pas un problème de mémoire, murmura-t-elle à son tour. C'est du romantisme sentimental. »

Le neurologue, le docteur Calvin, était âgé, ce qui était en soi rassurant. Il était chauve mais ses sourcils, ses oreilles et ses narines étaient étonnamment touffus. Emily avait mené des recherches, bien entendu, et savait à quoi s'attendre ; elle avait demandé à Robbie s'il souhaitait qu'elle lui explique les tests qu'il passerait, mais Robbie avait répondu qu'il préférait ne pas savoir.

Quelle est la date, aujourd'hui? Quel jour de la semaine sommes-nous? En quelle saison sommes-nous? Quel est le nom de l'État dans lequel nous nous trouvons? Le nom de la ville? Dans quel immeuble sommes-nous? À quel étage? Je vais nommer trois objets et je voudrais que vous me les répétiez: rue, banane, marteau. Je voudrais que vous comptiez à l'envers à partir de cent, de sept en sept.

Elle s'assit sur la chaise libre, observa et écouta le médecin et l'homme qu'elle aimait depuis presque toujours. Elle écouta les réponses qu'il fit. Elle le regarda tandis qu'il essayait de dessiner une horloge toute simple.

C'était un bon jour. Un *bon* jour, aujourd'hui.

Mais alors qu'il dessinait, un sentiment d'horreur la gagna peu à peu, froid et insidieux comme le brouillard.

5

Ils n'allèrent pas déjeuner après dans le restaurant qu'ils avaient choisi. Ils n'eurent pas besoin de dire quoi que ce soit pour savoir qu'ils étaient d'accord ; Emily les ramena à Clyde Bay en longeant la côte, mais une fois arrivée, elle se gara en ville, et non devant chez eux. Ils prirent le canot pour rejoindre leur bateau et, sans un mot, montèrent à bord et hissèrent les voiles.

Ils avaient fait cela si souvent. Chacun avait ses tâches qui lui étaient imparties et que leurs corps accomplissaient machinalement. C'était comme un morceau de musique, les notes toujours identiques, même si l'interprétation différait légèrement. C'était un motif qui se répétait tout seul.

Ils pouvaient décider de ne pas évoquer ce qu'ils venaient d'apprendre. Il savait qu'ils le pouvaient. Ils avaient ignoré des choses bien plus énormes.

La baie était calme, et quand Emily fut prête à larguer l'amarre, Robbie mit le moteur en marche afin de gagner au plus vite le large. Par petit vent, il préférait quitter le mouillage à la voile, et ils auraient très bien pu le faire aujourd'hui, s'ils l'avaient souhaité. Mais le bruit permettait de repousser à plus tard le moment de parler.

Il coupa le moteur lorsqu'ils contournèrent la pointe après le phare Marshall et ils hissèrent la grand-voile ensemble. Emily déroula le foc. C'était son bateau; Robbie l'avait construit pour elle. Un sloop de sept mètres, suffisamment petit pour le manier facilement seul, suffisamment grand pour qu'ils y passent une nuit à bord. Elle l'avait baptisé d'un nom qu'eux seuls pouvaient comprendre. En général, c'est Robbie qui barrait quand ils naviguaient ensemble.

Cette fois, il lui fit signe de prendre la barre. Il s'assit sur le banc latéral du cockpit, là où Emily prenait place d'habitude.

« Bien, dit-il, à présent que le bateau filait sur l'eau et qu'il n'y avait pas d'autre bruit que le claquement des voiles et le cri des mouettes. Dis-moi ce que tu penses, docteur.

— Je suis obstétricienne, pas neurologue, répondit Emily, les yeux fixés sur l'horizon.

— Mais tu sais, n'est-ce pas ?

— Toi aussi, tu sais. » Sa voix trahissait tant de souffrance à peine masquée qu'il fut tenté de renoncer, de parler d'autre chose. Mais ce n'était pas pour ça qu'ils se trouvaient en mer maintenant. L'endroit où ils étaient le plus authentiquement seuls ensemble.

« Je veux ton avis. Le médecin n'a rien dit. Il nous a juste demandé de revenir la semaine prochaine.

— Il préfère attendre les résultats de la prise de sang.

— Mais nous, on n'en a pas besoin.

— D'après les tests qu'il t'a fait passer, tu souffres de troubles de la mémoire à court terme. Tu es atteint d'une légère aphasie – c'est la difficulté à se rappeler ou à comprendre les mots – et tu as quelques difficultés psychomotrices.

— Je n'ai pas réussi à dessiner cette fichue horloge, c'est ça ? »

Elle acquiesça d'un hochement de tête. Il n'avait pas vraiment eu peur, mais il sentit à ce moment-là que quelque chose de froid le touchait. Parce qu'il avait cru ne pas avoir eu de problème pour dessiner cette horloge. Pas de problème du tout.

« Les scanners ne montrent aucun signe d'AVC, dit Emily. Et c'est venu progressivement, pas d'un seul coup. Ça pourrait être un manque de vitamines, ou une infection.

— Mais tu ne penses pas que ce soit ça.

— Non. Je pense que c'est plus vraisemblablement la maladie d'Alzheimer. »

Elle était courageuse. Sa voix ne trembla pas lorsqu'elle prononça cette phrase. Et à cause de ça, il se sentit fier d'elle.

« On ferait mieux de virer de bord, dit-il. Si on veut éviter Mosquito Island. »

Le vent avait forci. Robbie assura l'écoute de grand-voile et se pencha contre le côté du cockpit, alors incliné à presque quarante degrés.

« Dis-moi à quoi je dois m'attendre, demanda-t-il. La maladie d'Alzheimer te ramène en arrière, n'est-ce pas ? Elle efface d'abord les souvenirs les plus récents ?

— Je ne crois pas que ce soit aussi systématique. Elle prend le temps qu'elle a envie de prendre.

— Mais en général, plus les souvenirs sont récents, plus ils disparaissent vite. C'est comme pour Perry. Avant d'être envoyé à l'hospice, il s'asseyait dans l'épicerie et répétait qu'on était en 1953.

— Tu n'iras pas à l'hospice, dit Emily. Tu resteras chez nous, dans notre maison, avec moi. On continuera de vivre ensemble comme on l'a toujours fait, quoi qu'il arrive.

— Je ne veux pas que tu sois obligée de t'occuper de moi, Emily.

— Dommage. Parce que c'est mon intention. » Elle s'était exprimée avec férocité, et pour ça aussi, il était fier d'elle. « Je m'occuperai de toi, et tu t'occuperas de moi, jusqu'à la fin de nos vies. Il n'y a que ça qui compte. »

Il regarda la mer déferler contre la coque. « C'est faux, et tu le sais.

— Je ne vois pas de quoi tu parles.

— Et si je me mets à penser un beau jour qu'on est en 1962 ?

— 1962 était une belle année.

— Tu fais exprès de ne pas comprendre. »

Elle resta silencieuse pendant de longues minutes, puis elle finit par dire : « Ça n'arrivera pas.

— C'est au contraire fort possible, Emily. Cela n'aura alors pas beaucoup d'importance pour moi. Mais pour toi, si.

— On va trop vite. Tu peux choquer cette voile ? »

Il s'exécuta.

« Ça ne doit pas forcément être un problème, reprit-il. On vit dans ce coin du Maine depuis longtemps. On y a fondé une famille, on y a travaillé. Les gens d'ici ne connaissent de nous que ce que nous sommes aujourd'hui. Ils ne nous jugent pas. Et tous ceux qui l'ont fait ou pourraient le faire sont morts.

— On avait décidé de ne jamais en parler.

— Les choses ont changé. On pourrait le dire maintenant, mais en contrôlant la situation. Ce serait une façon de s'en sortir, ensemble, tant que je suis... tant que je suis encore moi-même.

— Et Adam ?

— Adam est assez grand. Il est heureux. Il peut le gérer. Il comprendra.

— Non. Je refuse de lui imposer cela. S'il y a quelque chose que j'ai toujours adoré chez Adam, c'est qu'il est sûr de lui. Il sait qui il est. Il te ressemble, de ce point de vue-là. » *Il est comme tu étais autrefois, avant ça.* Mais elle garda cette dernière phrase pour elle. « Si on le lui disait, il perdrait de son assurance. Et il mettrait en doute tout ce qu'il pense connaître de sa vie.

— Ce n'est pas obligatoire. Réfléchis. Je sais bien que tu ne veux pas, mais réfléchis. On n'aurait plus aucun secret. On n'aurait plus peur de rien du tout. On serait libres.

— Tu as dit qu'on l'était. Maintenant que Christopher est mort.

— Ne serait-ce pas une plus grande liberté si tout le monde était au courant ? »

Elle ne répondit pas. Il n'insista pas. Il la connaissait suffisamment pour savoir qu'elle l'avait entendu.

Ils n'avaient aucune destination en particulier. Ils allaient là où le vent les poussait. C'était la manière de naviguer que Robbie préférait, s'il était honnête : pas de but, pas de planning, mais juste sillonner la mer en se laissant guider par le vent, parfois vite, parfois lentement. Ils avaient navigué ainsi la première fois qu'ils s'étaient retrouvés sur un bateau ensemble, quand Emily ne faisait pas la distinction entre bâbord et tribord. C'était en 1962.

En mer, leurs deux vies fusionnaient. Ce n'était plus qu'une seule vie, et leur amour était toujours aussi neuf qu'il l'avait été le jour où ils s'étaient rencontrés.

Il leva les yeux, surpris de voir qu'ils repassaient au large de Mosquito Island, en rentrant à Clyde Bay. Il reconnut tous les repères : les immeubles qui s'entassaient autour de l'épicerie générale, le quai, la grande maison blanche à la pointe, dont les propriétaires ne venaient que l'été. Il n'avait pas pensé à... mais à quoi pensaient-ils, l'un et l'autre ? C'était quelque chose d'affreux. Quelque chose d'effrayant.

« Ça va ? » fit Emily, et il opina. « Je comprends ce que tu veux dire, Robbie, continua-t-elle. Mais je ne peux pas. Je ne peux pas faire ça à Adam. »

Il fronça les sourcils, s'apprêtant à demander *Qu'est-ce que tu ne peux pas faire à Adam ?*, quand il aperçut la vedette qui se dirigeait vers eux.

« C'est Little Sterling. »

Little Sterling leur faisait signe de sa grosse main. Emily modifia leur allure pour se mettre bord à bord avec la vedette.

« Docteur ! appela-t-il dès qu'ils furent à portée de voix. Vous nous rendriez service si vous veniez à terre avec moi, là, tout de suite.

— Que se passe-t-il ? demanda Robbie.

— Dottie Philbrick, à l'épicerie. Elle est sur le point d'accoucher. On attend l'ambulance, mais vous êtes plus proche. »

Robbie prit la barre et Emily enjamba le rebord du voilier pour passer dans la vedette. « Retrouve-moi là-bas ! » lança-t-elle à Robbie avant que Little Sterling ne reparte en direction du quai.

« Tu laisses le type qui oublie tout s'occuper du bateau ? » dit Robbie, mais sans précipitation. Sa mémoire lui était inutile pour affaler les voiles, attraper la ligne de mouillage, agir vite et sauter dans le canot. Il suivit la vedette, arrivant peu de temps après que Little Sterling et Emily eurent disparu à l'intérieur de l'épicerie.

Lorsqu'il y entra, tout avait déjà commencé. Dottie Philbrick se tenait derrière le rayon traiteur sur lequel elle s'appuyait, courbée en deux au niveau de la taille. Sa jupe était remontée et Emily l'examinait. Dottie gémissait bruyamment, tandis qu'Emily lui caressait le dos. Plusieurs personnes observaient la scène, choquées. Heureusement, une grande partie de ce qui se déroulait là était masquée par la haute vitrine remplie de charcuterie et de fromages.

« Elle s'apprêtait à me faire un sandwich au thon, raconta Susan Woodruff, en serrant son sac contre elle, et tout à coup, elle a eu l'air étonné, puis elle s'est mise à crier que le bébé venait, et George a proposé de l'accompagner à Pen Bay avec sa voiture, et elle a hurlé que le bébé venait vraiment, résultat j'ai appelé le 911, mais au même moment Little Sterling a vu que vous rentriez.

— Je vous ai demandé à tous de ficher le camp et de laisser cette femme accoucher en paix ! s'écria Emily en courant vers l'évier derrière le rayon traiteur pour se laver les mains. Quand l'ambulance arrivera, envoyez-moi les brancardiers.

— Vous avez entendu ce que la dame a dit ? fit Robbie. Tout le monde dehors. Le docteur nous appellera si elle a besoin de nous. » Et il entreprit de conduire les curieux vers la sortie.

« Pas toi, dit Emily. J'ai besoin de toi, Robbie. Est-ce qu'il y a des serviettes de plage dans le fond du magasin ? Il m'en faudrait deux.

— Près des lunettes de soleil, souffla Dottie avant de pousser un long gémissement quand elle sentit une nouvelle contraction.

— Dépêche-toi », dit Emily à Robbie. Il alla prendre plusieurs serviettes sur l'étagère, les lui tendit par-dessus la vitrine et s'écarta légèrement, fixant du regard un présentoir de conserves maison, dont beaucoup étaient faites par Dottie et sa mère, Sarah. Puis il écouta Emily rassurer la jeune femme et la guider dans le déroulement de l'accouchement.

Rappelle-toi cela, se dit-il. *N'oublie pas à quel point tu es fier d'elle en ce moment. N'oublie pas combien les gens d'ici lui font confiance. N'oublie pas que tu ferais n'importe quoi pour elle. N'oublie pas.*

« C'est bien, disait Emily. C'est ça, tu te débrouilles très bien, le bébé est presque là, Dottie. Il vient beaucoup plus facilement que toi, si ma mémoire est bonne. Allez, pousse encore une fois, et... »

Il entendit quelque chose qui coulait et auquel il préférait ne pas trop penser, puis le cri d'un bébé.

Ce bruit-là le toucha. Lui envoya un crochet dans le ventre. Il entendit les gens applaudir dehors. Lorsqu'il jeta un coup d'œil par-dessus la vitrine, Dottie était couchée par terre et Emily lui tendait son bébé enveloppé dans une serviette de plage bleu et jaune. Le regard de Dottie. Il avait vu exactement le même sur le visage d'Emily, la première fois qu'elle avait tenu Adam dans ses bras.

N'oublie pas n'oublie pas n'oublie pas.

Il avait envie d'attraper Emily et de la serrer le plus fort possible contre lui. Il avait envie de saisir cet instant, ce *maintenant*, avant que le brouillard ne survienne, de le faire durer indéfiniment. Il avait envie de sentir le poids de leur passé partagé, de tout ce qu'ils avaient fait et ressenti et avoué et caché.

Tous les mensonges n'avaient servi qu'à préserver la vérité. Il fallait qu'il se souvienne de ça aussi.

Une agitation s'éleva à l'entrée de l'épicerie : les ambulanciers. Emily leur parla rapidement puis elle vint rejoindre Robbie. « N'est-ce pas incroyable ? dit-elle. Une petite fille en bonne santé qui naît en onze minutes pile. » Elle avait un regard farouchement exalté et Robbie l'étreignit.

« Je suis toute couverte de sang et de liquide amniotique, protesta-t-elle, mais elle glissa néanmoins ses bras autour de sa taille et posa sa tête contre sa poitrine.

— C'est toujours un nouveau départ, n'est-ce pas ? murmura-t-il. Un nouveau bébé. Une nouvelle vie.

— Adam, souffla-t-elle. Adam, et ses enfants. Nous devons les protéger, Robbie. »

Il lissa ses cheveux du plat de sa main. *Rappelle-toi cela. N'oublie pas.*

« Tu peux être ma mémoire », dit-il.

Emily conduisit. C'est elle qui conduisait la majeure partie du temps, maintenant, et quand il arrivait à Robbie de prendre le volant, il savait qu'elle avait peur, peur qu'il n'oublie ce qu'il faisait ou qu'il ne regarde pas de chaque côté avant de s'engager à un croisement, et même s'il pensait qu'il n'était pas près de désapprendre à conduire son bon vieux camion, il était tout à fait possible qu'il se perde, même ici, où ils vivaient depuis tant d'années. Il n'arrêtait pas d'égarer des outils dans son atelier : cherchant un marteau qui n'était pas à sa place ou tombant sur un poinçon là où il s'attendait à trouver un tournevis. Parfois, il avait l'impression d'être de retour au chantier naval à Miami, et il se tenait au milieu du garage, fixant des objets qu'il ne reconnaissait pas, se demandant comment un site aussi énorme était devenu si petit.

Il estimait cependant que pour l'instant il était encore capable de circuler dans la région. Mais Emily n'était pas rassurée, aussi la laissait-il conduire, même quand ils allaient juste au magasin, et évidemment plus loin, comme chez Adam, à Thomaston. Son cerveau avait des ratés et il valait mieux être prudent. C'était aussi dangereux que conduire en état d'ivresse. Pire même.

Il avait fait un rêve, aux premières heures du jour. Un rêve intense, prenant : il avait chaud, il était sale, il ruisselait de sueur et de la peur des autres, et dans ses oreilles bourdonnait le bruit du moteur d'un bateau de patrouille qui remontait le Mékong. L'eau était une étendue brun terne, la jungle toutes les nuances de vert. Un insecte se posait sur sa joue et il le chassait d'un mouvement d'épaule. La peur, la cordite et le défoliant, la fumée de cigarettes, et le goût dans sa bouche qui ne le quittait jamais, jamais assez malgré l'alcool qu'il buvait d'abord à petites gorgées puis à grands traits, et la respiration familière de Benny et d'Ace à ses côtés, et il y avait un éclair puis une pause, une longue pause comme la fin du monde, et puis l'accident et les cris.

Il se réveilla avec le cri silencieux qui creusait sa gorge, et il était dans le noir et il se dit qu'il devait être à l'hôpital, les yeux recouverts, puis il sentit le bras d'Emily autour de sa taille. C'était Emily et elle était là. Elle n'était pas perdue et il n'était pas en lambeaux.

Il avait essuyé la sueur sur son front avec le drap et serré Emily contre lui jusqu'à ce que les battements de son cœur se calment. Toute la matinée, il se souvint de son rêve aussi nettement qu'à son réveil, et ses mains tremblaient quand il versa le café, mais Emily ne le remarqua pas, ou si elle le remarqua, elle ne dit rien.

Le passé était une épée à double tranchant. Il infligeait des plaies, et les plaies dont on ne parlait pas s'infectaient. Elles grandissaient et attendaient de suppurer.

Adam fit cuire du poulet au barbecue et Shelley avait préparé une salade de pâtes. Ils buvaient tous les deux de la bière tandis qu'Emily et lui buvaient du thé glacé. Les enfants jouèrent à un jeu compliqué nécessitant un ballon, un hula hoop et une dizaine de drapeaux, jusqu'au coucher du soleil. Adam mit alors les deux plus jeunes au lit, et Chloe monta dans sa chambre avec son ordinateur portable pour s'adonner à ce à quoi les préados s'adonnaient avec leurs ordinateurs portables. L'ambiance était si paisible et si normale que Robbie se surprit à faire ce qu'il ne cessait de faire ces derniers temps : presser ses lèvres l'une contre l'autre et se répéter de ne pas oublier, ne pas oublier, de tout garder en lui et de ne jamais le laisser s'échapper.

Se répéter qu'il devait accomplir ce qu'il avait à accomplir pour garder ce moment vivant.

Shelley fit du café, Adam ouvrit deux autres bouteilles de bière, ils s'assirent dans le salon et Adam dit : « Que se passe-t-il, maman et papa ? »

Il laissa Emily répondre, comme il l'avait laissée conduire. Elle lui prit la main. Il observa Adam qui les regardait tour à tour, Emily et lui ; il les regardait de la même manière quand il était enfant et qu'une tempête se préparait et qu'il voulait être sûr que la foudre ne tomberait pas sur eux.

« Mais nous avons des années devant nous, était en train de dire Emily. Il y a cependant des choses que nous pouvons faire pour essayer de ralentir l'évolution, et vous savez que Robbie est un battant. Et nous serons ensemble dans ce combat.

— Nous vous aiderons, déclara immédiatement Shelley.

— Mais papa... », commença Adam, et c'était amusant de voir le passé resurgir dans le visage de son enfant, de voir comment son jeune moi revenait et effaçait son vieux moi de sorte qu'on était à la fois surpris et pas surpris de constater qu'il était à présent un adulte.

Emily avait raison, l'autre jour. Adam était sûr de lui. Il faisait partie de ces gamins qui savaient qu'ils étaient aimés partout où ils allaient, et cet amour les protégeait. C'était sans doute le cadeau qu'ils lui avaient donné, Emily et lui. Et il voyait ce cadeau bien plus nettement aujourd'hui, car le visage d'Adam exprimait une immense peine comme jamais il n'en avait lu sur ses traits auparavant.

Et il comprit ce que voulait dire Emily. S'ils retiraient à Adam la perception qu'il avait de lui-même, ils risquaient de lui reprendre ce cadeau qu'ils lui avaient fait. Adam pourrait alors se mettre à douter de leur amour. Et s'il doutait de leur amour, il douterait peut-être de tout.

« Ça va aller, fils, dit-il. Je n'ai rien contre le fait de me reposer sur ta mère. Je me repose sur elle depuis que je l'ai rencontrée. C'est une bonne personne sur qui se reposer. »

Il parlait sérieusement, mais il entendit néanmoins un accent de fausseté dans sa voix. On pouvait parler et parler, parfois, dire la vérité tout le temps et ne jamais l'atteindre vraiment.

Robbie ne savait plus quand il avait pris la décision, il se souvenait seulement que c'était lors de l'un de ces moments de clarté entre deux oublis. Peut-être était-ce ce matin, quand il s'était réveillé de son rêve de peur et de mort; peut-être était-ce là, maintenant, alors qu'il se sentait en sécurité auprès des siens.

Il songea, cependant, qu'il l'avait peut-être prise avant. Peut-être l'avait-il prise pour ensuite l'oublier et tout recommencer à zéro.

Il espérait presque que c'était le cas, car s'il prenait et reprenait toujours la même décision, c'est que ce devait être la bonne décision. Comme la main d'Emily dans la sienne.

« Vous pouvez compter sur chacun de nous, annonça Shelley sur un ton ferme. Nous ferons tout ce qui est en notre pouvoir. Voulez-vous que nous prévenions William ?

— Nous le lui annoncerons nous-mêmes, déclara Emily.

— Papa... », dit à nouveau Adam. Robbie se leva, puis Adam se leva à son tour et le père et le fils s'étreignirent. Adam dépassait Robbie de quelques centimètres à peine. Robbie ferma les yeux. *N'oublie pas, n'oublie pas.*

« Il va falloir que tu t'occupes d'elle à ma place », murmura-t-il à l'oreille de son fils. Il sentit que le jeune homme hochait la tête et il sentit aussi qu'Emily se tenait derrière eux, qu'elle les observait, et sans la regarder, il sut qu'elle avait les larmes aux yeux.

Sans la regarder, il sut qu'il avait pris la bonne décision.

Rappelle-toi. Cela ne se termine jamais.

6

Emily rêvait d'une foule. Elle se frayait un passage au milieu de la cohue, tirant une lourde et encombrante valise derrière elle, heurtant les gens au passage. Elle devait prendre un train, le train était sur le point de partir, elle allait le rater, elle ne trouvait pas le quai et avait oublié les billets. Des voix puissantes rugissaient dans les haut-parleurs, annonçant des départs et des arrivées dans des langues qu'elle ne comprenait pas. On aurait dit de l'anglais, mais les mots se brouillaient les uns dans les autres.

Elle perçut l'effleurement de lèvres sur sa joue. Un parfum de rose. Un doux baiser. La voix de Robbie.

« Je ne t'aurais jamais oubliée. »

Il se tenait là, debout sur le quai, dans son blouson en jean, son sac à dos sur l'épaule, un sourire au visage. Et tout commençait à partir d'ici. À partir de cet instant, de ce moment, et tout allait bien se passer.

Elle tendit la main vers lui et il avait disparu.

Emily ouvrit les yeux. La première chose qu'elle vit, ce fut la rose, rose et jaune. Un petit mot était glissé dessous.

Elle sourit et se redressa. Il disait qu'il n'était pas poète, mais il lui avait écrit tant et tant de fois depuis qu'ils vivaient ensemble. Des cartes d'anniversaire, des cartes pour la Saint-Valentin, et des petits mots qu'il déposait sur sa table de nuit pour qu'elle les trouve à son réveil.

Et il y avait aussi les lettres d'avant : les lettres postées d'Italie et écrites à bord du *Nora Mae*. Cette première lettre qu'il lui avait laissée près du lit dans la chambre d'hôtel de Lowestoft. Elle les avait toutes détruites, mais elle se rappelait les mots de chacune.

Emily déplia la feuille. Elle lut la lettre, se figea, le rose et l'or de l'aube filtrant à travers la fenêtre ouverte.

Puis elle bondit hors du lit et, pieds nus, trébuchant à cause de sa chemise de nuit, elle s'élança dans la maison, descendit l'escalier, franchit la porte de devant et courut sur l'herbe mouillée, découvrant la trace de ses pas dans la rosée. Laissée quelques minutes avant. Une fois de l'autre côté de la route, elle grimpa sur les rochers noirs et gris, ses pieds l'élançaient. Elle glissa, tomba, s'écorcha le genou et se força à se relever sur ses jambes que l'âge rendait lentes et exaspérantes, car elle avait aperçu ses chaussures sur un rocher plus haut que les autres. Ses chaussures et sa chemise et son pantalon, soigneusement pliés et secs.

Pas comme ça, pas d'un coup, pas pour toujours. S'il vous plaît.

Le soleil était haut dans le ciel à présent et la mer, vide et vaste devant elle, continuait de se jeter sur le rivage, de le balayer, de l'éclabousser tandis qu'Emily appelait son nom, encore et encore, sans jamais s'arrêter.

DEUXIÈME PARTIE

1990

7

Elle l'attendait depuis si longtemps qu'elle la remarqua à peine lorsqu'elle arriva. L'enveloppe glissa des pages du magazine *DownEast* et tomba par terre. Elle revenait de la boîte aux lettres où elle était allée chercher le courrier en se dépêchant à cause du froid parce qu'elle n'avait pas mis de manteau, ses bottes crissant sur la glace et le sel. Elle la ramassa sans y prêter attention, la retourna dans un geste machinal, et resta clouée sur place au milieu de l'allée.

L'enveloppe était épaisse, de bonne qualité, libellée au stylo à plume. Adressée au *Docteur Emily Greaves*, et même si elle n'avait pas reconnu l'écriture, elle aurait deviné rien qu'en voyant son nom de jeune fille.

Un flocon de neige voleta et atterrit sur l'enveloppe, suivi d'un autre. Elle la considéra fixement, à travers le halo de buée qui sortait de sa bouche. L'écriture était tremblante. Celui qui avait tenu le stylo devait avoir près de quatre-vingts ans : à la retraite, passant son temps entre son jardin et ses livres, faisant le tour du village comme il l'avait toujours fait, bavardant avec toutes les personnes qu'il croisait, s'enquérant de leur santé et de leurs familles.

Emily éprouva un tel mal du pays qu'elle chancela et faillit s'affaisser sur la glace.

Elle fourra le restant du courrier sous son bras et porta l'enveloppe dans la maison. Belladonna, leur labrador noir, l'accueillit à l'entrée, sa laisse en travers de la gueule.

« Pas maintenant, Bella », dit-elle en caressant d'un air absent la tête du chien avant de se diriger vers la cuisine. Adam, qui était à son entraînement de football, allait rentrer d'une minute à l'autre ; il avait laissé un couteau taché de beurre de cacahuètes et des miettes de pain sur le plan de travail ce matin après s'être préparé un sandwich. Robbie travaillait dans son atelier au garage. Le son de sa radio lui parvenait faiblement.

Elle s'assit à la table et ouvrit la lettre. Rien que la calligraphie la ramena aux après-midi où, petite fille, elle le retrouvait à son cabinet. Regardant les petites notes qu'il s'adressait à lui-même, les choses qu'il ne devait pas oublier de faire, les listes de ses patients, sa signature sur le bloc d'ordonnances. Il régnait toujours là une odeur d'antiseptique et de papier qu'il achetait par rouleaux pour recouvrir la table d'examen, cachée derrière un rideau de soie brodée de rossignols. L'odeur de son tabac à pipe et du parfum d'Hilda, la réceptionniste, flottait également dans l'air. Emily huma la lettre pour essayer de retrouver l'odeur du tabac, mais elle ne perçut rien. Peut-être ne fumait-il plus la pipe ? Beaucoup de gens avaient arrêté de fumer.

Dix-huit ans. Des tas de choses pouvaient arriver en dix-huit ans.

La lettre commençait par *Chère Emily*, et à la vue de son prénom associé au mot « chère », ses yeux se remplirent de larmes.

« Maman ? Ça va ? »

Adam apparut dans l'encadrement de la porte, en tenue de foot. Ses cheveux blonds se rabattaient sur son front en une frange qui lui mangeait les yeux. Emily préférait quand il avait les cheveux trop longs et avait besoin d'une bonne coupe, même si ça le rendait fou.

« J'ai reçu une lettre », dit-elle. L'espace d'un instant, elle songea à la cacher, mais elle changea d'avis et la posa devant elle, sur la table de la cuisine. « De ton grand-père. »

Adam se débarrassa de son sac de sport. « Celui qui vit en Angleterre ?

— Oui.

— Je ne savais pas qu'il t'écrivait.

— Il ne m'écrit pas.

— C'est pour ça que tu ne parles jamais de lui ? »

Elle se mordit les lèvres. « Je... je pensais que tu croyais que tu n'avais pas de grands-parents. »

Adam tira la chaise près d'elle. « Tout le monde a des grands-parents. Je me disais qu'ils étaient peut-être morts, comme les parents de papa. »

Il s'était exprimé sur un ton détaché et la gorge d'Emily se serra. « Il m'arrive parfois de ne pas parler de choses qui font mal, dit-elle. C'est plus facile de ne pas y penser.

— Mais s'ils ne sont pas morts, pourquoi ça te fait mal ? Et pourquoi on ne les voit jamais ? »

Adam avait les yeux bleus, qui brillaient quelquefois d'un éclat si vif qu'elle en était tout éblouie. À quatorze ans, c'était un garçon très prometteur : rapide, vif, agile, aux colères qui se dissipaient à peine nées. Chacun s'accordait à dire qu'il ressemblait à ses parents : intelligent comme sa mère, joyeux comme son père, avec les cheveux et les yeux clairs d'Emily et l'aisance de mouvement caractéristique de Robbie.

« Je leur écris tous les ans, dit-elle. Ce qui explique pourquoi ils savent où m'écrire à présent.

— Alors, ils savent que j'existe ? » Adam fronça les sourcils et Emily l'étreignit sur son cœur.

« Les gens, parfois, ont besoin de rester distants les uns des autres, dit-elle. Ça n'a rien à voir avec toi, chéri. Rien du tout.

— Ils ne veulent pas me rencontrer ?

— S'ils te connaissaient, ils t'adoreraient. Presque autant que moi. » Elle le serra plus fort contre elle. Elle savait bien qu'un jour il serait trop grand pour qu'elle le prenne ainsi dans ses bras. Les enfants de ses amis avaient tous pour la plupart passé l'âge des câlins; ils grimaçaient quand leurs parents tentaient de les embrasser devant la porte de l'école. Mais Adam avait toujours été très affectueux. Même aujourd'hui, il lui arrivait de replier ses longues jambes pour s'asseoir sur les genoux de sa mère quand il regardait la télévision avec elle le soir.

« N'importe qui tomberait sous ton charme, murmura-t-elle.

— Est-ce qu'ils ont d'autres petits-enfants ?

— Je ne sais pas. Ma sœur a peut-être eu des enfants.

— Ça voudrait dire que j'ai des cousins que je ne connais même pas.

— Qu'est-ce que... ça te ferait ? » demanda-t-elle prudemment.

Elle l'observa pendant qu'il réfléchissait à la question. « Ce serait bizarre, non ? finit-il par dire. Mais peut-être agréable ? Si j'avais l'occasion de les rencontrer un jour.

— J'ignore si ce sera possible, Adam.

— Que dit la lettre ?

— Tu dois être affamé après ton entraînement. Je peux te préparer un sandwich.

— Je préférerais que tu me dises de quoi parle la lettre. »

Elle hocha la tête, puis le relâcha et écarta légèrement sa chaise de sorte qu'il ne puisse pas voir ce qui était écrit. Elle ramassa ensuite la lettre et commença :

Chère Emily,
Des années se sont écoulées, mais je me dois, me semble-t-il, de t'en informer.

« Oh, fit-elle.

— Qu'est-ce qui se passe, maman ? C'est une bonne nouvelle ? Ils t'annoncent qu'ils vont venir nous rendre visite ?

— Non, répondit Emily. Ce n'est pas du tout ça. Ma mère est morte. »

« Il ne donne pas de détails », dit-elle plus tard à Robbie, assise sur le canapé, devant le poêle du salon. Elle avait un verre de vin rouge à la main, et lui un verre d'eau glacée. Même au cœur de l'hiver, il aimait boire très froid. « Il est médecin.

On pourrait penser qu'il m'aurait expliqué comment ma mère est morte. »

Robbie avait lu la lettre. « En fait, il ne dit pas grand-chose. D'un autre côté, on ne peut pas fournir beaucoup d'informations en trois lignes.

— Dix-huit ans. Je me rappelle encore la dernière fois que je les ai vus tous les deux. »

Robbie était présent ce jour-là. Elle n'avait donc pas besoin de lui raconter la scène.

« Tu as essayé, dit-il. Mais peut-être était-ce, pour eux, la bonne décision. Étant donné les circonstances. Je ne sais pas si nous aurions été aussi heureux ensemble si la rupture avait été moins brutale... Il vaut mieux oublier certaines choses.

— Mais je ne l'ai pas revue et maintenant elle est morte. Quand je lui ai dit au revoir, j'ignorais que ce serait pour toujours.

— Je suis désolé, chérie. »

Elle lâcha un soupir et se blottit contre lui. « Toi aussi, tu as dit au revoir aux tiens. Nous avons tous les deux fait notre choix. Mais je... elle n'avait que soixante-huit ans.

— Ton père doit avoir plus de soixante-dix-quinze ans. »

Elle opina. « Et Polly quarante-deux. Ma petite sœur.

— Et Adam a quatorze ans.

— Il voulait savoir s'il avait des cousins. Il disait qu'il aimerait les connaître. »

Robbie expira, lentement et profondément.

« Tu te souviens quand il avait six ans et qu'il avait un frère imaginaire ? demanda Emily. Qui s'appelait William ?

— Je ne pensais pas que ça le gênait, d'un point de vue pratique, d'être un enfant unique.

— Avant l'arrivée de Polly, je me racontais que j'avais une petite sœur. Tous les enfants s'inventent des frères ou des sœurs imaginaires à un moment ou à un autre. Même si celui d'Adam ne l'était pas complètement.

— Moi, je n'en ai pas eu, dit Robbie. Mais Adam a beaucoup plus d'imagination que moi au même âge.

— Il s'est posé des questions sur ma famille en Angleterre. J'aurais peut-être dû lui en parler.

— Qu'est-ce que tu aurais pu lui dire ?

— Je ne sais pas. Quelque chose. » Elle reprit la lettre posée sur les genoux de Robbie et la lissa entre ses doigts. « Pourquoi, selon toi, mon père me l'a-t-il annoncé ? Il n'était pas obligé.

— Il pensait devoir t'en informer, c'est ce qu'il écrit.

— Mais pourquoi ? » Elle retourna la lettre, comme si elle cherchait autre chose que ces trois malheureuses lignes. « Est-ce que je dois comprendre qu'il souhaite me revoir ? Renouer ?

— Ce n'est pas ce qu'il dit.

— Mais à ton avis ?

— À mon avis, commença Robbie précautionneusement, tu ne devrais pas lire plus que ce qui est écrit dans cette lettre. »

Elle traça du bout du doigt la signature. *Bien à toi, James Greaves.* « Il a dû réfléchir à la formule de salutation. À une façon de rester distant. Tu as rencontré mon père ; c'est l'un des hommes les plus courtois et sociables que j'aie jamais connus. Mais là, il ne pouvait pas faire autrement qu'être prudent. Dire moins que ce qu'il voulait dire, juste le minimum.

— Tu vas lui répondre ?

— J'essaierai de l'appeler demain, après le travail. Je ne sais pas s'il acceptera de me parler. Ni s'ils ont toujours le même numéro de téléphone. » Elle reposa sa tête contre l'épaule de Robbie, tripotant sa bague autour de son doigt. Deux mains jointes, un cercle complet à elles deux. Tournant et tournant en rond, formant un tout indépendant, à jamais.

Un tout indépendant et complet. Mais combien de gens ce cercle excluait-il ?

Son dernier rendez-vous de la journée était une jeune mère célibataire, avec son premier enfant. Recevoir régulièrement des mères célibataires en consultation était sans doute ce qui avait le plus changé dans sa pratique depuis les années 70. La honte n'existait plus, et tant mieux.

L'accouchement avait été compliqué ; le bébé était venu trop rapidement et avait provoqué des déchirures du périnée. Elle examina sa patiente pendant que le bébé, une petite fille, s'agitait dans son siège porte-bébé posé par terre.

« Comment vous sentez-vous ? demanda-t-elle tout en prenant déjà des notes mentalement : cicatrisation comme prévu, tout est normal, lui conseiller de finir les antibiotiques et les antidouleurs, visite de contrôle inutile.

— Ça va », répondit la jeune femme. Elle s'appelait Sarah. Emily lui sourit, de son sourire professionnel qui se voulait rassurant, et la laissa se rhabiller. Elle vérifia l'heure : il était trois heures, c'est-à-dire huit heures du soir en Angleterre. Son père était sans doute en train de se préparer une tasse de thé, de lire un livre. Peut-être avait-il allumé la radio pour se tenir compagnie. Radio 4, des voix, afin que la maison ne lui paraisse pas trop silencieuse.

Ses parents avaient été mariés quarante-sept ans. Comment était-ce quand on avait passé une vie entière auprès de quelqu'un et que, du jour au lendemain, ce quelqu'un n'était plus là ?

Il devait y avoir un vide dans la maison. Un blanc, à la place de la personne. On levait les yeux pour dire quelque chose, quelque chose d'anodin et d'ennuyeux, proposer une tasse de thé ou commenter le temps, et la personne n'était plus là pour l'entendre.

Le bébé pleurnicha. Sa patiente sortit de derrière le paravent et s'assit avec précaution sur la chaise, berçant du pied sa fille dans son siège.

« Est-ce que vous dormez un peu ? » demanda Emily en finissant de rédiger ses notes. L'hôpital avait mis en place un nouveau système informatique pour gérer les dossiers des patients et, pour autant qu'elle pût en juger, c'était trois cents pour cent moins efficace que les anciens dossiers papier. Elle appuya sur « sauvegarder » et un sablier apparut sur l'écran.

« Pas vraiment.

— Eh bien, je dirais que c'est assez normal. » Elle sourit de nouveau à Sarah, et la jeune femme lui rendit son sourire. Elle avait des cernes sous les yeux. Emily jeta un coup d'œil à son dossier pour voir quelle était sa situation de famille, mais l'écran s'était éteint tandis que le système sauvegardait tant bien que mal quelques malheureuses lignes de texte. S'il tombait une fois de plus en panne, demain serait un cauchemar. Agacée, elle cliqua sur la souris. Le bébé se mit à hurler et Sarah le berça plus vigoureusement.

« Essayez de vous reposer au maximum pendant la journée, reprit Emily. Dormez quand votre fille dort, c'est ça l'astuce. Est-ce qu'il y a quelqu'un qui pourrait venir s'occuper d'elle pendant que vous faites la sieste ? »

Sarah secoua la tête. « Non. Mais ça va aller.

— N'ayez pas peur d'accepter qu'on vous aide. Vous êtes une jeune maman, et vous venez d'accoucher. Prenez toutes les aides qu'on vous propose, et si l'on ne vous en propose pas, exigez-les. Qu'en est-il de votre mère ? Habite-t-elle près de chez vous ? »

C'était ce qu'elle conseillait généralement, mais Sarah frémit quand elle lui posa la question, et Emily remarqua pour la première fois à quel point la jeune femme était maigre. Son ventre était encore légèrement gonflé à cause de la grossesse, mais ses bras, qui sortaient des manches de son pullover, étaient décharnés.

« Ma mère est morte l'année dernière, dit-elle.

— Oh. »

Emily avait dû paraître particulièrement touchée car les yeux de Sarah s'agrandirent tout à coup. « Ça va, vous savez, s'empressa-t-elle d'ajouter. C'est juste qu'elle adorait les bébés. Elle était super douée avec eux. Les gens l'appelaient la charmeuse de bébés. Elle arrivait à les calmer en une seconde quand ils pleuraient. »

La petite fille de Sarah hurlait si fort à présent qu'elle avait les joues toutes rouges. Sarah se leva, attrapa le siège bébé, et le balança légèrement d'avant en arrière.

« Voilà qui me semble être un talent très utile, fit observer Emily.

— Surtout au milieu de la nuit, n'est-ce pas ? »
Sarah rit nerveusement par-dessus les cris de son
enfant. « Je peux y aller ?

— Oui. N'oubliez pas de prendre vos antibiotiques jusqu'à la fin du traitement, et si vous sentez
que la cicatrisation ne se fait pas correctement,
n'hésitez pas à revenir.

— D'accord. C'est noté. Merci, docteur. »

Une fois Sarah partie, Emily retourna à son
ordinateur, tapant à plusieurs reprises sur la
touche « retour ». La machine émit un ronronnement.

Certaines nuits, elle avait regretté que sa mère
ne soit pas auprès d'elle. Adam avait été, dans l'ensemble, un bébé facile, mais il arrivait à tous les
bébés de ne pas dormir de la nuit ; d'avoir de la
fièvre. Elle se souvint de l'une de ces nuits où il
était brûlant, inconsolable. Robbie et elle avaient
veillé sur lui à tour de rôle, ils l'avaient porté,
bercé, avaient chantonné à ses oreilles, tenté de
le calmer. Rien ne marchait. Ses mains étaient
deux petits poings solidement fermés, son visage
un hurlement constant. Au bout d'un moment,
elle avait envoyé Robbie au lit pour qu'il dorme
quelques heures avant d'aller travailler tandis
qu'elle faisait le tour de la maison en fredonnant
toutes les berceuses qu'elle se rappelait de son
enfance. Adam avait cessé de pleurer à l'aube.
En posant la main sur sa joue, elle avait constaté
qu'elle était fraîche. Adam s'était endormi dans ses
bras, et par la fenêtre elle avait regardé le soleil
se lever au-dessus de la baie. Par-dessus l'océan
qui s'étendait vers l'est jusqu'au pays où sa propre
mère se trouvait en ce même moment. L'eau qui
les séparait et les reliait.

Elle avait alors repensé aux photos d'elle bébé dans les bras de sa mère. Il y en avait une, dans un cadre en argent, sur une console, dans la chambre de ses parents, avec d'autres photos d'Emily petite et de sa sœur Polly bébé et commençant tout juste à marcher. Sur cette photo, sa mère avait les cheveux relevés en chignon ; elle portait un chemisier blanc avec un col de dentelles, et Emily dormait dans ses bras, enveloppée dans une couverture en crochet. Emily se souvenait de la couverture. Elle était rose. Elle se souvenait aussi de sa texture et du parfum du chemisier de sa mère, même si c'était évidemment impossible et qu'elle avait tout inventé à cause de la photo.

Elle n'y prêtait pas attention quand elle vivait chez ses parents. Cette photo faisait partie du paysage, ces milliers de détails qui constituaient la maison de son enfance, trop nombreux pour qu'elle les remarquât. Mais alors qu'elle tenait son fils comme sa mère l'avait tenue, elle avait songé à cette photo et s'était demandé si elle était toujours sur la console en acajou. Ou si elle avait été retirée, rangée. Si toutes les photos où on la voyait avaient disparu.

L'ordinateur bipa avant de s'éteindre. Yvette, la réceptionniste, frappa à la porte et passa la tête dans l'encadrement, l'air soucieux. « Je suis désolée, docteur Brandon, mais il y a de nouveau un problème avec le système informatique. Je vais appeler le service de maintenance.

— Pouvez-vous attendre un petit peu, Yvette. J'ai un coup de fil à passer.

— Allez-y, ça me donnera l'occasion de réfléchir à une liste d'insultes », répondit la réceptionniste avant de disparaître.

Emily décrocha le combiné, appuya sur 9 pour obtenir l'extérieur, et composa le numéro. 001 pour l'outre-mer, 44 pour l'Angleterre, puis les dix chiffres qu'elle connaissait par cœur quand elle était petite, puis jeune fille, appelant de la cabine téléphonique au bout du couloir de son collège à Cambridge. Elle n'eut même pas besoin de réfléchir ; ses doigts trouvaient les touches tout seuls, même si elle n'avait pas fait ce numéro pendant dix-huit ans.

Mais elle hésita quand elle arriva à la dernière touche.

Et si son père ne répondait pas ? Et s'il décrochait le téléphone et raccrochait aussitôt ? Comment réagirait-elle si elle n'entendait que tristesse et solitude dans son « allô », et qu'elle ne pouvait pas ensuite lui parler ?

Emily remit le combiné sur son socle. Elle resta assise, à réfléchir. Puis elle sortit l'annuaire du tiroir de son bureau et chercha le numéro des renseignements internationaux. Cinq minutes plus tard, elle composait un autre numéro qui commençait par les mêmes chiffres. Le téléphone sonna deux fois puis un homme répondit. Elle ne reconnut pas sa voix, mais son accent lui était si familier qu'elle en eut les larmes aux yeux.

« Je suis désolée de vous déranger aussi tard, monsieur le pasteur, et je n'ai pas l'impression que nous nous soyons déjà rencontrés, mais je me demandais si vous pouviez me dire quand a lieu l'enterrement de Mrs Charlotte Greaves ? »

8

Robbie s'arrêta à l'épicerie générale de Clyde Bay pour boire un café avant de se rendre au chantier naval – le café de Perry, la propriétaire, n'était franchement pas bon, mais c'était le seul endroit ouvert à cette heure, et Robbie aimait bien bavarder avec les vieux qui traînaient là tous les matins et se goinfraient des beignets maison disposés dans un panier sur le comptoir. L'été, ils s'asseyaient sur le banc, dehors, mais dès qu'il commençait à faire froid, ils le portaient à l'intérieur, et l'installaient près du vieux poêle à bois au milieu du magasin. C'étaient tous des pêcheurs de homards à la retraite, qui continuaient de se lever avant l'aube, même maintenant qu'ils étaient trop âgés pour soulever les casiers. La meilleure compagnie qui soit pour commenter le match des Celtics de la veille. L'été, c'était les Red Sox, l'automne les Patriots. Le temps ici se mesurait à l'aune des équipes de sport et du climat, l'ensemble formant un cycle infini.

« Quelles sont nos chances, à ton avis, pour le match éliminatoire ? demanda Isaac Peck avant de marquer un temps d'arrêt exagéré et d'ajouter : Oh, mais c'est vrai, Brandon, toi, tu es pour les

Cavaliers de Cleveland. J'oublie toujours que tu es un étranger.

— Isaac, ce que tu oublies, c'est que ça fait dix ans au moins que tu me traites d'étranger tous les matins.

— Pas le jour de Noël ou de Thanksgiving, répondit Isaac avec flegme. Ces jours-là, je préfère rester chez moi et regarder ma famille plutôt que ta sale tronche. »

Perry remplit la tasse de café de Robbie. Il en but la moitié, se brûla la langue, et tendit sa tasse pour qu'elle le resserve.

« Tu as besoin d'un petit remontant, ce matin ? fit observer Avery Lunt en déplaçant son postérieur efflanqué sur le banc.

— J'ai conduit Emily à l'aéroport de Boston, hier soir. Et vu qu'il était plus de deux heures du matin quand je suis rentré, je me suis dit que ce n'était pas la peine de me coucher. » Il aurait été de toute façon incapable de trouver le sommeil sans elle à ses côtés. Le lit était trop vide, son côté trop froid et lisse. Ils dormaient ensemble depuis si longtemps.

« Elle est retournée chez elle rendre visite aux Angliches ?

— C'est chez elle, ici, déclara Robbie. Pendant combien de temps encore va-t-on devoir vivre dans cette ville avant que tu arrêtes de me considérer comme un étranger et de traiter ma femme d'Angliche ? »

Des coups d'œil s'échangèrent entre les pêcheurs de homards et Perry. « Pendant encore trente ans, répondit Avery.

— Parce que tu crois que tu vas tenir encore trente ans, Avery ? » Robbie calcula qu'Avery avait au moins soixante-dix ans, même si, avec son visage tanné des hommes qui ont passé tous les jours de leur vie en mer, il pouvait tout à fait en avoir cent, voire cent dix.

« C'est mon intention.

— Trente ans, ce n'est probablement pas assez, intervint Isaac. Il faudrait d'abord que tu perdes ton accent. Ton gamin, en revanche, lui, il pourrait vraiment être un gars du Maine. »

Un gaars du Maynne. Pour eux, c'était le summum de la réussite, et Robbie, pour être franc, se rangeait à leur avis. Dès qu'il avait posé les yeux sur la côte du Maine, il s'était senti chez lui : le littoral rocheux aux bords finement crénelés, les pins qui se dressaient telles des lances. Les îles qui s'affaissaient dans la mer comme des porcs-épics recroquevillés sur eux-mêmes, si nombreuses – certaines inhabitées, d'autres guère plus que des rochers peuplés de phoques. Les vieux phares blancs, le brouillard par calme plat, la puissance d'un vent du nord-ouest. En ce moment, bien que d'après le calendrier on fût au début du printemps, l'océan était encore gris ardoise, presque blanc parfois, avec des cristaux de glace, et la neige épaisse sur le rivage.

« J'espère bien qu'il le deviendra, répondit Robbie. Il refuse déjà de croire qu'il existe d'autres équipes que les Red Sox.

— C'est un bon garçon. »

Sterling Ames posa son beignet dont il avait mangé la moitié et prit la parole pour la première fois. Du sucre en poudre parsemait sa moustache grise. « D'où tu viens déjà, Bob ?

— De l'Ohio, avec un détour par le Sud avant de remonter dans le Maryland.

— Tu n'avais jamais vu l'océan quand tu étais petit ?

— Pas avant l'âge de seize ans, et ça m'a suffi pour être accro. J'ai eu le coup de foudre deux fois dans ma vie, et c'était la première fois.

— Tu n'aurais pas de la famille par ici ?

— Non.

— Parce que Little était à Camden le week-end dernier et il a discuté avec un gars au Rusty Scupper, qui s'appelle Brandon. »

La main de Robbie se crispa autour de sa tasse. « Ah ouais ?

— Little dit qu'il te ressemblait comme deux gouttes d'eau, sauf qu'il a vingt-cinq ans de moins, poursuivit Sterling Ames. D'après son père, Little était d'une humeur de chien, quand il est rentré. » Sterling mordit à nouveau dans son beignet, éparpillant du sucre en poudre partout autour de lui.

« Il y a beaucoup de Brandon dans la région, lâcha Robbie.

— Celui-là construit des bateaux. Il travaille pour Harkers.

— Tiens donc, fit Robbie, son cœur cognant dans sa poitrine comme s'il venait de courir le cent mètres. Bon, c'est pas tout, mais faut que j'aille travailler. C'était un plaisir d'être maltraité par vous, les gars, comme d'habitude. »

Le chantier naval Brandon ne se trouvait qu'à huit kilomètres de l'épicerie générale de Clyde Bay, au bout de la Route 1, en contrebas d'une voie d'accès serpentant jusqu'à la côte et bordée de bancs de neige d'octobre à avril. Le gravier crissait sous les pneus de son camion, mais Robbie ne l'entendait pas, comme il n'entendait pas les vieux tubes des années 60 qui passaient à la radio.

Il pensait à Emily et il voulait rentrer pour la retrouver : pour lui parler de cette information, pour essayer de comprendre ce qu'elle pouvait signifier. Pour sentir sa main contre sa nuque, voir le pli entre ses sourcils tandis qu'elle réfléchissait.

Mais Emily devait être presque de l'autre côté de l'Atlantique à cette heure. Elle devait lire, ou dormir, ou plus vraisemblablement regarder par le hublot les nuages au-dessus de l'Angleterre et se demander qui elle allait rencontrer et ce qu'ils se diraient. Peut-être pensait-elle à lui, elle aussi. Ils n'avaient pas été séparés plus d'une nuit, pendant des années.

Subitement, furieusement, il s'en voulut de ne pas l'avoir accompagnée. Adam n'aurait pas pu venir, bien sûr, mais il aurait pu rester chez un camarade de classe – les parents de Luca, son meilleur ami, auraient été ravis de l'accueillir. Adam était parti une semaine, l'été dernier, pour un stage de foot, et cela ne lui avait posé aucun problème. S'il leur avait terriblement manqué, lui avait adoré se sentir libre et se faire de nouveaux copains.

« La séparation aide les enfants à grandir », avait déclaré Emily cette nuit-là dans leur lit, sa main cherchant celle de Robbie.

Mais Emily s'était envolée si précipitamment pour ne pas arriver en retard à l'enterrement de sa mère qu'il n'avait pas eu le temps de se demander comment il vivrait son absence.

C'était sûrement une coïncidence. Brandon était un nom courant. Sans compter que William, du moins à sa connaissance, ne l'utilisait sans doute pas. Il était peu probable qu'il se retrouve dans le Maine. Voilà ce que lui dirait Emily, si elle était là. Elle lui dirait aussi d'essayer d'en savoir plus.

Il gara le camion sur le parking. Les lumières dans l'atelier étaient déjà allumées et le son de la radio lui parvenait. Lorsqu'il ouvrit la porte, il fut accueilli par l'odeur du diésel, de la peinture, des copeaux de bois et du goudron végétal. Au fond de l'atelier, il aperçut une silhouette en chemise de flanelle et casquette de baseball, penchée sur la coque d'un bateau de plaisance. Robbie prépara du café dans la kitchenette près du bureau et servit deux tasses dès qu'il fut prêt. Il ajouta de la crème et trois sucres dans l'une d'elles et les apporta à Pierre L'Allier.

« Tu as démarré tôt ? »

Le jeune homme leva les yeux du morceau de rampe qu'il fixait au pavois d'un yacht en bois. Depuis quelques semaines, il essayait de laisser pousser sa barbe, mais il n'avait réussi jusqu'à présent qu'à obtenir quelques poils fins et clair-semés au menton et de chaque côté de sa lèvre supérieure, ce qui ne manquait pas de surprendre Robbie chaque fois qu'il le voyait.

« Oui, mon frère m'a déposé en allant au travail, répondit Pierre, avec son léger accent québécois. J'espère que ça ne vous ennuie pas que je sois entré.

— Pas du tout. Je ne t'aurais pas donné un jeu de clés sinon. » Robbie approuva d'un hochement de tête la réparation du pavois. « Bravo pour ce raccord. »

Pierre rougit. Malgré son duvet au menton, ou à cause de son duvet, il donnait l'impression d'avoir seize ans. Il paraissait encore plus jeune, plus inachevé, quand Robbie l'avait pris en appren-tissage deux ans auparavant, alors qu'il sortait à peine de l'école. Robbie ne cherchait personne en particulier – il avait déjà trois employés à plein temps, cinq à mi-temps, et Pierre n'avait en plus jamais travaillé sur un bateau. Il venait d'une famille de bûcherons – son père était le meilleur arboriculteur que Robbie ait jamais rencontré; il avait abattu l'énorme sapin de Sitka devant l'église méthodiste comme s'il dansait un ballet avec une tronçonneuse et des cordes. Mais Pierre s'était présenté au chantier, et pendant que Robbie lui parlait il avait caressé les planches en cèdre qui attendaient d'être rivées à la carcasse en chêne que Robbie avait construite. Il les avait touchées presque avec révérence. Comme si ses mains pouvaient voir la forme que le bois prendrait. Et Robbie l'avait embauché ce jour-là.

« Merci », dit Pierre. Son accent ressortait toujours quand il était gêné ou excité.

Robbie s'assit à côté de lui sur le banc. « Tu as une minute ?

— Bien sûr.

— Tu es allé à Camden avec Little Sterling le week-end dernier ? »

Pierre rougit à nouveau, plus fort. Il lui manquait un an pour avoir le droit de boire, et son père Gill était connu pour être très strict avec ses fils.

« Je me fiche de ce que tu as fait, ajouta Robbie. Ça te regarde. Mais j'ai entendu dire que Little avait rencontré un type qui portait le même nom que moi.

— Oui, répondit lentement Pierre. On en a parlé. Je trouvais qu'il vous ressemblait beaucoup, en plus jeune évidemment. Little prétendait que c'était peut-être un de vos cousins. Vous avez remarqué comme les cousins de Little sont son portrait craché. »

Robbie sentit son cœur recommencer à battre la chamade. *Oh, Emily, je t'en prie, acceptons-le, après toutes ces années. Je t'en prie.* « Quel était son... son prénom ?

— Charlie ? Non. Bill. William. » Pierre se frotta le menton d'un air contrit. « C'est qu'on a bu beaucoup de bières.

— William Brandon. Tu en es sûr ?

— Oui.

— Et il travaille pour Harkers ?

— Oui, absolument. Ce sont de beaux bateaux, n'est-ce pas ?

— Quel âge a-t-il, à ton avis ?

— Euh... un an ou deux de plus que moi ? En tout cas, il a une sacrée descente. »

Sacré, pour un sacré gâchis, plutôt. Robbie fronça les sourcils en buvant son café puis se leva. « Merci, Pierre. » Il posa une main sur l'épaule étroite du jeune homme et se dirigea vers le bureau où il alluma la lumière.

Une fois à l'intérieur, il referma la porte derrière lui et se tint devant la fenêtre, face au chantier. Avec leurs bâches en plastique blanc qui les recouvraient pour l'hiver, les yachts faisaient penser à d'énormes fantômes ventrus. Un homme d'une vingtaine d'années qui s'appelait William Brandon, qui construisait des bateaux et était un gros buveur, travaillait à moins de trente kilomètres d'ici.

« Oh, mon Dieu, Emily, murmura Robbie. Qu'est-ce que je dois faire ? »

Il connaissait le contremaître de Harkers. Il avait déjà pris un café avec lui et parlé boutique, il avait même procédé à des réparations courantes sur son bateau à moteur alors qu'ils étaient l'un et l'autre en route pour Matinicus Island. Il le trouva occupé à surveiller le travail sur un sloop de onze mètres de long, dont chaque centimètre avait été construit à la main dans son atelier. Harkers construisait les plus beaux bateaux de tout le Maine, ce qui signifiait les plus beaux bateaux du monde entier : des yachts en bois superbement travaillés, fabriqués par des hommes et des femmes aux mains rugueuses que des millionnaires et des milliardaires achetaient pour la plupart comme s'il s'agissait de jouets.

Arrivé sur le seuil de l'atelier, Robbie marqua une pause, cherchant du regard une silhouette qu'il pourrait reconnaître, mais, ne voyant aucun employé nouveau, il s'avança vers George et le bateau qu'il examinait.

« J'aimerais bien m'en offrir un comme ça, dit-il sur un ton admiratif en caressant la coque du sloop.

— Tu n'en as pas besoin. Comment va le *Goldberg* ?

— Bien. Il faut juste que je recalfate le fond avant de le remettre à l'eau.

— Les bateaux et les femmes. C'est toujours plus de travail qu'on ne le pensait.

— Sauf qu'on aime ça ! Comment va Joyce ?

— Comme d'habitude. Emily ?

— Comme d'habitude », répondit Robbie. Elle devait être en route pour Norfolk à l'heure actuelle. Lorsqu'il l'avait accompagnée à Boston, il lui avait recommandé de ne pas prendre le volant si elle n'avait pas réussi à dormir dans l'avion, mais il la soupçonnait d'ignorer son conseil si elle estimait qu'elle pouvait conduire. *Sois prudente*, lui dit-il en pensée, de l'autre côté de l'océan.

« Café ?

— C'est bon, merci. Écoute, George, je suis désolé de t'ennuyer, mais je suis à la recherche d'un de tes employés.

— William ? »

La promptitude avec laquelle George lui répondit fit battre plus fort son cœur et sa gorge se serra. « Oui, c'est ça. Il est là ? »

George secoua la tête. « Désolé, vieux, mais j'ai dû me séparer de lui. »

Robbie sentit sa gorge se nouer à nouveau. « Je peux te demander pourquoi ?

— Il a frappé le chef du service des ventes.

— Oh. Bref... il est parti ?

— Oui, hier. J'ignore où il est. C'est quelqu'un de ta famille ?

— Euh... peut-être.

— Il travaille bien, Bob. Il est très doué, et soigneux. Quand il est sobre.

— Je comprends. Tu sais d'où il vient ?

— Du Sud. Charleston, je crois. Il n'en parlait pas beaucoup. J'ai l'impression qu'il a pas mal bourlingué, et je peux deviner pourquoi. Mais il a appris deux, trois techniques quelque part.

Dans ce petit atelier construit avec des vieilles planches qui traînaient et des bouts de tôle ondulée, sous le palmier dans leur cour arrière, à Coconut Grove. Des copeaux de bois à ses pieds et de la sciure dans ses cheveux, retournant un dauphin sculpté dans ses mains.

« Tu as son adresse ?

— Oui, au bureau. Mais tu auras plus de chances de le trouver au Scupper. »

Robbie essaya d'abord le Scupper. Il était trois heures de l'après-midi et il dut s'arrêter à la porte avant d'entrer. Il n'avait pas vu l'intérieur d'un bar depuis des années. D'un vrai bar, au sol souillé de bière, imprégné de l'odeur de l'alcool jusque dans le plâtre des murs. Ce serait un test : dur, mais pas trop dur. En réalité, c'était la pensée de William qui le tracassait, et non celle d'un verre poussé vers lui sur le comptoir, froid et humide avec des bulles remontant du fond.

Bon, cette pensée-là aussi le tracassait. Mais moins que la pensée de William.

Il poussa la porte et s'avança dans la salle où flottaient des effluves de bière. Un match de hockey passait à la télévision accrochée au mur et il n'y avait quasiment personne, sauf que Robbie ne remarqua rien de cela, car, assis au bar, de dos à la porte, il se reconnut. Penché en avant, épaules affaissées, les cheveux noirs à moitié cachés sous une casquette de baseball, les pieds dans de gros souliers aux lacets défaits, posés sur le barreau du tabouret. Un sac marin traînait par terre, à côté. C'était lui, Robbie, vingt ans plus tôt.

Il n'avait jamais vu William adulte, mais il était sûr de ne pas se tromper.

Il le regarda boire une bière à la bouteille avec la sombre efficacité d'un homme qui accomplit sa mission. À trois heures de l'après-midi, William avait dû cesser de compter combien il en avait déjà descendu. Robbie lui-même aurait renoncé ; l'après-midi aurait déjà commencé à se confondre avec les gorgées avalées, et se prolonger dans ce non-temps qui démarrait avec le premier verre et se terminait dans l'oubli.

Robbie déglutit difficilement, accrocha sa veste à une patère près de la porte et se dirigea vers le bar. Il s'assit sur le tabouret voisin de celui de son fils.

William était occupé à boire. Ses yeux suivaient le match de hockey, mais c'était sur la bière dans sa main qu'il se concentrait. Son profil lui était si familier qu'il lui fit mal. On retrouvait Marie dans l'inclinaison de son menton et la forme de ses oreilles, mais le reste de son visage, c'était lui, Robbie, jusqu'aux poils de sa barbe mal rasée, légèrement auburn. William avait des mains de travailleur et portait l'uniforme de tous les hommes le long de la côte : une chemise en flanelle à carreaux, manches remontées, un jean usé, un tee-shirt qui dépassait. Robbie en arborait également une de ses versions, quoique sa chemise fût bleu marine et qu'il eût enfilé un pull par-dessus. Le barman s'approcha de lui.

« Un Pepsi, s'il vous plaît, dit-il, avec beaucoup de glaçons. Et une autre Geary's pour William. »

En entendant son nom, William laissa tomber le match de hockey et jeta un coup d'œil à Robbie. Le coup d'œil se transforma en un long regard. Robbie le lui rendit.

Cela faisait dix-huit ans. William avait quatre ans. Un enfant de quatre ans, endormi. Le visage d'un homme à présent, la barbe mal rasée, les yeux injectés de sang, un bleu sur la pommette. Il paraissait plus que vingt-deux ans. Il ressemblait à l'étranger que Robbie voyait autrefois tous les jours dans le miroir.

« Qui êtes-vous ? demanda William.

— L'homme qui vient de te payer une bière.

— Mais vous êtes qui, putain ?

— Je m'appelle Robert Brandon. »

Ce ne fut pas la surprise qui s'afficha sur le visage de William, mais la colère. Il plissa les lèvres et les yeux et Robbie sut que c'était exactement cette expression-là qu'il avait eue avant de frapper le chef du service des ventes.

« Qu'est-ce que vous foutez ici ?

— Je te l'ai dit. Je te paie une bière. »

Les deux boissons apparurent devant eux. Robbie s'empara de son verre et but une gorgée. C'était frais, d'une fraîcheur pas suffisamment mordante pour étancher sa soif, mais ça allait. Il n'avait pas besoin de plus. William ne toucha pas à sa bière.

« Est-ce que ta mère s'appelle Marie ? demanda Robbie.

— Me la faites pas, c'est pas le moment. Je suis pas d'humeur à apprécier votre putain de blague, dit William.

— Exact, déclara Robbie. Et je ne m'y attendais pas non plus. George m'a dit que je te trouverais ici. Il a ajouté qu'il était plus probable que tu sois ici que chez toi.

— Chez moi, ricana William. Qu'est-ce que vous me voulez ?

— Si Marie Doherty est ta mère, c'est que tu es mon fils. La dernière fois que je t'ai vu, tu avais quatre ans. Et je ne savais pas où te chercher jusqu'à aujourd'hui.

— Vous êtes un enfoiré, voilà ce que vous êtes.

— Oui, c'est sans doute vrai.

— Si vous êtes mon père, où est-ce que vous étiez ?

— Ici, depuis treize ans. À Clyde Bay. Avant, j'étais en Floride, où je t'attendais. »

William écrasa son poing sur le bar. « Je ne vous crois pas. »

Robbie sortit son portefeuille de son jean. Il posa un billet sur le bar pour payer leurs verres puis tira une photo d'un rabat au dos. Elle était froissée, jaunie et portait la marque de sa poche arrière à force d'avoir été conservée dans plusieurs portefeuilles au fil des années. Il la plaça sur le comptoir, à côté du poing fermé de William.

Le garçon sur la photo leur souriait à tous les deux. Il lui manquait une dent de devant, et ses cheveux avaient besoin d'une bonne coupe, même selon les standards de 1972.

« Foutez le camp, lâcha William d'une voix enrouée, chargée de colère.

— Voilà mon numéro de téléphone. » Robbie attrapa un stylo et une serviette en papier pour le noter. Sa main tremblait quand il l'écrivit. « J'aimerais apprendre à te connaître, William.

— Foutez le camp ! Cassez-vous ! » William glissa de son tabouret qu'il renversa.

« Hé, s'écria le barman, qu'est-ce qui se passe ?

— Cassez-vous ! » William serrait les poings.

« Je t'ai prévenu, Bill, lâcha le barman. C'est terminé. Plus de bagarre.

— Je m'en vais, dit Robbie au barman. Ne vous inquiétez pas. Je m'en vais. » Il se tourna vers William. « Appelle-moi si tu veux. S'il te plaît. Ou passe me voir. Chantier naval Brandon, à Clyde Bay. Je serai là. » Il fourra ses mains dans ses poches et sortit. L'air dehors était frais, plus frais que la boisson qu'il avait commandée, et il respira à longues goulées pour essayer de calmer son envie de boire.

9

De nouvelles maisons s'entassaient à la périphérie de Blickley, derrière de minuscules jardins; la petite école où Polly et elle étaient allées avait été agrandie, une extension affreuse sur le côté. Mais l'église était la même, carrée et grise, exactement comme elle avait été pendant des centaines d'années avant la naissance d'Emily. Après la neige sale de la fin de l'hiver dans le Maine, le vert du printemps anglais était presque choquant. Des jonquilles fleurissaient autour du parking, qui était complet; elle vit des parents et des amis de sa mère, en costumes et robes, remontant l'allée pour entrer dans l'église. Elle en reconnut certains, mais n'aperçut ni son père ni Polly. Pour l'instant.

Elle était en retard. Ayant passé vingt ans à l'étranger, elle n'imaginait pas que la circulation en Angleterre pût être si épouvantable. Tout le long de la M25, elle n'avait roulé que par à-coups et s'était retrouvée ensuite coincée derrière un tracteur sur la A-road, ses mains tapotant nerveusement le volant tout en essayant de ne pas regarder la pendule sur le tableau de bord. Elle avait encore le goût du mauvais café qu'elle avait bu dans l'avion et portait toujours les mêmes vêtements qu'à son départ de Boston : une robe droite froissée, des collants noirs, un cardigan et un manteau d'hiver qui convenait plus aux températures glaciales du Maine qu'à l'Angleterre. Elle fit demi-tour, se gara sur le côté de la route, et courut jusqu'à l'église, cherchant frénétiquement du regard la silhouette fine de son père, les cheveux bouclés de sa sœur.

Elle s'arrêta brusquement. « Christopher. »

Pardessus gris. Lunettes rondes, sans monture. Ses cheveux blond-roux s'étaient clairsemés, et, bien que mère, médecin et âgée de quarante-huit ans, Emily n'en revint pas de constater que cet homme qui avait fait partie de sa jeunesse était aujourd'hui un adulte d'âge mûr.

Christopher écarquilla les yeux. « Emily ?

— Je... je ne pensais pas... » Elle marqua une pause. « Mais bien sûr, tu es là. Ma mère t'aimait beaucoup.

— Et je l'aimais beaucoup, également. Ça... ça me fait plaisir de te voir, Emily. »

Elle savait qu'il mentait, du moins qu'il était aussi proche du mensonge que possible, mais c'était typique de Christopher, typique de sa politesse. Parce que ça ne lui faisait pas plaisir à elle de le revoir. Elle éprouvait une sensation étrange, comme si cette personne qu'elle connaissait si bien avait été remplacée par une autre, de presque vingt ans plus âgée et dont elle ignorait tout.

Allait-elle ressentir la même chose en voyant son père ?

« Ça me fait plaisir, à moi aussi.

— Je te présente Lucy », dit-il, et Emily remarqua alors pour la première fois la femme qui se tenait près de lui. Manteau gris elle aussi, et lunettes, mais elle fut incapable de noter d'autres détails. « Ma femme.

— Oh. Je... enchantée. » Elle lui tendit la main, parce que cela semblait la chose à faire, et Lucy la serra.

« Je suis ravie de vous rencontrer. » Comme Lucy paraissait sincère, Emily en conclut qu'elle ne savait pas qui elle était. Christopher ne lui avait sans doute pas tout raconté.

Elle les regarda fixement l'un et l'autre, avec beaucoup trop de questions pour pouvoir les poser sans crainte.

« Je crois qu'on ferait mieux d'entrer, dit Christopher.

— Oui.

— Je suis désolée pour votre mère, ajouta Lucy.

— Merci », répondit machinalement Emily en songeant que c'était ainsi que les Anglais et les habitants de la Nouvelle-Angleterre se comportaient face aux situations gênantes : en ayant recours aux banalités polies et aux principes de base de la courtoisie.

Ils s'écartèrent tous les deux pour laisser Emily entrer la première dans l'église.

Les bancs étaient presque tous remplis. Une odeur de pierre mouillée et de lis flottait dans l'air. Le cercueil se trouvait à l'avant de l'église, orné de fleurs, avec sa mère à l'intérieur.

Emily n'avait pas compris avant cet instant-là, pas véritablement compris, que sa mère était morte. Qu'elle était morte et ne reviendrait pas. Ne reviendrait plus jamais.

Elle sentit qu'elle lui prenait la main, comme lorsqu'elle était enfant et qu'elles allaient faire les courses. Elle percevait le parfum de ses cheveux.

Elle songea à l'une des dernières fois qu'elles avaient été réunies, assises près de la plage à Key West avec le coucher du soleil orange se reflétant dans le verre qu'elle tenait à la main. Elle la voyait sourire. Elle l'entendait rire.

Et à présent, elle n'était plus là, et qu'importait le reste ? Qu'importait tout ce qui s'était passé entre elles ?

Au fond de l'église, Emily tendit la main dans le vide et imagina qu'elle la posait sur le bois vernis du cercueil. Elle pensa à sa mère à l'intérieur. Sa mère, hors de sa portée comme jamais elle ne l'avait été au cours des dix-huit années durant lesquelles Emily ne l'avait pas vue ni n'avait entendu le son de sa voix.

Jadis, il n'y avait qu'elles deux. Elle était la première personne qu'Emily avait connue.

« Au revoir », murmura-t-elle.

Le pasteur, qui n'était pas celui des dimanches de son enfance, s'avança vers la chaire et prit la parole.

Adossée au mur près des fonts baptismaux, perdue dans les souvenirs de sa mère, elle se rendit seulement compte que l'office était terminé quand les gens du premier rang se levèrent et qu'elle aperçut son père. Elle l'observa, figée, tandis qu'il se dirigeait vers elle dans l'allée centrale.

Ses cheveux s'étaient éclaircis et avaient blanchi. Il portait des lunettes et un costume noir, son pardessus plié sur son bras. C'était son père, et de se le dire après toutes ces années faillit la faire chanceler et repartir, tout en lui donnant envie de voler vers son étreinte familière.

Elle sut exactement quand il la vit, car son expression passa du calme stoïque à la douleur nue.

Il pressa l'allure au point de presque courir. Mon Dieu, comme il était maigre – il avait toujours été mince mais là, il était plus que ça, il était décharné, avec des traits anguleux et un costume trop grand. « Papa », commença-t-elle. Il la saisit par le coude en même temps et l'entraîna à l'extérieur de l'église, sur le côté du porche où ils étaient seuls.

« Qu'est-ce que tu fais ici ? » demanda-t-il.

Il avait les yeux creux, les pommettes saillantes. Il lui manquait quelque chose, quelque chose qu'elle n'arrivait pas à cerner, pourtant, c'était son père.

Elle ne lui avait jamais vu cette colère sur le visage auparavant. Le trouble, oui, le désarroi, la tristesse, mais jamais la colère.

« Je voulais dire au revoir...

— Tu n'as pas le droit de lui dire au revoir, déclara-t-il. Tu as abandonné ta mère il y a très longtemps. Pourquoi es-tu venue ?

— Tu m'as écrit.

— Je t'ai écrit par... par politesse. Je pensais que c'était mon devoir. » Il cracha presque le mot. Son père, cet homme doux, un médecin, l'ami de tout le monde. Les mains qui la guidaient dans son enfance. Elle recula.

Il jeta un coup d'œil par-dessus son épaule. « Les gens vont arriver. Il ne faut pas que tu sois là ; il ne faut pas qu'on te voie. Je ne sais pas ce que tu t'imaginais en venant ici mais ça ne m'intéresse pas. Va-t'en. Pars.

— Mais papa...

— Ne m'appelle pas comme ça ! Tu as renoncé au droit de m'appeler ainsi quand... » Il jeta à nouveau un coup d'œil par-dessus son épaule. « Va-t'en. Maintenant. Je ne veux pas qu'on te voie ici », répéta-t-il.

Elle lui tourna le dos. Ses larmes lui brouillaient la vue et elle tituba à moitié, mais, entendant le bruit des pas et les voix assourdies des gens qui arrivaient, elle s'enfuit en courant vers le cimetière.

Elle avait joué ici enfant, après l'office, pendant que ses parents bavardaient avec le pasteur. Ses pieds la conduisirent entre les tombes, le long d'un mur de silex qui menaçait de s'effondrer et de l'autre côté d'une porte percée dans la paroi menant à la partie nouvelle du cimetière, là où les pierres tombales ne penchaient pas et où des fleurs pointaient ici ou là, en plastique ou naturelles. Elle s'appuya contre le mur, s'efforçant de respirer, se tenant le ventre noué de douleur.

Elle songea à son père derrière l'appareil photo et aux photos fièrement exposées dans leur maison, décrivant son enfance, la personne qu'elle avait toujours pensé être. Les anniversaires, les fêtes religieuses, les vacances au bord de la mer avec sa sœur, les photos de classe dans son uniforme impeccable, le jour de la remise des diplômes devant le Senate House, en robe universitaire. Elle était la bonne fille, la fille intelligente, la fille qui marchait sur les traces de son père en faisant médecine, qui allait mettre au monde des bébés et sauver la terre entière, la déléguée de classe en dernière année de lycée, l'étudiante qui avait eu une mention très bien à sa licence à Cambridge, la fille que tout le monde connaissait dans le village.

Votre famille doit être si fière, disait-on à cette fille, Emily Greaves, la fille du docteur.

Je ne veux pas qu'on te voie.

Elle enfonça son poing dans sa bouche pour étouffer ses sanglots.

Les tombes l'entouraient, une communauté de morts. Des générations toutes enterrées dans le même cimetière, côte à côte sous leurs noms et leurs dates. Sa mère... sa mère n'était pas originaire de ce village, mais Emily savait où Charlotte Greaves serait inhumée, près de l'endroit où les grands-parents Greaves se trouvaient déjà. Plusieurs pierres grises sous la branche haute d'un if. Elle jouait là aussi quand elle était enfant. Les Tombes aux Greaves, les appelait-elle en riant. Elle avait tracé du bout de l'index leurs inscriptions à chacun, depuis le premier, John Greaves, 1784, jusqu'à son arrière-arrière et ainsi de suite petit-fils, le grand-père d'Emily, Martin Greaves.

« Est-ce que je serai enterrée là, un jour ? » avait-elle demandé à son père, vers l'âge de huit ou neuf ans, et il lui avait souri et répondu : « Peut-être. Mais ne préférerais-tu pas être enterrée auprès de l'homme qui sera ton mari ?

— Je ne me marierai jamais. Je veux être docteur, comme toi. »

Emily s'effondra dans l'herbe froide et trempée. L'humidité pénétra à travers ses collants en l'espace de quelques secondes, mais elle ne sentit rien. Elle tendit l'oreille pour écouter les chants et les prières qui accompagnaient la mise en terre de sa mère, de l'autre côté de l'église, sous l'if.

Mais ce fut un bruit de pas rapides, précipités, crissant sur le gravier qu'elle entendit. Venant dans sa direction. Emily se releva, s'essuya le nez et les yeux du revers de la main, et tentait de lisser sa robe quand une femme apparut dans l'encadrement de la porte. Grande et mince, elle portait un manteau noir boutonné jusqu'au col, une écharpe rouge, et de ses cheveux bouclés, ramenés en arrière avec une barrette, quelques frisettes s'échappaient sous la bruine. Elle s'arrêta, fouilla dans son sac à main noir et sortit un paquet de Marlboro Light et un briquet. Elle alluma sa cigarette et tira dessus comme une femme qui a besoin de nicotine pour respirer.

« Polly ? » appela Emily.

La femme se retourna et aperçut Emily alors qu'elle prenait une nouvelle bouffée. Elle toussa.

« Polly ! » Emily s'avança vers elle.

« Bon sang ! » Polly lâcha sa cigarette qui roula sur le sentier. « Emily ? Qu'est-ce que tu fais ici ?

— La même chose que toi. Je dis au revoir à maman.

— Est-ce que papa t'a vue ?

— Oui.

— Et il t'a dit que ça ne posait pas de problème que tu sois là ? Est-ce qu'il t'a *invitée* ?

— Non. Je suis venue, c'est tout. »

Polly fronça les sourcils. C'était une femme jolie, stylée et posée, mais aux yeux d'Emily, elle avait davantage vieilli que son père : des rides se dessinaient sur son front et autour de sa bouche. Ses cheveux étaient teints d'une nuance plus sombre que leur couleur naturelle, ce qui lui donnait la mine cireuse, malgré le maquillage.

« Tu n'as pas le droit d'être ici, pas après ce que tu as fait, déclara-t-elle.

— Je n'ai rien fait qui m'interdise de lui rendre un dernier hommage. C'était ma mère.

— Tu l'as tuée. »

Emily fit un pas avant, éprouvant, pour la première fois, un sentiment de colère à l'égard de sa famille. Il était plus facile d'être en colère contre une jeune sœur, une sœur qui l'avait toujours admirée, idolâtrée. Il était plus facile de voir que ce drame était complètement fabriqué et ridicule.

« Quoi ? Comment aurais-je pu la tuer ? Je ne l'ai pas vue depuis presque vingt ans, depuis nos dernières vacances ensemble en Floride.

— Est-ce que tu sais de quoi elle est morte ?

— Ce n'était pas précisé dans la lettre.

— D'un cancer. D'un long et lent cancer. Celui qui t'offre parfois des rémissions sans que tu ailles vraiment mieux pour autant. Elle a été très fatiguée après que tu as décidé de rester en Amérique, et on pensait que c'était parce que tu lui avais causé de la peine. Parce que tu lui avais brisé le cœur. Mais elle était si faible que papa l'a obligée à faire des examens, et c'est à ce moment-là qu'on a découvert de quoi elle souffrait. Elle s'est battue pendant ces quinze dernières années, et où est-ce que tu étais ?

— J'ai écrit tous les ans, répondit Emily. J'ai dit à papa et à maman où j'habitais. L'un de vous trois aurait pu me joindre à n'importe quel moment. À n'importe quel moment si vous le souhaitiez.

— Sauf qu'on ne le souhaitait pas. On n'a plus jamais parlé de toi après ce séjour en Floride. Du jour au lendemain, on a annulé la fin des vacances et on est rentrés à la maison, et ça a été comme si tu n'avais jamais existé. Chaque fois que j'essayais de mentionner ton nom devant maman, on aurait dit qu'elle ne m'avait pas entendue.

— Mais ça n'a pas pu la tuer, Polly. Et je suis aussi triste que toi qu'elle soit partie.

— Ça l'a tuée. *Tu* l'as tuée.

— C'est le cancer qui l'a tuée.

— Elle est morte parce que tu lui as brisé le cœur, répéta Polly.

— On ne meurt pas d'un cœur brisé. Je suis médecin. Ça n'arrive jamais.

— C'est arrivé à maman! hurla Polly. Après ton départ, elle n'a plus jamais été la même. Elle l'a gardé en elle pendant des années, sans en parler, et ça l'a rongée. Ça lui a fait du mal. Ça nous a fait du mal à tous.

— Elle n'en a jamais parlé? *Jamais?*

— Elle n'était plus elle-même après. Ne me demande pas pourquoi.

— Tu veux dire que... que tu ne sais pas ce qui s'est passé? Ils ne te l'ont pas raconté? »

Polly était sortie avec ses nouveaux amis; elle n'avait pas assisté à cette horrible et ultime confrontation. Emily n'avait pas revu son père jusqu'à aujourd'hui; elle n'avait plus jamais revu sa mère.

« Tout ce que je sais, c'est que tu m'as obligée à mentir pour toi. J'ai menti à maman et à papa, et à Christopher aussi, parce que j'avais confiance en toi. Je croyais que tu savais ce que tu faisais, et que tu ne te trompais jamais. »

Polly sortit d'un coup sec une nouvelle cigarette et l'alluma, les mains tremblantes. Emily revoyait le fantôme de la petite fille qu'elle avait été, la petite fille souriante qui dansait tout le temps.

« Je t'aimais, dit Polly. Je t'admirais. Je voulais te ressembler. Toute ma vie, j'ai toujours voulu ressembler à ma grande sœur Emily. Mais tu as brusquement disparu. Et les personnes que j'aimais n'ont plus eu le goût à rien. Et on n'a plus jamais eu de tes nouvelles.

— Je ne voulais pas t'abandonner. Je n'ai pas eu le choix. J'ai essayé de te téléphoner quand vous êtes rentrés en Angleterre, mais la personne que j'ai eue au bout du fil m'a répondu que tu avais déménagé. Je pensais que maman et papa t'auraient dit où j'étais.

— Cela leur faisait trop mal de penser à toi. Tu ne m'as même pas dit au revoir. Tu as juste disparu. » Polly cligna furieusement des yeux en tirant sur sa cigarette. « Et maman avait changé, et papa aussi. Et Christopher...

— Je suis désolée, Polly. Je ne voulais pas que ça se passe ainsi. Je ne voulais pas te perdre, moi non plus. »

Polly secoua la tête. « J'espère que ça en valait la peine. J'espère que tu es heureuse.

— Oui, je suis heureuse, répondit Emily. J'ai un petit garçon. Enfin, pas si petit que ça... il a quatorze ans. Il... il m'a demandé l'autre jour s'il avait des cousins. »

Polly éclata d'un rire amer. « Pas de chance. Quels modèles de couple réussi j'ai eus ? Toi et Christopher ? Maman et papa ? Tous reposant sur la tromperie et le silence. Personne ne parlant *jamais* de *rien*. Tu crois que c'était facile pour moi de faire confiance à qui que ce soit après ton départ ?

— Tu ne t'es donc pas mariée ?

— Oh, je me suis mariée, répondit Polly à travers un nuage de fumée. Les hommes sont tous nuls.

— Je suis désolée. » Les mots lui paraissaient tellement vides comparés à ce qu'elle ressentait.

« Non, tu ne l'es pas. » Elle lâcha sa cigarette qui roula à côté de la précédente, sur l'allée, et l'écrasa sous le bout pointu de sa chaussure. « Si tu l'étais, tu ne serais pas venue. Tu n'aurais pas obligé mon père à te regarder et à se rappeler que tu as brisé le cœur de maman. Si tu n'étais pas venue, il ne se tiendrait pas là, maintenant, devant sa tombe, avec l'air d'être mort lui aussi, et de souffrir tellement que je n'ai pas supporté de rester auprès de lui une minute de plus sans fumer une cigarette. Si tu n'étais pas venue, je n'aurais pas manqué l'enterrement de ma mère. J'en ai soupé de toi.

— S'il te plaît, Polly, dis-lui que je l'aime. Je... je n'ai pas eu le temps tout à l'heure.

— Dommage. Maintenant, tu sais ce que j'ai éprouvé quand tu es partie.

— Polly, je suis désolée d'être partie. Je suis désolée que tu n'aies jamais su pourquoi. Je peux tout te raconter. Je peux te raconter toute l'histoire.

— Trop tard. » Et sur cette dernière parole, elle rangea son paquet de cigarettes et son briquet dans son sac, passa de nouveau sous la porte dans le mur, abandonnant Emily.

Elle essaya d'appeler Robbie de la cabine téléphonique à l'extérieur de la poste mais Pierre, qui répondit, lui annonça qu'il était parti à Camden. Personne ne décrocha à la maison non plus. Adam devait être encore à l'école. Elle jeta un coup d'œil à sa montre et tenta d'endiguer un nouveau flot de larmes.

C'était chez elle, ici, autrefois : cette rue avec sa rangée de boutiques, le marchand de journaux, la boulangerie, le marchand de légumes ; le Royal Oak au coin, le sentier qui menait à la rivière, l'école, l'arrêt de bus, la maison où elle avait grandi. Les boutiques avaient changé depuis, le pub avait été repeint, la cabine téléphonique en bois rouge remplacée par une coque métallique fichée sur un poteau. La géographie était la même, mais tout le reste était différent, et si elle avait cru qu'en revenant à Blickley elle serait la même personne, elle comprenait à présent qu'elle était une étrangère. La place qu'elle occupait jadis dans ce village, elle l'avait perdue. Sa sœur lui en voulait, son père avait honte d'elle, sa mère était morte.

Elle raccrocha le téléphone et se demanda ce qu'elle allait faire maintenant. Elle n'avait pas réfléchi à ce qui passerait après l'enterrement, et son inconséquence lui paraissait bien ridicule à présent : est-ce qu'elle avait cru que son père lui proposerait de rester à la maison ? Elle songea à prendre une chambre au Royal Oak, mais le pub serait sans doute rempli de villageois. Si Polly ignorait la raison pour laquelle un fossé s'était creusé entre elle et ses parents, les gens du coin ne devaient pas être au courant non plus, mais cela ne les empêcherait pas d'avoir leur petite idée sur la question. Elle trembla en pensant à leur éventuelle curiosité.

Ne sachant pas comment elle serait reçue, elle n'avait réservé qu'un billet aller pour le Royaume-Uni, et même s'il était encore tôt dans la journée, conduire pendant cinq heures pour regagner Heathrow ne la tentait guère. Elle avait besoin de temps pour se reposer, pour panser ses plaies.

Essayer de comprendre si elle était vraiment le monstre que sa famille l'accusait d'être ou si elle était la personne qu'elle pensait avoir été pendant ces dix-huit dernières années.

Elle remonta dans la voiture de location et roula vers le sud, là où elle savait qu'elle avait des souvenirs heureux.

10

« Ta sœur t'a dit *quoi* ?

— C'est bon, Robbie », fit Emily. Elle semblait épuisée au bout du fil. Il devait être neuf heures et il doutait qu'elle se soit reposée ou qu'elle ait dormi. « Elle n'a pas pu s'en empêcher. Polly a toujours été très émotive. Elle est d'une nature passionnée. Elle me reproche de l'avoir abandonnée, et je ne peux pas vraiment lui en vouloir.

— En même temps, elle n'a jamais essayé de...

— Elle a pris le parti de mes parents. Elle ne pouvait pas faire autrement. Ils ne lui ont jamais raconté ce qui s'était passé.

— Tu pourrais lui raconter. Si elle savait, peut-être qu'elle comprendrait.

— Je lui ai proposé, mais elle m'a répondu qu'elle ne voulait pas savoir. Et je n'ai pas envie qu'elle sache, non plus. Je... je ne veux pas lui donner de raisons supplémentaires de me haïr.

— Tu n'as tout de même pas honte ?

— Je... je suis désolée d'être la cause de tant de souffrances. »

Il ne pouvait pas la toucher, lui prendre la main. « Je t'aime, lui dit-il.

— Je t'aime, moi aussi. » Il l'entendit soupirer. Il se demanda où elle était : dans une chambre d'hôtel, mais à quoi ressemblait l'endroit ? Était-elle assise sur le lit, sur une chaise ?

— Allez, raconte-moi quelque chose de gai, reprit-elle. Comment va Adam ?

— Il est sorti manger une pizza avec l'équipe de foot. Il t'embrasse.

— Et ta journée ? »

Il avait songé à lui parler de William. De ce bar infect, de la colère qu'il avait vue sur son visage, de la façon dont l'alcool et l'âge adulte n'avaient pas tout à fait effacé les traces du petit garçon qu'il avait été. Mais Emily avait besoin d'être réconfortée. Elle avait été rejetée par les deux seuls membres de sa famille qui lui restaient et avait dit au revoir à jamais à sa mère.

« Je suis allé à Camden, répondit-il. Je te raconterai plus tard. Pour l'instant, dis-moi, toi, où tu es. Qu'est-ce que tu regardes ?

— Je regarde par la fenêtre.

— Tu vois la mer ?

— Oui, mais il fait nuit. Je vois quelques lumières sur l'eau. »

Il souleva le socle du téléphone et le porta jusqu'à la fenêtre. L'océan était gris ardoise, les rochers noirs. « Moi aussi, je regarde la mer par la fenêtre. Tu me vois ?

— Robbie, je suis sur la côte est. Le Maine est derrière moi, je ne pourrais pas le voir même si mes yeux portaient à cinq mille kilomètres.

— Regarde quand même. Tu ne me vois pas ? »

Elle se tut. Il savait qu'elle regardait, même si c'était impossible de le voir. Même s'il disait des bêtises.

« Si, murmura-t-elle. Si, je te vois.

— Je te vois, moi aussi. Rentre vite. »

Après qu'Adam fut monté dans sa chambre, la maison devint très silencieuse. L'absence d'Emily était tangible, comme si un trou s'était creusé et que Robbie allait y tomber chaque fois qu'il entrait dans une pièce qui lui était jusqu'alors familière, mais lui paraissait étrange à présent.

Une seconde nuit sans elle, et demain serait la troisième. Emily n'avait pas pu trouver de vol avant le lundi. Il n'alla pas se coucher, pourtant il était fatigué et il était presque onze heures. Il avait envie de l'appeler, d'être avec elle, maintenant, mais il était trop tard, de l'autre côté de l'océan. Il avait envie qu'elle rentre, saine et sauve, ici, chez eux, dans cette ville où ils avaient fait leur vie même s'ils n'y étaient pas vraiment autorisés.

Quand Robbie sortit avec Bella une dernière fois vers onze heures et demie, il sentit qu'il allait neiger. Après treize années passées ici, on le considérait peut-être encore comme un « gars d'ailleurs », il savait néanmoins prédire le temps aussi bien que n'importe quel homme qui avait pêché toute sa vie le long de la côte du Maine.

« La tempête ne va pas tarder, Bella », annonça-t-il au chien qui agita la queue, fit ses besoins et trotta vers la maison, impatient de rentrer. Pour un chien né dans le Maine et censé appartenir à une race de chasseurs, Bella détestait le froid autant qu'un délicat chien du Sud. Mais l'été, c'était la croix et la bannière pour l'obliger à rentrer. Il repensa à la conversation qu'il avait eue avec Emily la semaine dernière, lorsqu'ils avaient envisagé de faire se reproduire Bella et de garder l'un des chiots. « Au moins, on pourra choisir un mâle qui ne soit pas une telle poule mouillée », avait-il dit, et Emily l'avait frappé avec le *Portland Press Herald* roulé en cornet.

Le sourire aux lèvres, il poussa la porte de la cuisine et délaçait ses chaussures quand il entendit le téléphone sonner. Il se précipita, une botte à la main, pour décrocher.

« Emily ? dit-il.

— Nan, c'est pas Emily, fit la voix d'un homme à l'autre bout du fil, visiblement énervé. Vous connaissez Bill ?

— Bill ?

— On a trouvé votre numéro dans sa poche et on ne savait pas qui d'autre appeler. Il emmerde tout le monde et je ne suis pas sûr d'avoir envie de le laisser dormir ici toute la nuit.

— Vous parlez de William ? William Brandon ?

— Ouais, c'est ça. Vous venez le récupérer ou j'appelle les flics ?

— J'arrive, répondit Robbie en cherchant déjà les clés de son camion. Où est-il ?

— Au Rusty Scupper. Je suppose que vous connaissez vu que votre numéro est écrit sur une de nos serviettes en papier.

— Oui, je sais où c'est. »

Il détestait laisser Adam seul, surtout avec une tempête qui se préparait, mais le gamin avait quatorze ans, il était raisonnable, et quand Robbie le réveilla pour lui dire qu'il devait sortir, il se contenta de hocher la tête et de répondre qu'il allait de toute façon se rendormir. Il n'avait pas encore commencé à neiger quand Robbie se mit à route, mais le temps qu'il atteignît Camden, des rafales tournoyaient devant ses phares. L'éclairage extérieur du bar était éteint et il dut frapper à la porte pour annoncer sa présence.

Le type qui lui ouvrit n'était pas le barman qu'il avait vu dans l'après-midi. « On est fermés.

— Je suis venu chercher William, expliqua Robbie. Bill.

— Ah oui. » L'homme s'écarta et Robbie entra. Toutes les lumières au plafond étaient allumées, révélant la saleté des murs, les entailles et les taches sur le capitonnage en vinyle des chaises. William était affalé sur une table, endormi.

« Hé, mec, réveille-toi, dit l'homme. Réveille-toi. Ton pote est là. »

William ne broncha pas. Robbie, qui avait passé plus d'une soirée dans le même état éthylique avancé, et, s'il était honnête, plus d'un après-midi – bon sang, même plus d'un matin –, se glissa sur la banquette à côté de lui.

« Allez, dit-il à voix haute, tout contre l'oreille de William. Je vais te ramener. » Il souleva le bras du jeune homme et le posa sur ses épaules, passant son propre bras autour de sa taille. William empestait la bière, le whisky, et la sueur aussi. Il bougea légèrement quand Robbie le tira au bout de la banquette et émit quelques paroles incohérentes lorsqu'il le hissa sur ses pieds. Il était lourd, mais une fois debout, il prit vaguement conscience de ce qui se passait et supporta un peu son poids.

« On n'est pas ses baby-sitters, vous comprenez, dit l'homme avec désinvolture mais sans offrir son aide à Robbie pour autant. Et c'est pas un hôtel, ici.

— Il n'a pas d'amis ?

— Pas dans le coin, et plus depuis un moment.

— Est-ce qu'il a un manteau? Il fait froid, dehors.

— Toutes ses affaires sont dans ce sac, je crois. » Un sac traînait par terre, à côté de la table, le même que celui que Robbie avait vu plus tôt dans la journée.

« Vous savez où il habite? » L'adresse que lui avait donnée George était restée dans son autre veste, plus légère, qu'il portait cet après-midi avant la tempête.

« L'immeuble sur Penobscot Street, ça vous dit quelque chose? Je l'ai vu en sortir un jour. Bon, écoutez, là, faut que je ferme.

— D'accord. Appuie-toi sur moi, Will. » William n'était pas tout à fait un poids mort quand Robbie le traîna à l'extérieur du bar, mais presque. Il se réveilla un peu au contact du vent glacial et des flocons de neige sur son visage, et marcha jusqu'au camion de Robbie en marmonnant dans sa barbe. Le temps que Robbie revienne avec son sac marin, il s'était rendormi.

Robbie connaissait Camden, mais pas tant que ça, et il dut tourner pendant un moment avant de trouver Penobscot Street. La neige tenait, à présent, et les pneus de sa voiture laissaient des traces sur la chaussée. Aucune des maisons ne ressemblait à un immeuble, mais il scruta du regard les façades jusqu'à ce qu'il tombe sur plusieurs boîtes aux lettres.

Il secoua alors l'épaule de William. « Dans quel appartement tu vis? »

Pas de réponse. William ronflait. Robbie lâcha un soupir et chercha une clé dans ses poches. Celles de devant contenaient un portefeuille, de la menue monnaie, un demi-paquet de Marlboro rouges, un briquet, et un couteau Leatherman que William, au grand soulagement de Robbie, n'avait pas jugé utile de sortir quand il s'était battu avec le chef du service des ventes chez Harkers. Il dut pousser le jeune homme vers l'avant pour fouiller dans sa poche arrière et attraper son porte-clés. Un ouvre bouteille en forme de crabe y était attaché, ainsi qu'une clé de voiture, laquelle devait probablement être garée devant le Rusty Scupper, et une petite clé qui pouvait être celle d'un casier. Mais pas de clé d'appartement.

Il secoua William plus fort. « William ! Quel est le numéro de ton appartement ? »

Pas de réponse. Robbie l'observa. Endormi sur le siège passager de son camion, il n'avait plus grand-chose à voir, à la lumière du réverbère, avec le petit garçon d'autrefois. Bouche ouverte, visage rêche à moitié mangé par une barbe de plusieurs jours, sourcils épais et noirs. Il avait perdu sa casquette de baseball quelque part entre le tabouret de bar et la table. Robbie tendit le bras pour ouvrir la portière, dans l'espoir que l'air froid le revigorerait suffisamment pour qu'il puisse lui dire où il habitait, mais il n'obtint guère plus qu'un grognement.

« Super », lâcha Robbie avant de descendre du camion. Il grimpa les quelques marches menant au perron. L'une des fenêtres du bas était allumée ; après avoir calculé à quel appartement elle devait correspondre, il pressa le bouton marqué « Apt 1 ». Il attendit un moment et s'apprêtait à sonner de nouveau quand une femme, en peignoir et décoiffée, ouvrit la lourde porte, laissant la porte grillagée fermée.

« Je suis désolé de vous déranger, je sais qu'il est tard, dit Robbie. Mais je raccompagne William Brandon et je ne sais pas dans quel appartement il vit, et j'ai bien peur qu'il ait perdu ses clés. Vous connaissez quelqu'un qui aurait un double ? »

La femme passa sa main dans ses cheveux. « Il ne vit plus ici. Dean, le propriétaire, l'a expulsé... il y a quoi, une semaine ? Il paraît qu'il ne payait plus son loyer depuis plusieurs mois.

— Où est-ce qu'il dort, alors ? »

La femme haussa les épaules.

« OK, fit Robbie. Merci. Et encore désolé de vous avoir réveillée. »

De retour dans son camion, il alluma le chauffage, mit les essuie-glaces en marche pour chasser la neige, et considéra William. Un sac marin. Pas même un manteau. Ni personne à appeler, à part le numéro dont il ne voulait rien savoir que Robbie avait noté au dos d'une serviette en papier.

Il prit sa décision.

Elle pensait qu'elle ne dormirait pas, et pourtant, elle sombra dans un sommeil lourd et sans rêves jusqu'à six heures du matin. Quand elle ouvrit les yeux, elle ne savait plus où elle était, et elle tendit la main vers Robbie, persuadée, dans la torpeur d'une demi-somnolence, qu'il s'était déjà levé pour aller travailler. Alors elle se rappela et s'assit dans le lit.

Elle était à Lowestoft, mais ce n'était pas la même chambre d'hôtel ; ce n'était même pas l'hôtel où ils avaient passé une nuit. Elle n'était pas revenue ici depuis 1962, et elle s'était demandé si elle le reconnaîtrait, mais lorsqu'elle s'était garée sur le parking et avait marché sur le front de mer, elle l'avait tout de suite repéré. C'était un immeuble à usage d'habitation, à présent, et les fenêtres des appartements étaient sales, sans rideaux.

La promenade était pratiquement déserte, et plusieurs hôtels étaient fermés pour la saison. Elle avait trouvé celui-ci un peu plus haut dans la rue. Les couloirs étaient tapissés d'une moquette décorée de volutes vert et marron, et quand elle s'y était engagée une odeur de bacon et d'œufs sur le plat, fantôme de tous les petits déjeuners qui avaient été servis ici, l'avait saisie à la gorge. Mais la chambre était propre et la propriétaire, une femme aux cheveux auburn avec un fort accent du Suffolk, lui avait monté un sandwich et une tasse de thé quand Emily lui eut confié qu'elle n'avait rien mangé de la journée.

Allongée sur le lit, elle se remémora le couvre-lit rose en tissu gaufré et la vue sur la mer. Il était trop tôt pour appeler Robbie, mais elle se rappela ce qu'il lui avait dit la veille, qu'il la regardait de l'autre côté de l'océan. Elle se servit de la bouilloire dans le coin de la pièce pour se faire une tasse de thé, un vrai thé anglais fort et tannique, auquel elle ajouta deux petites doses de lait. Elle le prenait en général sans sucre, mais ce matin, elle y versa un sachet entier. Retournant au lit, elle écouta les mouettes qui discutaient entre elles, leurs cris semblables d'un bout à l'autre de la terre.

Robbie et Adam lui manquaient tant que son corps en était tout endolori.

Un peu plus tard, la propriétaire de l'hôtel posa devant elle une énorme assiette avec des œufs, du bacon, une saucisse, des champignons, des haricots et des tomates, et à côté, des toasts et une théière métallique remplie à ras bord.

« Je ne me suis pas mise à table devant pareil petit déjeuner depuis des années, dit Emily.

— Vous allez m'avaler tout ça », répondit la propriétaire. Elle s'appelait Janie. « Vous n'avez pas vraiment dîné hier soir, vous avez juste mangé un sandwich. » Elle suspendit son torchon sur son avant-bras. Emily était la seule cliente dans la salle à manger. « D'où vient votre accent ?

— Je suis de Blickley, dans le Norfolk.

— On dirait pas.

— C'est parce que ça fait presque vingt ans que je vis aux États-Unis.

— Ah, voilà. Vous avez l'accent américain.

— Et en Amérique, on me dit que j'ai l'accent anglais. »

Janie rit. « On ne peut pas gagner à tous les coups, pas vrai ? J'ai toujours voulu vivre en Amérique. Vous avez de la chance.

— Oui, c'est vrai.

— En même temps, j'imagine que ça doit être dur parfois. Vous ne savez pas exactement où est votre place. Votre accent n'est ni d'ici ni de là-bas, votre passé appartient à un pays, votre avenir à un autre. Ma grand-mère venait d'Irlande et elle disait qu'elle ne s'était jamais sentie chez elle nulle part. Mais elle avait gardé son accent. »

Après le petit déjeuner, alors qu'elle marchait sur la plage, elle songea à ses parents, à Polly, et à Robbie et à Adam. Tout en esquivant les bandes d'écume qui recouvraient les galets, elle sonda les deux vides dans son cœur. Les deux solitudes.

Si elle avait le droit de choisir la présence de quelqu'un maintenant, là, sur cette plage où elle était tombée amoureuse pour la première fois de sa vie, qui choisirait-elle ? Sa nouvelle famille, ou son ancienne famille ?

Une mouette passa tout près de sa tête, poussant son cri plaintif, et elle se rappela la fois à Old Orchard Beach, dans le Maine, où une mouette avait volé sa part de pizza à Adam. Il avait pleuré toutes les larmes de son corps jusqu'à ce que Robbie lui en achète une autre. Robbie et elle avaient ri en l'entourant de leurs bras protecteurs le temps qu'il la mange.

Elle sourit. Il n'y avait aucune comparaison à faire, aucune question à se poser.

Elle voulait rentrer chez elle, et retrouver sa vraie famille.

11

« Qui est-ce qui dort dans la chambre d'amis ? »

Les cheveux encore humides après sa douche, Adam ouvrit la porte du frigo et attrapa la bouteille de jus d'orange. Il se servit un grand verre, le but d'un trait, et le remplit de nouveau.

Robbie, lui, en était à sa quatrième tasse de café. « Je t'ai réveillé quand je suis rentré ?

— Non. J'ai juste entendu ronfler. Je ne sais pas qui c'est, mais c'est une vraie locomotive. Tu veux un toast ?

— Non, merci. C'est ton frère. »

Adam posa la tranche de pain qu'il tenait à la main. « Wi... William ? » Un immense sourire illumina son visage. « Il est ici ? Il est vraiment ici ? Tu l'as retrouvé ?

— Oui, il est vraiment ici. Mais... » Voyant comme son plus jeune fils paraissait tout excité, Robbie tempéra ce qu'il s'apprêtait à dire. « Il a besoin de dormir, alors ne va pas le réveiller en te précipitant dans sa chambre.

— Quand est-ce que je pourrai le rencontrer ? Quand est-ce qu'il va se lever à ton avis ?

— Je ne sais pas.

— Je ne suis pas obligé d'aller à l'école, aujour-d'hui. On ne fait rien d'important, on n'a pas de contrôle, et il neige. Peut-être même que l'école est fermée.

— Il n'y a pas plus de cinq centimètres de neige. Ça m'étonnerait que les écoles ferment.

— Je peux quand même rester à la maison ?

— Non.

— Mais c'est mon frère, et je ne l'ai jamais ren-contré. Je ne l'ai vu qu'en photo, et encore, une seule photo. C'est plus important que d'aller à l'école.

— Ta mère me tuerait si elle savait que je ne t'ai pas envoyé à l'école.

— Elle n'est pas obligée de le savoir.

— Non, Adam. Tu feras sa connaissance ce soir, quand tu rentreras. » *S'il est toujours là.* « Maintenant, finis de déjeuner et prépare-toi, sinon tu vas rater le bus. »

Adam traîna le plus possible, faisant délibéré-ment brûler son toast pour s'en préparer un autre, se servant un verre de lait puis un troisième verre de jus d'orange, et jeta régulièrement des coups d'œil vers la porte de la cuisine comme s'il s'atten-dait que William apparaisse. « Comment l'as-tu trouvé ?

— Pierre et Little Sterling Avery l'ont rencontré à Camden. Il travaillait pour Harkers.

— Super, dit Adam machinalement. C'est là que tu es allé le chercher, hier soir ?

— Oui.

— Tu lui as parlé de moi ?

— Je n'en ai pas vraiment eu l'occasion. Il était tard.

— Je peux rester à la maison, s'il te plaît ?

— Le bus arrive dans cinq minutes. File te brosser les dents et n'entre pas dans la chambre de William, promis?

— Allez, papa. » Mais Adam obéit. C'était un bon garçon. Il respectait les règles, comme Emily. Il voulait faire plaisir aux gens qu'il aimait. Leur petit garçon enjoué et aux cheveux blonds.

Robbie regrettait qu'Emily ne soit pas là pour l'aider.

William ne se leva pas avant midi. Robbie était dehors, où il coupait du bois, cherchant dans la cadence de la besogne un moyen de penser à autre chose. Il vit une ombre bouger dans le coin de son champ visuel puis Bella s'élancer dans la neige, suivie de William. Il ne portait pas de manteau, et rentra aussitôt les épaules. Le temps s'était réchauffé, comme souvent après qu'il avait neigé, mais il faisait encore froid.

Robbie posa sa mailloche contre le billot. Bella courut vers lui, la langue pendante, et pressa son flan contre sa jambe. Il retira ses gants et la gratta derrière l'oreille. « Bonjour », dit-il à William.

William allumait une cigarette. « Où est mon camion?

— Je ne sais pas, répondit Robbie. Où l'as-tu laissé? Sur le parking du bar?

— Toutes mes affaires sont à l'intérieur.

— On ira le chercher plus tard. » Il s'avança vers lui. William était pâle, avec des cernes sous les yeux. Il avait dormi tout habillé : Robbie n'avait même pas cherché à lui ôter ses vêtements quand il l'avait mis au lit la veille, c'était trop compliqué, sans compter qu'il n'était pas sûr que William eût apprécié. Reconnaissant l'odeur aigre de la gueule de bois sur son fils, les relents de l'alcool qui suintaient de sa peau et persistaient dans son haleine, il se rappela les jours où il se réveillait dans le même état et s'enfermait dans la salle de bains pour prendre une douche et se brosser les dents afin de masquer cette puanteur. Ça ne marchait pas vraiment. Il se demanda si William se souvenait de l'avoir sentie sur lui, s'il se souvenait des migraines de papa, le matin.

« Je vais faire du café », dit-il.

Le chien rentra avec lui, mais William ne les suivit qu'après avoir fini sa cigarette. Il tapota la neige de ses bottes et se frictionna les bras.

« Je peux te prêter une paire de gants, offrit Robbie. Les miens devraient t'aller.

— Pourquoi je suis ici ?

— Le type du Scupper a trouvé mon numéro de téléphone dans ta poche. Apparemment, tu n'avais pas trop d'amis à appeler. J'ai essayé de te ramener chez toi mais on m'a dit que tu avais été expulsé.

— Je ne demande pas la charité.

— Ce n'est pas de la charité. Tu te rappelles qui je suis ?

— Oui. »

Robbie lui servit une tasse de café et la posa sur la table. William abandonna de mauvais gré le paillasson près de la porte et s'assit à la table, ses bottes toujours aux pieds dégoulinant sur le sol.

« Est-ce que tu te souviens de moi du temps où tu étais petit ? demanda Robbie en tirant la chaise à côté de William.

— Non, répondit William, mais sa réponse fut trop rapide pour être sincère.

— Moi, je me souviens très bien de toi. Je me souviens de t'avoir montré comment se servir d'un marteau et comment lancer une balle de baseball.

— Pas moi. »

La migraine et l'hostilité de William se lisaient sur tout son corps. Robbie rangea ses questions pour l'instant.

« Tu es le bienvenu ici aussi longtemps que tu le souhaites, dit-il. Est-ce que tu veux manger quelque chose pour le petit déjeuner ? » Il regarda l'heure à la pendule. « Ou plutôt le déjeuner ?

— Je n'ai pas faim. Mais je ne dirais pas non à un verre.

— Café ou jus d'orange, c'est tout ce que je peux t'offrir. Du lait, aussi, mais il faudra que j'aille en racheter. Emily a tout un assortiment de thé anglais, si ça te tente.

— Je parlais d'un *verre*. D'un petit remontant.

— Désolé. »

William lui jeta un coup d'œil. « Tu as disparu pendant pratiquement toute ma vie et tu te permets de me juger, maintenant ?

— Je ne te juge pas. Je te dis juste qu'il n'y a pas d'alcool dans cette maison.

— Ouah, parce que, en plus, tu es devenu un putain de religieux ? C'est fini pour moi tout ça.

— Je ne suis pas religieux, je suis sobre depuis les années 70. Je buvais quand je vivais avec ta mère. Je buvais beaucoup. »

William baissa les yeux sur son café. « Pourquoi je suis ici ? demanda-t-il pour la seconde fois.

— Il semble que tu n'avais pas d'autre endroit où aller. George m'a dit qu'il t'avait viré, et ton ancienne voisine m'a plus ou moins assuré que tu dormais dans ton camion.

— Tu me surveilles ?

— Je peux comprendre que tu m'en veuilles parce que je n'étais pas présent dans ta vie ou parce que je m'intéresse trop à ta vie, mais tu ne peux pas m'en vouloir pour les deux à la fois », répliqua vivement Robbie.

William fouilla dans ses poches. « Donne-moi de l'argent, j'en ai pas.

— Non.

— Pourquoi ? » Il se renfrogna. « Tu m'en dois un paquet. Je n'ai jamais vu un seul dollar venant de toi quand j'étais petit. »

Robbie ouvrit la bouche pour répondre puis se ravisa et préféra boire une gorgée de café.

« Je ne savais pas où vous étiez, ta mère et toi, dit-il. Marie n'a jamais répondu à mes lettres et tes grands-parents me les renvoyaient toutes.

— Eh bien, tu n'as qu'à te rattraper maintenant. Passe-moi du fric, ramène-moi à mon camion, et on est quittes. Tu as fait ton devoir de père et tu pourras avoir la conscience tranquille.

— Non. »

William jura. « Mais pourquoi ?

— Parce que si je te donne de l'argent, tu vas foncer droit vers le premier bar et tout dilapider dans l'alcool.

— Je n'ai pas de boulot et pas d'appartement. J'ai besoin d'argent.

— Je t'ai dit, tu peux rester ici aussi longtemps que tu veux. Je peux te trouver du travail, aussi, si tu en cherches. George dit que tu es doué de tes mains. Mais personne ne veut d'un constructeur de bateau alcoolique.

— C'est mon problème, si je bois.

— Peut-être. Mais je préférerais que tu sois sobre quand tu rencontreras ton frère. »

William se leva d'un bond, l'air vaguement paniqué. « J'ai un frère ? »

Peut-être était-ce pervers, mais Robbie éprouva un sentiment de satisfaction quand il vit que le visage de William exprimait autre chose que de l'hostilité pure. « Il sera de retour dans deux heures.

— Merde.

— Il a très envie de faire ta connaissance. Est-ce que... tu as d'autres frères et sœurs ? »

William fit non de la tête.

« Comment va ta mère ?

— Ça ne te regarde pas.

— Qu'est-ce qu'elle t'a dit sur moi ?

— Rien de positif. Elle m'a raconté une fois que tu étais un ancien du Vietnam mais que t'en parlais jamais, et pendant un moment j'ai pensé que tu avais pété un câble à cause de ce que tu avais vécu ou je ne sais quoi, comme ce qu'on entendait sur les mecs qui y étaient allés. Et puis, j'ai grandi et je me suis rendu compte que tu n'en avais juste rien à foutre.

— Ta mère est-elle toujours membre de cette église ?

— Je t'ai déjà dit, ça ne te regarde pas. » William lui adressa un regard chargé de haine et se leva en repoussant bruyamment sa chaise. « Je veux bien prendre une douche et une aspirine.

— La salle de bains est à l'étage, à côté de la chambre où tu as dormi. Il y a de l'Advil dans la pharmacie.

— Tous mes vêtements sont dans mon camion.

— Tu peux emprunter les miens. Je ne te raccompagnerai pas tant que tu ne seras pas sobre.

— Putain, qui t'a demandé d'être un connard pareil ? »

Il regarda son fils sortir de la pièce en furie, la colère et sa façon d'être toujours sur la défensive visibles sur ses épaules crispées, sa nuque raide. Ses habits lui iraient. Physiquement, il était le portrait craché de Robbie au même âge.

Robbie ne se faisait guère d'illusions. Il savait que c'était à cause de lui que William était devenu l'homme qu'il était. Il savait que ses propres actes autant que ses gènes étaient responsables de cette rage et de ce manque.

« Je te demande pardon », dit-il à la pièce vide, parce qu'il était encore trop tôt pour le dire à son fils.

William fumait une cigarette dehors quand Adam rentra de l'école. Dans la cuisine, Robbie faisait cuire du bacon. Il se rappelait qu'il y avait un moment, quand on avait abusé d'alcool, où le bacon était exactement le remède idéal pour soulager une gueule de bois. Il ignorait si c'était le moment pour William, mais il ne pouvait pas faire grand-chose d'autre. Voyant la voiture qui se garait au bout de l'allée, il retira la poêle du feu. C'était la voiture de la mère de Luca ; Adam avait dû lui demander de le déposer pour ne pas avoir à prendre le bus, qui était plus lent.

Adam sortit de la voiture, son sac à dos sur l'épaule, et, après un bref signe de la main à Mrs DiConzo, courut vers la maison. Robbie sut précisément quand il aperçut son frère car son allure changea et ses enjambées devinrent plus rapides. On aurait dit un petit chiot qui sautillait. William jeta sa cigarette par terre et regarda Adam qui faillit déraper quand il s'arrêta devant lui.

Adam était grand pour son âge, à peine plus petit que William. Blond quand son frère était brun, plus fin aussi, avec la carrure d'un garçon plutôt que d'un homme. Robbie ne pouvait pas entendre ce qu'il disait, mais il vit la bouche d'Adam bouger, et il le vit tendre la main à son frère.

Comment William réagirait-il? Ils ne s'étaient plus adressé la parole après leur échange dans la cuisine. Pourvu que William ne soit pas agressif avec son frère... Cela dit, le contraire ne l'aurait pas étonné. Il savait qu'il était inutile de les rejoindre et de servir de médiateur. Emily, elle, aurait su quoi dire pour faciliter leur rencontre, sauf qu'elle n'était pas là. Ce qui allait se jouer se jouerait entre eux deux : entre ses deux fils.

Ne lui brise pas le cœur, William, s'il te plaît, implora-t-il en silence, de l'autre côté de la vitre.

William sortit la main de la poche du manteau qu'il avait emprunté à Robbie et serra la main de son frère. Adam avait le visage ouvert, les yeux écarquillés, remplis d'excitation et d'émerveillement. Il parlait à toute vitesse, agitant les mains dans tous les sens comme le faisait Emily, et William l'observait. Un fils qui avait été épargné de tous les soucis possibles, qui n'avait pratiquement jamais été séparé de ses parents ; et un fils qui avait été abandonné par son père à l'âge de quatre ans, qui avait bourlingué Dieu sait où, se bagarrait et buvait et avançait seul dans la vie.

Qu'est-ce que William allait ressentir à l'égard de cette personne, cette personne heureuse, qu'était son frère ?

Bella se mit brusquement à aboyer devant la porte pour sortir et accueillir Adam. Robbie clamait que les chiens avaient un sixième sens ; ainsi Bella savait-elle tout le temps à quelle heure finissait l'école. Il lui ouvrit la porte et elle sauta sur Adam en remuant la queue. Adam la caressa et dit quelque chose à William, qui répondit par un geste d'indifférence. Puis les deux garçons partirent avec Bella en direction du bois, sur le côté de la maison, se frayant un chemin à travers la neige. Robbie ne pouvait plus les voir depuis la fenêtre. Il supposa qu'ils étaient allés chercher un bâton pour le lancer à Bella. Adam et courir après un bâton étaient les deux seules choses capables de faire sortir ce chien quand il faisait froid.

Robbie plaça le bacon dans le four afin de le maintenir au chaud.

Lorsque les deux garçons rentrèrent, ils avaient l'un et l'autre les joues toutes roses, et Bella était couverte de neige. « Vos œufs sur le plat, vous les voulez retournés ou pas ? leur demanda Robbie.

— Moi, je les veux comme William, lança gaiement Adam en brossant la neige du pelage de Bella.

— Retournés, dit William, avec la voix de quelqu'un pris au piège et ne pouvant pas faire autrement qu'accepter.

— Lavez-vous les mains, ce sera prêt dans dix minutes. » Robbie sortit les œufs du frigo et observa ses deux fils du coin de l'œil tandis qu'ils accrochaient leurs manteaux, retiraient leurs bottes et se lavaient les mains à l'évier de la cuisine.

« Je te montrerai ma chambre après, dit Adam. J'ai plein de photos de Romário, le footballer dont je te parlais. Papa, William aussi adore le foot. C'est incroyable, hein ?

— Je n'ai vu qu'un ou deux matchs.

— Moi, je suis sûr que le Brésil va remporter la Coupe du monde. Qu'est-ce que tu en penses, William ? »

William haussa les épaules. Adam sortit les assiettes et les couverts et mit la table pour trois. C'était son travail depuis qu'il avait huit ans. Robbie jeta un coup d'œil à William et vit qu'il observait cette scène domestique, les sourcils légèrement froncés.

« Où est-ce que tu habitais avant de vivre dans le Maine ? interrogea Adam.

— J'étais à Charleston pendant deux ans. J'ai grandi un peu partout. Principalement en Oregon.

— Ouah, carrément de l'autre côté du pays. C'est comment l'Oregon ?

— Un peu comme ici. Beaucoup d'arbres et de littoral. »

Et le plus loin possible de la Floride. Marie avait vraiment fait le maximum pour couper les ponts derrière elle. Robbie se demanda si c'était en Oregon que William avait appris à construire des bateaux, mais il ne posa pas la question. Il était plus prudent d'écouter. Il retourna soigneusement les œufs pour ne pas casser les jaunes, et, après quelques secondes, les transvasa sur une assiette.

« J'aimerais bien voyager un jour, dit Adam. Papa est allé partout, hein, papa ? Partout dans le monde. Et maman vient d'Angleterre. Mais moi, je ne suis allé qu'en Floride, où je suis né, dans le Maine, le New Hampshire, le Massachusetts, le Vermont et New York une fois. L'équipe de foot de mon école ira peut-être en France, l'année prochaine, pour un échange, et si je suis sélectionné, je pourrai y aller.

— Je suis né en Floride, moi aussi.

— C'est vrai ? » Un large sourire s'afficha sur le visage d'Adam tandis qu'il s'attaquait à ses œufs et à son bacon. « Je ne m'en souviens pas du tout. On s'est installés ici quand j'étais bébé. C'est comment la Floride ?

— Je ne me rappelle pas vraiment, sauf qu'il faisait chaud et qu'il y avait des lézards.

— J'aimerais bien voir des lézards.

— Ils sont rapides. »

William les pourchassait dans le jardin de derrière et n'arrivait jamais à en attraper un. Dès qu'il s'approchait d'eux, les lézards filaient sous les pierres. Robbie posa des toasts sur la table, servit le jus d'orange et le café, et s'assit. Il se taisait et écoutait la conversation. Adam maintenait un flot continu de commentaires et de questions, auxquels William répondait avec le minimum de mots possible. Le repas fut mangé, le café bu. William était moins pâle. Moins maussade. Emily aurait été fière d'Adam.

« Je m'occupe de la vaisselle », annonça Robbie. Il voulait essayer de rappeler Emily. William se leva de table et commença à remettre ses bottes.

« Tu ne t'en vas pas, hein ? demanda Adam, inquiet.

— Je ne peux aller nulle part. Ton pè... Je n'ai pas encore récupéré mon camion.

— On ira le chercher dès que j'aurai fini la vaisselle, si tu veux, proposa Robbie.

— Mais tu reviendras quand même après ? insista Adam. Tu vas rester avec nous un petit moment, hein ? »

William regarda Adam et Robbie à tour de rôle. « L'offre tient toujours, dit Robbie.

— S'il te plaît », dit Adam.

Robbie vit son fils aîné peser le pour et le contre. Pas de boulot, pas d'argent, pas de toit au-dessus de sa tête, pas d'amis. Et en face, une maison chauffée avec un homme qu'il détestait et un gamin qui, manifestement, le vénérait. Robbie se fit la réflexion que si William avait de quoi se payer un coup à boire, il ne réfléchirait pas autant aux options qui se présentaient à lui.

« Peut-être », répondit-il. Là-dessus, il enfila le manteau de Robbie et chercha ses cigarettes dans la poche.

Adam le suivit dehors et gambada autour de lui, comme un petit chiot.

12

Quand elle franchit les portes coulissantes dans le hall des arrivées à l'aéroport de Boston et qu'elle aperçut Robbie, un immense soulagement l'envahit. Une vague de chaleur et de bonheur. Elle rentrait chez elle.

Il n'attendit pas qu'elle fasse le tour de la barrière derrière laquelle les gens se pressaient ; il courut vers elle et l'enlaça, l'obligeant à lâcher la poignée de son sac pour lui rendre son étreinte. Elle respira son odeur qu'elle connaissait si bien. Il l'embrassa fougueusement, d'abord sur la bouche, puis à nouveau, plus tendrement.

« Tu m'as manqué, dit-elle, même s'ils se l'étaient répété des centaines de fois au téléphone. Je suis tellement heureuse d'être rentrée.

— Je ne suis plus que la moitié de moi-même, ici, sans toi. » Il lui prit sa valise et ils sortirent de l'aéroport, main dans la main, en direction du parking. Le froid de la Nouvelle-Angleterre était différent du froid de l'Angleterre ; sec et piquant, qui vous coupait le souffle plutôt qu'humide et pénétrant. La neige avait redoublé depuis son départ.

« Adam n'est pas là ?

— Il voulait rester avec son frère. Entre nous, qu'il tienne compagnie à William n'était pas pour me déplaire.

— Tu crois qu'il pourrait faire une bêtise? Fouiller la maison pour trouver de l'argent?

— Je ne sais pas. Je ne le connais pas, Emily. C'est comme s'il y avait un énorme gouffre entre le gamin avec qui je vivais autrefois et l'homme qu'il est devenu. Je n'arrête pas de me dire que si j'avais été plus présent dans sa vie, il aurait une existence plus facile aujourd'hui.

— C'est autant ta faute que la mienne.

— Il refuse même de prononcer le nom de sa mère en ma présence. J'imagine ce qu'elle lui a raconté sur moi. » Il rangea la valise dans le coffre. « Et je ne peux pas m'empêcher de penser qu'elle dit plus ou moins la vérité. »

Elle lui connaissait cette expression, c'était celle qu'il avait toujours quand ils parlaient de William : un mélange de désespoir, de tristesse, de colère et de regret. Elle se demanda s'il l'avait montrée à William, et si William pouvait comprendre ce qu'elle signifiait.

« Ce n'est pas vrai, corrigea-t-elle. Et puis, tu l'as retrouvé. C'est ça qui compte. Une famille qui s'agrandit ne peut être qu'une bonne chose.

— C'est une famille qui s'agrandit pour toi aussi. » Avant de monter dans la voiture, il s'approcha d'elle et la serra de nouveau dans ses bras. « Je suis tellement désolé pour ce qui s'est passé avec ton père et Polly.

— Moi aussi. Mais j'ai hâte de faire enfin la connaissance de William.

— Ils ne se quittent plus, Adam et lui. Ils ont passé le week-end ensemble, à regarder des films et à taper dans le ballon. William ne m'adresse quasiment pas la parole à l'exception de quelques grognements étouffés, mais il parle avec Adam. J'ai l'impression qu'ils s'aiment bien.

— Et c'est toujours ce qu'a voulu Adam, et qu'on ne pouvait pas lui donner.

— Ça, c'est le côté positif. Le reste... » Robbie haussa tristement les épaules.

La nuit tomba alors qu'ils étaient encore sur la Route 1, en direction de Clyde Bay. Quand ils se garèrent dans l'allée, ils virent que toutes les lumières étaient allumées dans la maison et, avant même de grimper les marches de la véranda, ils entendirent la musique qui braillait derrière les portes et les fenêtres fermées. Emily échangea un regard avec Robbie.

« Un peu de fraternisation masculine en l'absence des adultes ? suggéra-t-elle.

— Au moins, je n'ai pas d'objection à faire quant au choix de la musique », répondit Robbie. C'était l'un de ses disques d'AC/DC. Les basses étaient si fortes que les vitres vibraient. Lorsqu'ils ouvrirent la porte, leur puissance se multiplia par dix.

« Adam ? » appela Emily, mais sa voix fut étouffée par la musique. La cuisine était déserte. Il y avait un carton à pizza sur la table où subsistaient deux parts de pizza pepperoni froides. Emily alla directement dans le salon et baissa le volume de la stéréo. La pièce empestait le tabac, et encore plus l'alcool. Une tasse en plastique rouge trônait sur la table basse, à côté d'une soucoupe remplie de mégots. Elle la ramassa et la renifla.

« Il a trouvé de l'argent », dit-elle à Robbie, qui l'avait suivie.

Robbie grimaça. « Il doit sans doute cuver à l'étage. Son camion est toujours dehors.

— Mais où est Adam ? »

William était assis sur le bord du lit dans la chambre d'amis, ses chaussures aux pieds, sa chemise déboutonnée, une cigarette à moitié consumée entre ses doigts et une autre tasse en plastique rouge à la main. Ses affaires étaient éparpillées un peu partout, ses vêtements en boule abandonnés par terre ou jetés sur les meubles. Un livre de poche traînait sur l'oreiller. Lorsqu'Emily et Robbie apparurent sur le seuil, il leva les yeux et les scruta d'un regard trouble.

« Qu'est-ce qui est arrivé à la musique ? lâcha-t-il, la voix pâteuse.

— Où est Adam ? demanda Robbie.

— Je sais pas. Dans la salle de bains ? » Il but une gorgée.

La porte de la salle de bains était fermée à clé. Robbie toqua, puis frappa plus fort quand il n'obtint pas de réponse. « Adam ?

— Il y avait deux tasses, dit Emily, le cœur battant. William en a une, et il y en a une autre en bas. »

Robbie donna un coup d'épaule dans la porte. À la troisième tentative, elle s'ouvrit en grand et ils découvrirent Adam couché sur le tapis de bain. Emily se précipita vers lui, lui palpa la nuque, prit son pouls. Il avait les yeux fermés, la respiration lente, la peau moite. Il avait vomi par terre.

« Appelle les urgences », dit-elle à Robbie avant de vérifier les voies respiratoires d'Adam, de le mettre en position latérale de sécurité et de le couvrir avec des serviettes. Elle accomplissait tous ces gestes de façon machinale. La peur ne la frappa que lorsqu'elle le serra contre elle, son visage blafard sur sa cuisse, ses taches de rousseur ressortant sur la blancheur de sa peau.

13

Robbie rentra du Pen Bay Hospital vers minuit et demi et fut à peine surpris de voir que le camion de William était toujours garé dans l'allée. Lorsqu'il entra, il le trouva assis à la table de la cuisine devant une tasse de café. Le carton de pizza avait disparu et la maison ne sentait que vaguement le tabac.

William se leva aussitôt. « Comment va-t-il ? »

Robbie était incapable de le regarder. Il y avait trop de colère en lui. « Ils vont le garder pour la nuit et peut-être demain aussi. Il est sous perfusion.

— Il va s'en sortir ?

— Pas grâce à toi. Emily passe la nuit auprès de lui. Elle travaille dans cet hôpital. Ils la connaissent.

— Je ne voulais pas...

— Tu ne voulais pas quoi ? Le faire boire ? Lui attirer des ennuis ? » Exploser le soulageait après l'attente à l'hôpital. « Qu'est-ce que tu voulais, alors ?

— Je pensais que... on s'amusait, c'est tout.

— Il a quatorze ans. *Quatorze*. Tu appelles ça s'amuser ?

— J'ai pris ma première cuite à cet âge-là.

— Et tu as envie qu'Adam marche sur tes traces, c'est ça ? Tu as tellement bien réussi, c'est sûr.

— Au moins, il a un père, lui ! » lança William d'un ton hargneux.

— C'est à *moi* que tu reproches de l'avoir fait boire ?

— C'est lui qui a voulu.

— Et où est-ce qu'il a trouvé de l'alcool ? Où est-ce que *tu* as trouvé de l'alcool ? Je croyais que tu n'avais pas un rond. »

William baissa les yeux.

« C'est Adam ? Il a pioché dans ses économies ? C'était son idée ? » Robbie se prit le visage entre les mains. Comment pouvait-il avoir deux fils qui étaient des étrangers pour lui ? L'un qui dessoûlait et broyait du noir, l'autre, pâle et fragile dans un lit d'hôpital.

« J'ai insisté pour qu'il me passe de l'argent. On est allés en ville. C'était un peu la fête. C'était censé être la fête. On est revenus avec une pizza, et je lui ai servi deux verres. Je lui ai dit que ce n'était pas grave.

— Ce gosse t'idolâtre ! Tu es son héros... est-ce que tu le sais ?

— Tu es son père, c'est *toi* qui devrais être son héros !

— Je suis ton père, aussi. » Robbie serrait les poings. Il en abattit un sur la table. « Et là, tu vois, j'ai honte de toi. Tu es adulte, tu peux gâcher ta vie si tu le souhaites, ce serait dommage, sauf que c'est ta vie. Mais tu n'as pas le droit de gâcher la vie de quelqu'un d'autre.

— Tu as gâché la mienne.

— Et c'est pour ça que tu vas t'en prendre à mon autre fils ? »

William secoua la tête. « Ce n'est pas ce que j'essayais de faire. J'aime bien Adam. C'est un bon garçon. Je ne pensais pas... je ne pensais pas qu'il serait malade.

— *Tu ne pensais pas* que tu l'enverrais à l'hôpital !

— Je ne suis pas responsable de lui.

— Il t'aime. Et son amour pour toi fait que tu es responsable de lui.

— Moi aussi, je t'aimais. »

William parut surpris en s'entendant prononcer ces mots. Il regardait Robbie jusqu'à présent quand il lui parlait, mais là, il fixa la table.

« J'essaie de t'aider, dit Robbie. Mais tu refuses mon aide. C'est ton droit, mais n'entraîne pas Adam dans l'enfer de ta vie. Dans la haine que tu as de toi.

— Je ne me hais pas. C'est toi que je hais.

— Tu ne sais rien de moi.

— Je sais que tu es parti. Tu étais là un jour et le lendemain tu avais disparu sans même me dire au revoir.

— Et tu sais tout ce que ta mère t'a dit sur moi par la suite, ajouta Robbie. Oh, je parie qu'elle a été très correcte...

— Est-ce que tu sais où on était pendant que tu vivais dans ta jolie petite maison dans cette jolie petite ville ? Dans une caravane, à l'extérieur de Portland, en Oregon. Maman travaillait comme serveuse et je rentrais le soir après l'école avec une clé que je portais autour du cou. Le dimanche, on passait toute la journée à l'église où on parlait du salut de notre âme, mais moi, je n'ai jamais senti que j'étais sauvé. J'ai été viré de l'école et j'ai commencé à travailler sur le port uniquement parce que je ne voyais pas quoi faire d'autre, mais je détestais ce boulot. Je le détestais parce que c'était *ton* boulot. Chaque fois que je bossais sur un bateau, je t'imaginais à bord, en train de te moquer de moi. Bon sang, j'ai besoin d'un verre, là. » William se leva et se dirigea vers les placards de la cuisine, qu'il ouvrit comme s'il espérait y trouver une bouteille. Il explora le premier, puis le second, puis le troisième, de plus en plus vite. « J'aurais pu te pardonner si tu avais pété un câble à cause du Vietnam. Mais non, pendant tout ce temps, tu étais ici, dans ta jolie maison, avec ta jolie femme docteur et ton joli garçon qui joue au foot.

— Ne t'en prends pas à Adam. Tout ce qu'il veut, c'est être ton frère.

— Ce n'est pas mon frère. Parce que tu n'es pas mon père. » William ferma la porte du placard d'un coup sec. « Je n'en veux pas, de ta putain de charité. Tout ce que je veux, c'est boire. Passe-moi de l'argent.

— Non.

— Tu me le dois.

— Pas pour ça.

— T'es vraiment qu'un connard de moralisateur. T'as un balai dans le cul, ou quoi ? Tu ferais mieux de t'en débarrasser et te décoincer un peu ! File-moi de quoi m'acheter une bière, j'ai mal à la tête.

— Non.

— Je te *déteste*.

— Dommage. Parce que tu me ressembles. »

William attrapa son paquet de cigarettes sur la table et claqua la porte en sortant.

14

Quand Adam était petit, Emily pouvait difficilement ne pas aller travailler lorsqu'il était malade. Même s'il était possible de réorganiser ses consultations, les femmes ne choisissaient pas quand elles accouchaient, et il était extrêmement compliqué de trouver quelqu'un pour la remplacer dans un petit hôpital. Aussi, était-ce Robbie qui s'occupait d'Adam.

Il lui arrivait cependant de se libérer. Ces jours-là, elle ouvrait des boîtes de soupe Campbell et préparait des sandwichs avec des crackers. Elle confectionnait ensuite un petit nid sur le canapé du salon à l'aide de couvertures et de coussins et ils regardaient toute la journée les cassettes vidéo de *Scooby-Doo* et des *Muppets*, blottis l'un contre l'autre, ignorant le bus jaune qui conduisait les élèves le matin à l'école et les ramenait chez eux le soir. Quand Robbie rentrait du travail, il s'empressait de les rejoindre sur le canapé. « Est-ce que tu es si malade que je ne peux pas te chatouiller ? » demandait-il gravement à Adam, et la réponse était toujours un cri qui signifiait « non ».

Cette fois, Robbie porta la télévision à l'étage dans la chambre d'Adam, juste pour la journée. Adam avait des cernes bleus sous les yeux.

« Pardon maman, pardon papa, ne cessait-il de répéter. William n'y est pour rien. C'est moi seulement. »

Robbie avait son propre avis sur le sujet, et Emily aussi, lequel n'était pas exactement le même que celui de Robbie. Elle était rentrée la veille avec Adam en fin d'après-midi et, après l'avoir installé dans sa chambre, elle avait trouvé Robbie dans son atelier au garage, et William sur la véranda, fumant cigarette sur cigarette et jetant les mégots dans la neige. Malgré l'humeur visiblement taciturne du jeune homme, Emily avait tenu à se présenter, n'en revenant toujours pas de sa ressemblance physique avec le Robbie qu'elle avait rencontré en 1962. Jusqu'à son blouson en jean qui était élimé aux mêmes endroits. Mais si William était moins âgé – il avait tout juste vingt ans, c'était encore un enfant, en vérité –, son visage exprimait une colère qu'elle n'avait jamais vue chez Robbie depuis qu'elle le connaissait.

Elle ne comprenait pas pourquoi il n'était pas parti. Robbie lui avait relaté leur dispute, à voix basse, à la cafétéria de l'hôpital. Mais elle n'en parla pas à William, choisissant plutôt de lui proposer un café et un sandwich. Devant son refus, elle l'avait invité à se servir dans la cuisine puis prié de l'excuser, elle allait se coucher car elle n'avait pas très bien dormi la nuit précédente, assise sur une chaise dans la chambre d'Adam.

Il avait grogné une vague réponse et allumé une autre cigarette.

« C'est ma faute », avait dit Robbie lorsqu'il était monté se coucher. Elle savait qu'il n'avait pas eu l'intention de la réveiller, mais, ayant passé trop de nuits sans lui, elle avait ouvert les yeux dès qu'il était entré sur la pointe des pieds, et posé sa main sur le côté du lit, le côté froid, en attendant qu'il s'allonge près d'elle.

« Adam est suffisamment grand pour savoir ce qu'il fait. Et William pour avoir un peu plus de jugeote.

— C'est ce que je lui ai dit. Je me suis emporté. N'empêche que c'est ma faute.

— Comme c'est ma faute si ma mère est morte, si mon père refuse de m'adresser la parole et si ma sœur me déteste.

— Tu n'y es pour rien.

— Et depuis quand avons-nous deux poids deux mesures dans notre couple ?

— Ce n'est pas la même chose.

— C'est exactement la même chose. Si on y réfléchit trop, on va devenir fous, Robbie. »

Il avait contourné le lit pour passer de son côté et l'avait prise dans ses bras. « Je suis heureux que tu sois de retour.

— Je ne partirai plus jamais sans toi. »

Adam était trop grand à présent pour *Scooby Doo*, mais ils regardèrent des jeux stupides à la télé. Adam était assis dans son lit, adossé à plusieurs oreillers, et Emily pelotonnée à ses côtés, sous sa courtepointe. Elle avait fait du pop-corn au micro-ondes.

« Tu pourras aller au chantier cet après-midi donner un coup de main à ton père, dit-elle. Tu ne lui seras sans doute pas d'une grande aide, mais l'air frais te fera du bien.

— D'accord. » Adam n'en avait manifestement pas envie, mais il jugea plus prudent de ne pas se rebiffer contre cette pénitence.

« Il y a beaucoup de choses dont on va devoir discuter. Mais laissons cela pour plus tard.

— Tu m'as manqué, maman. C'était bien avec ta famille ?

— C'était... bien, oui, d'une certaine façon. Je t'en parlerai une autre fois. » Elle tendit la main et lui ébouriffa les cheveux. « Mon gentil garçon.

— Ne sois pas en colère contre William, dit-il pour au moins la dixième fois. Papa est fâché, hein ?

— C'est à ton père et à William de régler cette histoire », répondit-elle. Mais était-ce vraiment à eux de la régler, se demanda-t-elle en embrassant Adam sur le front avant de descendre au rez-de-chaussée.

Il ne faisait pas aussi froid aujourd'hui. La neige qui fondait sur le toit de la maison dégoulinait des avant-toits. William fumait, assis sur la véranda. Emily ignorait où il trouvait toutes ces cigarettes ; Adam lui avait peut-être donné suffisamment d'argent pour qu'il s'achète une cartouche ou peut-être avait-il une planque dans son camion. Elle s'assit près de lui sur les marches, à l'abri de la neige fondue.

« Je suis contente que tu sois resté », dit-elle, même si elle n'était pas tout à fait certaine de l'être. Robbie était tendu et avait à peine ouvert la bouche au petit déjeuner, et William s'était contenté de jeter des regards noirs à son café.

« Je n'ai pas vraiment le choix, non ?

— Robbie m'a dit que tu avais perdu ton appartement. Et je sais qu'il t'en veut à cause de qui s'est passé avec Adam, mais il était sérieux quand il t'a proposé d'habiter avec nous aussi longtemps que tu le désirais.

— Je ne parlais pas de ça. Je parlais de mon camion qui roule au gaz et je n'ai pas de quoi remplir le réservoir.

— Oh. Eh bien, comme je n'ai pas très envie de conduire aujourd'hui, que dirais-tu d'emmener Adam au chantier naval après déjeuner? On pourra faire le plein de ton camion en chemin.

— Ça m'étonne que vous me fassiez confiance.

— Il faut bien que la confiance commence quelque part.

— Votre mari n'a pas l'air d'accord. Il ne veut même pas me prêter dix dollars.

— Mon mari – ton père – ne veut pas te donner de l'argent pour que tu t'achètes à boire. Et ça n'a rien à voir avec la confiance, mais avec l'expérience.

— Parce que j'ai merdé avec Adam.

— Parce que Robbie était alcoolique et qu'il comprend la mentalité des alcooliques. Son père aussi l'était, et il n'a jamais arrêté. Robbie dit que c'est de famille. » Elle fit la grimace. « Je ne lui en veux pas de refuser de financer ton alcoolisme. Je souhaite mieux que ça pour toi.

— Qu'est-ce que ça peut vous faire?

— Je souhaite mieux que ça pour quiconque. Et je me soucie particulièrement de toi parce que Robbie t'aime.

— C'est ça, oui. »

Elle soupira. « Est-ce que ça t'intéresse de déposer Adam au chantier naval et d'en profiter pour faire le plein ? Parce que je t'ai menti, ça ne me gêne pas vraiment de conduire, si tu préfères rester ici et faire la tête. »

William marmonna entre ses dents. Emily se leva et s'apprêtait à rentrer dans la maison quand elle se retourna et lui jeta un coup d'œil. Elle revit Robbie, des années auparavant, debout sous un palmier à South Beach, près de sa bicyclette, fumant une cigarette et l'attendant comme si sa vie en dépendait, car elle en dépendait. Robbie, sombre et taciturne comme jamais elle ne l'avait vu jusqu'alors, portant en lui un monde silencieux de douleur.

« Je vais te dire quelque chose, déclara-t-elle, parce que Robbie ne le fera jamais, pas s'il est en colère. Tous les mois, depuis ta naissance, il a mis de l'argent de côté pour toi sur un compte en banque. Il a continué après être parti ; il prélevait sur son salaire, ses bénéfices, tous les mois. Il dépose le même montant sur un autre compte, pour Adam.

— Ça me fait une belle jambe. Je n'ai jamais vu la couleur de cet argent.

— Je sais. On reçoit les relevés. Ta mère est au courant de l'existence de ce compte. Robbie l'a ouvert quand il vivait encore avec elle, et il a demandé qu'un duplicata des relevés soit envoyé à tes grands-parents, du moins à l'adresse qu'il avait. »

William tirait sur sa cigarette en silence.

« Il fait ça pour que tu aies un apport si un jour tu veux t'acheter une maison, ou une voiture, ou si tu veux monter une affaire ou aller à l'université. C'est quelque chose pour t'aider à avoir une vie meilleure. Bref, quand tu seras prêt pour l'une de ces choses, cet argent sera à toi. » Elle ouvrit la porte grillagée et marqua à nouveau un pause. « Il pense à toi tous les jours. Il ne parle pas de toi tous les jours, mais parfois on ne parle pas de ce qui compte le plus pour soi. Parfois, on ne peut pas, tout simplement. »

Elle le laissa là, fumant ses cigarettes, sur le pas de la porte, entouré par la neige qui fondait.

Adam dévalait d'ordinaire l'escalier deux ou trois marches à la fois. Ce jour-là, il descendit lentement et, arrivé en bas, observa Emily de sous sa frange blonde, comme quand il était petit et qu'il savait qu'il se ferait gronder car il avait désobéi.

Il allait bien, Dieu merci. Il n'y avait pas eu de complications, et personne ne l'avait dénoncé à la police pour avoir consommé de l'alcool alors qu'il n'avait pas l'âge – comme personne n'avait dénoncé William pour avoir fourni de l'alcool à un mineur. Il eut mal à la tête pendant deux jours, il était un peu pâle, mais il s'en remettrait. En revanche, Emily n'oublierait pas de sitôt la peur qu'elle avait ressentie dans l'ambulance lorsqu'elle lui tenait la main.

« Tu es prêt ? » demanda-t-elle en ramassant ses clés de voiture dans le bol. La porte d'entrée s'ouvrit et William apparut.

« Je vais conduire, dit-il. Salut, Adam. »

Les deux garçons ne s'étaient pas revus depuis qu'Adam était parti à l'arrière de l'ambulance. Les joues d'Adam s'empourprèrent. « Salut, William. ». Il ne semblait pas vraiment capable de lever les yeux vers son frère.

« Ça va ? fit William.

— Ouais.

— Je suis désolé, mec.

— Non, c'est moi, je suis une petite nature. » Il jeta un coup d'œil à sa mère et rougit davantage.

« Pas du tout, c'est moi qui ai déconné. » William lui tendit la main et Adam la serra. Puis ils se sourirent.

Emily sentit sa gorge se contracter. Elle reposa les clés dans le bol. « Eh bien, allons-y, alors. »

Le camion de William était tout cabossé et le cendrier plein. Un désodorisant qui ne sentait plus le pin depuis longtemps était accroché au rétroviseur. Adam s'assit au milieu, ses longues jambes serrées contre celles d'Emily, et Emily regarda par la fenêtre pendant que les deux garçons parlaient foot.

Elle savait d'expérience que c'était cela qui guérissait ; qui faisait le sel de la vie. Pas les moments difficiles, mais le train-train quotidien. Le temps passé ensemble.

Elle songea à celui qu'elle n'avait pas passé avec sa mère, et dut se mordre l'intérieur de la lèvre.

Lorsqu'ils arrivèrent à la station-service, elle donna sa carte de crédit à Adam qui sauta du camion, inséra la carte dans la machine et fit le plein. Le silence tomba dans la cabine. Emily tenta sa chance. « Robbie serait ravi si tu lui donnais, toi aussi, un coup de main au chantier, dit-elle. Je peux trouver quelque chose à faire si tu veux rester avec Adam. »

William secoua la tête. Adam remonta dans le camion et Emily se glissa au milieu de la banquette, se tenant coite pendant qu'Adam reprenait la conversation qu'il avait interrompue pour remplir le réservoir. Assise ainsi près de William, elle sentait sa tension, même si elle ne le touchait pas, et elle remarqua qu'il se détendait lorsqu'Adam lui parlait. Et quand il rit, elle constata qu'il avait le même rire que Robbie.

Toutes ces années sans se voir… Elle pensa au cercueil de sa mère et à Polly, qui fumait comme si ses cigarettes pouvaient lui apporter de l'oxygène. Petite, Polly cherchait systématiquement à faire plaisir aux autres. De ce point de vue-là, elle était comme Adam.

Une pancarte en bois blanc annonçait l'entrée du Chantier naval Brandon. Le nom était peint en lettres gris-bleu, rappelant les couleurs de la baie. Emily vit que William regardait l'atelier tout neuf, les bateaux en cale sèche recouverts d'une bâche d'hivernage, la grue élévatrice pour hisser les bateaux hors de l'eau, comme la porte d'un géant donnant sur la mer. Il se gara pour laisser Adam descendre.

« Tu veux venir ? demanda Adam avant d'ouvrir la portière. Papa a déniché un 420 et il m'aide à le retaper. Il y a beaucoup de boulot, mais il sera à moi quand on aura fini. À mon avis, ce ne sera pas avant que j'aie trente ans. Avec papa, il faut tout poncer au moins cent fois, sinon il n'est pas content.

— Non, merci.

— Comme tu veux. On se voit plus tard. À tout à l'heure, maman.

— N'oublie pas de boire régulièrement de l'eau pendant que tu travailles, dit Emily à Adam. Et ne laisse pas ton père te donner du café. Ça te déshydratera.

— D'accord.

— Tu retournes à l'école demain.

— Oui, oui. » Adam l'embrassa sur la joue et, l'instant d'après, il avait disparu, contournant les flaques de neige fondue en courant vers l'atelier. William mit le contact et Emily se réinstalla sur le siège passager. Il fit demi-tour.

« Qu'est-ce que tu as décidé ? demanda Emily doucement.

— Je vais récupérer mes affaires et après j'irai chez des amis à Portsmouth.

— Tu n'es pas obligé.

— Je vous communiquerai mon adresse quand j'en aurai une pour que vous m'envoyiez les relevés de banque.

— Mais tu vas attendre le retour d'Adam pour lui dire au revoir, n'est-ce pas ?

— Je n'aime pas trop les au revoir. »

Il alluma la radio. Emily lâcha un soupir et se tourna vers la fenêtre. Le Maine était beau sous la neige ; blanc, immaculé, métamorphosé. Mais dès que la neige fondait, apparaissaient alors les couches de terre et de sable au-dessous, et le gris régnait. Les congères qui bordaient la route formaient de gros talus tristes, tachés d'éclaboussures marron. Il n'y avait pas vraiment de printemps dans le Maine ; on passait directement de l'hiver à la boue puis à l'été. Elle était parfois nostalgique des printemps anglais : des jacinthes des bois, des pommiers en fleur et des crocus qui pointaient violet et blanc hors de la terre. Des premières marguerites avec lesquelles on fabriquait des bracelets, des colliers et des couronnes.

Pourtant, bien qu'elle vienne de quitter l'Angleterre au printemps, elle était heureuse d'être ici.

Une femme marchait le long de la route dans la boue et la neige fondue. Elle avait les épaules étroites et des cheveux noirs bouclés qui lui faisaient comme un halo. Lorsqu'ils passèrent à sa hauteur, Emily entrevit son profil.

« Polly ? dit-elle.

— Quoi ? » lâcha William en même temps qu'il sortait d'une main son paquet de cigarettes de la poche avant de sa chemise.

— Arrête-toi. Arrête-toi tout de suite. »

Il se gara et Emily ouvrit la portière et descendit du camion. La femme portait des bottes d'hiver et un manteau trop grand pour elle dont les manches flottaient au niveau de ses poignets. Elle avait cessé de marcher. Ses cheveux étaient de la même couleur et de la même texture que ceux de Polly, son visage avait la même forme, mais ce n'était pas Polly. Malgré tout, Emily avait l'impression de la connaître.

Il n'y avait pas de maisons dans les alentours, pas de trottoirs : seulement un accotement boueux et sableux. « Ça va ? lança Emily.

— Oui, oui, ça va. » La femme s'essuya le visage avec la manche de son manteau.

Emily la rejoignit et vit qu'elle pleurait. Elle vit aussi le bébé, dans une écharpe sous le manteau, serré contre la poitrine de sa mère, un bonnet jaune sur la tête. Elle s'aperçut alors qu'elle connaissait cette femme : ce n'était pas sa sœur, mais sa patiente.

« Sarah ? dit-elle.

— Oh. Oh, docteur Brandon. Oh, bonjour, je ne vous avais pas remise. » Sarah s'essuya à nouveau le visage, plus vigoureusement.

« J'ignorais que vous habitiez Clyde Bay, fit Emily.

— Oui, sur.... Sur Eagle Point Road.

— C'est à trois ou quatre kilomètres d'ici. Voulez-vous qu'on vous dépose ?

— Non, merci, je vais marcher. C'est... c'est la seule façon pour qu'elle s'endorme. »

La jeune femme avait le contour des yeux tout rouge, les lèvres et le nez gercés et ses mains tremblaient.

« Et ça marche ? demanda Emily. Je suis désolée, j'ai oublié le prénom de votre petite fille.

— Dolores. Mais je l'appelle Dottie. »

Dottie était bien au chaud sous le manteau, avec son petit bonnet en laine. Emily se pencha vers elle. « C'est un très joli nom.

— C'est celui de ma mère.

— Vous marchez pour qu'elle s'endorme ? Jusqu'ici, au bord de la route ?

— Oh, j'ai l'habitude », répondit Sarah, la voix cassée. Emily posa une main sur son épaule, qu'elle trouva étroite et saillante sous l'épaisseur du manteau. Elle essaya de se rappeler quand elle avait vu Sarah pour la dernière fois. C'était le lendemain du jour où elle avait reçu la lettre de son père, lorsqu'elle avait brusquement décidé de se rendre en Angleterre. Il y avait à peine une semaine. Sarah avait-elle l'air si mal en point, si fatiguée, ce jour-là ?

Comment Emily avait-elle pu ne pas s'en apercevoir ?

« Eh bien, puisqu'elle dort maintenant, laissez-nous vous raccompagner. »

De grosses larmes roulaient des yeux de Sarah à présent, et l'une d'elles resta accrochée au bout de son nez. Elle acquiesça d'un hochement de tête et suivit Emily jusqu'au camion. La portière était toujours ouverte.

« Je vous présente mon beau-fils, William, dit Emily. William, tu peux éteindre ta cigarette, s'il te plaît ? Sarah a un bébé. Nous allons les raccompagner chez elles. »

De toute évidence surpris, William baissa la vitre et jeta sa cigarette dehors.

« Comment je fais, sans siège auto ? demanda Sarah.

— William va conduire prudemment. » Emily monta dans le camion afin de s'asseoir au milieu et tendit la main à Sarah pour l'aider à monter à son tour. William attendit qu'elles attachent toutes les deux leurs ceintures de sécurité et démarra.

Emily expliqua à William comment rejoindre Eagle Point Road, et pendant tout le trajet, elle se remémora le dossier médical de Sarah. Premier bébé ; mère célibataire ; père absent du paysage ; elle lui avait dit que sa mère était morte. Elle avait vingt et un ans. Emily avait dû lui faire plusieurs points de suture. Elle lui avait dit aussi que Dottie pleurait beaucoup. Dottie n'avait cessé de geindre pendant toute la consultation et Sarah l'avait bercée, d'un air désespéré.

Comment ne l'avait-elle pas remarqué ? se demanda à nouveau Emily. Le système informatique avait fait des siennes, son esprit était obnubilé par la lettre de son père... pourtant, elle aurait dû noter tout cela. Elle aurait dû voir le désespoir de cette femme.

Sarah habitait une petite maison en bardeaux blancs et à la véranda affaissée sur un côté. Tout autour, des pins penchaient au-dessus du toit. L'allée et la voiture étaient ensevelies sous la neige. William s'arrêta.

« Merci », dit Sarah qui n'avait adressé la parole à William que pour lui indiquer quelle était sa maison. Elle ouvrit la portière.

Alors qu'Emily s'apprêtait à dire à la jeune femme de passer à son cabinet le lendemain – elle appellerait Yvette dès son retour pour qu'elle lui donne un rendez-vous – et qu'elle réfléchissait déjà aux questions et à l'examen clinique qui lui permettraient d'établir une prise en charge pour une dépression postnatale, elle s'entendit demander : « Vous avez du café chez vous ? Ou du thé ? Je boirais bien quelque chose de chaud. »

Sarah hésita.

« Euh..., eh bien... oui, je peux vous offrir un café.

— Super. Je ne resterai pas longtemps. » Emily lui sourit, et, le front plissé par l'inquiétude, Sarah descendit du camion. Juste avant de mettre le pied à terre, Emily se tourna vers William. « J'aurai probablement besoin de ton aide », murmura-t-elle.

William aussi fronça les sourcils, mais il coupa le contact et descendit à son tour.

Sarah se dirigea vers la maison. Ses bottes laissaient des traces dans la neige. Tandis qu'elle cherchait sa clé dans la poche de son manteau, Emily se tourna à nouveau vers William. « Est-ce que tu as une pelle à neige dans ton coffre ?

— Possible, répondit le garçon.

— Ça lui rendrait service si son allée était déblayée. Et sa voiture aussi. Viens prendre un café après. »

William considéra l'allée. Au bout de quelques secondes, il opina.

Emily s'essuya les pieds sur le paillasson et suivit Sarah dans la cuisine. L'évier débordait de vaisselle sale et une boîte de Lucky Charms ouverte traînait sur la table à côté d'une brique de lait. Sarah parcourut la pièce des yeux. On aurait dit que c'était la première fois qu'elle y entrait. « Je crois que j'ai du café... quelque part.

— Je m'en charge, proposa Emily. Occupez-vous de Dottie. »

Sarah ôta son manteau. « Elle refuse que je la couche dans son berceau. Il n'y a que dans mes bras qu'elle accepte de dormir. Et quand elle ne dort pas, elle pleure.

— Vous devez être épuisée après avoir autant marché. Installez-vous sur le canapé avec les pieds en l'air, et laissez Dottie dormir sur vous. Je vais faire le café. »

Indéniablement trop fatiguée pour discuter, Sarah hocha la tête et passa dans la pièce à côté. Emily regarda dans tous les placards jusqu'à ce qu'elle trouve un paquet de café et des filtres. Elle lava la cafetière avant de mettre de l'eau à chauffer. Jetant un coup d'œil dans le salon, elle vit Sarah allongée sur le canapé, ses bottes et l'écharpe porte-bébé par terre. Elle avait retiré le bonnet en laine de Dottie, et la mère et l'enfant dormaient à poings fermés. Comment n'avait-elle pas noté, quand elle avait reçu Sarah, qu'elle avait les mêmes cheveux que Polly ?

Emily vida le lave-vaisselle et y rangea les assiettes sales et les biberons. Elle essuya le plan de travail, la table, remit le lait dans le réfrigérateur, qui était vide à l'exception d'un paquet de fromage en tranches et d'un bocal de cornichons. Le séchoir était rempli d'habits ; elle les sortit et les plia. Il n'y avait que des habits de bébé. Des grenouillères brodées de canards jaunes, de minuscules chaussettes jaunes. Tous choisis avec soin, tous parfaitement assortis. Elle les rangea dans le panier à linge vide.

Elle ne savait même pas que Sarah habitait Clyde Bay. Elle ne la connaissait que comme patiente. Mais ici, dans sa cuisine, elle n'avait aucun mal à imaginer la vie qu'elle menait : exténuée, submergée, seule dans un monde crépusculaire tournant autour des pleurs d'un bébé et de toutes les inévitables tâches domestiques. Les nourrissons pouvaient être difficiles, surtout quand ils refusaient de dormir. Et elle lui avait allègrement suggéré d'accepter toutes les aides qu'on lui offrait...

Mais qui offrait d'aider Sarah ?

La porte s'ouvrit et William entra, tapant ses bottes pour ôter la neige. « Café ? » lui demanda-t-elle. Elle attrapa deux tasses et les remplit.

William se gratta la tête. « Pourquoi on est ici ?

— Parce que cette jeune femme est notre voisine, et qu'elle n'a personne. Elle essaie de tout faire toute seule, et c'est impossible.

— J'y arrive bien.

— Oh, c'est vrai que tu t'en sors admirablement. » Elle entendit le bébé bouger puis se mettre à pleurer dans la pièce voisine. Lorsqu'elle y pénétra, Sarah se redressait tant bien que mal.

« Je peux la prendre ? » demanda Emily, et Sarah acquiesça. Dottie avait le corps tout raide et le visage rouge. Emily lui massa doucement le dos. « Elle a des coliques, non ?

— Je ne sais pas, répondit Sarah. Je ne comprends pas ce qui cloche chez elle. » Les larmes lui montèrent aux yeux. « Je ne comprends pas ce qui cloche chez moi. »

William se tenait dans l'encadrement de la porte, sa tasse de café à la main. Il observait tour à tour Emily, puis le bébé, puis Sarah, d'un air amusé. « Pose ton café, lui dit Emily. Je voudrais que tu t'occupes du bébé pendant que je parle avec Sarah.

— Je n'y connais rien aux bébés.

— La seule chose que tu dois savoir pour l'instant, c'est de ne pas les mettre au contact de boissons chaudes. Alors pose ton café, et approche. »

Elle renifla Dottie pour s'assurer qu'elle n'avait pas besoin d'être changée, puis elle l'installa dans les bras de William, sa petite tête nichée au creux de son épaule. Elle paraissait minuscule contre son torse. « Contente-toi de marcher en lui tapotant les fesses.

— En lui tapotant les fesses ?

— Oui, comme ça. Bravo. Tu es très doué. » Il ne l'était pas – personne ne l'était la première fois –, mais il y arriverait. « Promène-toi avec elle dans la maison, ça la calme quand on marche. Et parle-lui. Si elle s'endort, continue de marcher. Et si elle régurgite, il y a des langes dans la cuisine.

— Si elle régurgite ? répéta William, inquiet.

— Tu n'auras qu'à te laver.

— Et de quoi je lui parle ?

— De ce que tu veux. »

Là-dessus, elle s'assit sur le canapé à côté de Sarah qui, tout en séchant ses larmes, avait suivi cet échange avec quelque chose de l'émerveillement dans le regard. William retourna dans la cuisine, tapotant d'un geste gauche les fesses du bébé.

« Est-ce que vous dormez ? demanda Emily à la jeune femme une fois qu'elles furent seules.

— Pas beaucoup. Dottie se réveille toutes les deux heures et parfois elle mange et parfois pas. »

Sarah chercha un mouchoir pour se moucher et Emily lui passa un rouleau de papier toilette qui se trouvait sur la table basse, au milieu de plusieurs biberons et vêtements de bébé.

« Je vais appeler Yvette pour qu'elle vous donne un rendez-vous cette semaine avec moi mais aussi avec mon collègue, le docteur Black, qui est pédiatre. »

Les yeux de Sarah se remplirent à nouveau de larmes. « Je suis nulle dans tout ce que j'entreprends.

— C'est faux, dit Emily. Vous n'êtes pas nulle du tout. Vous aimez votre enfant et vous faites tout pour elle. Mais il faut que vous vous occupiez de vous, aussi.

— Je l'aime tellement, vous savez. Sauf que je ne sais pas m'y prendre. Je suis une mauvaise mère. Ma mère... ma mère savait se débrouiller avec les bébés. Comme je regrette qu'elle ne soit plus là.

— Ma mère aussi me manque. »

Emily fut surprise de s'entendre dire cela. Elle ne parlait jamais de sa famille avec quiconque, hormis Robbie et Adam, esquivant les questions, élégamment ou pas, quand on l'interrogeait.

« Votre mère vit en Angleterre ?

— Elle est morte. Je venais de l'apprendre quand je vous ai reçue l'autre jour. Ce qui explique pourquoi je n'ai pas vu que vous étiez si fatiguée. Je suis désolée, Sarah.

— Ne le soyez pas. C'est affreux de perdre sa mère. Quand ma mère est morte, ça a été la pire chose qui me soit jamais arrivée. » Sarah rit nerveusement. « Elle m'aurait tuée si elle avait su que j'avais eu un bébé sans être mariée. Mais elle aurait fini par me pardonner. Les mères finissent toujours par pardonner. »

Peut-être que si j'avais insisté davantage, pensa Emily, *peut-être que si je n'avais pas renoncé aussi vite, ma mère m'aurait pardonnée.*

« J'espère, dit-elle. Je l'espère sincèrement. »

Dans la cuisine, elle entendit William qui parlait au bébé – pas ce qu'il disait, juste le son de sa voix. Que lui racontait-il ? se demanda-t-elle.

« Votre beau-fils a l'air gentil, fit Sarah.

— Oui, je pense qu'il peut l'être quand il veut. » Elle sourit à la jeune femme. « Écoutez, nous verrons toute la partie médicale quand vous viendrez à mon cabinet. Pour l'instant, je crois que ce qu'il vous faut, c'est dormir. Pourquoi n'iriez-vous pas vous allonger pendant une heure ? William et moi pouvons nous occuper de Dottie. Je lui préparerai un biberon si elle a faim.

— Vous n'êtes pas obligée de faire tout ça.

— Ça me plaît. J'ai deux ragoûts au congélateur, je vous les apporterai plus tard. Il faut que vous dormiez et que vous mangiez, Sarah. C'est important pour Dottie que vous soyez en bonne santé.

— Pourquoi m'aidez-vous ?

— Voulez-vous connaître la vraie raison ? La raison égoïste ?

— Vous n'êtes pas égoïste.

— Vous me rappelez ma sœur. Vous n'avez pas du tout la même personnalité, mais vous lui ressemblez un peu. Et elle me manque.

— Elle... elle est morte, elle aussi ?

— Non, mais il est trop tard pour elle et moi. C'est pourquoi j'ai besoin que ça se passe bien pour les gens qui m'entourent. Et cela vous inclut maintenant, Dottie et vous. »

Au bout du compte, Sarah dormit deux heures. Après quelques tentatives, William avait découvert que Dottie aimait bien être couchée sur le ventre, à même son avant-bras, les bras et les jambes pendant dans le vide, et la tête reposant dans le creux de sa main. Elle avait bu un biberon et s'était endormie dans cette position tandis qu'il regardait par la fenêtre et qu'Emily finissait de plier le linge.

Peut-être que si elle n'avait pas renoncé aussi vite. Peut-être que si elle avait amené Adam en Angleterre pour voir sa famille, quand il était encore bébé. Les bébés réparaient, les bébés aidaient. À l'époque, elle avait eu trop peur d'être rejetée, et de ne pas le supporter s'ils la chassaient, mais qui sait si elle n'aurait pas dû essayer ? Sa mère et son père avaient tellement rêvé d'avoir des petits-enfants.

Beaucoup trop d'années s'étaient écoulées à présent pour changer le cours des choses. Les décisions qui avaient été prises étaient irrémédiables.

Emily remarqua que William, en tenant le bébé ainsi sur son bras, arrivait à bercer Dottie facilement d'avant en arrière et qu'elle dormait profondément, une petite moue aux lèvres.

« Tu es vraiment doué, déclara-t-elle. Je le disais comme ça tout à l'heure, mais je le pense sincèrement maintenant.

— N'importe quoi.

— Est-ce que tu as déjà songé à avoir des enfants, un jour ?

— Je fou... – il jeta un coup d'œil au bébé –, je gâcherais tout, comme je gâche tout le reste.

— Tu serais surpris de constater qu'être responsable de quelqu'un peut te changer. Être responsable et avoir des liens de parenté. »

William haussa les épaules. Du bruit monta du salon et ils se retournèrent tous les deux pour voir Sarah, debout, les cheveux tout ébouriffés. « Vous avez réussi à la faire dormir, dit-elle à William. Merci. »

William rougit. Emily observa la scène avec enchantement.

« Les marches de votre véranda ont besoin d'être consolidées si vous voulez qu'elle tienne tout l'hiver. Je peux m'en occuper avant qu'on reparte, proposa William. J'ai des planches dans mon camion. »

Un peu plus tard, dans le camion de William, Emily dit : « Est-ce que tu sais que tu ressembles beaucoup à ton père ?

— Ah ouais, et comment je pourrais le savoir ?

— Peut-être que tu auras l'occasion de le découvrir. »

William grommela un vague commentaire entre ses dents et Emily se demanda à nouveau ce qu'il avait bien pu raconter au bébé.

« Tu pars toujours pour Portsmouth, alors ? »

Ils roulèrent pendant quelques minutes en silence, repassant devant l'endroit où ils avaient aperçu Sarah au bord de la route, là où Emily l'avait prise pour Polly, une Polly plus jeune, une Polly d'avant l'amertume et la séparation.

« Je vais d'abord vous déposer à la maison et ensuite j'irai au chantier donner un coup de main à Adam avec son dériveur. »

Robbie était dans le bureau, au téléphone avec un client, quand, parcourant l'atelier du regard, il vit William entrer et se diriger directement là où Adam travaillait. Puis il vit Adam sourire à quelque chose qu'il lui disait.

Il finit sa conversation avec son client et reposa le combiné, observant ses deux fils pendant un petit moment. William avait pris une feuille de papier de verre au grain fin et s'était agenouillé près d'Adam. Ses deux fils, l'un aux cheveux bruns, l'autre aux cheveux blonds, l'un adulte l'autre adolescent, frottant la coque du bateau avec le même mouvement, le même rythme, effleurant le bois du bout de leurs doigts pour vérifier sa finition.

Il les rejoignit. « Content de te voir, William. »

William releva la tête, et Robbie remarqua que son regard, de calme, était devenu méfiant. Mais ce n'était peut-être pas un problème, finalement. Il était là, au moins. Et parfois, ce qui comptait, c'était juste d'être là.

« J'ai pensé que je ferais bien d'aider Adam à retaper ce bateau s'il veut le mettre à l'eau avant d'avoir trente ans. »

Quel miracle avait accompli Emily ? Il lui faudrait attendre de rentrer à la maison pour le découvrir.

« Je vais vous aider aussi », dit-il. Et il prit une feuille de papier de verre à son tour et se mit à travailler à leurs côtés, ponçant le bois rêche jusqu'à le rendre parfaitement lisse.

TROISIÈME PARTIE

1975-1977

15

Juillet 1975
Miami, Floride

« Vous vous débrouillez très bien. Tout va se passer à merveille, Jaquinda. Il faut juste que vous poussiez maintenant. »

Jaquinda agita la tête de gauche à droite. « Je n'y arrive pas. Je n'arrive pas à pousser. » Elle se mit à haleter, surprise par la violence de la contraction.

« Il le faut pourtant, insista Emily. Votre corps vous le demande pour une bonne raison.

— J'ai trop peur. »

Emily retira ses gants. Elle prit la main de Jaquinda et la serra dans la sienne. La poigne de la femme était puissante, désespérée.

« Je comprends que vous ayez peur, dit Emily. N'importe qui aurait peur.

— Vous avez peur, vous aussi ? » Jaquinda avait le visage luisant de sueur, entre les douleurs de l'enfantement et ses efforts pour raidir son corps au maximum.

« Un petit peu, oui, reconnut Emily. Mais je sais que ça va bien se passer cette fois, Jaquinda. J'en suis sûre.

— Comment pouvez-vous en être sûre ? »

Emily ne pouvait pas l'être, évidemment. Chaque accouchement était un risque, celui-ci en particulier. Jaquinda avait fait deux fausses couches à six mois et donné naissance à un enfant mort-né. Cette grossesse-là s'était toutefois déroulée, jusqu'à présent, sans complications. Mais la précédente aussi – ainsi que les deux qui s'étaient terminées par une fausse couche. Toutes les trois avaient été normales. La mère et le bébé étaient en bonne santé. Jusqu'au moment où ils ne l'étaient plus.

Emily avait attendu pendant ces deux dernières semaines qu'on la prévienne que Jaquinda était en salle de travail, anticipant et redoutant à la fois cet appel. Elle n'avait aucun mal à imaginer dans quel état étaient la jeune femme et son mari, Miguel.

« J'en suis certaine », répondit-elle pourtant, sachant que si le moindre problème survenait, Jaquinda ne la croirait plus jamais. Il suffisait d'un seul mensonge de sa part pour détruire la confiance patiente/médecin. Et Emily et Jaquinda n'étaient plus uniquement un médecin et une patiente ; Emily avait été présente quand Jaquinda avait traversé ces terribles épreuves, et, en tant que patiente à haut risque, Jaquinda était souvent venue la voir à la consultation prénatale.

Mais parfois, il valait mieux dire aux patients ce qu'ils avaient besoin d'entendre, au lieu de la stricte vérité. Huit mois auparavant, Jaquinda avait été très claire. « C'est la dernière fois, avait-elle déclaré. Je n'ai pas la force de recommencer. Si ce bébé ne survit pas, on cessera d'essayer d'en avoir. » Aussi était-il fort probable, si quoi que ce soit arrivait, qu'Emily ne revoie plus jamais

Jaquinda. Aurait-elle été capable, elle, d'essayer une quatrième fois après avoir perdu trois bébés ? s'interrogea-t-elle.

Jaquinda haletait entre chaque contraction, la nausée lui soulevant l'estomac. Emily se pencha pour examiner ses yeux. Ils étaient écarquillés, le blanc injecté de sang, les iris presque aussi noirs que les pupilles. Jaquinda avait refusé la péridurale, de peur de perdre le contrôle.

« Tout va bien se passer, répéta Emily. Vous y arrivez à la perfection. Et bientôt, vous tiendrez votre bébé dans vos bras, Jaquinda. *Votre bébé*. Vous allez être maman. »

Jaquinda secoua la tête. Son regard oscillait entre l'espoir et la crainte.

« C'est la vérité, Jaquinda. Vous allez bientôt être maman. Et vous êtes entourée par des gens très compétents qui sont là pour vous aider. Mais vous devez faire confiance. Je sais que vous voulez garder ce bébé en vous où il est en sécurité, mais vous allez devoir pousser maintenant. À la prochaine contraction. D'accord ?

— Je ne veux pas.

— Il le faut. Promettez-le-moi. Promettez-le, Jaquinda. Votre bébé n'attend que ça de vous, que vous poussiez. »

Jaquinda opina, et son visage se crispa aussitôt de douleur sous la violence de la contraction suivante. Emily s'empressa d'enfiler de nouveaux gants et alla se mettre en place.

Elle pouvait voir la tête du bébé. Elle voyait aussi que Jaquinda se cabrait de toutes ses forces. Elle posa ses mains sur ses jambes, dans l'espoir que le contact de sa peau sur la sienne la réconforterait. Quel effort énorme de la part de Jaquinda pour résister à ce que lui disait son corps, pour retenir le bébé en elle alors que tout voulait qu'elle l'expulse ! Sa résistance traduisait une telle peur...

« Poussez maintenant, Jaquinda. Je vous en prie, poussez. »

Jaquinda laissa échapper un cri rauque, inarticulé, puis, obéissant à son instinct qui lui dictait de surmonter sa frayeur, elle poussa.

La tête du bébé commença à sortir et Emily la soutint avec sa main. Vingt mois auparavant, alors qu'elle venait d'être embauchée dans cet hôpital, elle avait tenu la tête du bébé de Jaquinda dans sa main gantée et s'était sentie impuissante, abattue quand elle avait vu que, sous le duvet des cheveux, le crâne du bébé était bleu.

Aucune personne, aussi compétente fût-elle, n'avait été capable d'aider Jaquinda. Emily n'avait pas été capable de l'aider.

« C'est bien, Jaquinda, c'est bien. À mon avis, la tête du bébé va complètement sortir à la prochaine contraction. Vous êtes très courageuse. Continuez, c'est bien. Miguel sera tellement fier de vous, tout comme ce petit être à qui vous donnez la vie.

— Je n'y arrive pas, sanglota Jaquinda.

— Bien sûr que si, vous y arrivez. C'est la chose la plus naturelle au monde, et dans quelques minutes, vous tiendrez votre bébé dans vos bras.

Le bébé était bleu, ses membres tout mous. Comme s'ils étaient en caoutchouc. La vision la moins naturelle au monde. Jaquinda respirant de façon saccadée, et Emily gardant le silence, et les infirmières gardant le silence ; et par-dessus tout, plus silencieux que toutes les personnes dans la salle, le silence du bébé.

« *Pourquoi mon bébé ne pleure pas ?* » *avait demandé Jaquinda.*

Une nouvelle contraction arriva. Jaquinda hurla et poussa, et la tête du bébé atterrit, toute chaude et toute mouillée, dans la main d'Emily.

« C'est bien, dit Emily. C'est bien.

— S'il vous plaît, supplia Jaquinda. S'il vous plaît, mon Dieu, s'il vous plaît. »

Emily guida les épaules, et le reste du bébé suivit rapidement sur la même poussée. Une petite fille, rose et parfaite.

Mais elle ne pleura pas.

L'espace d'une fraction de seconde, Emily oublia sa formation et ses connaissances. Elle pensait au bébé bleu de Jaquinda, le bébé qu'elle n'avait pas pu sauver, et aux larmes que Jaquinda avait versées dans son bureau, son ventre encore distendu à cause de l'enfant mort dont elle avait accouché. Elle pensait à la douleur du mari qui lui faisait le visage tout gris.

« Pourquoi mon bébé ne pleure pas ? » demanda Jaquinda, et c'était comme il y avait vingt mois, la même chose, sauf que ce bébé-là allait bien, il était rose et *il* allait bien, il n'y avait aucune raison pour qu'il...

Le bébé prit sa première inspiration et pleura.

« C'est une très jolie petite fille », dit Emily, et elle clampa et coupa le cordon puis la déposa dans les bras de sa mère.

Elle parvint à se retenir jusqu'à ce qu'elle s'enferme dans les toilettes réservées au personnel où, là, elle éclata en sanglots. Assise sur la lunette des W.-C., yeux fermés, elle conservait cette vision derrière ses paupières : Jaquinda et son bébé en bonne santé, sa fille, l'enfant qu'elle désirait plus que tout au monde. Sa joie était si intense qu'elle déformait les traits de son visage.

Miguel était arrivé et l'infirmière qui avait nettoyé et enveloppé le bébé dans une couverture le lui avait tendu. Il avait alors glissé son index dans sa minuscule main et les minuscules doigts s'étaient enroulés tout autour, puis il avait regardé sa femme avec la plus parfaite expression de respect et d'admiration.

Emily s'était dit qu'elle n'aurait jamais essayé une nouvelle fois, si elle avait, comme Jaquinda, déjà perdu trois bébés. Mais elle aurait recommencé. Si elle avait pu, elle aurait recommencé. Ne serait-ce que pour vivre cet instant-là.

Si elle pouvait...

Elle pleura sans se soucier de sa dignité, bouche ouverte, ne cherchant pas à essuyer ses larmes, pliée en deux de douleur, mais tout bas. Les hôpitaux étaient des lieux où l'on pleurait, mais les docteurs ne pleuraient pas.

Quand elle se fut ressaisie, elle se lava le visage et tamponna un mouchoir mouillé sur ses yeux pour réduire le gonflement et la rougeur de ses paupières. Puis elle sortit des toilettes, se changea et se remaquilla.

Robbie l'attendait dehors, dans la voiture, une Plymouth 1956, qu'il entretenait grâce à un peu de magie, à l'optimisme aussi, et, parfois, un bout de ficelle. Il se pencha pour lui ouvrir la portière.

« Que se passe-t-il ? demanda-t-il immédiatement.

— Rien, répondit Emily en l'embrassant sur la joue. Tout va bien. Je viens d'accoucher un très beau bébé en bonne santé. Le bébé de Jaquinda. »

Les mots eurent du mal à sortir. Robbie lui prit la main. « Tu veux m'en parler ?

— Pas particulièrement. Pas pour l'instant. Peut-être plus tard. »

Il acquiesça et mit le contact. Le ronronnement de la Plymouth avait quelque chose de démodé. Emily alluma la radio, qui était réglée sur la station favorite de Robbie, celle qui passait du blues, et elle se laissa aller en arrière dans son siège, fermant les yeux, concentrée sur elle-même. Il n'y avait pas de climatisation, aussi devaient-ils rouler les fenêtres ouvertes. L'air était à peine plus frais que lorsqu'ils étaient à l'arrêt.

Ça pourrait être la solution, en ce qui les concernait. La réponse à la chambre vide dans leur maison, au désir qui la tenaillait tous les jours au travail, ou chaque fois qu'ils se promenaient sur leur plage préférée de Key Biscayne et qu'elle regardait des petites mains potelées bâtir des châteaux de sable. Elle posa sa main sur la cuisse de Robbie, sentant sa force se propager en elle.

Ils avaient rendez-vous dans un immeuble en brique, une construction moderne, très laide. Curieusement, l'architecte avait réussi à ce que l'intérieur paraisse à la fois miteux et austère. Ils montèrent l'escalier lentement et s'installèrent sur des chaises en plastique devant la porte du bureau, main dans la main. Dans le silence de la salle d'attente, on n'entendait que le tic-tac de l'horloge, de style industriel, accrochée au mur au bout du couloir. Robbie avait la paume légèrement moite. Emily voulait dire quelque chose, offrir quelques paroles rassurantes ou quelques mots d'espoir, le genre de phrases qu'elle avait dites à Jaquinda à peine une heure auparavant. Mais elle en était incapable. Ce qu'ils s'apprêtaient à faire... représentait un énorme risque.

Mais c'était un risque qu'ils allaient devoir prendre. Pour cette chambre vide. Pour ces petites mains potelées. Pour le vide dans la vie de Robbie : non pas pour le combler, mais pour l'aider à l'accepter. Et pour le vide dans sa propre vie.

La porte s'ouvrit. « Mr et Mrs Brandon ? dit une femme, les cheveux permanentés, avec de grosses lunettes, une robe-chasuble marron et un chemisier beige à fleurs. Elle était enceinte : de six mois environ, estima Emily. Emily se leva. Robbie souriait déjà, de son sourire charmant, chaleureux, confiant. Il serra la main de la femme, qui serra ensuite celle d'Emily. Elle avait les doigts froids. « Je me présente, Donna Hernandez.

— Enchanté », dit Robbie tandis qu'ils entraient dans son bureau. Emily remarqua aussitôt les chlorophytums, les chaises en plastique, le bureau effet bois, les deux enveloppes en papier kraft soigneusement disposées et les trois stylos Bic bleus. Il y avait une reproduction d'un tableau de Margaret Keane punaisée sur un panneau en liège : deux enfants aux yeux énormes, un garçon et une fille, l'un tenant un bâton avec lequel il venait de dessiner un cœur dans le sable. Ce n'était pas exactement ce qu'Emily aurait choisi.

« Bien, monsieur et madame Brandon, commença la femme en s'asseyant derrière son bureau avant de se saisir d'un des stylos Bic, c'est votre premier rendez-vous. Nous allons en profiter pour préciser certains détails. Par ailleurs si vous avez des questions à poser, c'est le moment.

— Docteur Brandon », dit Robbie, avec son sourire facile. Il prit à nouveau la main d'Emily dans la sienne.

« Oh, pardon, vous êtes médecin ?

— Oui, répondit Emily. Je suis obstétricienne-gynécologue. Je travaille au Jackson Memorial.

— Oh, c'est là que je vais accoucher. Je suis suivie par le docteur Perez.

— Excellent choix. Le docteur Perez est très compétent et tout le monde sera aux petits soins pour vous. Peut-être vous y verrai-je. Vous en êtes à quoi ? Vingt-six semaines ?

— Oui, c'est ça. » Mrs Hernandez posa sa main sur son ventre arrondi avec ce geste commun à toutes les femmes enceintes. « J'ai depuis quelques jours de terribles brûlures d'estomac.

— Ce n'est que le début, j'en ai bien peur. Le bébé pousse tous vos organes pour se faire de la place à mesure qu'il grossit. Mangez moins mais plus souvent, et prenez des antiacides, c'est en vente libre. Certaines femmes trouvent que le thé à la menthe les soulage. Mais en gros, vos brûlures d'estomac résultent uniquement d'un phénomène mécanique, aussi essayez de ne pas trop manger d'un coup.

— Merci.

— Vous aurez tôt fait de les oublier quand le bébé sera là.

— Vous avez raison. Mais dites-moi, vous êtes... anglaise ?

— Oui, mais je vis ici maintenant.

— J'adore votre accent. Il est tellement beau. Je suis sûre qu'on doit vous demander sans arrêt de dire des choses juste pour l'entendre.

— Il n'a rien de spécial, là d'où je viens, croyez-moi. Mais c'est gentil à vous. »

Robbie serra la main d'Emily, et ils échangèrent un regard. Une partie de cet entretien consistait à faire bonne impression sur l'assistante sociale.

« Et vous, monsieur Brandon ? Vous n'êtes pas anglais.

— Non, madame. Je suis né dans l'Ohio, mais j'ai vécu un peu partout, et j'ai pas mal voyagé quand j'étais jeune. C'est comme ça que j'ai rencontré Emily. »

Les doigts d'Emily se contractèrent aussitôt sur ceux de Robbie, mais il lui sourit. Mrs Hernandez s'était mise à prendre des notes sur un bloc-notes jaune.

« Quelle est votre profession ?

— Je construis des bateaux. Je travaille depuis sept ans au port de plaisance Dinner Key.

— Et avant ? Je suis désolée... j'ai besoin de savoir toutes ces choses pour constituer un dossier complet. »

Robbie hésita. « J'étais dans la marine, au Vietnam. »

Emily retint sa respiration et pria pour que l'assistante sociale n'ait pas fait partie des protestataires.

« Eh bien, dit Mrs Hernandez, merci pour vos années de service. J'y suis très sensible.

— Pour être franc, je rencontre peu de gens qui me remercient. Mais j'apprécie.

— Mon frère est dans la marine. Bref, pourquoi souhaitez-vous adopter un bébé ?

— Je suis stérile », déclara Emily, et même si, après toutes ces années, cette réponse aurait dû lui venir facilement, elle éprouvait toujours un

176

pincement et un déchirement quand elle la prononçait à voix haute. Il n'y avait rien de honteux, mais elle avait honte.

« Carence ovarienne précoce, continua-t-elle, s'obligeant à parler plus fort et à employer des termes techniques. J'ai été diagnostiquée il y a quelques années. Robbie et moi ne pourrons jamais avoir d'enfant de façon naturelle.

— Je suis désolée, dit Mrs Hernandez. Ce doit être dur pour vous de travailler avec des bébés toute la journée.

— J'ai choisi cette spécialité parce qu'elle m'intéressait. La plupart du temps, je n'y pense même pas. »

Sauf quand elle devait se cacher dans les toilettes pour pleurer. Ce qui lui arrivait de plus en plus souvent, depuis quelque temps.

« Vous pouvez trouver le réconfort en offrant un foyer à un enfant qui n'en a pas. Le lien des parents adoptifs avec leur enfant peut être aussi fort qu'entre des parents biologiques et leur propre enfant.

— Oui, tout aussi fort, acquiesça Robbie avec véhémence. Nous voulons un enfant plus que tout au monde, Emily et moi. »

L'assistance sociale hocha la tête et leur posa d'autres questions sur leur maison (location, décente, dans un joli quartier), leurs revenus (confortables). « Et votre famille ? demanda-t-elle. Parents, frères et sœurs, autres enfants ? »

Robbie et Emily se regardèrent.

« Toute ma famille habite en Angleterre, commença Emily lentement. Ma mère, mon père et ma sœur. J'ai des oncles, des tantes et des cousins qui vivent là-bas, aussi. Mais... je ne les vois pas souvent. Depuis que je me suis installée ici.

— Je comprends. Et vous, monsieur Brandon?

— Mes deux parents sont décédés. Mon père est mort quand j'étais au Vietnam, et ma mère l'a suivi peu de temps après. Je n'ai pas de frère ou de sœur. J'ai... un fils. »

Mrs Hernandez se redressa. « Oh?

— Il aura sept ans en septembre. Mais je ne l'ai pas vu depuis des années. Sa mère... ça s'est mal terminé entre nous.

— Oh.

— Vous avez l'air de considérer que c'est un problème, intervint Emily.

— Eh bien... pas nécessairement. Le tribunal vous a-t-il retiré l'autorité parentale?

— Non. En fait, il n'y a pas eu d'audience pour la garde. Elle... elle a pris notre fils, c'est tout. J'ai essayé de la joindre, mais elle déménage souvent, et ses parents refusent de me parler ou de me communiquer son adresse. » Il fronça les sourcils. « Comme je vous le disais... ça c'est mal terminé entre nous. Et mon fils me manque.

— Le père n'a jamais beaucoup de droits dans ce genre de situation, observa Mrs Hernandez, mais nous allons avoir besoin d'informations sur votre fils, si possible, et de certains documents.

— Quels documents? » demanda Emily en essayant à nouveau de donner à sa voix une intonation calme et professionnelle. Pour ses propres oreilles, en tout cas, c'était raté : elle entendait le tremblement.

« Oh, juste les documents classiques permettant de prouver l'identité et le statut d'un individu. Vos certificats de naissance et de mariage. Votre carte verte, docteur Brandon. Le contrat de location de votre maison, votre contrat d'embauche, et bien sûr, les lettres de recommandation dont nous allons parler dans un instant. »

Emily et Robbie échangèrent un regard.

« Nous... nous n'avons pas de certificat de mariage, déclara Emily.

— Vous pouvez obtenir un duplicata très facilement. Si vous vous êtes mariés en Floride, ça vous coûtera une toute petite somme, mais vous n'aurez pas à attendre pour l'avoir.

— Non, ce que je veux dire, c'est que nous n'avons pas de certificat de mariage parce que nous ne sommes pas mariés. »

Mrs Hernandez, qui tenait son stylo Bic dans sa main droite, le passa dans sa main gauche et s'en servit pour tapoter sur le bureau.

« Vous n'êtes pas mariés ? Mais je pensais... »

Le cœur d'Emily battait si fort qu'elle crut défaillir. Elle dut faire appel à tout son sang-froid et à sa volonté pour rester assise sur sa chaise, jambes croisées, sa main dans celle de Robbie. Elle ignorait ce qu'exprimait son visage, mais elle avait l'impression qu'il était taillé dans la pierre.

« En plus de ne pas me laisser voir mon fils, commença Robbie, mon ex-femme refuse de divorcer. Sa famille appartient à une église évangélique qui ne croit pas au divorce, et il est possible qu'elle soit retournée au sein de cette communauté, mais je ne pourrais pas l'assurer. Elle ne veut pas me parler. Et j'ignore où elle habite. J'ai envoyé à ses parents les documents nécessaires au divorce pour qu'ils les lui transmettent – autant pour son bien que pour le mien. On aurait pu penser qu'elle voudrait se remarier et essayer avec un homme qui lui convienne mieux, si se remarier n'est pas un péché pour elle, évidemment. Mais tous les documents me sont revenus ou ont disparu. Comme toutes les lettres que je leur ai adressées pour leur demander de me laisser voir William. »

Emily trouvait que l'explication de Robbie sonnait faux, mais en même temps, elle connaissait sa voix, sa façon de s'exprimer normalement, ce qui n'était pas le cas de l'assistante sociale. Qui sait si elle n'entendait dans ses paroles rien d'autre que la vérité ? Et c'était la vérité. Sauf que ce n'était pas... toute la vérité.

Mrs Hernandez prit un air grave. « Je ne pense pas... À vrai dire, il est très inhabituel de recommander un couple non marié pour une adoption. Je... je vais devoir parler avec mon chef une fois que vous aurez déposé votre demande.

— Mais vous avez quand même besoin de tous les documents nécessaires, n'est-ce pas ? interrogea Emily. Pour savoir si nous sommes autorisés à nous porter candidats ?

— Oui, et je veux connaître si possible tous les faits avant de présenter votre dossier à qui que ce soit.

— Je vois, fit Emily. C'est... c'est logique. »

Elle fut incapable de regarder Robbie à ce moment-là. De peur sans doute de prendre véritablement conscience de ce qui se jouait alors.

« Très bien, dit Robbie. Peut-on... emporter ces formulaires ? Et reprendre ensuite rendez-vous avec vous pour vous remettre tous les documents dont vous avez besoin ?

— Tout à fait », répondit Mrs Hernandez, et elle lui tendit une liasse d'imprimés. Robbie la remercia et lui serra à nouveau la main, mais ce n'était pas lui que l'assistante sociale considérait, c'était Emily. De toute évidence, ce qu'elle ressentait se lisait nettement sur son visage. Trop nettement. Aussi, Emily baissa-t-elle les yeux sur ses chaussures quand elle se leva et suivit Robbie. Avant qu'il n'ouvre la porte du bureau, elle s'obligea cependant à se tourner vers Mrs Hernandez.

« C'était un plaisir de vous rencontrer, dit-elle. Et si ça ne marche pas, j'aurai peut-être l'occasion de vous revoir, quand vous accoucherez. J'essaierai de passer vous dire bonjour si je suis à l'hôpital.

— Je... ce serait très gentil de votre part. » Mrs Hernandez marqua une pause, passant son Bic d'une main à l'autre. « Écoutez, ajouta-t-elle précipitamment, ce n'est pas le genre de chose que je dis habituellement, mais vous m'êtes vraiment sympathiques, et je comprends très bien ce que vous pouvez éprouver. J'essaierai de soutenir votre candidature, mais si ça ne marche pas, il y a d'autres moyens, vous savez ? Vous pouvez passer par une agence privée. Ou même vous rendre dans un autre État. Les lois varient énormément.

— Merci, madame, dit Robbie. Nous vous en sommes très reconnaissants.

— Mais revenez avec tous les documents, et nous ferons le maximum pour vous.

— Merci », murmura Emily, incapable de hausser la voix. Robbie posa la main dans le bas de son dos, et ils descendirent l'escalier ensemble, puis sortirent de l'immeuble pour rejoindre leur voiture.

La maison qu'ils louaient à Coral Gables, ombragée de palmiers adultes qui poussaient dans le jardin, était longue et basse, de plain-pied, comme toutes les maisons alentour. Les murs étaient jaunes et le toit en tuiles orange. La chambre vide se trouvait au fond, à droite.

Robbie s'y asseyait parfois, à même le carrelage blanc, écoutant le bruit de la pluie sur le toit. Il avait construit une banquette sous la fenêtre et installé des étagères au mur. Ils n'avaient rien mis d'autre, à l'exception d'un lit d'une personne, recouvert d'un édredon fait à la main qu'Emily avait acheté dans une foire artisanale.

Cette chambre était censée être celle de William, si jamais il leur rendait visite. Si jamais Robbie le retrouvait. Mais les années passaient, les lettres lui revenaient et la pièce restait vide.

Une grosse tempête soufflait. Ces jours-là, en Floride, les éclairs et le tonnerre semblaient venir de toutes parts, avec une telle intensité qu'on aurait dit que la maison essuyait des coups de feu. La pluie tombait à la verticale en trombes d'eau chaude, battant sur le toit et s'écoulant des fenêtres pendant qu'il était là, à l'intérieur, à l'abri et au sec. Emily lui avait raconté que les bébés percevaient des bruits semblables quand ils étaient dans le ventre de leurs mères : les gargouillements des intestins et les vibrations des voix et de la musique.

Alors qu'il écoutait la pluie, il songea à la dernière fois qu'il avait vu William. La dispute entre Marie et lui avait eu lieu dehors, dans la cour. Les voisins les avaient entendus, surtout quand Marie s'était mise à crier, mais il se fichait des voisins : il ne voulait pas que William soit témoin de leur altercation. Il était d'accord avec tous les noms dont Marie l'affublait – il y en avait beaucoup, et la plupart étaient justifiés –, mais il n'était pas d'accord quand elle l'accusait de commettre une grosse erreur. Elle avait hurlé, lui avait envoyé sa chaussure à la figure, et lorsqu'il l'avait rattrapée, elle lui avait envoyé l'autre.

À la fin, il n'était resté à Marie qu'une seule chose à dire : « Fous le camp.

— Je vais faire mon sac », avait-il répondu, mais une fois dans la maison, il était allé dans la chambre de William. Le petit garçon dormait, jambes et bras écartés dans son pyjama Batman, la couverture à ses pieds. Il suçait son pouce.

Robbie s'était assis à côté de lui et l'avait regardé. Il l'avait regardé respirer, il avait regardé les légers mouvements de ses yeux sous ses paupières, ses longs cils noirs sur ses joues. William sentait le parfum du shampoing Johnson « Finies les larmes » et l'odeur corporelle typique des petits garçons. Il s'était vu lui lancer des balles de baseball, lui apprendre à naviguer, à pêcher, à nager dans les vagues, il s'était vu lui lire des histoires, l'accompagner au chenil pour aller chercher un chien, lui fabriquer des voitures en carton. Il avait pensé à son premier vélo et à sa première voiture et à son premier job, aux filles avec qui il sortirait et à celles qui lui briseraient le cœur. À son diplôme d'études secondaires. À ses genoux éraflés et aux points de suture et aux lézards et aux grenouilles qu'il attraperait, à la musique que Marie et lui ne comprendraient pas.

Il avait rêvé de faire tellement de choses avec cet enfant. Mais il lui semblait que tout ce qu'il faisait, c'était le regarder dormir.

Posant la main sur son front, il l'avait trouvé frais, perlé de quelques gouttes de sueur malgré le ventilateur, et il avait remonté la couverture jusque sous son menton.

Il avait pensé à lui laisser un petit mot près du lit. Mais William ne savait pas lire, et Marie déchirerait la lettre.

Il ne savait pas, alors, qu'il ne le reverrait plus. Il ne le savait pas vraiment ; pas au fond de lui-même. De toute façon, il n'était pas capable de prendre la mesure de ce qui se jouait. De comprendre comment ce serait de vivre pendant des années sans son enfant. Et s'il l'avait compris, qu'aurait-il pu faire différemment ? Il aurait pu réveiller William et lui parler pendant que le petit garçon luttait contre le sommeil. Il aurait pu lui dire que quoi qu'il arrive, il l'aimerait toujours. Mais c'était alors William qui n'aurait pas compris, ou qui aurait oublié. Qui aurait oublié le lendemain matin.

Qui sait si cela n'aurait pas été important pour Robbie de l'avoir dit ? D'avoir prononcé les mots à voix haute, pour qu'ils aient existé, quelque part ?

Robbie s'allongea sur le carrelage frais de la pièce vide tout au bout de leur maison et il écouta la pluie tomber. Il ne se souvenait pas quand cette chambre était devenue, sans qu'Emily ni lui en parle, la chambre que William partagerait avec un bébé. Puis quand elle était devenue la chambre du bébé. Pas *d'un* bébé mais *du* bébé.

Et d'ailleurs, comment cette idée leur était-elle venue, alors qu'ils savaient l'un et l'autre que ce n'était pas possible ? Pourtant, il avait pris forme, ce bébé qu'ils ne pourraient jamais avoir, et sans même qu'ils en discutent. Dans la manière dont ils se touchaient, se regardaient, dans les promenades qu'ils faisaient après dîner pour profiter de l'air frais de la baie, dans le rythme de leurs journées ensemble. Il l'avait vu aussi à la façon dont Emily jetait un coup d'œil aux femmes enceintes ou aux jeunes mères puis se détournait ; un coup d'œil qui n'était pas de la curiosité professionnelle. À sa lassitude lorsqu'elle rentrait le soir de l'hôpital. À ses yeux qui s'écartaient du livre qu'elle lisait et fixaient le vide, ignorant qu'il l'observait.

Il y avait tellement de choses dont ils ne parlaient pas entre eux. Dont ils n'avaient pas besoin de parler. La tasse de café qui apparaissait à côté de son coude quand il était dans son atelier et qu'il sentait la fatigue venir ; la lampe de lecture qu'il avait réparée sans qu'elle lui signale qu'elle était cassée. Souvent, quand il était en chemin, après une journée de travail, il se disait qu'ils pourraient peut-être aller pique-niquer sur la plage pour découvrir en arrivant qu'elle avait déjà préparé des sandwichs.

Et c'est pour ça qu'il n'avait pas été surpris lorsqu'elle avait suggéré d'appeler l'agence d'adoption. C'est pour ça qu'il savait à présent comme elle souffrait de la fin de ce rêve qu'ils osaient à peine formuler.

Lorsqu'ils avaient choisi de vivre ensemble, par un jour de pluie et de tempête également, ils avaient décidé qu'ils se suffiraient l'un à l'autre. Rien qu'eux deux, seuls et ensemble. C'était le marché qu'ils avaient conclu avec eux-mêmes et le monde.

Et ils s'étaient suffi l'un à l'autre. Vraiment. Sauf qu'il y avait ce manque, ce besoin de quelque chose en plus. L'instinct de Robbie était de le réparer :

comme il réparait une fissure dans son bateau, un pneu crevé à sa voiture.

Mais comment réparer le manque laissé par un enfant qui avait disparu ? Ou par un autre, qui ne pouvait pas exister ?

Robbie se leva et suivit le couloir jusqu'au salon. Assise devant le ventilateur, Emily écoutait la pluie, elle aussi, les mains croisées sur ses genoux. Elle ne le regarda pas quand il entra.

Il s'agenouilla par terre à ses pieds, et, glissant ses bras autour de sa taille, il posa sa tête sur son ventre. Elle fit courir ses doigts dans ses cheveux. Il était inutile qu'ils se disent à quoi ils pensaient ; ils restèrent juste ainsi, pressés l'un contre l'autre, avec le bruit de la pluie tout autour d'eux.

16

Décembre 1975
Miami, Floride

C'était leur quatrième Noël en Floride, et Emily trouvait toujours curieux d'ouvrir des cartes de vœux avec des sapins enneigés et des traîneaux, quand dehors il faisait 22° et que les palmiers s'agitaient légèrement dans la douce brise. Robbie était au chantier et Emily était d'astreinte après avoir travaillé les deux précédentes nuits; assise en robe de chambre près du téléphone, elle passait en revue les enveloppes que le facteur avait apportées.

Les cartes provenaient de ses collègues à l'hôpital, des amis de Robbie au chantier naval, de leur médecin, de leur dentiste, de leur banque. Hier, elle en avait ouvert une de la *taquería* locale où Robbie allait leur chercher des plats cuisinés le vendredi soir.

Elle pensait qu'ils auraient été plus anonymes ici, mais les différentes communautés qui composaient Coral Gables, pourtant une ville, étaient de petite taille, et ils croisaient souvent leurs voisins, surtout l'hiver, quand le soleil était moins chaud, et que les gens passaient beaucoup de temps dehors. Ils les voyaient dans leurs jardins, en train de pêcher, de se promener, dans les magasins du centre ou à la Venetian Pool.

Emily se servit une tasse de café et posa les cartes sur la table de la cuisine. Elle regardait toujours les enveloppes d'abord, à la recherche d'une écriture connue. Tous les ans, elle envoyait une carte de Noël à ses parents. Celle de cette année montrait un merle américain. Elle ne savait jamais vraiment quoi écrire – avoir de ses nouvelles ne les intéressait pas tout comme répondre à ses questions –, aussi se contentait-elle d'un : *Joyeux Noël. Affectueusement.*

Ils ne lui répondaient jamais. Mais elle continuait pourtant de leur écrire.

Robbie aussi envoyait tous les ans une carte de vœux à William – et pour son anniversaire aussi. Il l'envoyait à l'adresse es parents de Marie, dans le Wisconsin, et parfois elles lui revenaient portant l'inscription, en grosses lettres noires : RETOUR À L'EXPÉDITEUR. Parfois, rien ne lui revenait.

La dernière enveloppe ne contenait pas une carte, mais une lettre. L'écriture ne lui était pas familière, et le cachet de la poste indiquait Miami. Emily l'ouvrit tout en buvant les dernières gouttes de son café et en se demandant si elle allait en refaire ou si cela l'empêcherait de dormir une heure ou deux dans l'après-midi au cas où l'hôpital ne l'appellerait pas.

C'était juste une feuille de papier, pliée en deux. En haut figurait l'adresse d'un cabinet d'avocats en Louisiane. Au-dessous, soigneusement écrit, elle lut :

À mon avis, vous ferez de bons parents. Essayez ça, si vous cherchez toujours.

Donna Hernandez

P-S : C'est une fille, 3,2 kg. Je l'ai prénommée Jeannie.

17

Janvier 1976
La Nouvelle-Orléans, Louisiane

La troisième semaine du mois de janvier 1976, Robbie et Emily mirent douze heures pour traverser la Floride, longer le golfe du Mexique et rejoindre La Nouvelle-Orléans. Le cabinet d'Eliott Honeywell se trouvait dans un vieil et élégant immeuble en brique, muni de volets aux fenêtres pour se protéger du soleil de la mi-journée et d'un balcon en fer forgé blanc qui faisait le tour du premier étage. Robbie gara la Plymouth devant le perron. Le moteur émit un léger tic-tac en refroidissant tandis que, main dans la main, ils grimpaient les marches.

La réceptionniste qui les invita à attendre dans des fauteuils en cuir portait ce qui ressemblait à un tailleur Chanel. Emily remarqua que Robbie ne cessait de lisser sa cravate. Il n'en possédait que trois, toutes achetées par Emily : pour les mariages, les enterrements, les dîners importants, et aujourd'hui les rendez-vous avec des assistantes sociales ou des avocats. Il avait revêtu un de ses deux costumes. Emily sentait son léger malaise, lequel n'avait rien à voir avec la raison de leur présence ici mais plus avec le mobilier cher et sobre, les orchidées en pot sur le bureau de la réceptionniste, le ventilateur qui tournait doucement au plafond, les diplômes encadrés au mur.

Lorsqu'elle l'avait rencontré pour la première fois, Robbie n'était absolument pas intimidé par les différences de classes sociales. Il lui avait parlé sans égard des riches propriétaires des yachts sur lesquels il travaillait – en fait, avec un certain mépris. Mais les années, et tout ce qui s'était passé, l'avaient changé. Emily supposait qu'elle aussi avait changé.

Et aujourd'hui, bien sûr, ils attendaient tous les deux d'être jugés et considérés comme ne faisant pas l'affaire.

Elle lui prit la main. Combien de couples pleins d'espoir s'étaient assis dans ces mêmes fauteuils, gigotant et feignant de lire les magazines soigneusement posés sur la table basse ? se demandat-elle.

« Docteur Brandon ? Mr Brandon ? Mr Honeywell va vous recevoir. » La réceptionniste en Chanel se tenait devant eux. Elle les fit traverser la salle d'attente puis les conduisit en haut d'un majestueux escalier circulaire en bois poli jusqu'à une porte sur laquelle était fixée une plaque en cuivre. Elle frappa discrètement et, entendant une réponse, poussa le battant et s'écarta pour laisser entrer Emily et Robbie.

Eliott Honeywell était mince et svelte, avec des cheveux blancs plaqués en arrière, un costume trois pièces dans un superbe tissu écossais aux couleurs feutrées, complété par une chaîne de montre, une cravate et une pochette en soie rouge. Il se leva et contourna son vaste bureau en acajou pour les accueillir. « Docteur Brandon, Mr Brandon, enchanté. »

Il avait les ongles manucurés et portait, en plus de son alliance, une chevalière en or au petit doigt de la main droite. Sa poigne était sèche et ferme ; il leur indiqua les fauteuils en cuir en face de son bureau et s'adressa à la réceptionniste. « Sissy, du thé, je pense. Est-ce que le thé vous va ?

— Volontiers », répondit Emily en s'asseyant. Le fauteuil était si massif qu'elle avait l'impression d'être minuscule, et si éloigné de celui de Robbie qu'il lui fallait tendre le bras pour lui prendre la main. Le parfum capiteux d'Eliott Honeywell, un parfum cher, imprégnait la pièce tapissée de papier peint à rayures, de bibliothèques remplies de livres reliés cuir, et d'encore plus de diplômes aux murs.

Honeywell retourna à son fauteuil en cuir derrière son bureau et joignit les mains, doigts tendus. « N'aurais-je pas détecté un accent anglais, docteur Brandon ? » Lui-même avait un accent du Sud, du miel pur.

« Oui, répondit Emily. J'ai grandi dans le Norfolk.

— Quel beau pays ! Nous y sommes allés, ma femme et moi, oh, il y a bien huit ou neuf ans, et on s'était arrêtés dans les Broads[1] avant de monter en Écosse pour jouer au golf. C'est là que vous avez fait votre médecine ?

— À Cambridge.

1. Parc national du Norfolk et du Suffolk composé d'un réseau de rivières et de lacs pour la plupart navigables. (*Toutes les notes sont de la traductrice.*)

— Je vois. Très bien, et très impressionnant, aussi. Et vous, Mr Brandon, pratiquez-vous la voile ou êtes-vous un adepte des bateaux à moteur ?

— Mon travail m'amène à m'occuper de tous les types de bateaux, mais personnellement, je préfère les voiliers.

— Je suis complètement d'accord avec vous. Nous avons emmené le nôtre dans les Caraïbes, il y a deux étés de ça. J'ai pris deux mois de congé et je peux vous dire que c'était à peine suffisant, mais bon, il faut bien gagner sa vie. Oh, les couchers de soleil ! Ma femme a adoré les plages. Celles de Sainte-Lucie en particulier. Vous connaissez ?

— J'y suis allé il y a des années, avant de rencontrer Emily. Je convoyais un yacht d'Annapolis à Saint-Christophe. Une belle traversée. La pêche était incroyable. Je n'ai jamais aussi bien mangé.

— Alors, vous savez de quoi je parle. Notre bateau n'est pas aussi rapide que je le voudrais, mais à notre âge, ma femme et moi aimons le confort. Ah, voilà Sissy avec le thé. Merci, ma chère. »

Le thé était en fait du thé glacé, dans une carafe en verre dépoli posée sur un plateau avec trois verres à pied. Sissi les servit et quitta la pièce, ses talons hauts silencieux sur l'épais tapis. Le thé était sucré. Même après avoir passé des années dans ce pays, Emily ne s'était toujours pas habituée à boire son thé froid et sucré.

« Bien, dit Honeywell, une fois qu'il eut bu une gorgée et après avoir soigneusement placé son verre sur un dessous de verre argenté, Donna Hernandez m'a parlé de vous. C'est une femme charmante, très compétente. J'ai eu l'occasion de l'aider pour plusieurs dossiers dans le passé.

Arranger des affaires confidentiellement signifie que je peux être très discret par rapport à la loi. »

Emily jeta un coup d'œil à Robbie. « La... discrétion est effectivement une chose à laquelle nous tenons.

— Lorsque je rencontre des couples, ils sont souvent au bout du rouleau. Ils veulent un enfant pour fonder une famille, mais ils se sont heurtés à une suite d'obstacles. Ma plus grande satisfaction, c'est d'ôter ces obstacles de leur route et de les amener au bébé qu'ils désirent tant. J'espère que je pourrai vous aider. Je suis sûr que je le peux, en fait.

— C'est rapide, observa Robbie en reposant son verre.

— Je suis assez bon psychologue, déclara Honeywell. Et je vous ai appréciés tout de suite : un médecin, un marin. Je devine par ailleurs que vous avez eu une histoire très triste.

— Vraiment ? »

Honeywell écarta ses mains. « L'absence d'enfant laisse des traces chez les gens. C'est le rêve américain, n'est-ce pas ? Une bonne éducation, un bon travail, le bruit de petits pieds qui trottinent. Même si on a eu une enfance heureuse, on souhaite toujours que celle de nos enfants le soit davantage. Vous n'êtes pas d'accord, Mr Brandon ? Puis-je vous appeler Robert ?

— Je vous en prie, répondit Robbie. Et oui, c'est vrai.

— Et vous ne vous sentirez jamais chez vous dans votre pays d'adoption tant que vous n'aurez pas de vraies racines ici, n'est-ce pas, docteur Brandon ? Emily ?

— Oui.

— La famille est ce qu'il y a de plus important. Ce qu'il y a de plus important au monde. Vous pouvez être riche, posséder toutes sortes de biens, être respecté dans votre communauté : si vous n'avez pas de famille, tout cela ne représente rien. » Il s'empara d'une photo dans un cadre argenté et la tendit à Emily. « Voici Phyllis et moi, et nos trois enfants : Glenn, Holly et Lou-Lou. »

C'était un portrait de famille très conventionnel. Phyllis était mince et blonde, parfaitement coiffée et habillée, debout près d'Eliott. Leurs trois enfants, âgés de douze à huit ans environ, posaient devant eux, par ordre de taille. Ils étaient tous blonds aux yeux bleus, tout aussi endimanchés que leurs parents.

« Vous formez une belle famille, dit Emily en passant la photo à Robbie.

— Cette photo a quelques années, mais vous voyez maintenant pourquoi je suis si fier de mes enfants. Nous avons adopté Holly, notre cadette. Elle avait à peine quelques jours. Son histoire est très triste. Très, très triste. Mais nous avons eu la chance de pouvoir lui offrir le meilleur foyer possible.

— Elle ressemble énormément à sa mère, dit Robbie.

— Heureuse coïncidence, n'est-ce pas ? Personne ne devinerait qu'elle est adoptée. Apparemment, beaucoup de ressemblances familiales sont dues à l'environnement plutôt qu'à la génétique. J'ai lu pas mal de choses sur le sujet – par intérêt professionnel autant que personnel. Mais nous sommes fiers d'elle, et nous sommes fiers de pouvoir aider les familles comme la nôtre. Comme la vôtre. »

Il reprit la photo des mains de Robbie et la replaça précautionneusement sur son bureau.

« Donc, commença-t-il en joignant ses mains manucurées, vous parliez de discrétion. Sachez que la discrétion est absolument au cœur de notre activité. L'adoption est une affaire personnelle et privée. Nous avons aidé des couples qui avaient été refusés par des agences agréées ou des organismes de charité, et ce pour diverses raisons. Les agences agréées ont une approche plus ou moins unique, tandis que nous considérons que chaque cas est différent. Il peut y avoir des détails dans la vie d'un couple que l'homme et la femme ne souhaitent pas divulguer, mais qui ne sont en rien contradictoires avec le fait qu'ils seront de bons parents pour un enfant abandonné. Notre but, c'est d'aider des familles à se former, et non à examiner des éléments de moindre importance.

— De quel... genre de détails parlez-vous ? demanda Emily.

— La discrétion m'empêche évidemment de vous répondre avec précision. Mais nous avons aidé des objecteurs de conscience, par exemple, des hommes qui avaient un casier judiciaire parce qu'ils avaient refusé de partir à la guerre, ou des couples qui, bien que partageant une relation profonde et durable, ne peuvent pas se marier, ou des couples qui ont connu des mésaventures financières. La plupart du temps, nos clients sont simplement pressés de fonder une famille. Ils ne veulent pas attendre pendant des mois, voire des années, pour qu'on leur donne un enfant, et ils estiment qu'en passant par des agences privées, les choses vont plus vite.

— Quels documents devons-nous vous fournir ? demanda Robbie.

— Vous êtes déjà personnellement recommandés par Donna Hernandez, ce qui est un bon point pour moi. Mais pour nos dossiers, une autre recommandation serait utile. Et vos pièces d'identité, bien sûr : passeport, permis de conduire.

— Oh. Ça paraît... simple.

— Pourquoi faudrait-il que ce soit compliqué ? Vous voulez un enfant et il y a des enfants qui rêvent de faire partie d'une famille. C'est dans l'intérêt de tout le monde que de vous réunir. »

Emily échangea un regard avec Robbie. L'espoir avait été trop ténu pour réfléchir à tout cela sur la route ; ils s'étaient dit que ce voyage jusqu'à La Nouvelle-Orléans ne leur servirait qu'à supprimer une option. Mais maintenant...

« Et vos honoraires ? » demanda Robbie.

Honeywell nota quelque chose sur une feuille de papier qu'il tendit à Robbie. « Sont exclues toutes les dépenses supplémentaires non prévues qui pourraient se présenter. C'est un chiffre approximatif. »

Robbie blêmit. Il passa la feuille à Emily. La somme représentait... pas loin de ce que gagnait Robbie en un an.

« Nous allons devoir en discuter, dit-il tout bas.

— Bien sûr ! Je ne vous les aurais pas communiqués autrement. Nous pouvons nous revoir d'ici un mois, six semaines, ou plus tôt si vous le souhaitez. Plus vite nous mettons les choses en marche, plus vite vous tiendrez votre bébé dans vos bras. » Il leur adressa un large sourire. « Je sais que c'est beaucoup d'argent, mais il s'agit d'arrangements compliqués, et ma longue expérience signifie que mon temps n'est pas donné. Et puis, il va sans dire que le résultat n'a pas de prix. Personne ne peut chiffrer une famille. »

Ils préparèrent un pique-nique et embarquèrent sur le *Little Billy* pour la matinée dans la baie de Biscayne. Ils ne parlèrent pas pendant la première heure ; ils naviguaient ensemble, tendaient des bouts, hissaient des voiles, tiraient un bord, communiquant avec les yeux et l'expérience, ne mettant le cap sur aucune destination précise, mais laissant le vent les guider. Le bruit du bateau fendant les vagues et le souffle de l'air dans les voiles remplissaient le silence entre eux et faisaient partie de leur communication, de toutes leurs sorties en mer, sur ce bateau ou un autre, dans ces eaux et de l'autre côté de l'océan.

Robbie leur versa à chacun une tasse de café du thermos qu'il prit dans le panier de pique-nique et Emily lui montra, sans prononcer un mot, un banc de dauphins qui les accompagnaient. Ils contemplèrent leurs corps lisses filant dans l'eau, leurs nageoires aux extrémités pointues et leurs sauts soudains se terminant par un retournement aérien. Ils étaient suffisamment près pour entendre leur respiration saccadée et mouillée, et voir leurs expressions amusées, les coins de leurs bouches relevées.

« C'est la même famille qu'on a vue la semaine dernière, dit Emily. Je reconnais la cicatrice sur le dos du plus gros.

— Il a dû être blessé par un bateau à moteur.

— Ça n'a pas l'air de le gêner. » Elle se pencha en arrière contre la paroi du cockpit, les pieds posés sur le siège en face d'elle. « Je ne l'aime pas.

— Honeywell ? Moi non plus. C'est le genre de type qui te flatte tout en pensant que tu n'es qu'un minable.

— Mais on n'est pas obligés de l'aimer, n'est-ce pas ? On doit juste faire appel à ses services.

— Ça paraît plus facile que ça ne l'est.

— Et sans qu'on lui fournisse aucun papier, hormis nos pièces d'identité et nos références personnelles ? C'est trop beau pour être vrai.

— En même temps, il a aidé beaucoup de gens. Et l'assistante sociale nous a recommandés.

— On devrait appeler ces gens dont il nous a donné le téléphone. Avant de prendre une décision.

— Qu'est-ce qu'ils vont nous dire ? » Robbie ajusta une voile. « Qu'ils sont heureux de l'avoir rencontré. Ils voulaient adopter, et ils ont adopté. Que ça vaut chaque centime déboursé.

— On devrait quand même les appeler. »

Robbie opina.

« Ce n'est que théorique pour l'instant, puisqu'on n'a pas le quart de la somme sur nos comptes d'épargne, reprit Emily.

— Eh bien, commença Robbie, j'y ai réfléchi. Avant Noël, un type est venu au chantier. Il aimerait me faire une offre pour *Little Billy*. »

Emily se redressa aussitôt. « Tu ne peux pas vendre le bateau ! C'est toi qui l'as construit, de tes propres mains. Ça t'a pris des années. Non. Ce bateau est bien trop important pour toi, et pour nous.

— Mais il peut nous rapporter beaucoup d'argent. Un voilier fait à la main, unique. Le type était de New York et il disait qu'il cherchait quelque chose pour des petites sorties d'une journée.

— Il ne s'en servirait que de temps en temps, et l'hiver.

— C'est un bateau, Emily. Et nous aurions un enfant.

— Tu l'as construit pour William. »

Robbie détourna le regard et le porta au loin. Le banc de dauphins était parti vers l'est.

« Ça fait trois ans, dit-il doucement. William a sept ans. S'il se souvient encore de moi, il n'a certainement pas envie de me voir. J'imagine ce que Marie a dû lui raconter sur mon compte.

— Les choses pourraient changer. Elle pourrait changer d'avis.

— Tu ne sais pas quel genre de mari j'ai été pour elle.

— Si c'est le cas, c'est curieux qu'elle ne veuille pas divorcer. »

Robbie secoua la tête. « C'est sa façon de me faire payer. Je ne l'ai jamais vraiment bien connue, mais je la connais suffisamment pour comprendre ça. Elle haïssait cette église, mais pas autant qu'elle me haïssait. »

Emily laissa courir sa main sur la rampe en teck. « Je n'aime pas l'idée que tu vendes le bateau. C'est comme si... comme si tu renonçais à William.

— Je ne renonce pas à lui. Et je ne renoncerai jamais. Mais il faut être réaliste. Ce bateau n'est qu'un bateau. C'est un symbole, pas un vrai enfant.

— Mais toutes ces années de travail...

— Je peux en construire un autre. Toi et moi... » Il marqua une pause, et elle se raidit légèrement. « Nous sommes dans une situation qui ne peut pas évoluer, dit-il enfin. On vit dans le présent et on essaie d'ignorer le passé.

— Quel mal y a-t-il à cela ? C'est ce que nous voulions. Ce que nous avions décidé.

— Oui. C'est exactement ce que nous voulions. Mais peut-être que le temps est venu pour nous d'arrêter d'ignorer le passé et de juste lâcher prise. Lâchons prise, Em. Cessons de nous définir par rapport au passé. Et à mon avis, commencer à préparer notre avenir est un moyen d'y arriver.

— Bref, d'après toi, on doit avoir recours à Honeywell, dit Emily.

— Je pense qu'il faut saisir toutes les chances possibles. »

Elle le regarda longuement. Il allait avoir quarante ans cette année ; elle avait remarqué quelques fils d'argent dans ses cheveux noirs. Et sur son visage à elle, elle avait vu des rides autour de ses yeux à force de les plisser au soleil, et aux coins de sa bouche à force de sourire. Leurs corps avaient perdu des cellules et les renouvelaient. À bien des égards, ils n'étaient plus les mêmes personnes qui s'étaient rencontrées des années auparavant.

Qui sait ce qu'ils seraient plus tard ?

« Très bien. » Elle lui prit la main. « Je suis d'accord. Allons-y. »

Il frappa à la porte de Luís Fuentes.

Luís était un homme d'argent. Le bruit courait qu'il était arrivé de Cuba avec sa vieille mère dans une minuscule embarcation pendant la révolution ; Luís n'en parlait jamais, et, d'après ce que Robbie avait pu voir, il n'avait pas remis les pieds sur un bateau depuis. Le port de plaisance était son investissement. Il gérait le budget et laissait à Robbie et à son ami et ancien compagnon de beuverie, Tom, la partie pratique. À une époque, c'était Tom qui s'occupait de presque tout. À présent, c'était essentiellement Robbie.

Quand Robbie entra dans le bureau, Luís était entouré de papiers et de fumée de cigarettes. Il tendit sans un mot son paquet de Camel à Robbie, qui en prit une avant de s'asseoir et d'attendre qu'il ait terminé de taper sur les touches de sa calculatrice.

« Quoi ? fit Luís en levant les yeux et en allumant une autre cigarette avec le mégot de celle qu'il venait de finir.

— J'ai besoin de t'emprunter de l'argent », déclara Robbie.

Luís parut surpris. « Tu ne m'as pas demandé ça depuis un moment.

— Parce que je n'en avais pas besoin jusqu'à présent.

— OK, pas de problème. Tu veux que je te dépanne jusqu'au mois prochain ? » Luís prit son portefeuille puis regarda Robbie, les sourcils froncés. « Je croyais que ta femme était médecin.

— Elle est médecin.

— Elle doit bien gagner sa vie. Et vous avez une belle maison à Coral Gables.

— Elle gagne bien sa vie et on a une belle maison.

— Elle est au courant ? Ça ne change rien pour moi, je veux juste savoir quoi dire ou ne pas dire la prochaine fois que vous m'invitez à dîner, c'est tout. »

Robbie hésita. « Elle... elle n'est pas au courant. Emily sait à quoi va servir cet argent, mais elle ne sait pas que c'est à toi que je m'adresse.

— Je vois.

202

— Et j'ai besoin que tu me prêtes un peu plus. Il me faudrait trois mille. »

Seul l'éclair rouge vif de sa cigarette indiqua la surprise de Luís quand il tira dessus plus fortement que d'habitude. « C'est beaucoup d'argent.

— Oui.

— Est-ce que je peux te demander à quoi tu vas l'utiliser ? »

Robbie pensa de nouveau à Emily. « Non... tu ne peux pas. Je suis désolé. Si tu es d'accord pour me prêter cette somme, tu pourras la récupérer sur mon salaire tous les mois. Avec intérêt. Ou je peux te faire un chèque et te rembourser tout d'un coup quand j'aurai l'argent. Comme tu préfères.

— J'ai entendu dire que tu vendais ton bateau. Ce joli petit voilier construit à la main.

— C'est exact. »

Luís posa sa cigarette sur le rebord du cendrier et se pencha par-dessus son bureau. « Tu as des ennuis, Robbie ?

— Non.

— Parce que je n'ai pas oublié l'époque où tu buvais. Or, tu es différent depuis un moment, et j'ai pensé...

— Ça fait plus de deux ans.

— Content de l'apprendre. Sauf qu'un homme peut se laisser aller à accomplir certaines choses quand il a soif qui ne lui traverseraient jamais l'esprit dans d'autres circonstances.

— Cet argent n'a rien à voir avec l'alcool. Ou avec quoi que ce soit de cet ordre-là. Mais si tu refuses, je ne t'en voudrai pas. Je comprends que tu aimerais en savoir plus. » Là-dessus, il se leva. L'espoir déçu pesait sur ses épaules. Il n'avait rien d'autre à vendre que son bateau, et personne d'autre vers qui se tourner.

Si Emily vivait avec un autre homme que lui, elle n'aurait pas ce problème. Elle aurait même probablement déjà un enfant.

« Doucement, Bob, dit Luís. Assieds-toi. »

Robbie se rassit.

« Tu as failli perdre ton boulot il y a quelques années de ça. J'ai été indulgent avec toi parce que tu travailles bien et que tu es un vétéran. Mais tu étais plus un handicap qu'un atout. Tu as retourné la situation. Tu es le meilleur employé que j'ai jamais eu. Je n'aimerais pas penser que tu t'es à nouveau mis dans le pétrin.

— Je ne suis pas dans le pétrin.

— Dans ce cas, je te fais confiance. » Luís reprit sa cigarette, ouvrit son tiroir et sortit son carnet de chèques. « Tu me rembourseras quand tu pourras.

— Avec intérêt.

— Sans intérêt. Je considère que c'est un inves-tissement puisque ça participe à ton bonheur. » Il arracha le chèque, et, la cigarette vissée au coin des lèvres, le poussa vers Robbie qui regarda le montant sans vraiment comprendre. « Tu veux me rendre un service en échange ? Parle avec Tom et raconte-lui comment tu fais pour rester sobre.

— Tu vois plus de choses d'ici que tu n'en laisses paraître, pas vrai ? »

Luís se tapota le front du bout de l'index et sourit. « Parle avec Tom.

— J'essaierai. Mais si on n'a pas une bonne raison d'arrêter de boire, on n'arrête jamais de boire.

— Et tu as une bonne raison ? »

Robbie se leva, plia soigneusement le chèque et tendit le bras pour serrer la main de Luís. « La meilleure raison au monde. »

18

Juin 1976
Miami, Floride

Dans le bureau de l'administration, les infirmières se plaignaient à tour de rôle de leurs époux tandis qu'Emily consultait le planning de ses visites, sans vraiment prêter attention à leurs récriminations.

« On est mariés depuis dix-sept ans et il ne m'a jamais offert de fleurs, pas même une marguerite. Il ne croit pas aux fleurs. Vous avez déjà entendu ça, vous ? *Ne pas croire aux fleurs*. Il dit qu'elles meurent dès qu'on les coupe et il ne veut pas de choses mortes dans la maison. Et notre vie sexuelle, je lui ai répondu, elle n'est pas morte, elle ?

— Le mien, il m'a offert des chocolats pour la Saint-Valentin l'an dernier. Eh bien, il a mangé la moitié de la boîte à lui tout seul.

— Andrew, lui, m'a offert de la lingerie pour mon anniversaire. Je lui ai fait, hé, on a trois gosses, quand est-ce que tu veux que je porte ça ?

— Et vous, docteur Brandon ? Est-ce que votre mari vous offre des fleurs ? »

Emily releva la tête en souriant. « Juste une à la fois. » Une unique rose dans une bouteille de Coca-Cola vide et un petit mot sur sa table de chevet pour son dernier anniversaire, quelle avait découverts à son réveil.

« Une, ça vaut mieux que rien du tout, ou que la moitié d'une boîte de chocolats. J'ai rappelé à mon mari que c'était notre anniversaire de mariage aujourd'hui, du coup, quand je rentrerai ce soir, j'espère que j'aurai au moins une carte, sinon... » Le téléphone sonna et Flo décrocha sans interrompre son monologue. « Sinon, il pourra aller se faire sa tambouille ailleurs. Allô ? »

Emily ramassait son écritoire à pinces et se dirigeait vers la porte quand Flo lui tendit le téléphone. « C'est votre mari qui vous appelle sans doute pour vous dire qu'il vous aime. Et le mien, alors, où est-ce qu'il était au moment de la distribution des gènes romantiques ? »

Emily prit le téléphone. « Robbie ?

— Em ? Honeywell vient d'appeler. »

Un mélange d'émotions indéfinissable s'empara d'Emily : joie, peur, anticipation, désir, malaise. Similaire, mais pas identique, à ce qu'elle avait ressenti quand elle avait revu Robbie pour la seconde fois dans un hall bondé de voyageurs.

Elle s'écarta légèrement du groupe des infirmières et demanda tout bas : « Qu'est-ce... qu'est-ce qu'il a dit ?

— Il a dit... » C'est à ce moment-là seulement qu'elle s'aperçut que la voix de Robbie tremblait. Elle serra le combiné plus fort dans sa main. « Il a dit qu'il avait trouvé notre fils. »

Emily se liquéfia; se pétrifia. Elle était sur le point de défaillir ou de vomir. « Notre fils ? murmura-t-elle.

— Il... il a une semaine. Il... » Elle entendit Robbie déglutir, et subitement, elle souhaita être nulle part ailleurs qu'à ses côtés pour voir le mélange d'émotions sur son visage à lui aussi. « On peut aller le chercher le mois prochain. Dans quatre semaines.

— On pourra le ramener chez nous ?

— Oui.

— Le mois prochain ?

— Oui.

— Je... »

Un garçon de salle passa dans le couloir en poussant un berceau en plastique, avec un nourrisson en pleurs niché à l'intérieur. Emily le regarda fixement. Il avait une semaine. Leur fils. Leur fils, à Robbie et à elle. Pas plus vieux que ce nouveau-né, là, encore dans sa position fœtale, les bras et les jambes de délicates brindilles, le visage rouge et chiffonné par une impuissante colère de bébé.

Leur fils qu'ils n'avaient pas encore rencontré.

« On n'est pas prêts, dit-elle dans le téléphone.

— On a un mois pour se préparer.

— Je pensais que ça prendrait plus de temps.

— Visiblement non. Emily, tu es heureuse ? Tu as l'air d'avoir peur.

— C'est *toi* qui donnes l'impression d'avoir peur.

— Peut-être que c'est ce qu'on est censés éprouver ?

— Je crois plutôt qu'on est censés être heureux.

— Je... je serai heureux quand on le tiendra dans nos bras. »

208

Quand on le tiendra dans nos bras. Sa gorge se serra et la voix lui manqua.

« Essaie de rentrer tôt, d'accord ? » dit Robbie gentiment. Emily acquiesça d'un hochement de tête, et, même s'il ne pouvait pas la voir, elle savait qu'il comprenait. Il raccrocha et Emily reposa le combiné sur son socle.

Elle fixa le mur où les infirmières avaient accroché un tableau en liège pour les cartes et les photos que le service recevait des parents reconnaissants. Jaquinda était là, tout sourire avec son mari et Bébé Inès enveloppé dans une couverture rose, un bonnet crocheté ridiculement trop grand sur la tête.

Ils allaient devoir acheter un berceau et des habits, des couches, du lait maternisé, des biberons. Ils n'avaient rien pour l'instant. Pas le moindre matériel de puériculture. Pour ne pas forcer le destin. La chambre vide était toujours vide, sauf quand Robbie et elle s'y asseyaient, sur le bord du lit d'une personne, côte à côte.

Il leur faudrait aussi un porte-bébé, un landau, des tétines, des langes. Emily se rendit brusquement compte que si elle avait tenu des centaines de bébés dans ses bras, peut-être même des milliers, elle n'avait jamais donné le biberon à l'un d'eux.

« Ça va, docteur Brandon ? Vous avez l'air soucieuse. » Flo l'observait, les sourcils froncés. « On ne vous a pas annoncé une mauvaise nouvelle, dites ?

— Non, tout va bien. Ce n'est pas une mauvaise nouvelle, mais une bonne nouvelle. Une très bonne nouvelle. Sauf que je ne m'y attendais pas.

— C'est les meilleures », déclara Flo en lui faisant un clin d'œil avant de retourner à ses tableaux. Les deux autres infirmières avaient quitté le bureau pendant qu'Emily était au téléphone.

« Flo ? dit Emily.

— Mmm, docteur ?

— Si vous avez un peu de temps aujourd'hui, est-ce que vous pourriez me... montrer comment on change... une couche. »

Flo leva les yeux, un large sourire au visage. « Bien sûr, pas de souci ! »

Emily serait incapable, après coup, de se rappeler exactement à quoi ressemblait l'orphelinat, ou dans quelle partie du bâtiment ils s'étaient rendus. Elle y penserait souvent, regrettant à la fois de ne pas avoir imprimé en elle plus de détails et se réjouissant que ce soit le cas. Elle avait vaguement le souvenir d'un immeuble moderne, avec des briques de verre à l'entrée, et une odeur d'encaustique et de toasts brûlés. Ce qui avait le plus attiré son attention, c'était le tableau en liège près de l'accueil, couvert de photos d'enfants : dessinant, jouant, courant, soufflant des bougies. Semblable à celui qui trônait dans le service de la maternité, sauf que les enfants étaient plus âgés. Et que les adultes se tenaient légèrement à l'écart. C'étaient des travailleurs sociaux, pas des parents.

Elle s'accrocha à la main de Robbie parce qu'elle avait peur de partir à la dérive, comme un bateau sans personne à bord, les voiles claquant au vent. Ils avaient roulé pendant des heures. Le matin, avant de partir, et alors que le soleil ne s'était pas encore levé, elle était allée dans la chambre au fond du couloir, et, les mains posées sur le rebord du berceau, elle avait baissé les yeux sur les draps aux imprimés Pierre Lapin et sur la petite poule en peluche qu'ils avaient achetés. Elle avait essayé d'imaginer un bébé dormant dans ce berceau, un vrai bébé, pas l'idée ni l'espoir d'un bébé.

Elle n'y était pas arrivée. Pourtant, ils étaient là, maintenant, dans cet immeuble, conduits au long de vagues couloirs jusqu'à une salle d'attente meublée dans des teintes marron et crème, avec plusieurs chaises et une fenêtre aux rideaux marron et orange. Un climatiseur ronronnait sur le rebord de la fenêtre et un faux philodendron se dressait dans un coin. Eliott Honeywell, qui les attendait, les accueillit aussitôt d'une poignée de main ferme et d'une bise sur la joue d'Emily.

« Alors, c'est le grand jour ! » s'exclama-t-il. La pièce empestait son parfum auquel se mêlait une autre odeur, qui rappelait le sirop d'érable. « Comment vous sentez-vous ?

— Prêts », répondit Emily. Elle avait envie d'essuyer le baiser de Honeywell sur sa joue, mais sa main alla chercher à la place celle de Robbie. « On pensait que cela prendrait plus de temps. Toute la procédure, je veux dire.

— Je vous avais prévenus que vous aider à fonder une famille était ma première priorité, déclara Honeywell, visiblement content de lui. Dès que j'ai reçu cet appel téléphonique, j'ai su que j'avais trouvé votre fils. »

Votre fils. Emily déglutit. « Pourrions-nous...

— Bien sûr. Alice est allée le chercher. J'ai pensé que vous voudriez le voir avant que nous... » Il souleva un épais dossier. « La paperasserie. Toutes ces choses fastidieuses. »

Emily était incapable de s'asseoir. Elle serrait la main de Robbie et s'efforçait de rester concentrée.

De rester dans l'instant présent, dans cette pièce qui aurait pu se trouver n'importe où, avec ses rideaux et sa plante verte, avec l'odeur du parfum de Honeywell. Robbie, à ses côtés, était solide et réel, la seule réalité qui soit.

« On vit ça ensemble », murmura-t-il à son oreille, et au même moment, la porte s'ouvrit et une femme entra avec leur fils.

Il était enveloppé dans une couverture blanche et tout ce qu'elle aperçut, dans un premier temps, ce fut son minuscule profil et un peu de ses cheveux blonds duveteux. La femme qui le tenait dans ses bras portait une blouse d'infirmière, mais Emily ne saisit d'elle qu'une vague forme. Elle fit un pas en avant puis s'arrêta. Le regard ardent, les bras avides.

Des bébés. Elle avait vu des centaines de bébés. Des milliers de bébés.

Celui-ci pouvait être le sien.

« Vous pouvez le prendre, vous savez », dit Honeywell. Robbie lui lâcha la main. Lentement, elle tendit les bras et l'infirmière y déposa le bébé.

Il était tout chaud et léger. Il était réveillé ; il avait les yeux bleus et il fixait les siens avec cette expression intense et sérieuse qu'ont les bébés parfois. Ses cheveux étaient plus longs devant et formaient une espèce de petite touffe. Il respirait vite, comme un oiseau.

« Il est minuscule, dit-elle, surprise de s'exprimer d'une voix normale. J'ai déjà tenu des nouveau-nés dans mes bras qui ne pesaient pas plus lourds.

— Il a perdu un peu de poids après la naissance, expliqua l'infirmière, mais il commence à en reprendre. Soixante grammes depuis la dernière pesée. »

Elle toucha sa joue du bout de l'index. Il avait la peau aussi douce que du duvet de chardon, et il tourna la tête vers le côté que le doigt d'Emily stimulait. C'était un réflexe des points cardinaux mais on aurait dit un geste de confiance et Emily dut cligner des paupières pour retenir ses larmes.

« Il est magnifique, murmura Robbie, derrière elle. Tu as vu, il te regarde comme s'il te connaissait.

— Il vous connaît, dit l'infirmière. On a souvent remarqué que les bébés semblaient reconnaître leurs parents.

— Et... ses parents biologiques ? » demanda-t-elle sans le quitter des yeux. Bien qu'on lui ait déjà raconté les faits, elle voulait les entendre à nouveau. Elle voulait être sûre que ce qu'elle était en train de vivre était bien réel.

« La mère était célibataire, intervint Honeywell, qui se tenait sur le côté de la pièce. Elle savait qu'elle ne pourrait pas élever cet enfant toute seule et elle a décidé de lui donner une meilleure chance dans la vie. C'est une décision difficile, mais c'est la plus généreuse.

— Quel âge a-t-elle ?

— Elle est très jeune. C'est encore une enfant elle-même. En tout cas, elle n'est pas assez âgée pour être mère. »

Emily avait vu ces filles. Ces jeunes filles aux ventres ronds et aux visages exprimant diverses peurs. Elles venaient aux consultations parce qu'elles étaient obligées. Emily pensa à Consuela Diaz, car elle pensait toujours à Consuela quand elle recevait ces filles. Sauf que Consuela n'avait pas peur, ces filles si. Les bébés allaient aux grands-parents, en général, aux tantes ou aux grandes sœurs, mais certains étaient adoptés. Elle revoyait rarement les filles après. Si des soins postnataux étaient nécessaires, elles s'adressaient à un autre médecin.

Elle aurait pu accoucher ce bébé, le bébé d'une jeune fille qui savait qu'elle ne pouvait pas le garder. La fille aurait pu paraître indifférente pendant tout l'accouchement ou pleurer. Elle avait vu les deux. La fille aurait peut-être demandé à tenir le bébé dans ses bras ou prié qu'on l'emmène immédiatement. Elle avait vu les deux, aussi.

Dans tous ces cas de figure, elle s'était concentrée sur le présent, pas le futur. S'appliquant à faire en sorte que la délivrance se passe bien et que le bébé soit en bonne santé. Elle ne s'était jamais dit que l'avenir de l'un de ces enfants dépendrait peut-être d'elle un jour.

« Je sais que ta maman ne voulait pas t'abandonner, dit-elle tout bas au bébé qui la regardait gravement de ses yeux bleus. Qui voudrait t'abandonner ? Elle ne pouvait pas faire autrement.

— Il a une nouvelle maman, maintenant, murmura Robbie, à ses côtés. Il t'a toi.

— Il nous a tous les deux. » Presque incapable de croire que tout cela était vrai, elle souleva le bébé et l'embrassa sur le front. Il sentait le talc et le lait. Puis il gigota, son visage se chiffonna et il se mit à pleurer.

« C'est bientôt l'heure de son biberon, déclara l'infirmière. Je vais le chercher. »

Emily posa le bébé contre son épaule, se balançant d'avant en arrière en lui tapotant les fesses. Ses pleurs se transformèrent en geignements.

« On dirait que vous avez fait ça toute votre vie, déclara Honeywell.

— Il sait, dit Robbie. Il sait qui est sa maman. »

Il s'était exprimé d'une voix pleine de respect et d'admiration. Emily surprit son regard et faillit éclater de nouveau en sanglots.

L'infirmière revint avec un biberon et un lange carré, et Emily s'assit sur l'une des chaises, nichant le bébé dans le creux de son coude. Elle approcha la tétine de sa petite bouche et il téta immédiatement.

« Il mange bien, maintenant, déclara l'infirmière. Il lui a fallu un peu de temps. Ça arrive parfois. Penchez un peu plus le biberon. Voilà, comme ça.

— Comment s'appelle-t-il ?

— Il n'a pas de nom officiel, dit Honeywell. C'est à vous de décider.

— Vous avez bien dû l'appeler par un nom ? s'étonna Emily en arrachant son regard du bébé pour lever les yeux vers l'infirmière.

— On l'appelle Adam, dit-elle. On fait tout l'alphabet et on était revenu à A. »

Revenu. Combien d'enfants arrivaient ici sans nom ?

« J'aime bien Adam, dit Robbie. Qu'est-ce que tu en penses, Emily ?

— Je pense que les noms sont importants. Et s'il a entendu qu'on l'appelait Adam pendant ces cinq dernières semaines, alors nous devrions continuer de l'appeler comme ça. Et j'aime bien ce nom, aussi.

— Parfait, déclara Honeywell de bon cœur. Je vais aller m'occuper des papiers et vous laisser tous les deux avec votre fils. » L'avocat et l'infirmière sortirent, et, quand la porte se referma derrière eux, ils n'étaient plus que tous les trois dans la pièce.

« Ton fils », répéta Robbie doucement en s'asseyant sur la chaise à côté d'Emily. Il glissa un bras autour de ses épaules et tendit son index vers le bébé. Adam l'agrippa aussitôt avec sa minuscule main et Emily vit le regard émerveillé briller dans les yeux de l'homme qu'elle aimait.

« *Notre* fils », dit-elle.

19

Robbie ne possédait qu'une seule photo de William, celle qui se trouvait dans son portefeuille. Les bords étaient abîmés et le tirage rayé. William James Brandon, à jamais âgé de quatre ans, plissant les yeux devant l'objectif et souriant de son sourire tordu qui laissait voir une bouche où il manquait plusieurs dents. Il devait toutes les avoir à présent et ses cheveux avaient dû pousser et être coupés des dizaines de fois. Chaque fois que Robbie regardait cette photo, il ne pouvait s'empêcher de se dire que William était devenu, sans qu'il en soit témoin, un enfant qui ne ressemblait plus du tout à ça.

Il acheta un Polaroïd. Les photos qui sortaient de l'appareil et séchaient à l'air libre se développaient instantanément. Les vêtements n'avaient pas le temps d'être démodés, la lumière des journées ensoleillées de baisser. Chaque instant était vécu et presque immédiatement capturé, apparaissant comme par magie dans un carré brillant, encadré de blanc.

Il prit Emily en photo, penchée sur Adam de sorte que ses cheveux formaient un voile autour du visage du bébé : la Madone et l'enfant. Emily, assise dans le lit et donnant le biberon à Adam à trois heures et demie du matin, à moitié éclairée par la lampe de chevet. Adam dans sa chaise haute : la première fois qu'il goûta de la banane écrasée, la première fois qu'il goûta de l'avocat écrasé. La première fois qu'il goûta de la crème glacée, les yeux agrandis par le choc.

Adam rampant sur l'herbe rêche de leur pelouse. Adam minuscule à côté d'un Mickey Mouse en peluche que Robbie lui avait gagné à un tir aux canards dans une fête foraine. Adam et Emily endormis tous les deux sur le canapé l'après-midi, le ventilateur électrique dirigé vers leurs visages tout rouges. Adam avec sa main posée sur la joue d'Emily.

Emily aussi prenait des photos : Robbie promenant Adam sur ses épaules tandis que le petit garçon hurlait de joie. Adam assis aux côtés de Robbie tenant la barre d'un bateau de location, son gilet de sauvetage presque aussi gros que lui. Adam courant vers les bras écartés de son père. Robbie tirant Adam dans un chariot Philadelphia Flyer rouge, le long de la rue devant leur maison, dans un sens puis dans l'autre, encore et encore jusqu'à ce que, le sourire toujours aux lèvres, il soit couvert de sueur.

Le week-end et les jours fériés, aux barbecues chez les voisins ou lors des pique-niques avec leurs collègues ou des sorties en mer avec les amis de Robbie, ils demandaient aux gens de les prendre en photo. Ils s'asseyaient tous les trois ou se tenaient debout, bras dessus bras dessous, plissant les yeux à cause du soleil ou souriant à l'ombre. Adam avait les yeux bleus comme Emily. Il aimait donner la main à Robbie. Et son rire pouvait faire que la terre s'arrête de tourner.

Le rire n'était pas dans les photos, bien sûr. Mais Robbie l'entendait quand il les regardait.

20

Septembre 1977
Miami, Floride

Robbie construisait une balançoire dans le jardin quand Emily rentra de l'hôpital. Il l'entendit se garer et cria gaiement : « On est derrière ! »

Emily fit le tour de la maison et il vit immédiatement que quelque chose n'allait pas. Il posa ses outils. Adam, qui s'amusait à creuser sous l'hibiscus, se leva et trottina vers Emily. « Maman ! » gazouilla-t-il en lui présentant ses petites mains couvertes de terre.

Emily se pencha et le prit dans ses bras. Ses doigts laissèrent des traces noires sur son chemisier blanc. « Tu as besoin d'un bain, mon bonhomme, dit-elle, et elle croisa le regard de Robbie par-dessus la tête blonde d'Adam.

— Que se passe-t-il ? demanda Robbie.

— Tu n'as pas regardé les infos aujourd'hui ? Ou écouté la radio ?

— Non. Pourquoi ?

— Le journal est dans ma serviette. Tu attends que j'aie fini. » Elle lui tendit son sac en cuir et fourra son nez dans le cou d'Adam. « Allons te laver, mon ange. »

Robbie emporta la serviette dans la cuisine pendant qu'Emily se rendait dans la salle de bains avec Adam. Il entendait le petit garçon babiller : il savait dire quelques mots compréhensibles, mais prononçait très distinctement « maman » et « papa ». Robbie sourit, se rinça les mains à l'évier et servit deux verres de citronnade. Puis il sortit des biscuits pour le goûter d'Adam.

D'ordinaire, l'heure du bain se prolongeait par des jeux, des éclaboussures et des bulles de savon. Cette fois, Emily l'expédia en un quart d'heure. Adam était en pyjama, ses cheveux mouillés dressés en épis sur sa tête, ses yeux déjà ensommeillés lorsque Emily traversa la cuisine avec lui. Robbie eut juste le temps d'embrasser sa petite joue toute parfumée avant qu'elle ne l'installe devant *1, rue Sésame* avec ses biscuits.

Quand elle revint, elle sortit le *Miami Herald* de sa sacoche, s'assit à côté de Robbie et lui passa le journal. Il était plié en deux, avec le gros titre dans la partie inférieure de la page.

UN AVOCAT VOLE DES ENFANTS SUR COMMANDE

La photo montrait Eliott Honeywell. C'était un portrait réalisé par un professionnel, le genre qu'on utilise pour une publicité : l'avocat avait l'air doucereux et prospère avec son mouchoir repassé et ses cheveux bien coiffés.

L'horreur saisit Robbie, le glaça. « C'est quoi, ça ? demanda-t-il, les lèvres serrées.

— Je l'ai appris par l'une de mes patientes. Elle en a entendu parler à la radio et elle était presque hystérique à l'idée que ça pouvait lui arriver, qu'on pouvait lui voler son bébé. Du coup, j'ai acheté le journal. J'ai essayé de t'appeler, mais tu ne répondais pas.

— J'étais dehors tout l'après-midi. »

Il jeta un coup d'œil au salon d'où montaient les voix de Bert, d'Ernie et d'un canard en plastique.

« Lis l'article », dit Emily.

Robbie s'exécuta, mais seuls quelques mots s'imprimaient dans son esprit. *Couples riches. Adoptions donnant lieu à des transactions. Faux certificats de décès. Complices.*

Il leva les yeux après n'en avoir lu que la moitié. « Ils disaient aux mères que leurs bébés étaient morts ?

— Pas tout le temps, répondit Emily. D'après l'article, certains enfants étaient orphelins. Il y a eu aussi des adoptions légitimes.

— Mais d'autres bébés ont été volés. Honeywell les volait aux mères et les donnait à une autre femme.

— Le journaliste raconte qu'il en payait également certaines. Les jeunes, celles qui n'étaient pas mariées. Des docteurs l'aidaient. Des infirmières. Des assistantes sociales. Tu crois que celle qui nous a recommandés... »

Robbie parcourut rapidement la fin de l'article. « Il n'y a aucun nom à part celui de Honeywell.

— Mais la police va enquêter. »

Ils s'interrogèrent du regard.

« Qu'est-ce qu'on va faire ? » murmura Emily.

Robbie était incapable de répondre.

« Je connais des mères dont les bébés sont morts, continua Emily. Je sais ce qu'elles... Oh, Robbie, c'est horrible ! Leur douleur est immense.

Je la vois encore, comme si j'étais devant elles. Imaginer que leur bébé n'était en réalité pas mort mais qu'il grandissait auprès d'un autre couple, et qu'elles l'ignoraient ?

— Et qu'il était heureux, ajouta Robbie. Et ses parents aussi.

— Robbie...

— Et qu'il avait peut-être une vie meilleure ?

— Ce n'est pas à quelqu'un d'autre de décider. Comment un médecin a-t-il pu faire ça ? Ou une infirmière ? Comment ont-ils pu ? Est-ce que c'était pour l'argent ? Pour quoi ?

— Honeywell disait qu'il voulait aider des familles, rappela tout bas Robbie. Il voulait aider des couples à fonder une famille. Il nous a aidés à fonder la nôtre.

— Robbie, tu penses que... »

Dans la pièce voisine, Macaron le glouton entonna une chanson sur tous les gâteaux qui commençaient par la lettre G. Adam éclata de rire.

Emily avait réussi à s'endormir. Elle avait travaillé vingt-quatre heures d'affilée, avec un autre jour d'astreinte juste avant, mais Robbie était sûr qu'il n'aurait pas pu trouver le sommeil après une telle nouvelle. Il se rappela les longues nuits au milieu de l'Atlantique, quand c'était à son tour de tenir la barre. Il avait aimé cette sensation, être la seule personne réveillée à des kilomètres à la ronde, le restant de l'équipage dormant en bas. Il avait aimé être celui qui veillait à la sécurité de tous.

Sa femme dormait dans leur lit, son fils dans le sien. Il se leva et se rendit dans la cuisine où il ouvrit la porte de derrière pour entendre chanter les cigales. Elles vivaient sous terre pendant des années : sept ans, quatorze ans, certaines parfois plus longtemps ; certaines pendant toute la durée d'une vie humaine. Et quand leur heure venait, elles sortaient pour chanter et s'accoupler, puis elles mouraient.

Il se souvint d'une nuit identique, des années auparavant, avec une autre femme et un autre enfant. Il avait soif et était allé se chercher une bière dans le réfrigérateur, sauf qu'il n'y en avait plus. Alors il était sorti et sa vie avait basculé à jamais.

Il avait soif à présent. Ça lui tombait dessus : la soif. Sans prévenir, parfois. Il pouvait être heureux, occupé à quelque chose, à conduire sa voiture ou à faire les courses ou à travailler sur un bateau, et il avait brusquement envie de boire. Du moins, une envie plus forte que les autres. Ce qui voulait dire qu'il donnerait n'importe quoi pour un verre.

Juste un, lui disait une petite voix. Une petite voix qui habitait dans un coin de son esprit, un coin sombre et obscur où résidaient les secrets. *Tu te rappelles cette fraîcheur mordante à l'arrière de la gorge ? Puis cette chaleur qui se propage dans tes veines ? Ça te ferait du bien, hein ? Juste un verre.*

Quand on ressentait cette fraîcheur dans la gorge, on ne contrôlait plus rien. On n'avait qu'une décision à prendre : soit on buvait un autre verre soit on s'arrêtait tout de suite. Et c'était une décision facile.

Tout paraissait très facile après ce premier verre.

Robbie se servit un verre d'eau. Il y ajouta une pleine poignée de glaçons. L'eau glacée l'aidait.

Ce n'était pas la fraîcheur recherchée, mais la sensation de morsure y était. Il sortit, ferma la porte grillagée derrière lui, et s'assit sur les marches, écoutant le chant des cigales et fixant du regard la balançoire qu'il avait commencé à construire et qui se détachait dans le noir.

Il était le seul à être réveillé. Il était celui qui veillait à la sécurité de tous.

Ils avaient lu et relu l'article. Ils avaient analysé chaque mot. Réfléchi à chaque possibilité, chaque arrangement.

Adam s'était endormi devant *The Electric Company*[1] et Robbie l'avait porté dans sa chambre. Il l'avait déposé dans son petit lit et bordé, et Emily s'était tenue derrière lui, la main sur son épaule.

À présent, il était dehors dans le jardin de derrière, en pleine nuit à nouveau, la gorge sèche et au bord d'un changement qui signifierait qu'il perdrait un autre enfant. Et, si ça arrivait, qu'il perdrait aussi vraisemblablement Emily.

Il n'aurait alors qu'une seule décision à prendre, il le savait. Une décision facile, qu'il ne cesserait de prendre.

Il vida son verre d'un trait. La morsure du froid ne suffit pas à apaiser son envie de boire.

La porte grillagée battit et Emily le rejoignit sur les marches. Dans sa chemise de nuit blanche, avec ses cheveux détachés, on aurait dit un fantôme.

« Tu veux que j'aille t'en chercher un autre ? » proposa-t-elle. Il acquiesça, et quelques minutes plus tard elle revint avec deux verres, dans lesquels tintaient des glaçons. Elle s'assit à côté de lui.

---

1. Émission télévisée éducative.

« Je pensais que tu dormais, dit-il.

— J'ai fait un cauchemar. » Elle s'appuya contre lui et il glissa un bras autour de ses épaules. « J'ai peur.

— Moi aussi.

— Et tu as envie de boire ? »

Il savait qu'il n'avait pas besoin de répondre ; si elle posait la question, c'est qu'elle connaissait la réponse. Elle posa sa main dans le bas de son dos.

« Je n'arrête pas de penser à cette photo de famille qu'il nous a montrée, dit-elle au bout d'un moment. Tu te souviens comme on était étonnés qu'il ait adopté son second enfant ? Parce qu'elle ressemblait tellement aux deux autres. Et il nous a dit que la ressemblance familiale était plus due à l'environnement qu'à la génétique. »

Robbie resserra son étreinte et but une gorgée d'eau. La morsure de la glace n'était pas celle du bourbon.

« Je n'arrête pas d'y penser, répéta Emily. Et s'il avait volé cette enfant parce qu'elle ressemblait à ceux qu'il avait déjà ? Dit à la mère biologique que sa fille était morte, et qu'il l'avait emmenée ? Et si la mère voulait garder son enfant ?

— Mais à quoi ça servirait que la petite fille le sache ? demanda Robbie. Quel âge a-t-elle maintenant ? Onze ans, douze ? Après avoir passé toute sa vie avec une famille, découvrir qu'elle est la fille d'une autre et que les gens qu'elle a toujours considérés comme étant ses parents ne le sont pas ? Découvrir qu'ils l'ont volée ? Et la mère, elle a peut-être fini par accepter la perte de cet enfant, après toutes ces années. Et du jour au lendemain, le passé revient. Je ne sais pas... je ne sais pas si le fait de connaître la vérité est une bonne chose.

— Mais c'est la vérité.

— Parfois la vérité n'apporte rien de bon.

— Est-ce que ça veut dire qu'on peut l'ignorer?

— C'est ce qu'on a fait », répondit Robbie, très doucement, les mots surgissant de ce coin sombre et obscur de son esprit.

Elle n'eut pas besoin de répondre, de la même manière qu'il n'avait pas eu besoin de répondre lorsqu'elle lui avait demandé s'il avait envie de boire. Ils connaissaient tous les deux la réponse.

« La police a demandé aux gens de se manifester, dit-elle finalement. Tous ceux qui savent quelque chose.

— Que se passera-t-il si on raconte à la police comment on a eu Adam? Soit ils découvrent que l'adoption était illégale, qu'il a été enlevé à sa mère par des moyens frauduleux, et dans ce cas, on le perd. Ou, s'il a vraiment été abandonné, comme nous l'a dit Honeywell, ils découvriront pourquoi on a fait appel à lui. Auquel cas, on risquerait de le perdre aussi.

— Mais on était de bonne foi.

— La presse pourrait s'emparer de l'affaire. On parlerait de *nous* dans les journaux. Tes patients, tes collègues, nos voisins, tout le monde serait au courant, tout le monde saurait ce qu'on a fait. Ils nous demanderaient pourquoi. »

Dans la lumière provenant de la maison et du réverbère de l'autre côté de leur clôture, le visage d'Emily était blême d'effroi.

« Je suis incapable de ne penser qu'à nous, Robbie. J'ai peur, évidemment, je ne supporte même pas d'y penser, mais il ne s'agit pas que de nous. Si ça devait arriver, on pourrait partir. Commencer une nouvelle vie ailleurs.

— Et Adam ? Que deviendrait-il ? Est-ce qu'il serait placé dans un foyer d'accueil ? Est-ce que sa mère biologique voudrait même le reprendre, ou aurait la possibilité de le reprendre ? Et s'il retournait dans cet orphelinat ?

— Je ne sais pas.

— Nous sommes ses parents, Emily. Nous sommes les seuls parents qu'il connaît.

— Oui. C'est vrai. Mais je ne peux pas m'empêcher de penser à cette mère. Sa mère. Je ne peux pas m'empêcher de me dire qu'il doit lui manquer.

— Elle ne le connaît pas. Nous, on le connaît. »

Elle s'écarta et se prit le visage entre les mains. « Je veux penser que tu as raison, murmura-t-elle, sa voix étouffée par ses paumes. Je veux me dire que nous prenons la bonne décision en nous taisant. Que nous n'avons rien fait de mal. Parce que j'ai été cette mère, Robbie. Et tu as été ce père. J'ai été cette mère qui n'a jamais eu d'enfant, et tu es ce père qu'on a privé de son fils. »

Le verre d'eau dans ses mains, l'absence de brûlure et la fadeur de l'eau. Il tira son bras en arrière et le projeta en avant de toutes ses forces. Le verre disparut dans la nuit et il l'entendit se fracasser contre la clôture. Il entendit l'eau et les morceaux de verre et les glaçons tomber à terre.

« Je refuse de perdre cet enfant aussi, dit-il. Je refuse de le perdre. »

À peine avait-il prononcé ces mots qu'il sut que c'était la seule solution envisageable. Toutes les possibilités, tous les arrangements allaient devoir être passés en revue, mais c'était la décision qu'il allait suivre. La décision qu'il avait prise. Comme lorsque Adam avait agrippé son index avec sa petite main de nouveau-né. Comme lorsqu'il avait aperçu pour la première fois la femme qui s'appelait alors Emily Greaves.

Emily redressa la tête et le regarda. Elle pleurait ; il voyait ses larmes briller. Il attrapa sa main et effleura avec son pouce la bague qu'elle portait à l'annulaire gauche. Deux mains, masculine et féminine, unies ensemble.

« Je ne veux pas le perdre, dit-elle. Je l'aime. C'est notre fils.

— Dans ce cas, nous ne le perdrons pas.

— Et s'ils découvraient la vérité ? Qui sait ? Cette assistante sociale – s'ils retrouvaient sa trace, et qu'elle donne nos noms ? Ils doivent figurer dans les dossiers de Honeywell, tu ne crois pas ? Ils sont peut-être même déjà en train de nous rechercher ? Et si quelqu'un de notre voisinage comprenait par recoupements ce qu'on a fait. On n'a pas caché qu'Adam était adopté. On n'a jamais raconté à qui que ce soit par quelle agence on est passés, mais si les gens se mettaient à poser des questions ? »

Robbie inspira profondément. « J'ai emprunté l'argent qui nous manquait à Luís. Lui aussi pourrait... comprendre. Il lui suffirait de lire l'article pour faire le lien.

— Il faudrait qu'on déménage, dit Emily. Qu'on parte ailleurs, loin, tous les trois. Qu'on s'installe dans une ville où personne ne saurait qu'Adam a été adopté, où il n'y aurait aucune raison de nous rattacher à cette affaire. Mais si on part... William parviendra-t-il à te retrouver ?

— Il ne tentera pas de me retrouver, déclara Robbie, d'un ton morne. On ne peut pas rester ici indéfiniment en attendant le jour où il se présentera à notre porte. Je continuerai d'essayer de le

chercher, j'enverrai notre nouvelle adresse. Mais...
lui ne bougera pas.

— On ne devra pas non plus en parler à Adam.
Si on recommence une vie ailleurs en cachant ce
qui est arrivé, on ne pourra rien lui dire. On ne
lui révélera jamais qu'il a été adopté, car que se
passera-t-il si, en grandissant, il veut connaître la
vérité ? Quelle image aura-t-il de lui ? De nous ?

— Ce sera un autre secret entre nous, dit
Robbie, et il sentit Emily tressaillir à ses côtés. On
pourra l'ajouter sur la liste.

— C'est ce qu'on va faire ? demanda-t-elle.
Déménager chaque fois que les choses tournent
mal ? Pendant le restant de notre vie ?

— Si c'est nécessaire, oui. » Robbie serrait la
mâchoire. « Les lieux ne sont pas importants. Ce
qui compte, c'est toi et Adam. Vous êtes *tout* ce qui
compte.

— Non, Robbie. Tu as un fils. Et Adam... pourrait avoir d'autres parents.

— Il n'y a que nous trois. » Robbie glissa un
bras autour des épaules d'Emily et l'attira contre
lui. Il avait toujours envie de boire ; il aurait toujours envie de boire. Mais quand il tenait Emily
dans ses bras, ce n'était pas grave.

« Je ne sais pas, répéta Emily. Je ne crois pas
qu'il n'y a que nous trois. Je crois qu'il y a au
contraire des tas de personnes, qui sont toutes
impliquées. On pourrait blesser l'une d'elles en
partant.

— Et c'est nous qui serions blessés si on restait.

— Je ne sais pas », dit-elle encore une fois. Elle
se blottit contre lui, mais ses yeux regardaient au
loin, dans la nuit noire. Comme si elle pouvait voir
quelque chose si elle essayait vraiment.

21

Ils allèrent sur leur plage de Key Biscayne le lendemain matin. Emily prépara un pique-nique et Robbie rassembla les jouets et les serviettes. Parfois, ils empruntaient un bateau pour la journée, mais pas ce jour-là.

Robbie avait pris sa décision, Emily le savait. Peut-être était-ce plus simple pour lui : il avait déjà perdu un enfant, et il n'avait pas envie de revivre cela. Pour Robbie, l'amour était toujours une réponse suffisante. Mais pour Emily, c'était plus compliqué. Elle voyait comment leurs décisions pouvaient affecter les gens. Comment une rencontre fortuite – dans un aéroport, une gare –, comment une rafale de vent venue de nulle part pouvait avoir des répercussions autour d'eux. Changer le cours des choses à jamais.

Ils étalèrent la couverture sur le sable. L'école ayant repris, la plage était presque déserte le matin en semaine. Une femme marchait au loin le long du rivage et une bande d'adolescents, qui séchaient sans doute la classe, se prélassaient et fumaient au soleil, à proximité du parking.

Assis sur les genoux d'Emily, Adam mangeait son sandwich au beurre de cacahuète. Il éclata de rire en pointant du doigt un pélican debout dans l'écume. Emily se pencha pour respirer l'odeur de ses cheveux ; ils sentaient encore le parfum sucré du shampoing qu'elle avait utilisé la veille.

Il n'était peut-être pas, légitimement, son fils.

Elle songea à l'orphelinat où ils l'avaient vu pour la première fois, où ils avaient vu toutes ces photos avec des enfants et pas de parents. Où on donnait un nom aux enfants en suivant l'ordre alphabétique. Se dire qu'Adam ne se souviendrait jamais de cet endroit avait toujours été pour elle une source de gratitude. Mais si Adam s'y était retrouvé parce qu'il avait été volé à ses vrais parents ? Et si Robbie et elle lui avaient causé un immense tort parce qu'ils l'aimaient, tout simplement ?

Ses yeux s'emplirent de larmes. Robbie lui toucha le bras. « Pourquoi n'irais-tu pas marcher un petit peu ? dit-il. Adam et moi, on va construire un château de sable, hein, Adam ? »

Se méfiant du timbre de sa voix, elle acquiesça d'un hochement de tête et posa Adam sur le sable. Le petit garçon trottina immédiatement vers Robbie qui lui tendit un seau et une pelle en plastique. Avant que l'un ou l'autre ne voie ses larmes couler, elle leur tourna le dos et se dirigea vers la mer. Le pélican déploya ses ailes et prit son envol avec son étrange grâce préhistorique. L'eau était chaude quand elle y trempa les pieds, à peine plus froide que les larmes qu'elle essuya du revers de sa manche.

Comment était-elle censée savoir quoi faire ? Aucun choix ne semblait être le bon.

« Docteur Brandon ? »

Une femme se tenait à quelques pas d'elle, de l'eau jusqu'aux chevilles. Emily pensa que c'était peut-être celle qu'elle avait vue marcher au loin. Elle avait les cheveux tirés en arrière et portait un jean qu'elle avait retroussé et qui flottait sur ses cuisses trop maigres.

Emily abaissa aussitôt ses lunettes de soleil sur son nez. « Bonjour, dit-elle.

— Vous ne me reconnaissez pas, dit la femme. Je suis désolée, je ne devrais pas vous déranger.

— Vous ne me dérangez pas du tout. Où nous sommes-nous rencontrées ?

— J'étais l'une de vos patientes. C'était au mois de mai. Bev Schulman ? Les jumeaux ? Nés à vingt-quatre semaines. »

Elle avait parlé d'un ton indifférent, mais dès qu'Emily entendit le mot de « jumeaux », elle sut qui était cette femme. Mrs Schulman avait accouché de faux jumeaux, un garçon et une fille, prématurément. Emily l'avait vue en urgence.

Les deux enfants étaient en vie au moment de leur naissance : minuscules, tout recroquevillés, trop petits pour leurs peaux ridées. L'un et l'autre tenaient dans le creux de chacune de ses mains. Emily ne put les montrer qu'un instant à Mrs Schulman avant qu'ils ne soient emmenés précipitamment dans l'unité de soins intensifs du service de néonatologie.

Le garçon mourut au bout de vingt-quatre heures. La fille résista deux jours.

« Oh, fit Emily en s'avançant instinctivement vers la femme, la main tendue. Mrs Schulman, pardonnez-moi de ne pas vous avoir reconnue.

— Ce n'est rien. J'ai beaucoup changé. » La main qu'elle donna à Emily était fine et froide. « Je m'appelle Bev Hirsch maintenant. J'ai repris mon nom de jeune fille. Jonny et moi, nous nous sommes séparés.

— Je suis désolée. »

Penchant la tête, Bev regarda vers la mer. « Nous n'avons pas été assez forts pour rester ensemble après avoir perdu Matthew et Miriam. Il m'en voulait, je lui en voulais. Mais je me promène sur cette plage tous les jours depuis qu'il est parti, et j'ai fini par comprendre que ce n'était la faute de personne. C'est comme ça, voilà tout.

— Les deuils peuvent séparer des familles, dit Emily. On voit cela tout le temps en tant que médecins. Je suis désolée que ça vous soit arrivé. »

La femme acquiesça. « Vous avez été très patiente avec moi. J'étais complètement paniquée, et vous étiez si gentille. Je voulais vous écrire à l'hôpital quand je suis rentrée chez moi, mais je n'ai pas pu. C'était trop dur. Aussi, quand je vous ai vue, j'ai pensé que c'était l'occasion de vous dire merci. »

Un rugissement et un cri d'enfant montèrent dans leur dos. Elles se retournèrent toutes les deux en même temps pour voir ce qui se passait : Robbie était couché sur la plage, couvert de sable. Adam tenait un seau vide et Robbie riait et chassait le sable de ses yeux et de ses cheveux.

« C'est votre famille ?

— Oui. »

Emily songea à ce qu'elle ressentait lorsqu'elle marchait autrefois sur cette plage, avant Adam, et qu'elle regardait des enfants jouer. À ce qu'elle éprouvait aussi, malgré son métier, en présence de femmes enceintes. Elle se détestait tellement d'être jalouse d'elles qu'elle devait parfois se détourner. Mais Bev, qui avait tant perdu, ne se détourna pas.

« Vous avez de la chance, dit-elle. Faites bien attention à eux, promis ? »

Elle serra à nouveau la main d'Emily et s'éloigna, longeant pieds nus la ligne de marée.

Emily alla rejoindre Adam et Robbie. Adam creusait avec sa pelle dans le sable pour le renverser ensuite sur son père. Il releva la tête quand il entendit Emily approcher et elle vit sur son visage l'expression d'une joie toute simple.

« On devrait partir, dit-elle en ébouriffant les cheveux du petit garçon avant de s'asseoir à côté de Robbie.

— Tu veux rentrer ?

— Non. Je parle de *partir*. De vivre ailleurs. Peu importe où, tant qu'il y a la mer et un hôpital pas très loin. Car tant que nous serons ensemble, on se sentira chez nous partout. »

Elle parcourut la plage du regard. Son ancienne patiente marchait au bord de la mer turquoise, seule.

QUATRIÈME PARTIE

1972

22

Août 1972
Miami, Floride

Il faisait très chaud à Miami. Après l'air raréfié de La Paz, l'atmosphère paraissait presque solide et dense. Emily dégoulina de sueur et son chemisier fut trempé dès qu'elle sortit de l'avion et se retrouva sur les marches de l'escalier mobile. La chaleur du tarmac pénétra les semelles de ses chaussures quand elle y posa les pieds.

Christopher portait leurs manteaux et leur petite valise tandis qu'ils rejoignaient le bus qui attendait les passagers. Il la prit par le coude lorsqu'elle monta dans le véhicule, comme si elle risquait de tomber.

D'ici une heure, ils retrouveraient ses parents et Polly dans la villa qu'ils avaient louée à Miami Beach. Emily ne les avait pas revus depuis presque deux ans ; elle n'avait même pas pu leur parler au téléphone pendant des semaines, le réseau en Bolivie étant, en général, peu fiable. Mais alors que le bus roulait vers le terminal, ce n'était pas à son père, ni à sa mère ni à sa sœur qu'elle pensait. C'était à Consuela Diaz.

Consuela Diaz avait quatorze ans et vivait dans la rue. Elle habitait sous un pont à La Paz avec d'autres orphelins comme elle qui se débrouillaient en volant, en mendiant, en faisant les poubelles et en vendant leurs corps. Elle avait d'épais cheveux noirs qu'elle attachait en tresses autour de sa tête. Elle était enceinte de huit mois et demi et son ventre pointait de sa silhouette décharnée.

Elle avait aussi un pied suppurant, tout noir et gonflé, résultat d'une morsure de rat qui n'avait pas été soignée.

Lorsqu'elle était venue, tôt la veille, à la consultation prénatale du dispensaire, Emily avait d'abord vu le sourire de l'adolescente, ses cheveux soigneusement tressés, puis, elle avait senti l'odeur de pourriture.

« Tu as eu besoin de lui amputer tout le pied ou juste une partie ? » demanda-t-elle à Christopher alors qu'ils sortaient du bus. Le terminal était climatisé et Emily éprouva aussitôt une sensation de fraîcheur sur tout le corps.

« Le pied de qui ? fit Christopher, occupé à lire les panneaux pour se rendre au contrôle des passeports.

— Consuela Diaz.

— La fille avec la gangrène ? » Il secoua la tête. « Tu as vu à quel point il était nécrosé. On ne pouvait pas courir le risque que le bébé soit infecté aussi. Du coup, j'ai amputé jusqu'à la moitié du tibia. »

Emily s'arrêta net de marcher. Les autres passagers la contournèrent et passèrent devant elle. « La moitié du tibia ? »

Elle avait tenu la main de Consuela quand elle lui avait parlé. « Je vais vous envoyer voir mon mari. C'est un excellent chirurgien, et un homme bon. Il fera le maximum pour vous. » Consuela avait hoché la tête d'un air confiant, et quand son bébé avait donné des coups de pied, un magnifique sourire s'était épanoui sur son visage. Consuela avait un espace entre les deux incisives du haut, ce qui la faisait paraître encore plus jeune qu'elle ne l'était.

« La moitié du tibia ? répéta encore une fois Emily. Comment va-t-elle survivre, où elle est, en étant infirme ? Comment va-t-elle s'en sortir une fois que le bébé sera né ?

— Avec un peu de chance, elle aura une prothèse. J'ai parlé à Randall.

— On n'aurait pas dû partir. »

Christopher posa leur valise par terre. Il prit Emily par le menton et lui releva légèrement la tête. « Chérie, on a œuvré autant qu'on le pouvait pour ces gens-là, mais notre temps là-bas est terminé.

— On aurait pu rester. Il n'y aura même pas de remplaçant au poste d'obstétricien-gynécologue avant deux mois, au plus tôt.

— De toute façon, nos visas sont expirés. Si tu veux qu'on reparte, on pourra en parler quand on sera de retour en Angleterre. On aura tout le temps nécessaire. Mais pour l'instant, on est en vacances. On a gagné le droit de se reposer.

— J'ai du mal à penser qu'on va passer des vacances en Floride alors que la misère continue là-bas et qu'on n'est pas là pour aider les gens.

— On ne peut pas tout faire, répondit Christopher, doucement. On doit penser à nous, aussi. »

Emily considéra le visage bienveillant de son mari, ses yeux bleus derrière ses lunettes. Son travail en Bolivie avait été plus dur que le sien. Les soins postopératoires à La Paz pouvaient être désastreux, et elle savait que lorsqu'il opérait, il n'était pas toujours sûr que le patient survive, même si l'intervention s'était bien déroulée. Au moins, elle, elle avait la satisfaction d'accoucher des enfants en bonne santé.

Christopher méritait de souffler. Il méritait d'avoir une carrière lucrative, couronnée de succès, et de se faire un nom en tant que chirurgien. Il n'y avait aucune raison pour qu'il partage son inquiétude à l'idée de rentrer en Angleterre, de retrouver une vie normale. Une vie vide.

« Je ne peux pas m'empêcher de penser à Consuela, dit-elle.

— Je comprends. » Il l'embrassa sur le front, et ils repartirent vers le contrôle des passeports où Christopher expliqua poliment à l'agent de l'immigration pourquoi ils venaient à Miami et ce qu'ils avaient fait en Bolivie. Dans le hall des bagages, Emily récupéra sa valise sur le tapis roulant. Elle était légère : juste assez lourde pour contenir ce avec quoi elle avait vécu pendant deux ans. En même temps, tout ce qui avait vraiment été important pendant ces deux années en Bolivie ne rentrait pas dans une valise.

Chaque jour, c'était une nouvelle urgence, un nouveau problème, de nouvelles vies. Le dispensaire était submergé et le personnel insuffisant. Pendant deux ans, elle avait à peine dormi plus de quatre heures d'affilée. Elle travaillait étroitement avec plusieurs sages-femmes boliviennes, mais il y avait des complications qui n'en finissaient pas, et des programmes à mettre en place pour les soins prénatals et postnatals, pour la diffusion des méthodes de contraception quand c'était possible, pour les tests et les traitements des MST. Si Christopher aidait des patients individuellement, les changements qu'elle avait tenté d'apporter dans cette région désespérément pauvre serviraient à la prochaine génération, et à celle d'après.

Cette expérience l'avait inspirée, abattue, exaltée, déprimée, et pendant deux ans, elle n'avait guère eu le temps de penser à elle.

Chaque fois qu'elle envisageait de prendre des vacances, la peur la saisissait.

Christopher alla chercher un chariot pour y poser leurs valises. Il rangea leurs passeports dans la poche de sa veste, lissa ses cheveux blonds soigneusement coiffés, lui sourit.

« J'ai hâte d'être à la villa, dit-il. J'ai l'impression que je pourrais dormir pendant une semaine. »

Emily songea à Consuela Diaz, quatorze ans, enceinte, sans argent, sans famille et avec la moitié d'une jambe en moins, couchée dans un des lits du dispensaire, les mains sur son ventre pour sentir son bébé qui donnait des coups de pied.

Elle ne savait pas si elle parviendrait à dormir, et si elle dormait, quels rêves elle ferait.

Elle suivit son mari de l'autre côté de la douane, dans le hall des arrivées.

Robbie fourra sa flasque dans la poche de sa veste et prit un bonbon à la menthe. Si son haleine sentait le Jim Beam, il n'aurait pas cinq minutes de répit avant qu'ils n'arrivent à la maison et qu'il file dans son atelier. Et il n'avait pas envie d'avoir à s'y réfugier ; il voulait jouer à Hot Wheels avec

William et le border ensuite dans son lit. Il avait profité de leur absence pour construire un circuit de voitures d'une grande complexité dans la chambre de son fils, avec des collines, des virages et des boucles.

Marie allait hurler, c'est sûr. Elle était partie pendant une semaine et Bob avait encore mis une pagaille affreuse qu'il lui faudrait ranger. Mais il n'avait pas pu s'empêcher de rajouter des morceaux et encore des morceaux au circuit, jusqu'à ce qu'il atteigne la porte et couvre presque toute la surface de la chambre qui n'était plus qu'un enchevêtrement de plastique orange. Aux yeux de William, ce ne serait pas la pagaille. Ce serait le paradis : quelque chose que son papa avait créé comme par magie pour lui.

Robbie avait hâte de voir sa tête. Ils passeraient ensuite un long moment tous les deux, heureux, à lancer les petites voitures, à faire la course, à ajuster les voies pour qu'elles roulent plus vite. *Qui se ressemble s'assemble*, dirait Marie d'un ton désapprobateur, et Robbie essaierait de ne pas penser à sa propre mère disant exactement la même chose à propos de son père et de lui.

Il sortit la flasque, la dévissa, et, se rappelant sa résolution de ne pas sentir le bourbon, la remit dans sa poche. Il alluma une cigarette à la place.

Leur avion aurait déjà dû se poser, mais la femme au comptoir lui avait annoncé qu'ils avaient été retardés à Chicago à cause du mauvais temps. Aussi se posta-t-il devant la porte d'arrivée avec la foule des gens qui attendaient, et il regarda les passagers sortir. Tous les petits drames qui se jouaient autour de lui, avec des gens qui venaient de l'autre bout du monde et rentraient chez eux. Une famille parut, la mère, le père, un petit de deux ans environ et un bébé, et le couple âgé de Latinos qui se tenait à côté de lui poussa des cris de joie. Le bambin trottina vers son grand-père qui le souleva de terre et l'embrassa. Un jeune homme élancé avec une coupe Afro suivit, l'air inquiet, jusqu'à ce qu'il aperçoive une jeune femme, et ils coururent l'un vers l'autre et s'étreignirent si fort qu'on aurait dit que leurs deux corps se mélangeaient. Une femme aux cheveux gris dans un caftan flottant s'avança à son tour et l'expression de ses yeux, quand elle scruta la foule, s'apparentait presque à de la colère, laquelle se changea en une mine sinistre à mesure qu'elle s'approchait d'une autre femme aux cheveux gris, en tailleur-pantalon, et elles s'embrassèrent toutes les deux sur la joue du bout des lèvres.

Il avait aimé ça, autrefois. Les arrivées et les départs vous montraient ce que vous aviez vraiment besoin de savoir sur les gens. Il s'arrêtait exprès pour observer comment ils se retrouvaient ou se quittaient.

Il le faisait moins, depuis quelque temps.

Il se rappela sa propre arrivée dans cet aéroport six ans auparavant, mal rasé et couvert de piqûres de moustiques, habillé en civil dans des vêtements qui ne lui allaient plus, en quête de soleil et de calme. Il eut comme une absence épileptique et sa main sortit machinalement la flasque de sa poche.

Il commençait à boire sa première gorgée, accueillant avec bonheur la morsure de l'alcool, quand elle franchit la porte.

Dix années s'étaient écoulées, et elle n'avait pas changé. C'était toujours la fille qu'il avait vue dans le hall de la gare, la fille qu'il avait embrassée sous la pluie, la fille qui lui avait dit au revoir derrière la vitre de la voiture de son père. Le cœur de Robbie s'arrêta puis cogna deux fois de suite en même temps, et la joie l'envahit, une présence physique plus qu'une émotion, se saisissant de lui et bloquant ses gestes et sa respiration, le bourbon dans sa bouche attendant d'être avalé.

Elle avait rassemblé ses cheveux en une queue-de-cheval soignée. Sa peau était bronzée. Elle avait de petites boucles d'oreilles en or et portait un chemisier blanc, un pantalon kaki et des chaussures plates. Elle bougeait de la même manière. Même s'il n'avait pas pu distinguer son visage, il l'aurait reconnue à sa démarche. Elle émergea tout entière de sa mémoire pour se trouver dans le hall des arrivées de l'aéroport de Miami, la fille à laquelle il essayait de ne pas penser, la fille à laquelle il pensait tout le temps.

Emily.

Il craqua. Il avala sa gorgée de whisky, lâcha sa cigarette et rangea la flasque dans sa poche, s'avançant vers elle pour la saluer, la toucher.

Elle se tourna dans sa direction, croisa son regard, s'immobilisa. Il vit qu'elle se figeait, comme il s'était figé. Son visage hâlé devint brusquement pâle. Ses yeux s'agrandirent et ses lèvres s'entrouvrirent.

Alors il se rappela. Il se rappela ce que son corps ne s'était pas rappelé, tant il explosait de joie en la revoyant.

Emily rougit intensément. Elle baissa les yeux. L'homme à côté d'elle posa une main sur son bras, prononça son nom, et Robbie le remarqua pour la première fois. Il était grand et mince, avec des lunettes à monture d'écaille, une chemise blanche, une veste kaki de la même couleur que son pantalon. Il poussait un chariot chargé de valises. Au quatrième doigt de sa main brillait une bague en or.

Emily l'observa avec l'expression de quelqu'un qu'on vient de tirer d'un rêve. Elle secoua la tête, puis acquiesça, puis, se retenant au dernier moment de jeter un coup d'œil vers Robbie, elle agrippa le chariot et aida l'homme à côté d'elle à le pousser. Ils tournèrent à droite, dans la direction opposée à celle de Robbie.

Robbie se fraya un passage à travers la foule pour la suivre. Pour l'intercepter avant qu'elle ne disparaisse à nouveau de sa vie. Il ignorait ce qu'il allait lui dire ; son esprit était une multitude d'émotions, pas de mots – le besoin de la toucher, de la regarder, d'entendre sa voix une fois de plus. Les heureux grands-parents se tenaient en travers de son chemin et il les bouscula pour avancer, ne prêtant pas attention à leurs véhémentes protestations proférées en espagnol. Il voyait le dos d'Emily rapetisser à mesure qu'elle s'éloignait. L'homme qui l'accompagnait la prit par la taille tandis qu'ils marchaient. C'était un geste ordinaire, d'affection et d'intimité.

Robbie était sorti de la foule à présent, il pouvait les rattraper facilement s'il courait, mais ce geste le fit s'arrêter.

« Emily », dit-il seulement, ce nom toujours présent dans sa tête, mais qu'il n'avait pas prononcé à voix haute depuis dix ans. Il jaillit de manière brusque, inhabituelle, et la seconde fois, il le hurla. « Emily ! »

Elle s'arrêta de marcher. Ne se retourna pas. Pendant un quart de seconde, il fixa sa nuque, sa queue-de-cheval, ses cheveux éclaircis par le soleil. Puis elle recommença à marcher.

L'homme avec elle se retourna, et regarda derrière lui. Il aperçut Robbie, fronça les sourcils, et parla à Emily. Elle secoua vivement la tête et il repartit, jetant un dernier coup d'œil par-dessus son épaule.

Ce n'est que lorsqu'ils franchirent les portes vitrées et se retrouvèrent dehors que Robbie put de nouveau bouger. Il courut derrière eux et sortit dans la chaleur brûlante juste à temps pour les voir monter dans un taxi. Emily en premier puis l'homme, qui referma d'abord la portière d'Emily et fit le tour de la voiture pour monter de l'autre côté pendant que le chauffeur rangeait leurs valises dans le coffre.

Puis ce dernier s'installa derrière le volant et démarra. Robbie ne put même pas entrevoir une dernière fois Emily avant qu'elle disparaisse.

Il resta immobile, fixant l'espace qu'occupait le taxi tandis que d'autres se garaient et s'éloignaient, que des gens passaient, que la vie de chacun continuait sans lui. Revenant dix ans en arrière. Se remémorant la façon dont ils s'étaient dit au revoir.

Une tape sèche sur son épaule. « Qu'est-ce que tu fabriques ici ? On te cherche partout. »

Marie tenait William par la main. Elle lui jeta un regard noir. William écarquillait les yeux sous sa touffe de cheveux noirs, son pouce dans la bouche.

« Hé, dit-il. Désolé. » Il embrassa Marie sur la joue puis s'agenouilla pour serrer William dans ses bras. « Tu as grandi, mon pote ! Tu as l'air d'avoir dix ans maintenant.

— J'ai *quatre* ans, répondit William, en suçant toujours son pouce.

— Je sais bien. » Il embrassa son fils sur le front. « Tu vas adorer ce que j'ai construit pour toi à la maison.

— Grand-père m'a donné dix dollars parce que j'ai bien dit mes prières.

— Vingt, corrigea Marie. Qu'est-ce que tu faisais ici, Bob ? Je croyais que tu devais nous retrouver à la porte.

— Oui, je sais, dit Robbie en se relevant. Mais j'ai croisé une vieille connaissance, c'est tout. Et je l'ai accompagnée jusqu'à son taxi.

— Eh bien, tu en as mis du temps. On t'a attendu au moins une demi-heure. Je m'apprêtais à aller voir si tu n'étais pas au bar, à côté.

— On m'a dit que ton vol avait été retardé à Chicago. » Il s'empara de leur valise, une énorme chose grise tout abîmée qui évoquait un vieil éléphant, et commença à se diriger vers le parking. Marie ne bougea pas.

« Tu as bu ? demanda-t-elle.

— Une bière au déjeuner. Il y a des heures de ça.

— Tu ne sens pas la bière. »

De sa main libre, il sortit son rouleau de bonbons à la menthe et en fourra un dans sa bouche. « Tu en veux un, mon pote ? demanda-t-il en passant le rouleau à William qui en prit trois.

— Je sais reconnaître l'odeur de la bière, Robert.

— Comment vont Gloria et Les ? Tu les as embrassés de ma part ? » Par pure habitude, il prit Marie par la taille, la main sur sa hanche pour la serrer contre lui.

« Oh, la sciatique de maman lui cause à nouveau des soucis, et papa, évidemment, n'a pas la moindre compassion pour elle. Il dit... »

Il marcha jusqu'à l'emplacement où se trouvait la voiture, comme un bon mari avec sa femme et son enfant, acquiesçant et lâchant une interjection aux bons endroits, portant la valise, surveillant William qui avançait devant eux.

Mais son esprit était dans le taxi qui emmenait Emily.

23

Christopher attendit qu'ils soient seuls dans leur chambre pour lui poser la question. Les parents d'Emily étaient au lit, et Polly était sortie avec des jeunes gens qu'elle avait rencontrés la veille sur la plage. Emily sortit de la salle de bains en peignoir, une serviette nouée autour de ses cheveux, la peau encore humide dans la fraîcheur de la climatisation. Allongé sur le lit, Christopher abaissa le journal qu'il lisait.

« Chérie, dit-il, en prenant soin de donner à sa voix une intonation nonchalante, qui était cet homme qui t'a appelée à l'aéroport cet après-midi ? »

Elle était incapable de le regarder. Elle le connaissait trop bien ; elle savait qu'il ne lui reposerait pas la question, mais elle savait aussi qu'il ne cesserait de s'interroger. Christopher détestait les conflits. Depuis qu'ils vivaient ensemble, elle ne l'avait vu se mettre en colère qu'une fois. Et c'était il y avait dix ans.

Elle ôta la serviette et se brossa les cheveux, lui jetant un coup d'œil dans le miroir. Il avait posé son journal à côté de lui et fixait le plafond où tournait un ventilateur.

« C'est quelqu'un que j'ai rencontré autrefois, dit-elle enfin. Quelqu'un à qui je n'avais pas envie de parler.

— Tu semblais... très troublée de le voir. J'ai même cru que tu allais t'évanouir.

— C'est parce que je ne l'ai pas vu depuis longtemps, c'est tout. Ou pensé à lui. »

La culpabilité la saisit : Christopher ne méritait pas qu'elle lui mente. C'était un homme bon, et un bon mari. Un chirurgien doué, attentionné. Il aidait les autres ; il les guérissait. Il l'avait aidée à guérir.

Sauf qu'elle lui mentait depuis des années, par omission du moins. Et elle n'était pas guérie. Ce qu'elle ressentait à présent le prouvait : elle n'était que chair à vif, que souffrance. Quand elle avait vu Robbie, elle avait senti comme la pointe d'une flèche qui la transperçait, et depuis elle n'avait cessé de penser à lui. Ses yeux, sa chemise vert foncé, son menton mal rasé. La façon dont il se tenait dans l'aéroport – dont il se tenait partout –, sûr de lui, comme si l'endroit lui appartenait.

Le voir tout simplement, comme si ces dix dernières années n'avaient pas existé.

Dans la soirée, avec sa famille, elle avait été préoccupée, à peine capable de répondre à leurs questions sur la vie que Christopher et elle avaient menée à La Paz, parvenant seulement à accorder un intérêt infime aux bavardages de sa mère à propos de Blickley ou aux histoires de Polly sur l'agence de publicité macho où elle travaillait. Elle avait remarqué que son père l'observait.

« Tu as l'air bien pâle, lui avait-il dit, tout bas, dans la cuisine, alors qu'ils rangeaient les assiettes après le dîner.

— Je suis bronzée, papa, je ne peux pas être pâle. »

Il lui avait tâté le front d'une main. « Tu n'es pas malade, au moins ?

— Mais non, voyons, je vais très bien.

— Ou enceinte ? Si c'est le cas, tu devrais voir un médecin sans plus tarder. Tu as travaillé dans un cadre où les maladies transmissibles...

— Je ne suis pas enceinte », avait-elle répondu, la gorge nouée, étonnée que ce soit aussi difficile à dire. Son père ne lui avait jamais posé la question auparavant.

« Tu n'es pas mon Emily de d'habitude.

— J'ai été confrontée à beaucoup de situations éprouvantes, papa, et ça va me prendre du temps pour passer à autre chose. Pour l'instant, je n'ai qu'une envie : y retourner. »

Son père avait à peine écarté les bras qu'elle s'y était blottie, laissant aller sa tête sur sa poitrine, respirant l'odeur familière de son tabac de pipe, retrouvant le confort de son enfance.

Mais elle avait menti aussi à son père.

À présent, dans la chambre qu'elle partageait avec Christopher, elle reposa sa brosse.

« Ce n'était rien, dit-elle au reflet de son mari dans le miroir. Une rencontre fortuite avec quelqu'un que je ne m'attendais pas à voir, et que je ne tenais pas particulièrement à voir. J'ai été un peu déconcertée, c'est tout. Ça ira mieux demain. »

Christopher garda le silence. Elle se leva, suspendit son peignoir sur le dossier de la chaise et le rejoignit dans le lit où elle s'assit contre les oreillers.

« Papa m'a demandé si j'étais enceinte. »

Il se tourna aussitôt vers elle. « Qu'est-ce que tu lui as répondu ?

— Que je ne l'étais pas. Maman m'interroge régulièrement depuis des années, mais lui, c'est la première fois. »

Christopher hocha la tête.

« Je vais leur dire ce qu'il en est, déclara-t-elle. Peut-être que ces vacances sont le moment idéal.

— Ils comprendront.

— Papa, oui, mais je ne sais pas comment Maman réagira en apprenant que Polly est sa seule chance d'avoir des petits-enfants, surtout qu'elle ne donne pas vraiment l'impression d'en vouloir dans un avenir proche. »

Christopher ôta ses lunettes et les plaça sur la table de chevet. « Il y a d'autres options, dit-il. On pourrait adopter.

— On a d'autres priorités pour l'instant : nos carrières, où on veut vivre – si on retourne ou pas à La Paz. »

Mais était-il sage d'accueillir un enfant dans un couple qui pouvait être perturbé par le simple regard d'un étranger dans le hall des arrivées d'un aéroport ?

Christopher s'installa de son côté du lit et éteignit la lumière. « Tu penses toujours à Consuela ? »

Emily éteignit à sa son tour sa lampe de chevet et s'allongea, les yeux grands ouverts, tournant le dos à Christopher.

« Oui », répondit-elle.

Elle n'avait plus du tout pensé à Consuela. Plus depuis qu'elle avait vu Robbie.

Le *tap-tap-tap* du ventilateur réveilla Robbie en pleine nuit. L'une des hélices avait commencé à se détacher, décalant la rotation des autres. Il avait songé à le réparer la veille, avant le retour de Marie.

Marie dormait à côté de lui. Il ne connaissait personne qui avait un tel sommeil de plomb. Une fois, l'alarme incendie s'était déclenchée vers minuit et Robbie avait titubé hors du lit, à moitié soûl, cherchant ce qui pouvait brûler, vérifiant que William allait bien, trébuchant sur un camion en plastique qui traînait par terre dans sa chambre, se cognant la hanche contre la commode, réveillant son fils qui s'était mis à pleurer. L'alarme sonnait pour signaler que la batterie était presque à plat. Marie n'avait rien entendu.

Il se leva, enfila son jean et alla dans la chambre de William. Le petit garçon dormait à poings fermés, son pouce dans la bouche. Robbie le retira tout doucement et William émit un petit bruit de suçotement dans le vide, comme un bébé affamé. Il écarta ses cheveux de son front et gagna la cuisine.

Il régnait une chaleur insupportable dans la maison. Les ventilateurs se contentaient de brasser de l'air chaud. Il ouvrit le réfrigérateur et y enfonça la tête quelques secondes pour se rafraîchir. Puis il prit une bière, déverrouilla la porte de derrière et, debout dans l'encadrement, il la but en regardant l'ombre allongée de la maison voisine, en écoutant le tonnerre lointain et les cigales qui se déclaraient leur amour dans les arbres.

Si quelqu'un entrait dans le jardin et lui demandait ce qu'il faisait là, à une heure du matin, dans cette petite location en stuc rose du quartier de Coconut Grove, à Miami, en Floride, pieds nus dans son jean et buvant une Michelob, il ne saurait pas quoi répondre. Il pourrait raconter les faits, mais il n'y aurait aucun fil directeur pour relier ses propos, aucun moyen de leur donner du sens. Il serait incapable d'expliquer ces quelques dernières années, son fils qui dormait à l'intérieur et qu'il aimait, sa femme qui dormait à l'intérieur et qu'il n'aimait pas.

La seule réponse qu'il pouvait fournir, c'était qu'il avait suivi le chemin de la moindre résistance. Le destin qui nécessitait le moins d'efforts. Quelque chose dans quoi se glisser sans réfléchir, protégé par des bières et du bourbon, peut-être les deux... en général les deux. Quelque chose qui lui demandait de ne pas trop se livrer à l'introspection pour savoir qui il était et ce qu'il avait fait.

Il s'était retrouvé là en somnambule. Il avait dormi pendant quatre ans, aussi profondément que Marie dormait en ce moment.

Il s'était rappelé ce qu'être éveillé voulait dire en voyant Emily à l'aéroport.

Il finit sa bière et alla s'en chercher une autre dans le réfrigérateur, mais il n'y en avait plus. Pourtant, il avait acheté un pack de douze hier, ou était-ce le jour d'avant? Ce devait être le jour d'avant.

La soif lui irrita la gorge et il sut ce que c'était. Il comprit pourquoi cette démangeaison survenait, là, maintenant. C'était le destin qui nécessitait le moindre effort qui fût.

Ce qu'il avait de mieux à faire, bien sûr, c'était de retourner se coucher auprès de Marie, de se réveiller sobre le lendemain matin et d'aller au port de plaisance de Dinner Key. De profiter pleinement de ce qu'il avait, de trouver en William et dans son travail une source de joie, d'essayer d'être heureux. De cesser d'utiliser l'alcool comme un anesthésiant. Il en avait vu les conséquences chez son père, chez sa mère. Marie méritait mieux que ça, et William aussi.

Mais il avait croisé Emily aujourd'hui. Emily Greaves. Et elle était passée devant lui sans lui parler, sans lui accorder plus d'un regard, comme si elle préférait qu'il n'existe pas.

Il avait envie d'un verre.

Coconut Grove, la nuit, n'était que musique et lumières, petits bars éparpillés le long des trottoirs, guitares, marijuana et rhum.

Au JB's, il commanda un bourbon et une bière pour faire passer le bourbon, et, après avoir allumé une cigarette, il parcourut la salle du regard. Il reconnut deux ou trois personnes, mais aucun de ses compagnons de beuverie habituels. Quelques touristes avaient atterri là, à en juger par leurs tenues et leurs coups de soleil. Dans le coin, deux guitaristes cubains improvisaient une mélodie rapide et compliquée.

Il ne boirait qu'un verre. Bon, peut-être deux. Et ensuite, il rentrerait. Marie n'en saurait rien.

Sauf qu'elle le saurait. Et William, qui ignorait encore l'alcoolisme de son père, ne tarderait pas à être au courant. Il devait le savoir, en fait, au fond de lui, dans cette région de son cerveau d'enfant qui saisissait tout de suite les problèmes des adultes. William savait sûrement que sa mère et son père se disputaient, que parfois son père parlait trop fort, riait trop fort, avait du mal à marcher droit. Quel âge avait Robbie quand il l'avait compris au sujet de son propre père ? Sept ans ? Huit ans ?

Il porta le verre à sa bouche.

Une voix attira son attention par-dessus les conversations et la musique, et lui fit aussitôt tourner la tête dans sa direction. L'accent, l'intonation...

« Emily ? » dit-il, descendant à moitié de son tabouret pour s'approcher, fouillant la foule du regard pour identifier la source.

« Où peut-on voir des crocodiles ? » demanda la voix, anglaise et claire, et Robbie vit qu'elle provenait d'une jeune femme en robe de plage rouge et orange. Elle était en compagnie d'une bande de jeunes avec plusieurs brocs de bière vides posés sur la table devant eux. Elle avait des cheveux noirs bouclés et des anneaux aux oreilles, les lèvres maquillées et les joues et le nez tout roses à cause du soleil. Alors qu'il l'observait, elle rejeta la tête en arrière et sourit. Il connaissait ce sourire. « Bon, d'accord, dit-elle, des alligators, si vous préférez. De toute façon, quelle est la différence ? »

C'était une mauvaise idée. Il ramassa son bourbon et se dirigea vers la table, où elle riait à la remarque d'un de ses camarades. « Paulina ? » dit-il.

Elle était suffisamment soûle et lui suffisamment sobre pour qu'il lise presque dans ses pensées : *Il est un peu vieux, mais il est pas mal... pourquoi pas ?*

« Salut, dit-elle, modifiant son sourire pour le rendre aguicheur. On s'est déjà rencontrés ?

— Êtes-vous la sœur d'Emily ? Emily Greaves ?

— Oui ! Oui, on est en vacances ensemble à Miami Beach. Vous connaissez ma sœur ? Et pourquoi m'avez-vous appelée Paulina ?

« — Polly. Je suis désolé. Vous m'avez demandé un jour de vous appeler Paulina.

— On s'est déjà rencontrés ? répéta-t-elle, en fronçant exagérément les sourcils dans son effort pour se rappeler.

— Une ou deux fois, mais vous étiez beaucoup plus jeune. Je m'appelle Robert Brandon. »

Elle fronça les sourcils, et quand la mémoire lui revint elle arrondit les yeux et lui adressa un regard noir. « Attendez. Vous êtes Robert ? *Le* Robert ? Je me disais bien que votre visage m'était familier.

— Je suis ravi de vous revoir.

— Pas moi. Vous avez trop fait souffrir ma sœur ! Vous êtes un salaud. » Elle se tourna vers ses amis. « C'est le type qui a brisé le cœur de ma sœur. Il s'est fiancé avec elle et après, il a disparu. Comme *ça*. » Elle pivota de nouveau vers lui tandis que ses amis marmonnaient quelques commentaires désapprobateurs. « Qu'est-ce que vous faites ici ?

— Je vis ici, à Coconut Grove. Écoutez, Polly, j'ai vu Emily aujourd'hui à l'aéroport – c'est-à-dire hier. Je vous ai reconnue uniquement parce que je sais qu'elle est à Miami. Est-ce que je peux... vous offrir un verre et vous parler un instant ?

— Non ! Vous n'êtes qu'un sale type.

— C'était il y a longtemps. Je vous en prie, je veux juste avoir de ses nouvelles. En tant qu'ancien ami. »

Elle n'était manifestement pas ravie par l'idée, mais elle opina. Il leur commanda deux autres bières et ils allèrent s'installer dans un coin, à proximité toutefois de ses amis.

Polly ressemblait beaucoup à sa sœur. Ça ne se voyait pas autant quand elle avait douze ans : il se souvenait d'elle comme d'une gamine maigrichonne et un peu rebelle, qui parlait beaucoup et était un peu naïve. Mais elle avait le même nez et presque la même bouche qu'Emily, et la même forme de visage. Quand il se rendit compte qu'il la regardait fixement pour essayer de retrouver Emily en elle, il baissa les yeux sur sa bière.

« Comment va-t-elle ? demanda-t-il.

— Bien.

— Qu'est-ce qu'elle... fait ? Elle est médecin ?

— Obstétricienne. Elle est *formidable*. Elle a travaillé en Amérique du Sud auprès des pauvres, elle leur venait en aide. Avec son mari, Christopher. »

Il avait deviné qu'elle était mariée. Il avait deviné que l'homme qui l'accompagnait était son mari dès qu'il l'avait vu. Pourtant, la confirmation de ce qu'il avait pressenti lui fit l'effet d'un coup de poing dans le ventre.

« Je vous aimais bien, dit Polly avec une soudaine véhémence. Je pensais que vous étiez un type bien. Mon Dieu, je me souviens même d'avoir dit à Em qu'elle devrait se marier avec vous.

— C'est ce que je souhaitais aussi.

— Heureusement qu'elle ne l'a pas fait.

— Peut-être, oui, marmonna-t-il, et il vida sa bière d'un trait.

— Elle ne parle même pas de vous. Elle ne mentionne jamais votre nom. Elle a brûlé toutes vos lettres. Je l'ai vue faire une nuit. C'était quand, déjà ?

— Il y a dix ans. C'était il y a dix ans.

— Ouah. En tout cas, quoi que vous ayez fait, vous avez tout fichu en l'air.

— Vous n'êtes pas au courant? demanda-t-il, malgré lui. Elle ne vous a pas raconté?

— Je vous ai dit, elle n'a plus jamais parlé de vous après. Pourtant, croyez-moi, je lui ai posé la question. » Elle l'interrogea du regard par-dessus le bord de sa chope de bière. « Qu'est-ce que *vous* avez fait? »

Il secoua la tête.

« Ce devait être quelque chose de mal. Je me rappelle que mes parents m'ont envoyée chez ma meilleure amie pendant deux jours, et quand je suis revenue, c'était comme si vous n'aviez jamais existé. Sauf qu'Emily était malheureuse comme les pierres. Vous l'avez trompée?

— C'est un peu ça, oui.

— Salaud. » Elle but une gorgée de bière.

« Il faut que je la voie, dit-il tout à coup.

— Ça m'étonnerait que ça lui fasse plaisir.

— J'ai besoin de savoir si elle va bien. C'est tout, Polly.

— Vous voulez vous excuser d'avoir été un salaud, il y a dix ans?

— Je... » Il se mordit la lèvre. « Oui.

— Je ne sais pas. Qu'est-ce qu'elle vous a dit quand elle vous a vue à l'aéroport?

— On ne s'est pas parlé. Je vous en prie, Polly. Pouvez-vous me donner son adresse ici, ou un numéro de téléphone, quelque chose?

— Je ne suis pas sûre qu'elle ait envie d'avoir de vos nouvelles. Il faudrait que je lui demande d'abord. »

Si elle posait la question à Emily, elle refuserait.

« Polly, c'était il y a longtemps, comme vous l'avez dit. De l'eau a coulé sous les ponts. Je veux juste la voir, une dernière fois, pour savoir comment elle va. Et pour lui demander pardon.

— Elle est mariée et elle est heureuse, aujourd'hui.

— Moi aussi, je suis marié. J'ai un petit garçon. Je ne ferai que lui téléphoner, une fois seulement, et c'est tout. En souvenir du bon vieux temps.

— Eh bien... » Elle fit la grimace, tout en réfléchissant, et à ce moment-là, malgré le maquillage et la bière dans sa main, il revit la petite fille d'autrefois. « Je suppose que ça ne peut pas faire de mal. Elle n'aura qu'à raccrocher si elle ne veut pas vous parler. » Polly sortit un stylo de son sac puis suspendit son geste. « Vous me promettez de ne pas être un salaud ?

— Je vous le promets.

— Dites-le. "Je ne serai pas un salaud."

— Je ne serai pas un salaud.

— Jurez-le.

— Je le jure.

— Très bien. Une minute, je n'ai pas de papier. » Il tendit la main, doigts enroulés, paume vers le bas. Elle se renfrogna puis finit par écrire le numéro de téléphone sur le dos de sa main.

« Merci, Polly.

— Ne me faites pas le regretter. » Elle finit sa bière et se leva. « Elle est heureuse, maintenant. Elle est vraiment heureuse. Ne fichez pas sa vie en l'air.

— Ne vous inquiétez pas. Je ne veux que son bonheur. C'est tout ce que je veux, plus que tout au monde. »

24

Même à neuf heures du matin, il faisait trop chaud et trop humide pour sortir. Dès que l'on mettait le nez dehors, on transpirait : sous les aisselles, entre les seins, au-dessus de la lèvre supérieure. Le maquillage fondait et on avait un goût salé dans la bouche. Emily traînait dans le salon climatisé, regardant par la fenêtre son père qui nageait dans la piscine. Un oiseau blanc aux longues pattes se tenait, immobile, à côté du bassin. On aurait dit une grue, et Emily se demanda ce qu'elle pouvait bien surveiller dans l'eau claire et stérile. L'oiseau pencha légèrement la tête quand son père passa à sa hauteur.

Malgré la chaleur, sa mère préparait un vrai petit déjeuner anglais pour Christopher après qu'il avait lâché incidemment la veille qu'il n'en avait pas mangé depuis des années. L'odeur du bacon émanait de la cuisine.

Le téléphone sonna à l'autre bout de la pièce. Emily abandonna la fenêtre et la grue pour répondre.

« Allô ?

— Bonjour. Est-ce que je pourrais parler à Emily, s'il vous plaît ? »

Elle reconnut sa voix tout de suite; elle l'aurait reconnue même si elle ne l'avait pas entendue la veille qui appelait son nom.

« Robbie, chuchota-t-elle avant de comprendre qu'elle aurait dû raccrocher immédiatement.

— Emily, fit-il, avec un soupir de soulagement. Oh, mon Dieu comme c'est bon de t'entendre.

— Pourquoi appelles-tu ?

— Il fallait que je te parle. Il fallait que... je n'arrivais pas à croire que c'était toi, hier. »

Elle vérifia que personne ne pouvait l'entendre, tout en sachant que c'était inutile puisque son père était dans la piscine, sa mère et Christopher dans la cuisine, et que Polly, qui était rentrée tard, dormait et ne se lèverait pas avant plusieurs heures. Pourtant, elle mit les mains en coupe autour du combiné, et baissa la voix. « Comment as-tu eu ce numéro ?

— Polly me l'a donné. Je l'ai rencontrée par hasard.

— Pourquoi es-tu à Miami ?

— J'habite ici. Écoute, Emily, je ne m'attendais pas à te croiser à l'aéroport. Je sais que tu as dit que l'on ne devait plus jamais se revoir, mais on s'est revus, et je n'arrête pas de penser à toi.

— Je... » *Je n'arrête pas de penser à toi aussi.* « Non. Ne pense pas à moi.

— Il faut que je te voie. S'il te plaît. S'il te plaît, dis oui.

— Je ne peux pas. Je suis avec mon mari. » Dès qu'elle eut prononcé cette phrase, elle comprit qu'elle venait de commettre une erreur : elle n'aurait pas dû lui donner l'occasion d'argumenter. En vérité, elle n'aurait pas dû parler avec lui du tout.

Mais sa voix. Elle l'entendait parfois dans son sommeil. Et elle la retrouvait, là, identique.

« Demande-lui de t'accompagner. C'est juste un rendez-vous anodin, Emily. Entre de vieux amis.

— Nous ne sommes pas de vieux amis.

— De vieilles... connaissances. Je t'en prie, Emily. Beaucoup de choses ont changé. »

Comment auraient-elles pu changer alors que je me souviens si bien de toi ? Mais elle ne le dit pas. Cela aurait été une erreur, bien plus grave.

« Quand est-ce que tu peux t'échapper ? insista-t-il. Ce soir ?

— Non, pas ce soir, répondit-elle sans réfléchir.

— Demain matin, avant que je parte au travail ? Est-ce que tu es à Miami Beach ?

— Oui. Je...

— South Beach, ça te va ? À six heures ? À la pointe sud ?

— Je ne sais pas. Ce n'est pas une bonne idée.

— J'y serai, je t'attendrai. Et si ce n'est pas demain, je t'attendrai après-demain.

— C'est... Robbie, on était d'accord pour ne jamais...

— Viens, s'il te plaît, Emily. S'il te plaît. »

Lorsqu'elle raccrocha, ses mains tremblaient. Son père ouvrit les portes coulissantes qui donnaient sur le patio et entra dans le salon en se séchant les cheveux avec une serviette. « Tu as vu cet oiseau ? dit-il. Qui a téléphoné ?

— C'était un faux numéro », répondit-elle.

Elle s'était glissée hors de la maison alors que le soleil se levait, mais il était quand même arrivé avant elle. Il se tenait droit et élancé, fumant une cigarette à côté d'un palmier contre lequel était appuyée une bicyclette bleue. Elle le revit, debout dans le hall de la gare, et faillit faire demi-tour.

Mais il l'aperçut au même moment et elle oublia toute idée de fuite. Sa seule présence exerçait sur elle une telle attirance qu'elle ne put y résister. Il lâcha sa cigarette et l'écrasa au sol.

« Emily », dit-il.

Elle était incapable de prononcer son nom à voix haute. À la place, elle le dévora du regard. Il portait un tee-shirt blanc et un short taillé dans un jean, il n'était pas rasé, il avait les cheveux plus longs et des cernes, comme s'il n'avait pas dormi depuis plusieurs jours, ou qu'il dormait mal. Mais ses yeux étaient les mêmes que dans son souvenir. Sa bouche était la même. Il était plus épais, plus musclé, avec les avant-bras tannés et rêches.

Même si tôt le matin, la chaleur était irrespirable.

« Tu veux... tu veux qu'on marche un peu ? » proposa-t-il, et elle acquiesça.

Ils descendirent jusqu'à la bande de sable blanc où les vagues venaient lécher la plage. Elle se rappela l'autre plage sur laquelle ils avaient marché, une plage où les galets se mélangeaient au sable. L'eau était d'une autre couleur. Il n'y avait pas de palmiers, juste des immeubles, et c'était un après-midi de printemps, suffisamment frais pour porter une veste.

La plage était presque déserte. Ses sandales se remplirent de sable et elle se pencha pour les retirer. Robbie fourra ses mains dans ses poches. Elle ne supportait pas de le regarder, aussi se tourna-t-elle vers la mer, où le soleil levant colorait l'eau de rose et de jaune. Mais elle le sentait près d'elle. Elle le voyait dans sa vision périphérique, comme elle l'avait vu à la périphérie de sa mémoire pendant dix ans. Son corps se mouvait à la même cadence que le sien tandis qu'ils marchaient.

« Tu n'es pas venue avec ton mari », dit-il.

Elle avait oublié qu'il l'avait suggéré. Elle n'avait rien dit à Christopher de ce rendez-vous. Il dormait quand elle était partie.

« Pourquoi voulais-tu me voir ? demanda-t-elle.

— Je voulais savoir si tu étais heureuse.

— Évidemment que je suis heureuse, répondit-elle, trop vite.

— Bien. C'est tout ce que je veux, que tu sois heureuse. Polly m'a dit que tu étais obstétricienne, et que tu as travaillé en Amérique du Sud.

— Oui. On rentre en Angleterre après ces vacances.

— Depuis combien de temps es-tu mariée ? » Il y avait une légèreté forcée dans sa voix.

« Sept ans. Christopher ne voulait pas attendre qu'on ait fini nos études. C'était important pour nous de vivre dans les appartements réservés aux couples mariés.

— Christopher... C'est... » Il prit une profonde inspiration. « Tu m'avais parlé de lui.

— Oui. C'est un bon mari. Et toi ? Tu es marié ?

— Oui. Depuis cinq ans. J'ai un petit garçon. »

L'émotion l'étrangla. Elle porta ses mains à sa gorge avant de surprendre son geste et s'empressa de les abaisser.

« Oh, c'est merveilleux. Comment s'appelle-t-il ?

— William. » Il sortit une photo de son portefeuille. Elle la prit : un petit bonhomme maigrichon, avec les cheveux noirs et les yeux de Robbie, en tee-shirt à rayures et salopette, une petite

voiture à la main qu'il tenait par une roue. Il souriait, il avait les dents du bonheur.

Sa beauté lui brûlait les yeux. Elle était incapable de détacher son regard de cette photo. Il fallait qu'elle s'en imprègne et s'en imprègne jusqu'à
en être consumée. Elle se demanda comment était
la mère.

« Il est adorable, parvint-elle à dire. Ton portrait
craché.

— C'est le digne fils de son père. »

Elle lui rendit la photo. Ses doigts avaient laissé
des traces sur sa surface brillante, près de la tête
de William.

« Tu as des enfants ? demanda Robbie en ran-
geant la photo dans son portefeuille.

— Non.

— Tu es sans doute trop occupée. »

Elle ne répondit pas. La nature de son problème
semblait trop clinique et offrait une bien trop belle
excuse à son échec, l'échec de son mariage. Il valait
mieux continuer de marcher le long de la plage.
Le sable mouillé était plus frais que l'air. Au loin,
les feuilles des palmiers pendaient comme des
écharpes molles. Ils auraient pu se trouver sur une
autre planète que celle où ils étaient la dernière
fois qu'ils s'étaient parlé, la dernière fois qu'ils
s'étaient *vraiment* parlé, sur la berge limoneuse
d'un fleuve, la brume montant de l'eau à cause de
la pluie.

« Comment vont Denis et Art ? demanda-t-elle
enfin.

— Je ne sais pas. Je ne les ai pas vus depuis des
années.

— Et qu'est-ce que tu as fait après... quand on
s'est dit au revoir ?

— J'ai pris un bateau à Bristol pour New York. J'ai navigué pendant un moment et je me suis ensuite engagé dans la marine.

— Tu es allé au Vietnam ? »

Il hocha la tête.

« Tu... tu ne m'as jamais donné l'impression d'avoir le profil du militaire.

— Je ne savais pas quoi faire d'autre. Et il fallait que je fasse quelque chose. » Sa voix, jusqu'alors empreinte d'une nonchalance étudiée, devint cassante. « J'y ai passé deux ans. J'ai reçu un éclat d'obus dans la cuisse. Du coup, ils m'ont renvoyé chez moi. »

Elle s'arrêta de marcher. Lui aussi. « Tu as été blessé ?

— Ce n'est rien. J'ai fait partie de ceux qui ont eu de la chance. À mon retour, je me suis installé en Floride et j'ai trouvé du boulot au port de plaisance. Marie vient du Wisconsin, elle a émigré à cause du froid. Personne à Miami n'est né ici.

— Je comprends pourquoi les gens veulent tous y habiter, dit-elle machinalement. La région est belle, quoique un peu trop chaude pour moi.

— Es-tu heureuse, Emily ? Es-tu vraiment heureuse ?

— Oui.

— Je veux que tu sois heureuse. C'est tout ce que j'ai toujours voulu. Tu avais raison. Je n'ai pas cessé d'y penser après t'avoir quittée. Oui, tu avais raison. On se connaissait à peine, tous les deux.

— Et toi, tu es heureux ? lâcha-t-elle brusquement.

— Non. »

Il se pencha et ramassa une poignée de sable mouillé qu'il lança dans les vagues roses et jaunes.

La motte s'éparpilla en grains qui ne provoquèrent pas le moindre remous.

« Moi non plus, dit-elle.

— Pourquoi on a fait ça, alors ?

— Robbie, s'il te plaît, ne me pose pas cette question.

— Il n'y a que toi qui m'appelles Robbie.

— S'il te plaît », répéta-t-elle, bien qu'elle ne sût pas ce qu'elle lui demandait exactement.

Il effleura sa joue de son index couvert de sable. Elle inspira vivement.

« S'il te plaît...

— Ce n'est pas assez, n'est-ce pas ? murmura-t-il. Ce n'est pas ce qu'on veut, ni toi ni moi.

— Je ne sais pas ce que je veux. Si, je sais. Je veux que tout redevienne comme avant que je te revoie.

— Pas moi. Quand je t'ai aperçue à l'aéroport, je me suis rendu compte que je ne m'étais pas senti autant en vie depuis dix ans. »

Elle lui caressa les lèvres du bout des doigts. C'était plus fort qu'elle. Elle ne voulait pas les toucher et savait qu'elle ne devait pas les toucher, mais ses doigts, sa bouche. Il avait les lèvres fermes et chaudes et elle se rappela comment c'était de les embrasser. Elle se rappela la sensation qu'elles avaient fait naître sur son cou rougi par le soleil et leur goût sous la pluie à Cambridge.

« On ne peut pas faire ça », dit-elle tout bas.

Il hocha la tête. « Mais on va le faire quand même. »

Se méfiant de sa propre voix, elle préféra hocher la tête à son tour.

25

Après l'avoir regardée partir à travers les dunes, Robbie décida de ne pas aller travailler. Il reprit sa bicyclette et roula au hasard des rues jusqu'à ce qu'il trouve un magasin de vins et spiritueux ouvert. Il acheta une bouteille de Beam, l'emporta sur le front de mer où il s'assit pour la boire en contemplant les vagues.

L'eau s'infiltrait toujours en premier là où elle rencontrait le moins de résistance. Elle choisissait le chemin le plus facile. Puis, quand le chemin le plus facile était comblé, quand la pression devenait trop forte, quand il fallait que l'eau s'écoule, elle creusait la roche. Elle poussait les montagnes pour aller là où elle devait aller. Elle désagrégeait la terre qui se transformait en sable.

Il fallait juste un peu de temps, et suffisamment de pression.

Il songea à son visage quand il lui avait dit qu'il avait été blessé.

Lorsque le JB's ouvrit, il alla boire une bière.

Ils burent des cocktails au bord de la piscine avant de dîner : Christopher faisait très bien les dry martinis, et Polly avait une bouteille de rhum cubain et voulait préparer un cocktail qu'elle avait goûté dans l'un des bars où elle était allée. Elle s'était aussi procuré plusieurs cigares cubains, probablement d'importation illégale. L'un d'eux était coincé entre ses dents, exhalant des nuages de fumée, tandis qu'elle remplissait quatre verres de glaçons qui fondaient rapidement. Christopher et le père d'Emily étaient assis à la table du patio et parlaient de cricket, chacun d'eux avec son cigare, quoique Christopher se contentât surtout de tenir le sien et non de le fumer. Emily était allongée sur un transat.

Personne n'avait rien remarqué. Ils ne s'étaient ni aperçus qu'elle était sortie ce matin ni qu'elle n'était plus la même depuis qu'elle avait accepté de revoir Robbie. Aux yeux de sa famille, tout était normal.

Robbie n'avait pas changé et pourtant il était différent. Plus triste. Avec une retenue qu'il n'avait pas autrefois. Il parlait moins vite, souriait moins souvent.

C'était à cause d'elle. Du moins, en partie.

Sa mère vint la rejoindre, un martini à la main, et s'allongea sur le transat voisin du sien. « Il fait un peu plus frais, le soir, heureusement.

— Peut-être qu'on finit par s'habituer à la chaleur, dit Emily. Quand on vit là depuis un moment.

— Oui, peut-être. Mais les palmiers, avec de vraies noix de coco, c'est comme être dans un décor de film ! Je dois me pincer pour croire que je suis vraiment ici. Oh, Emily, regarde ! »

Elle montra un petit lézard brun foncé sur le ciment, près de la piscine. Il s'arrêta, parfaitement immobile, dans un rayon de soleil, suffisamment longtemps pour qu'elles voient ses yeux noirs en tête d'épingle et ses pattes parallèles au sol, puis il fila, rapide comme l'éclair.

« À La Paz, on connaissait un homme qui avait dressé un tégu, dit Emily. Ce sont ces lézards noir et blanc. Quand il faisait du vélo, le tégu se tenait sur son épaule, comme un perroquet. »

Sa mère hocha la tête, et ça aussi, c'était normal. Emily lui avait toujours raconté de petites anecdotes intéressantes, elle avait toujours un sujet de conversation à lui proposer. Dans l'espoir de lui plaire. De l'impressionner. Enfant, elle lisait l'encyclopédie dans le bureau de son père, commençant par le milieu de l'alphabet, et, après avoir mémorisé chaque ligne, elle allait retrouver sa mère dans la cuisine et les lui récitait. Guettant son approbation, un sourire, un « bravo », n'importe quelle louange facile dont son père la couvrait tout le temps et que sa mère ne lui adressait jamais.

L'habitude était difficile à briser.

« Bien, fit Emily en commençant à se lever. Je crois que je ferais mieux d'aller me remaquiller avant...

— Regarde-toi, dit tout à coup sa mère. Regarde-toi, Emily. Médecin, mariée à un chirurgien. Venant en aide aux pauvres dans un pays étranger. Jamais je n'aurais pensé... » Elle ne finit pas sa phrase et but une gorgée de martini. Les dry martinis de Christopher étaient assez forts, et elle en était à son deuxième, alors qu'elle ne buvait normalement jamais plus qu'un doigt de sherry.

« Je suis très fière de toi, dit-elle. Très fière, oui. J'étais inquiète à une époque, mais je n'aurais pas dû. Tu as toujours su trouver ta voie. »

Emily se rassit. « Eh bien, merci. »

Un bruit de marteau monta du côté de Polly. « Comment on écrase la menthe ? demanda-t-elle à personne en particulier.

— Écrase ? répéta sa mère. Comme pour la purée ? »

Polly grommela un commentaire indistinct et fourra des feuilles de menthe dans les verres. Puis elle ajouta du rhum et de la limonade et but une gorgée. « On ne sent que le rhum. C'est quoi, leur secret, pour qu'ils soient aussi bons dans ce bar ? Peut-être qu'il faut du sucre, qu'est-ce que vous en pensez ?

— Ne me demande pas, dit Emily. Je n'en ai jamais bu.

— Je vais chercher le sucre. Mais les glaçons auront fondu. Oh, et puis zut.

— Mets les verres dans le congélateur », suggéra Emily.

Polly claqua des doigts. « Ma sœur est un génie ! » s'exclama-t-elle, et elle se dirigea vers la maison, les quatre verres dans ses mains.

« Tu crois que ta sœur va se fixer un jour ? demanda la mère d'Emily. Tu étais mariée à son âge.

— Je ne pense pas qu'on ait de souci à se faire, répondit Emily, étonnée que sa mère sollicite son avis ou attende d'elle qu'elle la rassure.

— Je suppose qu'elle n'a pas encore rencontré son Christopher.

— Peut-être qu'elle ne veut pas d'un Christopher. »

Emily jeta un coup d'œil à son mari : Christopher était grand, mince, les jambes blanches sous son short. Elle ne le regardait jamais vraiment ; il avait toujours été une constante dans sa vie. Mais là, au bord de la piscine, avec son cigare à la main qu'il n'avait pas l'intention de fumer, il faisait très anglais. Bien plus anglais qu'il n'en avait jamais eu l'air en Bolivie, où il avait toujours un objectif à atteindre, et où il ne portait pas de shorts. Il rit à une remarque de son père : même son petit rire poli faisait anglais.

Il l'adorait. Elle savait qu'il l'adorait, et que c'était uniquement par pudeur qu'il ne le lui disait pas. Elle le surprenait parfois en train de l'observer, tard le soir, quand elle lisait, couchée à côté de lui dans le lit, et qu'il pensait qu'elle ne le voyait pas. Il l'aimait énormément et l'avait aimée dès le début, lorsqu'ils étaient encore étudiants à Cambridge, bien qu'il ait mis un temps fou à lui révéler ses sentiments. La Bolivie, c'était son idée à elle, pas à lui.

Et pourtant, il ignorait ses pensées les plus profondes. La façon dont elle sentait encore les lèvres de Robbie sous ses doigts.

Christopher ne savait pas. Il allait continuer de l'aimer sans savoir. Il n'avait rien su pendant dix ans.

« Tu vas lui parler ? demanda sa mère.

— À qui ? fit Emily en sursautant.

— À ta sœur. Elle ne m'écoutera pas, moi, et elle n'écoutera pas ton père non plus. Ça m'inquiète qu'elle soit si... frivole.

— C'est Polly.

— En même temps, elle t'admire beaucoup. Elle t'a toujours portée aux nues. Tu pourrais lui dire un mot. »

Polly revint avec la bouteille de rhum et un verre vide. « Je n'arrive pas à refaire ce cocktail, annonça-t-elle. Autant boire le rhum sec.

— D'accord, dit Emily. Je vais lui parler. »

« Tu as quoi ? »

Penchée au-dessus du lavabo, Polly appliquait un trait d'eyeliner sur sa paupière en surveillant son geste dans le miroir.

Emily ferma la porte de la salle de bains derrière elle et parla tout bas. « J'ai dit aux parents et à Christopher que je sortais avec toi ce soir.

— Génial ! » Polly sourit et s'occupa de son deuxième œil. « Depuis qu'on est ici, tu ne pensais qu'à aller te coucher le soir. Je commençais à me dire que la Bolivie t'avait transformée en bonnet de nuit.

— Est-ce que tu... envisages de rentrer tard ?

— Ce n'est pas une vraie soirée si tu ne vois pas le lever du soleil sur la plage. Je suis trop contente que tu m'accompagnes !

— En fait, je ne t'accompagne pas. »

Polly posa son eyeliner. Elle attrapa sa cigarette qui se consumait sur le bord du lavabo et tira une bouffée. « Tu ne viens pas avec moi ? Pourquoi tu m'as dit alors...

— J'ai besoin que tu me couvres.

— Que je te *couvre* ?

— Tu n'es pas obligée de dire quoi que ce soit si tu n'y tiens pas. J'ai déjà prévenu les parents et Christopher. Tu n'es même pas obligée d'être d'accord. On sort de la maison ensemble et j'appellerai ensuite un taxi quand on sera au coin de la rue.

— Em, pourquoi est-ce que tu dois... » Polly ouvrit tout à coup de grands yeux. Elle venait de comprendre. « Tu ne vas pas aller *le* voir, n'est-ce pas ? »

Emily ne répondit pas. Mais ses joues s'empourprèrent.

« Tu ne peux pas faire ça ! Tu ne peux pas. Il... et Christopher ?

— Christopher n'en saura rien, murmura Emily. Ne lui dis pas. Cela le rendrait très malheureux.

— Alors n'y va pas ! Emily, cet homme ne va t'attirer que des ennuis. Tu es très heureuse sans lui depuis dix ans.

— Tu ne peux pas comprendre.

— Je peux tout à fait comprendre, et je comprends très bien ! » Elle écrasa sa cigarette dans le lavabo. « Bon sang, Em, il m'a dit qu'il voulait te voir juste pour s'excuser. Je n'aurais jamais dû lui donner le numéro de la maison.

— Ce n'est pas ta faute. Ça n'a rien à voir avec toi. J'ai besoin de le voir, c'est tout. »

Polly la fusilla du regard. Emily fit de son mieux pour ne pas baisser les yeux.

« Vous vous êtes déjà vus, n'est-ce pas ?

— Tu ne comprends pas. Il faut que je le revoie. Juste une fois, Polly.

— Ne compte pas sur moi pour mentir.

— Tu n'es pas obligée de mentir. Tu n'es pas obligée de dire quoi que ce soit. Sors et amuse-toi. Je serai de retour avant toi.

— Mais *Christopher*, insista Polly. Il est un peu rasoir mais il t'aime. Il t'aime *vraiment*.

— Il n'en saura rien, répéta Emily. À moins que tu ne le lui dises. Et même si tu ne veux pas m'aider, je sortirai ce soir. Ma décision est prise. Si tu acceptes de me couvrir, Christopher ne souffrira pas grâce à toi. »

Polly fronça les sourcils. « Ça ne te ressemble pas. Tu n'es pas manipulatrice, ou cachotière. Tu n'es pas comme ça. »

Emily songea à son amour pour Robbie qu'elle avait gardé secret dans son cœur, tous les jours depuis dix ans. Qu'elle avait même gardé secret, la plupart du temps, à ses propres yeux.

« Je suis comme ça maintenant », dit-elle.

26

L'hôtel était près de l'aéroport : une construction récente, mastoc et laide. Ils signèrent le registre sous les noms de Mr et Mrs Smith et prirent l'ascenseur jusqu'au dernier étage avec un couple âgé, qui ne leur adressa pas la parole. Terriblement gênée, Emily était sûre qu'ils savaient qu'ils n'étaient pas mariés, qu'ils ne devraient pas se trouver ensemble, qu'ils étaient ici pour faire quelque chose de mal. C'était dans la façon dont l'homme fixait les portes fermées de l'ascenseur, s'appliquant à ne pas croiser son regard. Quand l'ascenseur s'arrêta au dernier étage, le couple sortit en premier. Robbie et elle prirent la direction opposée et Emily ne put s'empêcher de jeter des coups d'œil par-dessus son épaule pour voir si l'homme les regardait. Il ne les regardait pas.

Sa peau la démangeait, son cœur battait la chamade. Elle respirait difficilement. Elle avait éprouvé la même sensation la première fois, en altitude, à La Paz, passant d'un endroit où l'air était normal à un endroit où il était raréfié.

Elle avait fini par s'y habituer. Allait-elle s'habituer à cela maintenant ?

Elle allait à l'encontre de tout ce en quoi elle croyait. Elle s'était tellement efforcée de mener une bonne vie.

Robert ouvrit la porte de la chambre et s'écarta pour la laisser entrer. Dix ans auparavant, ils avaient fait la même chose. Dans un autre pays, une autre décennie, dans un vieil hôtel avec un couvre-lit rose en tissu gaufré et le cri des mouettes dehors, derrière la fenêtre. À l'époque, il n'y avait qu'eux, juste eux deux. Ils avaient plaisanté avec le réceptionniste et donné le nom de Robbie. Ses joues la picotaient, tant elle avait pris le soleil et était excitée.

Cet hôtel, cette fois, était récent et le seul bruit qui leur parvenait était celui des avions qui atterrissaient ou décollaient. Elle avait les doigts comme engourdis par le froid.

Robbie referma la porte derrière lui. Ils se tinrent immobiles, les yeux dans les yeux, à quelques pas l'un de l'autre.

« Qu'est-ce que tu lui as dit ? demanda-t-il.

— Que je sortais avec ma sœur. Et toi ?

— Je ne lui ai rien dit. Je suis... je suis souvent dehors.

— Ce n'est pas bien, déclara-t-elle. Ce n'est pas bien ce qu'on fait.

— On l'a déjà fait.

— C'était différent.

— Mais tu en as envie. Sinon, tu ne serais pas venue. »

Elle acquiesça.

Il tendit le bras et toucha le bout de ses doigts. Elle frémit.

« Emily, murmura-t-il. Je t'aime. Je t'aime toujours, depuis tout ce temps, depuis que je t'ai rencontrée. Rien d'autre ne compte.

— Je t'en prie, je t'en prie, ne dis pas ça. » Elle s'avança vers lui, suffisamment près pour sentir la chaleur de son corps. « S'il te plaît, embrasse-moi. »

La fois précédente, dans cet hôtel à Lowestoft, dix ans auparavant, elle lui avait fait promettre de ne rien lui promettre. Elle ne savait pas si elle le reverrait et elle s'était réfugiée dans l'insouciance du lendemain pour ne vivre que la sensation. L'instant précis, ici et maintenant. Robbie était le seul à pouvoir lui faire éprouver cela.

Il la regarda. Dans le noir de ses yeux, elle vit la décision qu'ils avaient prise, et elle vit qu'elle était irréversible.

Puis il pencha la tête et l'embrassa.

Cela se produisit en un instant. À peine ses lèvres touchèrent-elles les siennes, son souffle caressant son visage, qu'elle s'enflamma de désir, d'ardeur. Elle était prête à tout. Elle l'agrippa par sa chemise, l'attirant le plus possible contre elle, et il l'enlaça pour l'étreindre à son tour. Cela n'avait jamais été comme ça avec Christopher, jamais. Elle n'avait pas besoin de fermer les yeux et d'essayer de ressentir quelque chose qu'elle ne ressentait pas. Le corps de Robbie était plaqué contre le sien et elle le goûta avec sa langue et le toucha avec ses mains, et tout lui parut monstrueusement, affreusement, parfaitement juste.

Elle était maladroite tant elle avait envie de lui et elle dut se battre avec les boutons de sa chemise pour la lui retirer, mais quand elle y arriva enfin et qu'elle caressa son torse et ses épaules, qu'elle sentit sa peau chaude, lisse, tellement familière, elle se rappela combien elle en avait rêvé, et combien elle avait essayé de l'oublier au réveil. Mais malgré toutes ses tentatives, le souvenir de sa peau ne l'avait jamais quittée.

« Emily », murmura Robbie contre ses lèvres.

Ils faisaient du mal aux autres. Ils se faisaient du mal à eux-mêmes. Robbie se tenait suffisamment près d'elle pour n'être qu'une masse confuse d'ombre et de lumière, pour n'être que cheveux, yeux et peau, goût salé et parfum de tabac. Il avait la même odeur et le même grain que dix ans auparavant, quand ils n'avaient fait de mal à personne, quand toute la douleur n'était liée qu'à leur avenir.

Elle tira sur ses vêtements et ses doigts effleurèrent un carré de sa peau qu'elle ne reconnaissait pas. Quelque chose dont elle ne se souvenait pas, quelque chose de nouveau. Grêlé et tendu, en haut de sa cuisse, et quand elle s'écarta pour regarder, il l'attira à lui et l'embrassa à nouveau. Il lui attrapa la main et la posa sur sa poitrine, loin de sa cicatrice.

Plus tard, alors qu'ils étaient nus, alors qu'ils avaient fait l'amour et étaient étendus côte à côte dans le lit, la climatisation rafraîchissant leurs corps, Emily effleura de nouveau sa cicatrice : sa blessure causée par un éclat d'obus quand il était au Vietnam. Il ne la regardait jamais, s'assurait que ses shorts étaient suffisamment longs pour la cacher, mais quand Emily passa la main dessus, il y jeta un coup d'œil. C'était une brûlure et un trou qui formait des plis et une ligne lisse et blanche : les signes extérieurs de tout ce qui leur était arrivé quand ils étaient séparés.

Cette fois, il la laissa la toucher. Il observa son visage et sentit ses doigts sur sa peau, étrangement sensible et endormie à la fois, comme s'il y avait une fine et fragile plaque de verre sur ses terminaisons nerveuses à vif.

« Ça t'a fait mal ? demanda-t-elle tout bas.

— Ils m'ont mis sous morphine. » C'était la réponse standard qu'il donnait quand il en parlait, ce qui n'arrivait jamais.

« Mais ça a dû te faire mal.

— J'avais l'impression que c'était le châtiment que je méritais. »

Elle le dévisagea et il vit qu'elle avait les larmes aux yeux. « Robbie, tu aurais pu mourir et je n'en aurais rien su. Je ne l'aurais jamais découvert.

— J'étais dans un état d'hébétude. Tout le temps où je me suis trouvé là-bas. Il le fallait, pour voir ce que j'ai vu. Et faire ce que j'ai fait.

— Je ne parviens pas t'imaginer dans cet état-là. Tu es la personne la plus vivante que je connaisse. » Sa main sur sa cicatrice était comme un baume, réchauffant et adoucissant sa peau tendue.

« On remontait le Mékong pour secourir un bateau de patrouille qui s'était échoué. On a arrêté un sampan, une vérification de routine. Il y avait des enfants à bord. L'homme avait une grenade. J'ai essayé de ne pas... on ne pouvait pas... si j'avais senti que tout ce que je voyais était vrai, j'aurais alors... » Il avala sa salive. « Je n'aime pas en parler. Il n'y a pas de mots de toute façon. C'est juste... un bruit. Et une odeur. »

Une odeur poivrée, lourde, qui le prenait à l'arrière de la gorge, rendait sa langue épaisse. Le martelage des mitrailleuses, les pas de géant des obus qui explosaient. Les cris.

« Il règne une odeur particulière dans les bidonvilles de La Paz, dit Emily doucement. Il y a toutes les odeurs humaines normales, les odeurs de cuisine, de sueur, d'urine et de selles, et il y en a une autre. Semblable à celle des fleurs qui ont pourri pendant trop longtemps dans un vase. À celle des fleurs en pleine décomposition dans les cimetières. Il y avait une fille... elle était enceinte et un rat l'avait mordue au pied. Je n'ai pas pu l'aider. »

Elle lâcha un soupir qui ondula légèrement sur sa peau. Il posa sa main sur la sienne, leurs deux paumes couvrant sa cicatrice à la jambe.

« Je sens encore cette odeur, continua-t-elle. Même maintenant que je suis partie. Parfois, je sens son goût jusque dans ma bouche. »

Il hocha la tête.

« Le bourbon noie le goût, dit-il. Pendant un temps.

— Et pour le bruit ?

— Je prends un bateau. Quand je peux. C'est calme sur l'eau.

— C'est calme maintenant ?

— Oui. » Il roula sur le côté et l'embrassa. « Avec toi, ça l'est.

— Tu aurais pu mourir et je n'en aurais jamais rien su, répéta-t-elle.

— Si, tu l'aurais su. On saura toujours ce qui arrive à l'autre. »

27

Christopher dormait quand elle poussa la porte de la chambre. Il n'était pas tard, à peine minuit passé. Polly n'était pas encore rentrée. Emily s'était douchée à l'hôtel, mais elle se doucha à nouveau avant de se coucher.

Il ne bougea pas non plus quand elle s'allongea dans le lit, tournant le dos à sa silhouette endormie. Sans bouger, ses mains répétèrent les gestes qu'elles avaient faits quand elle avait touché Robbie ; ses lèvres se remémorèrent leurs baisers.

Elle était épuisée, mais elle ne trouva pas le sommeil avant un long moment.

Marie était assise à la table de la cuisine, une tasse de café et un cendrier plein devant elle. « Hé, tu es là, la salua-t-il avant de sortir un verre du placard et de le remplir au robinet.

— Il n'y a plus de bières.

— Ce n'est pas un problème pour moi, l'eau me va très bien. » Il but une gorgée et Marie alluma une autre cigarette. Elle regardait le mur, une ride creusée entre ses sourcils.

« Bon, je vais embrasser William et aller me coucher, annonça-t-il, et il se dirigea vers la porte.

— Je n'en peux plus », dit-elle.

Il marqua une pause.

« Tu n'en peux plus de quoi ? demanda-t-il, même s'il avait compris de quoi elle parlait.

— Je n'en peux plus de m'asseoir ici et d'attendre que tu rentres sans savoir dans quel état tu seras.

— Je n'ai pas bu.

— Tu n'as pas bu ce soir, peut-être. Mais en général, tu rentres ivre, quand tu rentres.

— J'ignorais que tu m'attendais, dit-il, conscient de changer de sujet de façon injuste. D'habitude, tu dors.

— Tu ignores ce que je fais la moitié du temps. Et je sais pourquoi. »

Il pensa à Emily, se revit allongé à côté d'elle sur les draps dans la chambre d'hôtel. Il pensa à la façon dont elle l'avait caressé et avait effacé les années comme si elles n'avaient jamais existé. À la façon dont elle avait guéri sa peau meurtrie.

« Tu crois en Dieu ? »

Il fut surpris par la question, et légèrement soulagé. Il avait eu peur qu'elle ne lui demande s'il l'aimait.

« Tu sais bien que je n'ai jamais été très passionné par la religion.

— Mais tu crois au péché. »

Emily croyait au péché. Elle estimait que ce qu'ils avaient fait était mal.

« Je... je ne sais pas. Mais je pensais que tu avais décidé de renoncer à ces choses-là.

— Tout ce que tu fais, c'est nous tirer vers le bas avec toi. Tu t'en fiches de nous mettre en danger, William et moi. »

Il soupira. « C'est tes parents qui disent ça, n'est-ce pas ? Ils ne m'ont jamais aimé.

— Je suis la mère de ton enfant. Je suis ta femme. Et tu n'as aucun respect pour moi.

— C'est faux.

— Pourquoi alors tu sors tous les soirs ? Au JB's ou ailleurs, peu importe. Et les soirs où tu restes, même si tu ne bois pas, tu ne me regardes pas. Tu ne me parles pas. Je pourrais ne pas exister, ce serait pareil. »

Il n'y avait aucune réponse à fournir qui ne soit pas lâche ou blessante. Aussi garda-t-il le silence.

Elle écrasa sa cigarette à moitié consumée, à côté des mégots des autres cigarettes qu'elle avait fumées et dont les filtres portaient tous la marque corail de son rouge à lèvres.

« J'en ai assez, dit-elle. J'arrête. Je ne peux plus vivre comme ça.

— Tu n'y es pour rien. Ce n'est pas ta faute, Marie.

— Je sais. C'est la tienne. »

Il acquiesça.

C'était un vrai soulagement. Que cela soit dit clairement, tout ce qu'il avait pensé en se demandant si elle l'avait remarqué. Mais bien sûr, qu'elle l'avait remarqué.

« C'est fini, continua-t-elle. Terminé. Je ne peux plus supporter cette situation. Je ne mérite pas d'être traitée ainsi.

— C'est vrai, tu as raison, répondit-il honnêtement.

— Bref, j'ai pris une décision. Soit tu es ici avec nous, Bob, soit tu ne l'es pas. Si tu veux vivre en famille, vis en famille.

— Je veux être le père de William », déclara-t-il. Il aurait bien aimé avoir une bière dans les mains, à ce moment-là.

« Ce que tu n'as pas compris, Bob, c'est que William reste avec moi. On ne va pas l'un sans l'autre.

— Qu'est-ce que tu es en train de me dire ?

— Je suis en train de te dire que si tu ne te comportes pas vraiment en mari, William et moi, nous te quittons. » Elle sortit d'un coup sec une autre Winston de son paquet et gratta une allumette. Il remarqua que ses mains tremblaient, mais son visage était fermé. Menton en avant. Regard dur.

Il se rappela le jour où il l'avait rencontrée. C'était lors de la fête nationale du 4 Juillet, dans Peacock Park. Des couvertures de pique-nique étaient étalées un peu partout, des postes de radio braillaient chacun leur musique. Ils étaient tous les deux soûls. Marie avait les cheveux plus longs, suffisamment longs pour qu'ils se retrouvent sous ses fesses quand elle s'asseyait, et elle les avait coiffés en deux tresses, à la Pocahontas, avec des rubans de couleur aux extrémités. « Attrape ! » lui avait-elle lancé avec son accent du Middle West en lui envoyant un ballon de plage qui avait rebondi sur sa tête. Sa jambe lui faisait encore mal, mais il avait oublié la douleur en l'entendant rire.

Ils fuyaient quelque chose l'un et l'autre. Elle, sa famille évangélique qui l'étouffait ; lui, le souvenir d'Emily et ce qu'il avait fait pendant la guerre. Leurs fuites ne les avaient menés à rien, au bout du compte.

« Si on part, on part vraiment, reprit-elle. William *et* moi. On te quitte pour de bon.

— Je comprends.

— Non, je ne crois pas que tu comprennes. Si tu ne changes pas... du tout au tout, si tu n'arrêtes pas de boire, de nous éviter, tu ne reverras plus jamais William.

— Tu ne peux pas faire ça.

— Je pense que tu vas découvrir que je peux tout à fait le faire. Et je le ferai.

— C'est mon fils.

— Tu ne l'aimes pas.

— Bien sûr que je l'aime !

— Si tu l'aimais, tu ne le rendrais pas malheureux.

— Je ne le rends pas malheureux. »

Marie se leva brusquement, faisant racler les pieds de sa chaise sur le linoléum. « Tu as une maîtresse, c'est ça ? »

Il hésita.

« Tu as une maîtresse ! Tu as une aventure avec une femme, salaud !

— Ne crie pas, Marie. Tu vas réveiller William.

— Parce que, toi, ça ne t'embête pas de le réveiller quand tu rentres ivre mort !

— Calme-toi, s'il te plaît. S'il te plaît, Marie. »

Elle pointa vers lui une main tremblante qui tenait sa cigarette. « Il est innocent. Je ferai n'importe quoi pour le protéger, Bob. Même si ça veut dire l'emmener loin de toi pour toujours. »

Emily prit un bain le lendemain matin, se lavant pour la troisième fois dans l'espoir de neutraliser son désir de garder l'odeur de Robbie sur sa peau. Le bain moussant était écœurant, parfumé à l'hibiscus, et la salle de bains, où tout était rose – la baignoire, le lavabo, les toilettes, le carrelage aux murs et au sol, les lampes autour du miroir –, agressait le regard. Elle fit couler l'eau le plus chaude possible et enjamba la baignoire avant de s'y allonger de tout son long.

Deux petits coups frappés à la porte, et Christopher passa la tête dans l'entrebâillement. « Je peux entrer ? Je t'ai apporté une tasse de thé. »

Elle n'avait pas envie de thé ; elle avait envie d'être seule pour réfléchir. Même si réfléchir était douloureux.

Elle ne pensait qu'à Robbie et se demandait quand elle le reverrait. Mais elle était coincée ici, avec sa famille. Polly n'allait certainement pas la couvrir une seconde fois. Elle allait devoir se débrouiller toute seule, avec sa sœur qui l'observerait et qui saurait.

Elle comprenait à présent que, ces dix dernières années, elle s'était menti à elle-même sur ses propres sentiments. Mais c'était très différent que de mentir consciemment aux gens qu'elle aimait, et qui l'aimaient. C'était la différence entre souffrir et faire souffrir l'autre. Elle songea aux icônes de Jésus sanguinolent sur la croix qui ornaient les murs du dispensaire à La Paz, peintes par petites touches d'un rouge criard ; si éloignées de la version austère et sobre de la croix dans l'église où elle accompagnait ses parents tous les dimanches quand elle était enfant. Mais le message était le même.

Ce n'était pas ce que faisaient les gens bien.

« Merci », dit-elle à Christopher. Il entra, ferma doucement la porte derrière lui et posa la tasse sur le rebord de la baignoire. Puis il s'y assit, lui aussi. Il était bien coiffé et soigné, il se maîtrisait, mais la salle de bains teintait ses cheveux et sa peau en rose.

« Je n'en parlerai qu'une fois, dit-il en regardant fixement les carreaux roses du mur. Je sais qui tu as vu hier soir. »

Elle se redressa si brusquement que de l'eau déborda de la baignoire. « Je... »

Il leva une main. « Ne dis rien, s'il te plaît. Tu veux me rassurer, et je ne veux pas que tu mentes pour moi. Je te demande juste de m'écouter. »

Mais il se tut pendant un long moment, et les seuls bruits qu'on entendait étaient celui de la respiration précipitée d'Emily et l'égouttement du robinet dans la baignoire.

« C'est l'homme de l'aéroport, reprit-il enfin. L'homme dont tu ne parles jamais. Tu penses à lui depuis dix ans.

— Je n'ai...

— Ne mens pas, Emily. S'il te plaît, ne mens pas. »

Elle déglutit. « Je ne m'étais pas rendu compte que je pensais à lui. »

Il lui jeta alors un coup d'œil, comme s'il était surpris, puis se concentra à nouveau sur le carrelage.

« Comment est-ce que tu l'as su ? demanda-t-elle.

— Tu n'es plus toi-même depuis qu'on est arrivés, depuis qu'il a crié ton nom. Tu es différente.

— Mais cela aurait pu être à propos de n'importe quoi.

— Je t'aime, Emily. Et je *sais*. Tu le saurais, toi aussi, si ça m'arrivait. » Il sourit, d'un sourire triste, en continuant de fixer le carrelage. « Ça n'arrivera pas, mais si ça m'arrivait, tu le saurais. »

Elle ne croyait pas qu'elle le saurait. Quand regardait-elle vraiment Christopher ? Quand avait-elle besoin de le regarder ? Il était toujours là, il était toujours Christopher, grand et mince, portant des lunettes et une cravate, même quand il faisait chaud. Il allait chez le coiffeur toutes les trois semaines ; il se rasait tous les matins – une fois, même après un tremblement de terre. Il exerçait son métier avec une conscience exemplaire et pouvait affronter les conditions chirurgicales les plus décourageantes avec équanimité. Il ne changeait pas, n'avait jamais changé.

Mais il l'observait suffisamment, l'aimait suffisamment pour voir clairement en elle.

« Je me souviens quand tu m'as raconté votre première rencontre, continua-t-il. On était à Cambridge. Pendant six mois, tu étais dans les nuages et je n'en étais pas la raison. »

Il paraissait triste.

« Et puis... quand tu es revenue, en septembre de cette année-là, tu n'étais plus que l'ombre de toi-même. Quoi que je fasse, je ne pouvais pas t'atteindre. C'était horrible de te voir comme ça et d'être incapable de t'aider.

— Je te demande pardon.

— J'ai cru, quand tu as commencé à m'aimer, qu'on oublierait tout cela. J'ai cru que je t'avais aidée.

— Je l'ai cru aussi. » Elle n'avait pu prononcer cette phrase que tout bas. « J'ai cru que c'était fini.

— Je suis... je suis sûr que tu ne veux pas me faire souffrir, Emily. Je suis peut-être idiot. Je suis probablement idiot. Mais je t'aime assez pour

penser que tu ne me ferais pas souffrir intention-
nellement.

— Je ne veux pas te faire souffrir. »

Mais je t'ai fait souffrir.

Leur échange resta en suspens dans l'air entre
eux, aussi lourd que l'odeur du bain moussant.

« Nous sommes encore à Miami pendant dix
jours, annonça-t-il, sur un ton brusque à présent.
Puis nous rentrerons en Angleterre. Une fois à la
maison, Emily, ce sera fini. Pour toujours. Et nous
n'en reparlerons plus jamais. »

Emily le dévisagea, n'en croyant pas ses oreilles.

« Aussi, fais ce que tu penses devoir faire. Et
ensuite, quand nous serons chez nous, ce sera terminé. » Il accompagna sa phrase d'un hochement
de tête, comme pour se rassurer. « Je peux avoir
confiance en toi. N'est-ce pas ?

— Je... »

Il attendit.

« Oui, dit-elle. Oui, tu peux avoir confiance en
moi.

— Très bien. » Il se releva, brossa les jambes
de son pantalon. « Je ne te poserai aucune question, et je ne doute pas que tu sauras trouver des
excuses plausibles pour ta famille. Je n'aimerais
pas être un objet de pitié. »

Sa voix se brisa sur le dernier mot. Il lui tourna
le dos et sortit de la salle de bains.

Ce n'était pas vraiment un atelier ; plus un abri
de jardin délabré, construit à partir de bouts de
clôture et de tôle ondulée que Robbie avait récu-
pérés ici ou là. Mais il avait un beau porte-outil
mural en panneau perforé et un établi (également

récupéré), et il y régnait une bonne odeur de sciure, de colle et de vernis.

Assis à l'établi, une bière décapsulée devant lui, Robbie regardait William, installé sur son petit tabouret, poncer avec du papier de verre le dauphin qu'il lui avait sculpté dans un morceau de bois flotté.

« Je vais le rendre très, très lisse, dit le petit garçon en serrant le papier de verre entre ses doigts boudinés. Et après, je pourrai l'emporter dans mon lit pour qu'il dorme avec moi.

— Dès que ta mère te dira que tu es assez grand pour te servir d'un canif, tu pourras en sculpter un toi-même.

— Je ferai des chiens. Plein de chiens. Et j'en ferai un pour toi, papa. » Il donna un dernier coup à la tête du dauphin puis reposa le papier de verre. Il examina alors les autres feuilles autour de lui et choisit celle au grain le plus fin. Tout comme Robbie lui avait montré : commencer avec du papier à gros grain pour finir par le plus fin, ne pas oublier les coins, ne pas poncer trop fort, suivre le sens du bois.

Le cœur de Robbie se serra. Les gestes de William étaient tellement semblables aux siens. Il attrapa sa bière puis se ravisa et la reposa. Il ramassa à la place un tournevis et se mit à travailler sur la pompe de cale qu'il était en train de réparer.

« Si on avait un vrai chien, il pourrait nous protéger, maman et moi, quand tu n'es pas là, continua William en s'appliquant à passer le papier de verre. Il aboierait et chasserait les méchants.

— Tu n'as pas à t'inquiéter au sujet des méchants.

292

— Je rêve parfois qu'il y a des méchants qui viennent. Mais si j'avais un chien, je n'aurais plus peur. J'aime bien Duke. »

Duke était le chien du père de Marie. Il avait mordu Robbie la seule et unique fois où il était allé les voir dans leur ferme du Wisconsin. Les semblait avoir trouvé ça drôle.

« Maman, elle dit que si tu pars, on ira vivre avec Pop-pop, Nana et Duke. »

Marie en avait donc parlé à William. Ce qui signifiait qu'elle était sérieuse quand elle l'avait mis en garde.

La réalité de sa menace rendit soudain l'air plus lourd et il eut du mal à respirer. Elle en avait parlé à leur fils, se répéta-t-il. Elle avait commencé à réfléchir à ce que serait leur vie sans lui.

« Est-ce que... ça te plairait ? demanda-t-il. De vivre avec Pop-pop et Nana, et plus avec moi ?

— J'aime bien Duke.

— Je ne te manquerais pas ? »

William hocha la tête. « Si, mais ma chambre aussi me manquerait. »

Robbie posa le tournevis. Il s'approcha de son fils et le prit dans ses bras. Enfouit la tête dans ses cheveux et respira l'odeur du papier de verre, du lait à la fraise et de l'enfance. Ce petit être, en tout point parfait, qu'il avait aimé dès le premier instant, alors qu'il venait à peine de naître et que son corps était encore recouvert de cette matière visqueuse. Ce petit être qu'il aimait plus que tout au monde, à l'exception d'une personne.

« Toi, tu me manquerais, murmura-t-il. Tu me manquerais terriblement. Je ne partirai pas, je te le promets.

— D'accord, dit William.

— Je te le promets », répéta Robbie, et il le serra si fort que William gigota et qu'il dut le libérer.

« Mais on peut quand même avoir un chien? » demanda le petit garçon.

28

L'air était lourd et saturé d'humidité. Emily trouvait le climat en Floride oppressant dans le meilleur des cas, mais aujourd'hui, elle avait l'impression qu'une couverture pesait sur ses épaules. « Est-ce qu'il y aura assez de vent ? » demanda-t-elle à Robbie en le suivant sur le quai où était amarré son bateau – pas dans la partie du port où s'alignaient d'élégants yachts blancs, mais du côté de la rampe publique, près d'une rangée de bateaux de pêche desquels montait une vague odeur de poissons. C'était un petit voilier, équipé d'une minuscule cabine. La coque était peinte en bleu, le pont en blanc, et le nom à l'arrière, en noir : *Little Billy*.

« Ça va se lever. Une tempête est annoncée avant le coucher du soleil. » Il lui tendit la main pour l'aider à monter à bord et elle sentit à son haleine qu'il avait bu. *Le bourbon noie le goût*, lui avait-il dit. Elle fronça les sourcils, mais se tut. Sa main ne s'attarda pas longtemps dans la sienne. Dès qu'elle fut dans le bateau, il détacha les amarres et sauta sur le pont.

« Elle ne va pas souffler tout de suite, n'est-ce pas ? » Il y avait des flaques de pluie sur le ponton, et elle voyait presque l'eau s'évaporer au soleil. Les nuages s'amassaient, au loin. Après La Paz, l'horizon ici, à Miami, semblait si vaste et plat... Et la pluie n'avait rien à voir avec celle qui tombait en Angleterre : elle était dense et absolue, et s'arrêtait souvent aussi rapidement qu'elle avait commencé. Emily avait vu un arc-en-ciel presque tous les jours. C'était un miracle si anodin que les gens ne se donnaient même pas la peine de le regarder.

« On sera rentrés bien avant », dit Robbie. Il lui indiqua un banc dans le cockpit et s'activa autour d'elle, manipulant des cordages et abaissant un petit moteur hors-bord à la poupe. Il se déplaçait vite, sans hésiter ; il avait déjà fait ça un millier de fois.

C'était lui qui avait construit ce bateau. Il ne le lui avait pas dit, mais elle reconnaissait son style dans la courbe de la proue, l'extrémité épointée de la poupe. Et le nom, s'aperçut-elle avec un pincement au cœur, était évidemment en hommage à son fils, William. Il avait passé des heures à construire ce bateau en pensant à son fils.

Il ne la toucha pas. Pas de rapprochement presque accidentel de sa main vers la sienne, pas de caresse volée tandis qu'il s'affairait pour préparer le bateau. Il ne l'avait pas embrassée quand elle était arrivée au port, et elle ne s'y était pas attendue. Ils étaient discrets. En revanche, ici, à part deux oiseaux au long bec et au plumage hirsute noir et gris perchés sur le toit de l'un des bateaux de pêche, ils étaient seuls. Chaque once de son être brûlait de le toucher. Rien que de penser à lui, sa peau s'embrasait, son ventre se tordait de désir, les battements de son pouls s'accéléraient. Mais Robbie était occupé, presque appliqué dans sa façon de l'éviter. Le seul contact entre eux était l'odeur du bourbon qui le suivait comme une ombre.

Il avait suggéré une sortie en mer au lieu de la retrouver à l'hôtel. Et elle avait repensé à la première fois qu'ils avaient navigué ensemble. À sa main posée sur la sienne tandis qu'elle tenait la barre. À ses légers baisers contre son oreille pendant qu'il lui expliquait comment tendre l'écoute, maintenir le vent dans la voile, tirer un bord pour changer de direction.

S'il la touchait maintenant, s'il l'embrassait, elle pourrait au moins se dire qu'elle n'avait pas le choix, qu'elle s'était laissé emporter par la passion, elle aurait une excuse, aussi fausse soit-elle, pour expliquer sa conduite. Mais il n'en fit rien et elle le regarda juste démarrer le moteur et sortir le bateau du port, contournant de petites îles broussailleuses pour gagner la haute mer.

La veille, elle avait annoncé à sa mère qu'elle voulait faire des courses pour leurs anniversaires, à Christopher et à elle, qui avaient lieu le mois prochain. Ils avaient loué une voiture et passé la journée à Key West, où ils avaient dîné tous les cinq dans un restaurant sur le front de mer, sous une canopée de palmiers. Les vagues léchaient régulièrement la plage, et entre chacune d'elles de petits oiseaux allaient et venaient à la recherche de proies. Emily était assise entre Christopher et Polly, ce qui lui permettait de ne pas remarquer qu'ils s'évertuaient à ne pas la regarder. Rien qu'à ses mouvements brusques et agressifs, elle sentait l'hostilité de sa sœur.

Christopher, lui, était à peine différent de ce qu'il était normalement, au point que leur conversation dans la salle de bains aurait pu ne jamais avoir eu lieu. Il se montrait aussi courtois que d'habitude, aussi préoccupé de son confort. Il avait bavardé avec sa famille et, quand ils étaient allés se coucher, il s'était bien assuré d'être de son côté du lit, les yeux fermés et la lumière éteinte, lorsqu'elle était sortie de la salle de bains.

Ils ne se touchaient pas souvent la nuit, mais cette nuit, l'espace entre eux lui avait paru immense. Glacial.

Au restaurant à Key West, l'éclat orangé du coucher du soleil se reflétait dans les lunettes de sa mère. Charlotte portait un chapeau aux larges bords et n'avait pas bronzé comme Polly et Emily, mais la couleur du ciel donnait à sa peau une teinte rosée. Levant son Mai Tai, elle avait déclaré : « C'est le paradis. Le paradis absolu. J'étais tellement inquiète pour vous deux, avait-elle ajouté en regardant Emily et Christopher. Quel soulagement de vous retrouver en bonne santé et heureux !

— Et moi, je suis tout simplement ravi que la famille soit de nouveau réunie, avait dit le père d'Emily. Entre Polly qui est très occupée par son travail et vous deux qui étiez au loin, nous nous sentions bien seuls, votre mère et moi. Je suis très fier de vous, de vous trois.

— C'est tout ce que je désirais, qu'on soit tous les cinq ensemble, avait renchéri Charlotte. J'aimerais juste que tu rencontres quelqu'un, Polly, qui te comblera autant que Christopher comble Emily. »

Afin de ne pas avoir à se tourner vers Christopher, Emily s'était délibérément intéressée aux petits oiseaux sur la plage, mais ce faisant, elle avait croisé le regard de Polly et y avait vu tellement de colère qu'elle avait fait tomber sa fourchette exprès pour pouvoir se pencher en la ramassant et cacher son visage pendant quelques secondes sous la table.

Elle avait toujours été un modèle pour sa petite sœur. Polly l'admirait, la copiait, lui chipait ses vêtements, lui demandait conseil, même si elle était bien plus stylée et cool qu'Emily ne l'avait jamais été, et même si elle n'avait pas besoin d'elle pour savoir s'amuser. Mais Emily avait été habituée à être son idole.

Aussi, de sentir un tel mépris de sa part la rendait malade. Elle avait à peine touché à son plat et n'avait pas pris de dessert.

Robbie éteignit le moteur dès qu'ils furent sortis du port et commença à déployer la grand-voile. « Je peux t'aider ? demanda-t-elle.

— Non, ça va plus vite si je le fais tout seul. »

Elle le regarda hisser la voile et resserrer les cordages, les muscles de ses bras tendus, ses mains sûres et fortes. Deux nuits auparavant, il l'avait caressée. Il lui avait murmuré à l'oreille sa mélancolie secrète.

Dans la chambre d'hôtel, elle savait que ce qu'ils faisaient était condamnable, mais elle était trop excitée, trop insouciante pour en tenir compte. Elle avait trop envie de lui. Le désir était-il cependant une raison suffisante pour tout gâcher ?

Car ce désir retomberait sûrement un jour. Que lui resterait-il alors ?

Peut-être était-il déjà retombé chez lui.

Le bateau changeait d'allure d'un instant à l'autre, avançant tant bien que mal, instable, ballotté par les vagues, pour acquérir, dès que la voile prenait le vent, puissance et élégance, et alors il filait si vite qu'on ne le sentait quasiment pas bouger. La mer au-dessous semblait immobile. Et il était silencieux : presque silencieux. Sauf quand la voile faseyait puis se tendait.

C'était comme eux. Rattrapés par les forces qui soufflaient entre eux. Allant si hâtivement qu'ils remarquaient à peine que le reste du monde était à l'arrêt.

« Robbie », dit-elle.

Il se tenait toujours debout à la barre, les yeux fixés sur l'horizon. Quand elle prononça son nom, il la regarda enfin. Il s'assit et ouvrit les bras vers elle pour qu'elle vienne s'y blottir.

« Est-ce que tu m'aimes ? » demanda-t-il.

Elle ne le lui avait pas dit, pas à lui. Pas depuis qu'ils s'étaient séparés la première fois, dix ans auparavant.

Elle fit oui d'un mouvement de la tête.

« Dis-le-moi. Dis-le, s'il te plaît.

— Je t'aime. »

Elle sentit son bras se resserrer autour d'elle, à moins qu'il ne réglât juste la voile. L'odeur de l'alcool était plus forte, là, près de lui.

« Tu as bu.

— Je bois tout le temps. » Il avait parlé d'une voix neutre. « Ça me permet de noyer le goût de ce que j'ai fait et de ce que je suis maintenant. Je n'en suis pas fier, mais c'est comme ça. Je suis comme mon père. Exactement comme mon père, pour pratiquement tout. Sauf que lui aimait les avions, et moi, j'aime les bateaux.

— Tu n'es pas obligé d'être comme lui.

— Tu es médecin. Tu connais la puissance de la génétique.

300

— La biologie n'est que de la biologie. Ce n'est pas une fatalité.

— Tu le crois vraiment ? »

Il dirigea le bateau vers le large, loin de la côte.

« Et William est exactement comme moi. Il me ressemble, il parle comme moi. Il a les mêmes gestes que moi quand il se sert du papier de verre.

— J'aimerais bien le rencontrer.

— J'aimerais bien aussi que tu le rencontres. Il te plairait. Pour l'instant, il pense que je suis son héros.

— Je suis sûre que l'es.

— Non. Je ne suis le héros de personne.

— Je ne suis plus non plus un modèle pour Polly. Depuis qu'elle sait pour nous.

— Parée à virer, dit-il. Je vire ! » et Emily baissa aussitôt la tête tandis que la bôme passait de l'autre côté. Pendant un moment, le bateau vacilla, incertain de la direction à suivre, puis le vent enfla à nouveau la voile et ils recommencèrent à filer vers une île au loin.

« Ce que tu vois, là-bas, c'est Key Biscayne, dit-il. On va aller jusque-là puis on contournera le phare de Cape Florida. Tu es déjà allée à Stiltsville ?

— Non », répondit-elle. Elle n'avait pas envie d'une visite guidée.

« Ça vaut le coup, continua Robbie. C'est un petit village sur l'eau. Bâti par des naufragés, des joueurs et des contrebandiers. » Il sortit sa flasque de la poche de sa veste et la lui tendit. Elle secoua la tête.

« Tu ne devrais pas boire quand tu navigues, dit-elle.

— Je pourrais manœuvrer ce bateau même en dormant.

— Tu ne devrais pas boire quand même. C'est toi qui le disais.

— J'ai dit que je buvais, et je sais que je ne devrais pas boire, mais je bois. » Il but une gorgée et rangea la flasque dans sa poche. « C'est comme toi, tu ne devrais pas être là, mais tu es là.

— Robbie, dit-elle d'une voix presque suppliante, il nous reste peu de temps. Ne le gâchons pas.

— Peu de temps aujourd'hui ? Ou à jamais ?

— Je pars la semaine prochaine.

— Alors, c'est comme ça. On retourne l'un et l'autre à nos vies malheureuses. » Il tira sur la barre, et la voile claqua.

« Quelle autre solution avons-nous ? C'est mal, ce que nous faisons. Et toutes les raisons pour lesquelles nous nous sommes séparés autrefois sont toujours les mêmes. On n'est plus tout seuls, à présent, Robbie. Nous blesserions trop de personnes. »

Il ne répondit pas ni ne la regarda. Il but une nouvelle gorgée d'alcool.

« Christopher sait que je t'ai revu, annonça-t-elle. Il m'a dit qu'il fermerait les yeux tant que nous sommes ici, mais qu'une fois en Angleterre, ce serait terminé.

— Et tu as... accepté ?

— Je ne vois pas quel autre choix j'ai. Ce n'est pas seulement à cause de lui. Mais de Polly, de mon père, de ma mère...

— Ta mère hait tout ce que je représente. Ton père aussi, je suppose.

— Nous ferions du mal à tout le monde, Robbie, si nous restions ensemble. Tous ceux que nous sommes censés aimer.

— Ce que tu es en train de dire, c'est que tu les aimes plus que moi.

— Qui pourrait prendre une décision pareille ? L'amour n'est pas quelque chose de fini que l'on peut mesurer. C'est ma famille. Et je connais Christopher depuis très longtemps.

— Tu l'aimes ?

— Bien sûr.

— Comme tu m'aimes ? »

Elle avala sa salive. Détourna le regard pour le diriger vers la côte : les arbres et les mâts blancs et les maisons blanches et roses, comme une ville en barbe à papa.

« Pas de la même manière, dit-elle doucement. Mais je l'aime. Beaucoup. C'est un homme bon. Il ne mérite pas ça.

— Il vaut mieux que moi, je le sais bien. Mais je n'arrive pas à accepter que tu sois avec un autre homme.

— Lui non plus ne l'accepte pas. Il... il me donne juste du temps.

— Je ne suis pas quelqu'un de bien. Ma vie ne rime à rien sans toi, et j'ignore si je pourrais te rendre heureuse. Je suis alcoolique. Je suis un mari horrible, et probablement un père horrible. Je ne comprends pas pourquoi je persiste à penser que vivre avec toi changerait les choses.

— Robbie, murmura-t-elle, et elle posa la main sur son genou.

— Je n'aime pas Marie. Je n'aurais pas dû l'épouser. Mais je suis tenu de m'occuper d'elle maintenant. Et j'aime mon fils. J'aime William.

— Bien sûr que tu l'aimes.

— Elle a décidé de partir avec William. »

Emily n'était pas prête à la sensation glaciale qui s'empara alors d'elle – à l'horreur de se dire qu'une autre femme, quelqu'un qu'elle n'avait jamais rencontré, connaissait leur secret, qu'il avait pu leur échapper à ce point, que cette femme, la femme de Robbie, pourrait se venger de façon aussi délibérée.

« Elle sait aussi ? Pour nous ? »

Il secoua la tête. « Elle sait que je ne suis pas engagé dans notre relation. Elle sait que je ne l'aime pas comme je le devrais. Que je rentre tard tous les soirs et que j'invente n'importe quoi pour ne pas la toucher. Elle sait que je ne lui parle jamais de ce que j'ai fait pendant la guerre, et que je ne lui dis pas ce que je ressens vraiment ni ce que je veux vraiment. Elle mérite mieux. Elle mérite que je sois une meilleure personne, mais je n'arrive pas à être cette personne-là. Ou elle mérite mieux que moi, mais cela signifierait que je ne verrais plus mon fils.

— Elle ne peut pas te l'enlever. C'est ton enfant.

— Si, elle peut. Elle a une volonté de fer. Et elle le fera, si elle le décide. Elle déménagera et m'empêchera de le voir. Si sa famille resserre les rangs, je n'aurai plus aucune chance.

— Mais légalement...

— Emily, je suis alcoolique. N'importe quel juge choisirait Marie.

— Tu n'es pas alcoolique. Tu pourrais arrêter de boire. »

Il ne répondit pas.

« Je ne suis pas une bonne personne non plus, dit-elle. Quand je suis arrivée ici, je ne pensais qu'à mes patients. Et maintenant, je ne pense qu'à toi. »

Il détacha ses yeux de l'horizon et la considéra longuement. « On n'a pas le droit de faire ça, n'est-ce pas ? On ne peut avoir que ce qu'on a maintenant.

— Oui.

— Et c'était suffisant, avant. Quand je t'ai rencontrée, tout ce que je souhaitais, c'était vivre le moment présent. Passer autant de temps que possible avec toi et savourer chaque instant. Mais ce n'est plus suffisant. Je veux retrouver notre passé. Je veux qu'on ait un avenir.

— Ni l'un ni l'autre n'est possible. Aujourd'hui, voilà tout ce que nous avons. Aujourd'hui, et les prochains jours.

— Ce n'est pas suffisant », répéta-t-il.

Il tendit la main vers elle. Ses mains étaient si différentes des siennes, de celles de Christopher : tannées, boucanées, calleuses. Elle se serra contre lui. Un grondement retentit au loin, là où les nuages continuaient de s'amonceler.

« Bref, c'est la dernière fois », dit-il tout bas.

Elle hocha la tête.

« Ce n'est pas juste, je trouve, de faire ça deux fois seulement en une vie, ajouta-t-il.

— Mais rien n'a vraiment changé. On ne peut pas vivre ensemble. On a encore plus de raisons aujourd'hui qu'autrefois.

— Je t'aime.

— Je t'aime, moi aussi. »

Où était le soleil ? La mer était devenue aussi noire que le ciel. Même la voile blanche avait pris un reflet sourd et gris. Emily retira ses mains de celles de Robbie. Lorsqu'elle lui avait dit au revoir, dix ans auparavant, elle s'était fait violence pour ne pas le regarder. Elle ne voulait pas voir son visage, sa douleur, de peur d'être tentée de l'empêcher de partir.

Cette fois, elle savait ce que cela signifiait de penser à quelqu'un pendant des années au lieu de le tenir dans ses bras. Elle savait que les traits s'estompaient, les voix s'évanouissaient, les détails s'envolaient. Aussi regarda-t-elle Robbie pour le graver à jamais dans sa mémoire, pour pouvoir l'en sortir quand la solitude s'abattrait sur elle. Quand elle serait suffisamment forte pour être capable de repenser à ce moment où elle s'était sentie pleinement aimée et pleinement libre.

« Emily. S'il te plaît. » Robbie se leva et, alors qu'il se penchait vers elle, plusieurs choses se produisirent en même temps. Une vague heurta le bateau et il trébucha. Sa main lâcha la barre. Le vent se mit à souffler en rafales et le bateau à tourner. La grand-voile se gonfla et la bôme pivota d'un coup, heurtant la tête de Robbie qui bascula par-dessus bord.

Elle l'entendit tomber à l'eau avant de comprendre ce qui s'était passé. La bôme continua de se balancer, quoique plus lentement, et elle parvint à la bloquer avec ses mains. Puis elle se retourna. « Robbie ! »

Elle le voyait, une silhouette noire au milieu de la noirceur des flots. Il ne bougeait pas.

Un gilet de sauvetage était attaché au bateau à l'aide d'un bout près de la barre. Elle s'en empara et sauta à la mer. L'eau était presque aussi chaude que son sang, et elle se propulsa en avant, nageant frénétiquement en direction de Robbie. Ses vêtements l'alourdissaient, ses chaussures. Ce n'était pas une bonne nageuse. Elle ne le voyait plus. Le sel lui piquait les yeux et les vagues avaient grossi avec le vent.

Son pied toucha quelque chose et elle plongea aussitôt sous l'eau : du tissu, sa veste. Robbie. Elle l'attrapa et poussa sur ses jambes de toutes ses forces pour remonter à la surface. Il était si lourd.

À treize ans, dans la piscine de Norwich avec les autres Éclaireuses... Elle essaya de se rappeler ses cours de sauvetage aquatique, mais il n'y avait pas de remous dans la piscine. Elle donna des coups de pied, s'allongea sur le dos avec la tête de Robbie appuyée contre son épaule, un bras autour de son torse, l'autre glissé dans les deux emmanchures du gilet de sauvetage. Robbie était un poids inerte dans l'eau. Il avait les yeux fermés.

« Robbie ! » l'appela-t-elle, la voix haletante, de l'eau salée dans la bouche. Elle regarda par-dessus son épaule : le bateau était à quelques mètres. La ralingue cousue sur les bords de la grand-voile n'était plus tendue et la voile faseyait, inutile pour le moment, avant qu'elle n'attrape par hasard le vent.

Emily battit des jambes. Robbie était peut-être déjà mort : le coup avait été suffisamment violent pour le tuer. Il avait peut-être inhalé de l'eau et était en train de mourir par noyade, même si elle maintenait sa tête hors de l'eau. On appelait ça la noyade sèche. Elle ne pouvait pas vérifier sa respiration ni palper son pouls : elle était trop occupée à nager, et elle n'osait pas. Il avait la bouche ouverte, les yeux fermés, la peau pâle. Ses mains flottaient juste sous la surface de l'eau.

Elle battit et battit encore des jambes tout en le tenant fermement. Comme ses chaussures la gênaient, elle s'en débarrassa d'un coup de pied et les laissa disparaître au fond de la mer. Sa jupe s'enroulait autour de ses cuisses. Mais pourquoi ne s'était-elle pas mise en pantalon? Et si elle atteignait le bateau et découvrait qu'elle n'était pas capable de hisser Robbie à bord? Que ferait-elle? S'accrocher à la coque, s'accrocher à Robbie, prier pour que quelqu'un les voie et vienne à leur secours? D'autres bateaux étaient-ils sortis? Elle n'en avait pas remarqué. Pourtant la baie était toujours pleine d'activité – quelqu'un passerait sûrement non loin d'eux.

Mais quand? Parviendrait-elle à se cramponner à Robbie jusqu'à ce moment-là?

Ils pourraient mourir ici. Ils pourraient mourir tous les deux. Ne pas s'étreindre avant de se séparer, mais s'étreindre et couler, ensemble, pour être rejetés sur le rivage dans quelques jours ou dans quelques semaines. Leurs corps rendus à leurs familles qu'ils avaient décidé de ne pas quitter.

Sauf que leurs familles ne le sauraient pas. Ni Christopher, ni ses parents, ni Polly, ni la femme et le fils de Robbie. Elles ne sauraient jamais qu'ils les avaient choisis au détriment de leur bonheur. Elles considéreraient cette mort comme une trahison: les deux amants avaient péri au cours d'heures illicites, volées.

Et si ça n'arrivait pas? Si elle survivait et pas lui, s'il était déjà mort et qu'elle allait devoir passer le restant de sa vie en sachant qu'elle n'avait pas réussi à le sauver? De qui, ou de quoi, cela serait-il la trahison?

« S'il te plaît, sanglota-t-elle en agitant de nouveau les pieds en vain, s'il te plaît, réveille-toi, Robbie. S'il te plaît. Ne me laisse pas seule. »

De l'eau dans les yeux, dans le nez, dans la bouche. Le sel qui la brûlait et le corps de Robbie qui voulait dériver. Des éclairs brillèrent et le tonnerre gronda, incroyablement proche. Les muscles tout endoloris, elle serrait entre ses doigts le tissu de sa veste. Les cheveux de Robbie formaient une nappe noire sur sa tête. Une vague déferla et Emily se retrouva le visage sous l'eau.

Elle sentit qu'il contractait son bras autour d'elle.

Il était réveillé... il était vivant.

Le bateau se dressait bleu et blanc au-dessus des flots. Il semblait démesurément haut. « Accroche-toi », dit Robbie, et elle attrapa le bout tandis qu'il se hissait à la force du poignet. Une fois à bord, il se retourna pour la tirer hors de l'eau. Côtes cognant contre la carène, souffle coupé, jambes éraflées, mais elle y arriva. Elle était sauvée. Hors d'haleine, grelottant, elle se cramponna à lui. Il se colla contre elle. Il respirait par saccades. Il pleuvait, une pluie dure, chaude, qui rendait l'air presque aussi liquide que l'océan. Le bateau tanguait.

« Je ne peux pas, dit-elle en claquant des dents. Je ne peux pas.

— Si, tu peux, tu peux faire ce que tu veux, tu n'as rien à craindre », murmura-t-il en lissant ses cheveux mouillés en arrière, en effleurant de ses lèvres mouillées ses joues mouillées. Un coup de tonnerre éclata.

Elle l'embrassa. Sa peau était salée. Tout son corps était secoué de frissons. « Je ne peux pas te quitter. Je ne peux pas... je pensais que tu étais mort.

— Je ne suis pas mort. J'ai été imprudent, mais je suis là. » Elle vit du sang le long de sa tempe, là où la bôme l'avait heurté. Elle la toucha, s'étonnant de la couleur rouge sur ses doigts avant de se ressaisir brusquement et de lui pencher la tête afin d'examiner sa blessure. Ses mains tremblaient quand elle le palpa. On aurait dit qu'elle n'avait plus de force.

« Je pensais que tu étais mort et que je t'avais perdu et c'était horrible, la chose la plus horrible que j'avais jamais éprouvée, dit-elle, ses dents s'entrechoquant violemment. Je pensais à ce que serait ma vie si tu étais mort, et je ne veux pas de ça.

— Je ne suis pas mort. Je ne suis pas mort. C'est fini. » Il lui caressa le dos en un geste apaisant.

« Je ne veux pas vivre sans toi. Je ne veux plus jamais être séparée de toi. »

Il s'écarta. Il y avait du sang sur son visage, et il tremblait, lui aussi, maintenant. Le choc. L'hypothermie, peut-être, même dans cette eau chaude.

« Qu'est-ce que tu dis ? demanda-t-il au lieu d'aller chercher une couverture comme le bon sens aurait dû l'y inciter.

— Qu'on les a déjà trahis. Qu'on les a trahis dès l'instant où on s'est rencontrés. Je n'arrive pas à aimer mon mari comme je le devrais, et tu n'arrives pas à aimer ta femme comme tu le devrais. Si on était morts tous les deux, ils n'auraient pas su qu'on avait décidé de ne plus jamais nous revoir. On est faits l'un pour l'autre. Je ne peux aimer personne autant que je t'aime, Robbie. Je ne peux pas. J'ai essayé et je ne peux pas.

— Qu'est-ce que tu dis ? répéta-t-il, sauf que cette fois, il murmura sa question.

— Je ne veux pas te perdre à nouveau. Ma vie est vide sans toi. »

Il déglutit difficilement. La regarda, pâle, dans les yeux.

« Je ne veux pas te perdre non plus. »

Il la serra dans ses bras, tandis que le bateau voguait librement dans le vent.

Robbie avait des vêtements secs dans un des casiers de la cabine. Elle roula les manches de la chemise et le bas du pantalon, et comme il n'y avait qu'un seul ciré, elle resta en bas, emmitouflée dans l'unique couverture qui se trouvait à bord, pendant qu'il ramenait le bateau au port. La cabine était minuscule et se remplit très vite de buée. Elle l'observa par l'écoutille, et, bien qu'elle s'interrogeât sur l'éventualité d'une commotion qu'il aurait subie à cause du choc de la bôme contre sa tempe, ses pensées ne cessaient de revenir à ce qu'ils s'étaient dit. À ce qu'ils avaient décidé.

Ils ne pourraient plus faire marche arrière, à présent, quoi qu'il arrive. Elle tenta de ressentir quelque chose : de la joie, de la culpabilité, voire de la peur. Mais n'y parvint pas. Cela viendrait plus tard. Pour l'instant, elle ne pensait qu'à une chose : à la décision qu'ils avaient prise.

Lorsqu'ils arrivèrent au port, Robbie tint le ciré au-dessus de leurs deux têtes pour les abriter de la pluie, et ils marchèrent du même pas vers une petite cahute avec un toit en feuilles de palmier et une table de pique-nique branlante au-dessous.

« *¿Estás mojado*, Bob ? lança la femme à la fenêtre de la cahute.

— *Sí. Cafecito, Analena.* »

Ils s'assirent à la table de pique-nique et, quelques minutes plus tard, la femme leur apporta deux minuscules tasses de café. Emily but le sien sans tarder : il était extrêmement sucré et extrêmement fort. « *¿Podemos por favor tener otro?* » demanda-t-elle à la femme qui opina. La pluie tambourinait sur le toit et dégoulinait des feuilles de palmier.

« Je n'arrête pas de penser à ce morceau de musique, dit Emily à Robbie. Ce morceau de Bach qu'on a écouté, le soir où on s'est rencontrés. Je l'entends dans ma tête tout le temps.

— La musique qui démarre là où elle se termine.

— Et je pense à cette bague, aussi. La bague que tu m'as donnée, et que je t'ai rendue.

— Je l'ai toujours. Elle est dans un tiroir, chez moi. »

Son genou toucha celui de Robbie sous la table.

« On n'a pas le choix, dit-elle. On a pris une décision et elle est irrémédiable. La musique, la bague... la fin qui se confond avec le commencement, n'est-ce pas ? »

Il hocha la tête. « Je me demande même si on a jamais eu le choix.

— Tu crois vraiment qu'elle t'enlèverait ton fils ?

— Je ne sais pas. J'espère que non.

— Jamais je ne serais capable de te faire ça, dit-elle doucement. Ou de lui faire ça. »

Robbie lâcha un soupir. « Une chose est sûre, elle va me quitter. Maintenant, ou dans dix ans. Je ne peux pas être celui qu'elle veut que je sois. Même si j'arrêtais de boire, et que j'étais à la maison tous les soirs, je ne pourrais toujours pas être cette personne. Pour elle. Il vaut mieux être honnête.

— On les a trahis de toute façon. J'ai trahi Christopher avant même de l'épouser, car je savais qu'il ne serait jamais l'homme de ma vie. Mais ton fils ne doit pas être mêlé à ça.

— Je ferai tout pour qu'il ne le soit pas. Mais ça ne sera peut-être pas possible.

— Je serai à tes côtés. »

Analena leur apporta deux autres cafés. Alors qu'Emily s'apprêtait à boire le sien, ses yeux surprirent l'éclat de sa bague en or, surmontée d'un diamant. Elle reposa sa tasse et la retira.

À la table rêche et abîmée par les intempéries, on aurait dit les reliques d'une vie qui avait été anéantie. Un autre pays, une autre époque, une autre série de décisions, une fin différente.

Robbie retira à son tour son alliance et la plaça à côté de celle d'Emily. Elle était plus grande, en or également. Il y avait une trace blanche sur sa peau, à l'emplacement de la bague, et Emily vit la même sur son propre doigt nu.

« Je ne te quitterai plus jamais », lui dit-il.

CINQUIÈME PARTIE

1962

29

13 avril 1962
Cambridge, Angleterre

Elle traversait en courant le hall de la gare, où elle était arrivée en retard pour accueillir Polly à sa descente du train, quand elle l'aperçut, alors qu'elle cherchait une chevelure bouclée dans la foule.

Il portait un blouson en jean et un sac marin à l'épaule. Il s'était arrêté pour allumer sa cigarette, tête penchée et mains en coupe. Lorsqu'il releva la tête, il la vit aussi. Même de loin, même au milieu du flot des passagers, elle remarqua qu'il avait les yeux noirs.

Elle eut brusquement du mal à respirer. Il la dévisageait en même temps qu'elle le dévisageait, et ce n'était pas du tout quelque chose qui se faisait, on ne regardait pas comme ça des inconnus dans une gare, mais le coin de sa bouche se retroussa en un sourire. Sauf que ce n'était pas un sourire de séducteur, non, pas exactement. C'était plus un... un enchantement.

Elle détourna les yeux, puis les ramena sur lui. Il continuait de la regarder. Il semblait avoir oublié sa cigarette. Il leva la main, comme pour lui faire signe, et elle leva la sienne, comme pour lui répondre.

Bonjour, pensa-t-elle.

« Le train de onze heures cinquante-cinq en retard au départ de Norwich va entrer en gare quai n° 3 », annonça le haut-parleur.

En retard. Quai n° 3. Elle pivota sur ses talons. Le train s'arrêtait le long du quai. Elle s'élança aussitôt dans sa direction.

Mais quand elle jeta un coup d'œil par-dessus son épaule, elle vit qu'il était toujours là, et n'avait pas cessé de la fixer. C'était presque comme s'ils se connaissaient déjà.

« Em ! » La voix de Polly, le bruit de pas qui couraient. La jeune fille se heurta à Emily dans une confusion de bras et de jambes frêles. « Oh, je suis tellement contente ! s'exclama-t-elle. J'étais assise dans le train à côté d'une bande de garçons et ils n'arrêtaient pas de me regarder. Moi, je ne les regardais pas, j'étais tournée vers la fenêtre, mais je les observais du coin de l'œil. Tu crois qu'ils pensaient que j'étais plus âgée parce que je voyageais seule ? »

Emily contempla les cheveux hirsutes de sa sœur, sa silhouette maigrichonne, ses taches de rousseur et son sourire révélant des dents de travers. En vérité, elle faisait même moins que douze ans.

« Ils ont pensé que tu étais une jeune femme sophistiquée et indépendante, répondit Emily, sans doute une étudiante de Cambridge. »

Polly lui donna une petite tape sur le bras et gloussa. « Je n'irai jamais à Cambridge. Je ne suis pas aussi brillante que toi.

— Continue d'étudier, l'enjoignit Polly avant de prendre sa valise. Ouh! Mais qu'est-ce que tu as mis, à l'intérieur? Des pierres? »

Polly se pencha et murmura : « Du maquillage. Mais ne le dis pas à maman!

— Où as-tu trouvé du maquillage?

— Woolworths. Ça fait un moment que j'économise et j'ai caché le maquillage dans ma penderie. Je voulais en mettre pendant le trajet mais les toilettes du train étaient tout le temps occupées. J'ai acheté aussi des disques, pour qu'on les écoute. Je voulais apporter mon tourne-disque mais il n'entrait pas dans ma valise. De toute façon, tu en as un, n'est-ce pas? »

Emily commença à remonter le quai, avec Polly qui sautillait à ses côtés. Ses mains tremblaient et elle dut serrer la poignée de la valise. « J'ai mon électrophone, mais il y en a un de meilleure qualité dans la JCR. La Junior Common Room[1]. »

Polly inspira profondément, ravie. « La Junior Common Room. Je vais aller dans la *Junior Common Room.* »

Emily réprima un sourire. « Tu as mangé?

— Maman m'a préparé des sandwichs. » Elle souleva une pochette en papier tout écrasée et tachée de gras. « Mais j'étais trop excitée pour manger dans le train. Ils sont aux œufs. Qui est-ce qui mange des sandwichs aux œufs dans le train? L'odeur gênerait tout le monde. » Et d'un geste théâtral, elle jeta la pochette dans une poubelle. « Adieu, les sandwichs qui puent! Ne le dis pas à maman, hein?

— J'ai l'impression que ça va être ton refrain pendant tout le week-end.

---

1. Salle réservée aux étudiants préparant une licence.

— Mais tu ne lui diras pas quand même ?

— Tu crois vraiment que je vais raconter quoi que ce soit à maman après tout ce que j'ai dû faire pour qu'elle te laisse passer le week-end avec moi ? Je serais autant dans le pétrin que toi. Plus, même, vu que je suis censée être l'adulte responsable. »

Elles traversèrent le hall. Une fois devant la sortie, Emily hésita et parcourut la foule des yeux.

« Qu'est-ce que tu cherches ? demanda Polly.

— Personne. Je veux dire, rien. » Elle regarda à nouveau brièvement autour d'elle, tout en se reprochant d'agir ainsi. De toute façon, elle ne le reconnaîtrait pas, même si elle l'apercevait. Et il devait être parti depuis longtemps.

Elle glissa un bras sous celui de sa sœur. « Je suis bien contente que tu n'aies pas mangé ces affreux sandwichs, parce qu'on a rendez-vous avec Christopher pour déjeuner.

— Dans un *pub pour étudiants* ? demanda Polly sur le même ton plein de révérence avec lequel elle avait dit Junior Common Room.

— Chez Fitzbillies.

— Je pourrai boire un vrai café ? »

Emily leva les yeux au ciel comme on pourrait s'y attendre de la part d'une grande sœur. « Si tu es déjà dans cet état sans caféine, je n'ose pas imaginer comment tu seras si tu bois un café.

— Mais je pourrai quand même ?

— Bon, d'accord. Uniquement par souci de vérification expérimentale.

— Tu...

— Je ne le dirai pas à maman. »

Et après un dernier coup d'œil alentour, elle s'engagea dans Station Road en direction du centre.

Polly commenta tout ce devant quoi elles passaient. Elle était déjà venue à Cambridge, mais la ville lui paraissait nouvelle, cette fois, sans leurs parents avec elles. Elle discourait sans plus finir sur les étudiants à bicyclette, les immeubles, les boutiques, et même les arbres, et Emily faisait de son mieux pour l'écouter et ne pas scruter les trottoirs, les devantures des cafés et des magasins, à l'affût d'une touffe de cheveux noirs et d'un blouson en jean. Apercevant un reflet bleu délavé dans la vitrine d'un bouquiniste, elle s'arrêta, le regard fixe. Polly continua d'avancer de quelques pas avant de se rendre compte que sa sœur ne suivait pas.

« Qu'est-ce qui se passe ? » demanda-t-elle en la rejoignant. Emily était clouée sur place. Le reflet bleu avait disparu entre les rayonnages des livres.

« Rien, répondit Emily précipitamment. On peut... on peut rentrer deux minutes, ça ne t'ennuie pas ?

— Des livres ? fit Polly d'un air sceptique. Tu ne préfères pas qu'on aille dans un magasin de disques ?

— J'ai juste besoin de vérifier quelque chose. » La gorge serrée, elle poussa la porte. Emily adorait cette boutique, mais elle remarqua à peine le parfum chaud des livres, leurs dos aux couleurs vives. Elle fila tout au bout de la première allée et jeta un regard circulaire. Il n'y avait personne.

Qu'est-ce que je vais lui dire ? Est-ce que je vais lui dire quelque chose ? Qu'est-ce que je pourrais lui dire ?

Je lui dirai... Je lui dirai « Bonjour. » C'est un bon début.

Elle avala sa salive et s'avança plus profondément dans la boutique, déserte en cette journée ensoleillée, puis longea plusieurs étagères, passant des Romans (classés par ordre alphabétique) à la Poésie et à l'Histoire de l'Art et à la Chimie jusqu'à ce qu'elle entende une toux masculine dans l'allée voisine de la sienne.

Fermant les yeux un instant, elle se mordit la lèvre.

Tu dis juste « Bonjour ».

Elle marcha posément dans cette direction et, une fois arrivée à la fin de la Théologie, elle tourna au coin.

« Bon... », commença-t-elle, et l'homme qui se tenait là, vêtu d'un blouson en jean bleu clair, un livre ouvert à la main, releva la tête, et il était âgé d'une quarantaine d'années et était presque chauve.

« Oh, pardon », s'excusa-t-elle avant de retourner en toute hâte là où Polly l'attendait, près de la porte, balayant d'un œil maussade une petite sélection de livres de poche scientifiques.

« Je n'ai pas trouvé ce que je cherchais. Désolée. Allons déjeuner. »

Christopher était installé à une table dans un coin du Fitzbillies, bondé. Il se leva quand elles entrèrent. « Salut Poll », dit-il en en ébouriffant les cheveux de la jeune fille. Polly fit la grimace, n'appréciant guère d'être traitée comme une enfant.

« Paulina, annonça-t-elle. Je veux qu'on m'appelle Paulina pendant tout le week-end.

— Mais ce n'est pas ton nom, n'est-ce pas ? Je croyais que tu étais une vraie Polly. » Christopher sourit à Emily, lui prit la valise des mains et la plaça soigneusement à côté de sa chaise. « Qu'est-ce que tu veux boire, Poll ? Une orange pressée ?

— Un café.

— Je lui en ai promis un, dit Emily à Christopher. Tu veux aller te le chercher, Polly ? Rapporte-nous-en un, aussi.

— Paulina, corrigea Polly.

— Paulina. Tu veux aussi t'occuper de commander à manger ? Je prendrai un toast au fromage et Christopher un croque gallois. Choisis ce que tu veux pour toi.

— Un croque gallois ? Berk. »

Elle plissa le nez et tira la langue à Christopher qui lui fit les gros yeux. Emily, de son côté, s'empressa de sortir son porte-monnaie et de donner de l'argent à sa petite sœur avant que Christopher n'insiste pour payer sous prétexte que c'était son tour. Polly se dirigea vers le bar. Il y avait une longue queue, qu'elle rejoignit le sourire aux lèvres, l'air crâne.

« Elle est arrivée sans encombre, alors ? déclara Christopher en écartant une chaise pour Emily. Je suis désolé de ne pas avoir pu t'accompagner à la gare.

— Elle est persuadée que tous les garçons dans le train flirtaient avec elle.

— Mais c'est une enfant, voyons !

— Dans sa tête, elle a au moins vingt ans. » Emily sourit tendrement en regardant sa sœur examiner le menu comme si elle s'apprêtait à prendre une importante décision. « Maman ne voulait pas qu'elle vienne, mais papa a fini par la convaincre. »

Inutile d'en dire plus à Christopher. Il connaissait ses parents et avait souvent été invité chez eux. Emily aussi connaissait les siens. Christopher avait une mère surprotectrice auprès de laquelle sa propre mère, malgré son sens aigu de la critique, passait pour une amatrice.

« Tiens », dit Christopher en posant un billet d'une livre sur la table. Emily repoussa le billet vers lui.

« Je peux payer.

— J'ai plus d'argent que toi.

— J'ai économisé exprès pour ce week-end, et ça me fait plaisir d'inviter ma sœur. »

Au lieu de ranger le billet, Christopher le plia soigneusement en quatre.

« Tu as fini ton exposé ? » demanda-t-elle.

Comme il secouait la tête, ses lunettes glissèrent sur l'arête de son nez, et il les laissa là, ses mains étant trop occupées à plier et replier le billet. « Je dois encore y travailler aujourd'hui et demain, du coup, je ne pourrai pas passer le week-end avec vous deux. J'espère que tu ne m'en veux pas ?

— Non, ne t'inquiète pas », répondit-elle, bien qu'elle dût s'avouer soulagée à l'idée de ne pas avoir à endosser le rôle de médiatrice entre sa sœur, qui voulait jouer à l'adulte, et son meilleur ami, qui se comportait envers elle comme un oncle bienveillant. « Tu pourras nous rejoindre pour dîner dans la salle à manger du collège ? Il faut bien que tu manges, même si tu as beaucoup de travail. J'ai droit à un second invité.

— Oui, je viendrai. Emily... » Il jeta un coup d'œil à Polly, qui n'avait guère avancé dans la queue, puis il déplia le billet de banque et le roula en un fin cylindre entre ses longs doigts. « Je voudrais te demander quelque chose.

— Oh, oui, pardon, je t'ai interrompu tout à l'heure quand il a fallu que je coure à la gare. » Elle avait complètement oublié, dans sa précipitation pour ne pas arriver en retard, et puis il y avait eu cet homme qu'elle avait aperçu...

Sa gorge se serra. Qui pouvait-il bien être? Il avait un regard si intense, si direct.

Jamais on ne l'avait regardée de la sorte, avec tant de désir. Un désir soudain, venant d'un étranger.

Christopher avait roulé le billet de banque encore plus serré.

« Chris, qu'est-ce que ce malheureux billet t'a fait? » Elle posa la main sur la sienne pour l'empêcher de le déchirer, et il leva les yeux vers elle si brusquement qu'elle la retira aussitôt.

« Que se passe-t-il? dit-elle.

— Lundi soir... mais ça peut être n'importe quel soir aussi, je dis lundi soir parce que j'aurai rendu mon exposé et que Polly sera partie, bref, est-ce que lundi soir, tu... tu accepterais de... de dîner avec moi?

— Bien sûr », répondit Emily, qui ne comprenait pas à quoi rimait toute cette scène avec le billet et ces hésitations. Christopher et elle dînaient ensemble plusieurs soirs par semaine, dans l'une ou l'autre des salles à manger de leurs collèges respectifs, et, quand le temps leur manquait parce qu'ils assistaient à une conférence, ils se contentaient d'un sandwich. « Pourquoi lundi? dit-elle en poussant par terre un peu de sucre qui s'était renversé sur la table. Il y a quelque chose au menu que tu n'aimes pas?

— Je parle d'un vrai dîner. Dans un restaurant. »

Ce fut à son tour de relever les yeux brusquement. « Dans un restaurant ? Pas au collège ?

— Je... ça fait des mois que je veux te le demander, et ma sœur m'a dit que la meilleure façon, c'était de... te le demander en t'invitant à dîner. Dans un bel endroit. »

Elle considéra Christopher en silence : son visage qu'elle connaissait par cœur, pâle, avec son abondante chevelure blonde qui lui retombait sur le front, ses lunettes à monture d'écaille qui glissaient sans cesse le long de son nez. Ce même visage qu'elle regardait depuis qu'ils étaient devenus amis, entre deux cours d'anatomie du professeur McAvoy, le premier mois de leur première année ici. Christopher faisait partie des rares étudiants en médecine à ne *pas* avoir cherché à sortir avec elle. Elle avait bien compris que ceux qui l'invitaient à boire un verre, à aller au cinéma, ou à réviser tard le soir, ne répondaient pas à une quelconque attirance qu'elle exercerait sur eux, mais qu'il s'agissait de curiosité pure et simple de leur part, et qu'ils mettaient un point d'honneur à faire des avances aux quelques filles de leur promotion. Elle les avait tous éconduits, et à présent qu'ils étaient en deuxième année, ils avaient renoncé.

Mais Christopher, lui, n'avait rien tenté. Christopher avait toujours été un bon camarade, sûr, agréable, sans attente aucune, un partenaire brillant qui l'inspirait, un ami attentionné qui l'aidait et remarquait quand elle était en difficulté ou triste. Certains de leurs condisciples et les autres étudiants de leur collège à chacun étaient persuadés qu'ils étaient en couple parce qu'ils les voyaient tout le temps ensemble. Ils avaient ri, en l'apprenant.

Avait-elle été la seule à en rire ?

« Christopher...

— Je sais, dit-il avec ferveur, les joues empourprées. Tu n'as jamais pensé à moi comme ça, mais je ne peux pas... je ne peux pas continuer ainsi sans au moins essayer. »

Sa main était à quelques centimètres à peine de la sienne. Elle sentait la chaleur qui en montait. Ses yeux bleus étaient immenses et presque... craintifs ?

« Tu veux bien ? demanda-t-il. Si ça ne marche pas, on pourra revenir à notre relation d'avant. Faire comme si ça n'était jamais arrivé. Mais est-ce qu'on peut essayer, s'il te plaît, Emily ? S'il te plaît ? »

C'était Christopher tout craché. Christopher qui l'avait accompagnée pour l'aider à se choisir une nouvelle bicyclette d'occasion quand on lui avait volé la sienne, Christopher avec qui elle travaillait jusque tard le soir à la bibliothèque, où ils se récitaient à tour de rôle les noms latins, Christopher qui aimait disposer ses scalpels avant une dissection de sorte que les manches soient tous parfaitement alignés, Christopher qui savait comment elle aimait son thé, pas trop sucré, sur la poitrine de qui elle avait posé sa tête au cours d'après-midi oisifs pendant les congés d'été, allongée sur les pelouses, à l'arrière des collèges, le long de la Cam et écoutant les battements de son cœur tout en fabriquant des guirlandes de pâquerettes et en l'interrogeant en neurobiologie.

Il était beau, quand on y réfléchissait. Il avait un visage étroit, des yeux bleus, un nez droit, un menton fort qui compensait le fait qu'il portait des lunettes. Il était toujours bien habillé. Il venait du privé, elle du public, et à l'inverse de la plupart des hommes qu'elle connaissait, ça ne le dérangeait pas qu'elle soit meilleure que lui dans les matières qu'ils partageaient. Laura, l'amie d'Emily, avait eu le béguin pour lui au début de l'automne, mais il ne s'était rien passé.

C'était peut-être pour ça.

Polly revint à leur table, légèrement essoufflée. « J'ai besoin d'argent », dit-elle.

Emily se tourna vers elle, ravie que son irruption fasse diversion. « Mais je t'en ai déjà donné beaucoup.

— Oui, mais je veux un Chelsea bun[1] aussi.

— Polly, ne...

— Tiens. » Christopher lui tendit le billet maltraité. « Et prends-en un pour moi. Tu en veux un, Emily ?

— Non, merci.

— Je boirai peut-être un autre café, après », déclara Polly, triomphante, en emportant le billet. Emily la suivit du regard tout en se demandant ce qu'elle allait répondre à Christopher.

« Alors ? » fit-il.

Elle regarda sa bouche. Elle avait vu cette bouche manger, parler, mâchouiller un crayon, sourire, se plisser d'inquiétude. Elle n'y avait jamais vraiment songé comme à une bouche en soi. Il avait des lèvres lisses et ses dents étaient légèrement de travers, mais chez lui, c'était mignon.

Elle essaya de s'imaginer en train d'embrasser cette bouche. Comment leurs nez se placeraient-ils ?

---

1. Petite brioche au sucre, à la cannelle et aux raisins secs.

À quoi Christopher ressemblerait-il d'aussi près? Où mettraient-ils leurs mains, qui leur servaient à ne pas se toucher?

Elle n'avait guère d'expérience en la matière; elle n'avait été embrassée qu'une fois, en sixième, par Edward Norris, et comme il venait de manger des oignons au vinaigre, cela n'avait pas été particulièrement agréable. Malgré toutes les propositions des étudiants en médecine, Emily n'était pas le genre de fille que les garçons pensaient à embrasser. Elle était trop studieuse, trop sérieuse. Être embrassée ou embrasser n'était pas quelque chose qui la préoccupait beaucoup.

Cependant, elle devait admettre qu'elle n'avait pas eu besoin d'imaginer comment ce serait d'être embrassée par cet homme à la gare. Son regard lui avait fait l'effet d'un baiser à lui seul.

Mais justement, ce n'était qu'un simple regard, d'un inconnu qui plus est. Elle était ridicule, elle se racontait des histoires, écoutait trop ses hormones, avait trop regardé *Brève rencontre*. Elle ne pouvait qu'avoir cédé à un instant de folie pour entrer chez un bouquiniste après avoir aperçu un reflet bleu.

Le véritable amour, ce n'était pas ça. Elle avait vu sa mère et son père; elle avait étudié la biologie et la psychologie. Le véritable amour reposait sur le respect mutuel et la confiance, des objectifs partagés, des choses en commun. Le véritable amour durait une vie entière, pas une fraction de seconde.

« D'accord, dit-elle à Christopher. Essayons. »

« Essayons, dit-il à la fille qui était avec lui. Je pousserai la perche si tu paies. »

Les ombres s'allongeaient, plus tardivement que là d'où il venait; ils étaient quinze degrés environ plus au nord ici. Robbie aimait la façon dont les immeubles étaient tous entassés les uns contre les autres et paraissaient plus gros à mesure que le jour avançait. Dans une heure ou deux, le soleil se coucherait, et il faisait suffisamment doux pour qu'il ait abandonné son blouson sur l'herbe où il était allongé à côté de la fille, au soleil, détendu et vaguement assoupi à cause de la bière.

La fille grimaça. « J'ai déjà payé au pub.

— Bon, d'accord. À mon tour, alors. » Il bondit sur ses pieds et l'aida à se lever. Elle était mignonne, blonde, avec une silhouette de rêve dans sa robe à fleurs, et elle travaillait tous les matins chez le marchand de journaux de St Andrew's Street. Il n'avait pas eu besoin d'insister beaucoup pour qu'elle l'accompagne boire un demi, suivi de plusieurs autres demis, tout en lui racontant qu'elle détestait son travail et qu'elle vivait dans un appartement sur Huntingdon Road avec deux autres filles, mais qu'elle avait sa propre chambre.

Qu'elle ait sa propre chambre était essentiel, évidemment.

Elle s'agrippa à sa main, légèrement instable sur ses jambes, et gloussa. Elle s'appelait... elle s'appelait...

« Cynthia », dit-il, et il sut qu'il ne s'était pas trompé car elle ne le gifla pas. « Ne tombe pas. J'ai besoin que tu parles au type qui surveille les bateaux.

— Que je lui parle ? » Elle fronça le nez. C'était visiblement une habitude chez elle ; elle allait finir par avoir des rides si elle ne faisait pas attention.

« Flirte avec lui, tu es douée pour ça. » Il lui donna un petit coup de coude et elle pouffa à nouveau. « J'ai juste besoin de quelques minutes et je te retrouve après... » Il pointa la main en amont, sous le pont. « Là-bas, d'accord ?

— Embrasse-moi d'abord. »

Il vérifia que le garçon des bateaux ne les regardait pas puis il l'embrassa rapidement. Sa bouche avait un goût de rouge à lèvres et de bière. « Vas-y, et fais-lui ton numéro de charme ! »

Elle tortilla des hanches de manière exagérée en descendant vers la berge où étaient amarrées les barques à fond plat. Il l'observa tandis qu'elle s'approchait du garçon. Il ne pouvait pas entendre ce qu'elle disait, mais il devina qu'elle lui demandait une cigarette, ce qui était exactement la façon dont il l'avait abordée un peu plus tôt dans l'après-midi. Ça marchait, vu le regard plein d'espoir du garçon qui s'empressait de sortir son paquet.

Dès qu'il se pencha pour lui allumer sa cigarette avec des allumettes qui n'arrêtaient pas de s'éteindre, Rob se glissa derrière eux et contourna la berge. Les barques étaient attachées les unes aux autres, côte à côte. Il sauta sur la première si lestement qu'elle bougea à peine puis il passa sur les suivantes comme il aurait sautillé de pierre en pierre jusqu'à atteindre la dernière. Là, il fourra son sac marin dans le fond, détacha la corde et poussa dans le sens du courant. Il attendit d'être suffisamment loin pour se mettre debout à l'arrière et manier la perche afin de gagner l'abri du pont. Jetant un coup d'œil par-dessus son épaule, il vit que Cynthia bavardait toujours avec le garçon, qui n'avait rien remarqué.

Il n'était jamais monté sur ce genre d'embarcation, mais il la dirigea à coups de perche efficaces, trouvant rapidement le rythme : un, il piquait la perche dans l'eau, deux, il prenait appui sur elle pour avancer, trois, il l'utilisait comme un gouvernail. La barque était simple, plate et allongée. Et solide, heureusement, car même si la rivière était peu profonde et le courant léger, la proue et les côtés étaient tout entaillés et rayés à force d'avoir été malmenés. Mais elle était relativement bien entretenue, et avait sans doute été revernie au début du printemps.

Robbie passa devant des collèges de brique rouge et de grès jaune, sous un saule et un pont d'allure médiévale munis de fenêtres à meneaux. Tout était si *vieux* ici. Et ces bâtiments... il n'avait jamais rien vu de tel. Depuis la rivière, ils paraissaient même plus majestueux tout en donnant davantage l'impression d'être des habitations humaines, avec la mousse sur leurs murs et les fenêtres ouvertes.

Arrivé à un endroit où la rivière s'élargissait un peu, ses berges couvertes d'herbe et à proximité des édifices évoquant des gâteaux de mariage, il ralentit et attendit Cynthia. Lorsqu'elle arriva, il lui tendit la main et l'aida à monter. La barque pencha d'un côté puis de l'autre quand elle y posa le pied.

« Il ne va pas être content quand il s'apercevra qu'il lui manque un bateau, dit-elle.

— On le lui rapportera avant qu'il s'en rende compte. » Il appuya de toutes ses forces sur la perche et ils s'éloignèrent du bord.

« Attention ! » Une autre barque, dans laquelle se trouvaient des étudiants, à en juger par leurs vestes en tweed, se dirigeait droit sur eux. Robbie connaissait les gens de leur espèce : c'étaient les riches oisifs qui achetaient les yachts qu'il fabriquait, qui possédaient ceux qu'il conduisait, qui le payaient pour les emmener à bord et les ramener à terre dans son petit canot, pour rentrer les bateaux tous les hivers, pour les poncer, les réparer, les vernir et les repeindre. Parfois ils le payaient aussi pour qu'il leur apprenne à naviguer, mais il refusait en général, sauf si leur fille était jolie.

L'homme à l'arrière de la barque souleva sa perche comme s'il s'apprêtait à parer aux attaques de Robbie. Son embarcation se balança et les passagers s'accrochèrent aux bords, même s'il était peu probable qu'elle se renverse dans des eaux aussi calmes.

Robbie poussa plus fort sur sa perche et vira prudemment sur le côté, passant à quelques centimètres à peine de l'autre bateau.

« Imbécile ! » hurla d'un des hommes en veste de tweed, et Robbie lui répondit par un éclat de rire. Ils étaient bientôt loin devant, filant aisément sur les eaux lisses et vertes de la rivière aux berges lisses et vertes.

Cynthia était assise face à Robbie et tournait le dos au sens de la marche. « Tu aimes bien mes ongles ? » demanda-t-elle en agitant ses doigts. Ses ongles étaient peints en rose.

« Super.

— Mon rouge à lèvres est de la même couleur mais tu ne le vois pas vraiment tant que tu ne l'as pas comparé avec le vernis. » Elle porta ses doigts à ses lèvres, faisant la moue comme si elle les embrassait, et attendit qu'il juge de l'effet.

« Très beau, dit Robbie.

— C'est le même que celui qui était dans *Vogue*, la semaine dernière.

— Génial. »

Elle baissa la main et regarda autour d'elle. « C'est un peu rasant, non, de rester assis dans un bateau.

— Je m'entraîne avant d'aller à Venise. » Et il aimait ça : l'odeur de la végétation qui montait de la rivière, presque trop forte, l'allure majestueuse de la barque, l'eau qui s'écoulait de la perche et les vaguelettes que les gouttes formaient quand il la remontait à la surface. Il y avait une belle cadence dans ce geste.

« On ne va même pas vite, se plaignit Cynthia.

— Oh, je peux accélérer. » Il appuya plus fort, poussa plus fort, et la sensation de brûlure qu'il ressentit dans ses muscles lui plut.

Cynthia bâilla. Elle trempa le bout de ses doigts dans l'eau puis, se rappelant sa séance de manucure, les retira aussitôt et les essuya sur sa robe.

Ils passèrent sous un autre saule pleureur qui caressa le visage de Robbie de ses douces feuilles longues et étroites. Il était sur le point de suggérer qu'ils s'arrêtent un moment dans un endroit à l'écart quand il entendit une femme crier.

Devant eux, une barque dérivait toute seule. Sa perche était plantée dans la vase et une femme s'y accrochait, debout au milieu de la rivière, les pieds dans l'eau.

Ce n'était pas elle qui avait crié, mais une jeune fille restée dans l'embarcation, agenouillée dans le fond, les bras tendus vers la batelière destituée. « Emily ! » appelait-elle en s'éloignant, emportée par le courant.

Robbie ne perdit pas un instant. « Essaie d'attraper la barque avec la fille », dit-il à Cynthia avant de reposer sa perche et de sauter à l'eau.

Elle n'était pas froide, ni très profonde, à peine un mètre, mais, calculant qu'il irait plus vite en nageant, il rejoignit la fille en trois brasses et se releva en riant, lui ouvrant les bras, dégoulinant d'eau. « Venez », dit-il, et elle le regarda.

C'était la fille de la gare. La fille aux yeux bleus.

Elle le dévisagea comme si elle se demandait si elle ne rêvait pas.

« Venez, répéta-t-il, je vais vous porter, sinon vous allez être complètement trempée. »

Elle lâcha la perche et se laissa faire. Elle était légère, le tissu de son chemisier doux dans ses mains. Son corps chaud et mince.

« C'est vous, dit-elle.

— C'est vous.

— Que faites-vous ici ?

— Je suis venu vous sauver. » Il pataugea jusqu'à la berge. À cause du fond boueux de la rivière, ses chaussures s'enfonçaient dans la vase et il avait du mal à marcher. Mais il s'en fichait.

« La perche s'est coincée.

— Tant mieux. » Ses yeux étaient d'un bleu plus foncé qu'il ne l'avait pensé, à moins que ce ne fût le soleil qui les rendît ainsi. Ils avaient la même couleur que l'océan la première fois qu'il l'avait vu, à seize ans, lui qui n'était jamais sorti de son Ohio natal : quelques nuances plus sombres que le plus beau ciel sans nuages. Elle avait la peau claire, des taches de rousseur sur le nez, les cheveux châtain clair, séparés par une raie bien droite et ramenés derrière une oreille.

« Mettez votre bras autour de mon cou », dit-il et elle s'exécuta. Ce faisant, son visage se rapprocha du sien. Elle sentait les jonquilles et le soleil. Il entendait son cœur battre contre son torse.

Il atteignit la berge bien trop vite à son gré et la posa délicatement sur l'herbe. Elle se remit d'aplomb tant bien que mal tandis qu'il se redressait.

« Vous êtes tout mouillé.

— Oui, mais vous êtes presque sèche, donc je ne le regrette pas. » Il la regarda à nouveau. Elle avait la taille fine comme une branche de saule pleureur, un chemisier blanc dont les pans étaient rentrés dans une jupe bleue. Et ces yeux, évoquant tous ces instants de liberté dont il s'était enivré. « Comment vous appelez-vous ?

— Emily.

— Robert. » Il lui tendit la main, un geste bêtement formel, mais il voulait la toucher encore. Toucher sa peau nue.

Elle glissa sa main dans la sienne.

Le monde ne s'arrêta pas de tourner. Pas tout à fait. Il sentait toujours ses vêtements mouillés plaqués contre son corps, la chaleur du soleil sur ses épaules et le haut de son crâne ; il respirait toujours, et l'eau gouttait toujours sur l'herbe, mais tout avait curieusement pris plus d'ampleur. Tout était plus grand, plus vif. Plus fort et plus mouillé et plus chaud. Et la sensation de sa petite main dans la sienne, comme si elle avait trouvé sa place.

« Mmm », fit-il. Elle s'approcha de lui, juste un pas, et il huma le parfum de ses cheveux.

« Robert !

— Emily ! »

Ils se retournèrent en même temps vers la rivière, sans s'être lâché les mains pour autant. La jeune fille dans la barque d'Emily se tenait à celle que Robbie avait abandonnée et qui avait manifestement été portée par le courant. Cynthia était assise à l'arrière, bras croisés, la perche sur le fond, qu'elle n'avait pas touchée.

« Quelle bonne à rien ! marmonna-t-il, incapable cependant d'effacer le sourire de son visage. Qui est-ce ? Votre sœur ?

— Au secours ! cria Polly. On va dériver jusqu'à la mer !

— Oui, c'est ma petite sœur, excessive à souhait », confirma Emily. Elle n'avait toujours pas retiré sa main. « Et qui est dans votre bateau ?

— La fille avec qui je sors.

— Oh. » Elle tenta alors de reprendre sa main, mais Robbie l'en empêcha.

« Vous faites quoi, ce soir ? demanda-t-il.

— Je m'occupe de ma sœur. Et vous, vous sortez avec une fille. » Elle parvint à ôter sa main de la sienne.

« Je ne suis pas obligé de sortir avec elle. »

Emily plissa les yeux. « Ah bon ? Vous avez fait preuve de galanterie en venant très gentiment à ma rescousse, et maintenant vous allez tout gâcher en vous comportant comme un goujat ?

— Un *goujat* ? répéta-t-il, amusé. Vous avez vraiment dit goujat ?

— Robert ! J'attends.

— Je vais aller les chercher. » Emily commença à descendre vers la berge, mais Robbie la retint par le bras.

« Et être toute mouillée ? Ce qui signifierait que je vous ai sauvée pour rien, dit-il. Cynthia ! ajouta-t-il à l'adresse de la jeune femme dans la barque. Attache les deux bateaux et sers-toi de la perche pour essayer de vous rapprocher du bord ! »

Mais Cynthia s'obstina à bouder, sans le moindre geste en direction de la perche, tandis que les deux embarcations s'éloignaient en continuant de suivre le courant.

« Je m'en occupe ! » cria Polly. Elle attrapa la corde qui traînait à l'avant de sa barque et enjamba le rebord pour passer dans celle où se trouvait Cynthia. Puis elle attacha les deux cordes ensemble et s'empara de la perche.

« Votre petite sœur est un sacré personnage. Est-ce un trait de caractère dans la famille ? »

Polly faillit heurter Cynthia au visage quand elle enfonça la perche dans l'eau.

« C'est la première fois qu'elle monte dans ce genre de bateau, dit Emily.

— Et vous ?

— En tant que passagère uniquement.

— Je ne suis pas sûr qu'elle y arrive », déclara Robbie. Il semblait incapable de lâcher le poignet d'Emily. Il hésita à la prendre par la taille et se demanda si elle le giflerait, étant donné qu'il lui avait annoncé qu'il sortait avec la fille qui s'éloignait de plus en plus au fil de l'eau. Tout bien considéré, il tenta le coup.

Elle ne le gifla pas.

Polly poussa, ahana, et la barque se déplaça très légèrement vers la berge. « C'était comment ? cria-t-elle. Il faut que je recommence ?

— Je ferais mieux d'aller les aider. » Il lâcha la taille d'Emily à regret, et sauta à l'eau.

Il ne mit que quelques minutes pour les atteindre. Alors qu'il se dressait près de la barque, Polly évita de justesse sa tête au moment où elle soulevait la perche pour une nouvelle tentative.

« Hé ! s'écria-t-il. Ne me tuez pas, s'il vous plaît.

— Je suis désolée, répondit Polly. Merci de venir à notre secours.

— Pas de problème. » Cynthia le fusillait du regard, mais il lui sourit et entreprit de tirer les deux barques vers la berge.

« Comme c'est romantique, dit Polly. Je m'appelle Paulina Greaves, et vous ?

— Robert Brandon II.

— Vous êtes *américain* ?

— Oui, madame.

— Ouah. »

On ne voyait pas souvent des barques collées l'une à l'autre, et quand les étudiants en vestes de tweed passèrent à leur hauteur, ils se moquèrent d'eux, mais Robbie parvint à ramener les deux embarcations sans trop d'encombre. Une fois arrivés, Polly sauta immédiatement à terre, mais Cynthia resta à bord. Elle était de toute évidence très énervée. Debout dans l'eau jusqu'à la taille, Robbie attacha les bateaux ensemble plus solidement, puis il grimpa sur la rive pour les amarrer à un poteau prévu à cet effet.

Emily avait parcouru la petite distance qui la séparait d'eux, et quand elle les retrouva au bord de la rivière Polly semblait prise d'un besoin irrésistible de parler, et de parler à toute vitesse.

« Tu as vu comment j'ai sauté d'une barque à l'autre ? Je crois que j'aurais réussi à les ramener toutes les deux si Robert n'était pas arrivé. Tu sais qu'il est américain ? La fille avec qui il sort, c'est une vraie snob, tu n'es pas d'accord ?

— Polly, dit Emily, sur un ton d'avertissement.

— Tu veux que je t'aide à descendre ? » demanda Robbie à Cynthia. Devant son regard furieux, il haussa les épaules et retourna auprès d'Emily et de sa sœur.

« Bravo, Paulina, dit-il à Polly. Je suis sûr que tu aurais fini par prendre le coup de main. Je peux te montrer deux, trois petites choses, si tu veux.

— Oh, oui ! Ce serait...

— Non, coupa Emily. Robert n'a pas de temps à nous consacrer. Il a des engagements plus importants.

— Mais Em...

— Sa petite amie l'attend. N'est-ce pas, Robbie ? »

Un raclement de gorge monta de la barque.

« Laissez-moi au moins aller chercher votre perche », proposa Robbie. Il sauta à l'eau une troisième fois et les étudiants en vestes de tweed se moquèrent à nouveau de lui. Robbie leur répondit d'un geste grossier de la main puis nagea jusqu'à la perche qu'il récupéra.

À son retour sur la berge, Cynthia avait disparu.

« Elle est partie en fulminant, lui dit Polly.

— Oh », fit-il. Il lança la perche dans la barque d'Emily et de Polly. « Eh bien, voilà qui résout un problème. Je n'ai donc officiellement plus de projets. »

Il sourit à Emily qui plissa la bouche et baissa les yeux.

« Paulina, continua Robbie sans quitter Emily du regard, tu peux t'entraîner à manier ta perche, ici, sur la berge, si tu veux. Tourne-la sur elle-même quand tu la soulèves. Si tu fais bien ce geste, elle ne se coincera pas, et tu ne te retrouveras pas bloquée comme ta sœur.

— Super ! s'écria Polly en s'élançant vers la barque.

— Elle s'appelle Polly, en réalité, dit Emily, les yeux toujours baissés. Et pas Paulina.

— Paulina lui va bien. » Robbie fit un pas en avant. « Retrouvez-moi ce soir, Emily.

— Je sors avec Polly.

— Je peux me joindre à vous ?

— Non. Vous ne pouvez pas. »

Elle secoua la tête et une mèche de cheveux tomba sur ses yeux. Il la repoussa derrière son oreille pour elle. Ses cheveux avaient la texture de la soie.

Elle déglutit avec peine. « Vous êtes censé être avec une autre femme.

— Mais là, il n'y a que vous et moi. On s'est vus à la gare et je voulais vous parler, mais vous êtes partie en courant. Je pensais que vous preniez le train. Si j'avais su que ce n'était pas le cas, je vous aurais suivie.

— J'allais à la rencontre de ma sœur.

— Je ne crois pas avoir jamais été dans cet état. » Il tendit la main pour toucher le côté de son visage, la douceur de sa joue, mais elle inspira vivement et recula.

« Peu importe. Vous êtes terriblement mal élevé.

— Bon, d'accord, je vais aller la retrouver et m'excuser. Vous avez raison, je me suis mal comporté. Mais je n'ai pas pu résister. Vous étiez là... accrochée... comme une pomme à un arbre. » Il éclata de rire, et il vit que les coins de sa bouche se relevaient légèrement en un sourire.

« Allez lui présenter vos excuses, dit-elle.

— Je suis déjà parti. » Il fit un pas en arrière, puis un autre, en ne cessant de la regarder. « Mais seulement si vous me promettez de me retrouver ce soir. Et si ce n'est pas ce soir, demain alors.

— Je ne pense pas que ce soit une bonne idée.

— C'est une excellente idée, au contraire. Une idée merveilleuse. Retrouvez-moi à... à quelle heure êtes-vous libre ?

— Ma sœur reprend le train demain à quatre heures, dit-elle avec réticence.

— Très bien. Retrouvons-nous alors à cinq heures. Ici, ici même. À cinq heures.

— Je ne pourrai peut-être pas.

— Je vous attendrai de toute façon. »

Il marcha à reculons le plus longtemps possible pour ne pas avoir à la quitter des yeux. Mais il finit par se heurter à un arbre et, se frottant l'épaule d'un air contrit, par se retourner.

Cynthia était assise un peu plus loin, sur un muret, et fumait une cigarette. Bien qu'elle fît mine de ne pas l'avoir vu, il était clair qu'elle l'attendait.

Il s'assit à côté d'elle. « Pardon. J'ai été très grossier. Je n'aurais pas dû te laisser dériver toute seule sur la rivière.

— Il aurait pu m'arriver n'importe quoi. J'aurais pu basculer.

— Euh... non. Tu ne risquais rien, sans compter que la rivière n'est pas très profonde.

— La robe de *l'autre* fille valait plus le coup ? »

Il n'avait pas grand-chose à répondre à ça, qui ne serait pas également grossier, aussi ne dit-il rien. De l'eau dégoulinait de ses vêtements et formait de minuscules flaques à ses pieds. Il avait envie d'une cigarette, et son paquet dans sa poche était fichu, mais il ne se sentait pas tout à fait en droit d'en demander une à la jeune femme.

Elle écrasa sa cigarette contre le mur. « Tu peux me payer à boire pour te faire pardonner. »

Il secoua la tête. « Je suis désolé, Cynthia. »

Elle prit la mouche. « Quoi ? Tu n'as pas d'argent *du tout* ? Je suis censée être impressionnée parce que tu as piqué cette barque ?

— J'ai de l'argent, même si les billets sont plutôt mouillés pour l'instant, mais ce ne serait pas très gentil de ma part de faire ça.

— Qu'est-ce qui ne serait pas très gentil ?

— De passer du temps avec toi alors que je pense à quelqu'un d'autre.

— Tu veux dire que tu penses à *elle* ? À cette fille ?

— Oui.

— Mais tu viens à peine de la rencontrer.

— Eh bien, pour être tout à fait honnête, je viens juste de te rencontrer, aussi, Cynthia. »

Elle sauta du mur dans un bruissement de sa jupe. « Tu es un vrai salaud », dit-elle, et elle partit en trombe, aussi vite que ses talons le lui permettaient.

« Je préfère "goujat" ! » lança-t-il dans son dos.

30

À quatre heures dix, le dimanche, Emily dit au revoir à Polly sur le quai de la gare, en lui rappelant de ne pas oublier de téléphoner au collège et de laisser un message pour prévenir qu'elle était bien arrivée. Puis, une fois que le train eut démarré et qu'elle eut agité la main une dernière fois, elle rentra chez elle en traînant le plus possible en chemin. Elle mit ainsi un temps fou pour regagner Newnham, et encore plus pour ranger sa chambre. Polly était une vraie tornade – tout était sens dessus dessous après son passage.

Elle n'irait pas retrouver Robbie, non. C'était une très mauvaise idée. Elle ferait mieux de relire son exposé avant de le rendre lundi matin. Même si elle s'était avancée dans son travail à cause de la visite de Polly, passer tout un week-end sans réviser une seule fois ses cours ne lui semblait pas raisonnable.

Aussi s'installa-t-elle sur son lit avec son manuel de biologie et les notes qu'elle avait prises, fixant sa propre écriture comme s'il s'agissait de celle d'une inconnue.

Je ne crois pas avoir jamais été dans cet état.

Il avait la voix grave mais un accent doux, et pas trop marqué sur les R, comme les Américains qu'elle connaissait. Il y avait quelque chose de décontracté dans sa façon de parler. Quelque chose qui lui donnait envie de sourire.

Il ne serait probablement pas au bord de la rivière. Il avait probablement rencontré une autre fille qu'il était en train de courtiser. Une fille qu'il avait sauvée d'un arbre ou de n'importe quoi d'autre.

Et elle avait rendez-vous avec Christopher demain soir. Un vrai rendez-vous, auquel elle avait à peine eu le temps de penser. Elle ne pouvait pas s'y rendre sans s'être préparée ; elle allait devoir réfléchir au ton qu'elle adopterait, ajuster ses sentiments.

Oublier le souvenir de la main de Robbie repoussant ses cheveux derrière son oreille.

Elle jeta son livre sur son lit, se leva d'un bond et arpenta sa chambre. Christopher avait enroulé et torturé ce malheureux billet d'une livre quand il lui avait demandé si elle voulait bien sortir avec lui. Ç'avait été un vrai effort pour lui ; il avait eu peur de sa réponse. Il l'aimait tellement qu'il était prêt à risquer leur amitié. Rien à voir avec l'invitation cavalière de Robbie, qui avait insisté pour qu'elle vienne le retrouver comme si c'était la chose la plus facile et la plus simple au monde, comme s'il ne doutait pas un seul instant qu'elle accepterait, comme si toute objection de sa part était risible.

« Ce n'est qu'un arrogant », marmonna-t-elle.

Mais il était si beau.

Elle consulta sa montre. Cinq heures moins dix.

Elle descendit les marches quatre à quatre, traversa la cour et passa devant le portier qui s'écria : « Hé, soyez prudente ! »

Il l'attendait non loin du Clare Bridge, le bas de son pantalon roulé et les pieds dans l'eau. Elle se rappela comme il lui avait paru à l'aise, la veille, au milieu de la rivière, et quand il leva les yeux en l'entendant approcher, elle ne pensa plus à rien, ni à sa façon de nager ni au fait que ce rendez-vous était une mauvaise idée.

Elle était juste heureuse de le revoir.

Son visage s'illumina entièrement, comme si quelqu'un avait tourné un interrupteur. Il bondit sur ses pieds et courut vers elle, la prenant par les épaules. Le temps d'un instant étourdissant, elle se demanda s'il allait l'attirer dans ses bras et l'embrasser, et elle sut qu'elle ne pourrait pas s'empêcher de l'embrasser à son tour, mais il se contenta de lui sourire et de la regarder, de se repaître de son visage.

Elle était captivée par le sien. Il avait les yeux foncés, marron foncé, avec d'épais sourcils bruns. Les cheveux un peu longs, pas coiffés et en désordre. Une bouche grande et généreuse, un nez droit légèrement retroussé au bout. La peau tannée. Et il ne s'était pas rasé depuis plusieurs jours.

« Je suis tellement heureux que vous soyez venue, dit-il.

— Où est votre... petite amie ? »

Il eut la délicatesse d'avoir l'air vaguement confus, mais juste vaguement. « C'est fini. On ne s'entendait pas très bien. Mais je ne l'ai rencontrée qu'hier après-midi, vous savez.

— Vous m'avez rencontrée hier après-midi aussi.

— Vous êtes différente. » Il fit glisser ses paumes le long de ses bras et referma ses mains sur les siennes. « Mon Dieu, qu'est-ce que vous êtes belle. »

Emily rougit. « Vous dites ça à toutes les femmes, j'en suis sûre.

— Pas si je ne le pense pas. » Il la contempla encore pendant quelques longues minutes. Emily observa sa chemise. Elle était froissée, et, à moins qu'elle ne se trompât, c'était celle qu'il portait la veille.

« Est-ce que c'est ce que vous aviez prévu hier quand vous m'avez demandé de venir vous retrouver ici? demanda-t-elle, sans quitter sa chemise des yeux. Nous tenir l'un en face de l'autre et nous regarder?

— Cela suffirait à mon bonheur, mais peut-être aimeriez-vous vous asseoir au bord de la rivière et bavarder un peu? J'ai apporté de quoi pique-niquer. »

Le pique-nique consistait en une barquette de fraises et une bouteille de vin rouge. Emily retira ses chaussures et trempa ses pieds dans l'eau tandis qu'il sortait un impressionnant canif de sa poche et ouvrait la bouteille.

« Je n'ai pas de verre », dit-il en lui tendant la bouteille. Emily haussa les épaules; elle faisait déjà n'importe quoi, alors pourquoi pas boire à même au goulot un dimanche après-midi? Le vin lui réchauffa la gorge et le ventre. Elle la lui rendit et il but une gorgée à son tour, penchant la tête en arrière de sorte qu'elle vit sa pomme d'Adam monter et descendre quand il avala.

Elle avait envie de la toucher, de toucher son cou, sa barbe noire, sa peau hâlée.

« Qui êtes-vous, Emily ? demanda-t-il en lui redonnant la bouteille. Parlez-moi de vous.

— Je suis étudiante en médecine. En deuxième année à Newnham.

— Newnham, c'est cette partie-là de l'université ? Je ne connais pas bien le monde universitaire.

— C'est un collège réservé aux filles. »

Il siffla. « Vous êtes étudiante en médecine à Cambridge ? » Il la considéra avec une si franche admiration qu'elle rougit à nouveau.

« Arrêtez.

— Quoi ?

— De me regarder comme ça. C'est tellement... américain. Et vous ne le pensez pas.

— Vous vous trompez. Je n'ai jamais rencontré d'étudiante en médecine inscrite dans un collège de Cambridge réservé aux filles, qui plus est une étudiante qui ne sait pas manier une barque à fond plat. » Il agita ses pieds dans l'eau. « Et je suis américain.

— Pourquoi êtes-vous ici ?

— À part que j'étais destiné à vous rencontrer ? »

Elle ne put s'empêcher de rire, puis elle dit : « Arrêtez.

— Pourquoi ? Pourquoi devrais-je arrêter ?

— Parce que c'est... stupide. Nous n'étions pas destinés à nous rencontrer.

— Qu'est-ce que vous en savez ? Peut-être qu'on l'est. Peut-être que c'est le premier jour d'une très, très longue vie ensemble. Vous avez déjà pensé à ça ?

— Non, répondit-elle. Vous n'êtes qu'un séducteur et je suis sûre que vous usez de la même rhétorique avec toutes les pauvres filles sans méfiance que vous rencontrez.

— *Rhétorique.* J'adore. Je ne connais personne qui emploie le mot "rhétorique". » Il s'allongea sur le dos, les pieds dans l'eau, les bras repliés sous sa tête, et il semblait si délicieux et insouciant qu'elle but une nouvelle gorgée de vin.

« Je ne peux pas parler avec vous si vous faites ça, dit-elle.

— Faire quoi ?

— Flirter avec moi. Je ne peux pas vous prendre au sérieux.

— OK. Je ne flirterai plus avec vous. » Il tendit les bras en l'air comme s'il voulait étreindre le monde. « Je vais même faire semblant de ne pas être du tout attiré par vous, comme ça, nous pourrons bavarder comme deux êtres humains entièrement asexués, qui ne se préoccupent que des choses de l'esprit. C'est mieux ?

— Oui.

— Vous ratez quelque chose. Je suis meilleur au flirt.

— Ça m'est égal.

— Très bien. Pourquoi voulez-vous être médecin ?

— Parce que mon père est médecin.

— Vous avez de la chance. Le mien est alcoolique.

— Oh, je suis désolée. »

Robbie haussa les épaules. « Ce n'est pas un problème. C'est un alcoolique heureux. Il dépense tout son salaire dans le bar du coin à payer des tournées, et tout le monde l'adore. Sauf ma mère.

Il paraît que je lui ressemble comme deux gouttes d'eau. » Il ferma les yeux un instant et une ride apparut entre ses sourcils. « Vous êtes sûre que je ne peux pas vous dire à quel point vous êtes belle ?

— Oui.

— Dommage, parce que je préférerais parler de votre beauté plutôt que de mes parents. » Il ouvrit les yeux. « En réalité, je suis ici à cause de mon père. Il était en Angleterre pendant la guerre, comme pilote américain volontaire. Il faisait partie des Eagle Squadrons[1] et a effectué plusieurs missions au-dessus de la France. Il était en garnison à Duxford[2] quand il est arrivé.

— C'est intéressant.

— À mon avis, c'est la raison pour laquelle il boit. Ou l'une des raisons. Ce ne doit pas être facile de vivre le début de sa vie en ayant continuellement peur. » Il haussa les épaules. « Mais il ne parle pas beaucoup de la guerre ou du rôle qu'il y a joué, et comme je suis curieux, j'ai fait du stop jusqu'à sa base.

— Vous avez découvert quelque chose ?

— Elle est fermée. Du coup, non, pas vraiment. » Il se redressa. « Je vous échange le vin contre une fraise. »

Il arracha la queue pour elle et déposa le fruit dans le creux de sa main. La fraise était tiède de la chaleur du soleil, et quand Emily la croqua, un jus sucré se répandit dans sa bouche.

« Regardez-moi ça », dit-il.

---

1. Escadrilles d'avions de chasse de la Royal Air Force formées vers 1940 pendant la Seconde Guerre mondiale avec des pilotes américains volontaires, avant l'entrée en guerre des États-Unis en décembre 1941.
2. Duxford est situé dans le comté de Cambridge.

Elle avala. « Quoi donc ?

— Vous. Je peux deviner à quel point cette fraise est délicieuse rien qu'à l'expression de votre visage. Et maintenant, vous rougissez.

— Ça suffit !

— Je ne flirte pas. J'énonce des faits. Vous avez un visage très expressif. Ce n'est pas flirter que de dire ça. »

Elle lui donna une tape sur le bras, et il éclata de rire avant de boire une nouvelle gorgée de vin.

« Vous êtes cent fois plus intelligente que moi, et vous avez recours à la violence pour prouver que vous avez raison.

— Est-ce qu'on pourrait parler du temps ?

— C'est ce que font les Anglais ?

— C'est ce que nous faisons pour insinuer discrètement qu'il serait préférable de changer de sujet. Lorsque nous ne voulons pas avoir recours à la violence. »

Était-ce le vin qui lui déliait la langue ou était-ce lui ? Elle n'avait jamais été douée pour les plaisanteries pleines d'esprit. Ou pour flirter. Peut-être sa façon d'être était-elle contagieuse. Elle se sentait pétillante, comme si elle avait bu du champagne et non du vin rouge trop chaud.

« Le temps, dit-il. Ciel dégagé, bonne visibilité, 9,4° environ, haute pression avec un vent léger venant du sud-est... Une dépression devrait arriver d'ici les prochaines six heures accompagnée de pluie.

— Qu'est-ce que vous êtes ? Un météorologue ? » demanda-t-elle, impressionnée. Mais, bien sûr, il pouvait avoir tout inventé.

« Je suis marin. Je suis venu en Angleterre en bateau. »

Il avait effectivement l'allure d'un marin. Cette peau tannée, son corps ferme et agile, et ses mains puissantes. Elle l'imaginait grimpant à un mât ou faisant ce que font les marins.

« Vous êtes loin de la mer, ici.

— Je prête toujours attention aux conditions météorologiques, c'est plus fort que moi, même quand je suis à l'intérieur des terres.

— Et vous pouvez vraiment connaître la température sans un thermomètre ?

— Je dois vous avouer que j'ai cherché à vous impressionner en étant aussi précis. Il est possible qu'il fasse 10°. » Il lui équeuta distraitement deux nouvelles fraises. « Bref, Emily. Parlez-moi de vous. Je ne sais presque rien hormis les choses que je ne suis pas censé mentionner. J'ai beau vous interroger, vous n'arrêtez pas de changer de sujet.

— Eh bien, moi, je trouve que c'est *vous* qui changez tout le temps de sujet. »

Il réfléchit. « Oui, c'est vrai. Très bien, je me tais. Parlez-moi de vous, répéta-t-il. Depuis quand voulez-vous être médecin, quelle est votre couleur préférée, votre film préféré ? »

Elle énuméra les réponses en les comptant sur ses doigts. « Depuis toujours, bleu, et *Brève rencontre*. » Elle croisa son regard quand elle énonça le titre de *Brève rencontre*, s'étonnant elle-même car le film qu'elle préférait vraiment, c'était *Le Magicien d'Oz*. Elle l'avait vu le mois dernier avec Christopher.

« Une romantique, dit-il. Parfait. Et j'aime bien le bleu, aussi. Par exemple, la couleur de vos... mais non, je n'ai pas le droit de parler de ça. Votre roman préféré ? Laissez-moi deviner... *Roméo et Juliette* ?

— *Roméo et Juliette* n'est absolument pas romantique, et c'est une pièce de théâtre. C'est essentiellement l'histoire de deux personnes insensées qui se trouvent au mauvais endroit au mauvais moment.

— Mais ce n'est pas ça, l'amour? Être insensé quand il ne le faut pas?

— Mon livre préféré est *Les Garennes de Watership Down*, déclara-t-elle avec fermeté. Ça parle de lapins. Il n'y a pas du tout d'histoire d'amour.

— J'aime bien les lapins. Je le lirai.

— Et vous?

— *Moby Dick*. » Il attrapa son sac, qui traînait à côté de lui, sur la berge, et en sortit un épais livre de poche tout abîmé qu'il lui tendit. « C'est sur les baleines et l'obsession. »

Elle retourna le livre. La couverture était douce à force d'avoir été manipulée, et plissée, et des bouts de papier dépassaient des pages. « C'est un gros livre. »

Il porta ses mains à sa poitrine, feignant d'avoir le cœur brisé. « Vous semblez surprise. On a beaucoup de temps pour lire sur un bateau, et Jack Kerouac n'a pas non plus écrit des tonnes de romans. Vous avez lu *Moby Dick*?

— Non.

— Gardez celui-ci, alors. Je me trouverai un autre exemplaire. »

Elle attrapa la bouteille de vin, et quand elle la pencha pour boire une gorgée elle fut surprise de remarquer qu'il n'en restait presque plus. Le soleil s'était couché derrière Clare College, rendant la température beaucoup plus fraîche que les 9,4 ou 10° prévus. Elle se frotta les bras, qui étaient nus sous son chemisier à manches courtes, et Robbie se redressa immédiatement, retira son blouson et le posa sur ses épaules.

Le blouson avait son odeur. Jusqu'alors, elle n'aurait pas su la définir, mais c'était bel et bien la sienne. Une odeur d'huile pour les cheveux, de sueur mais très légère, de bière, de cigarettes, d'herbe, de menthe, de teck. Un soupçon de sel et d'air marin. C'était la même odeur que celle qu'elle avait sentie lorsqu'il l'avait portée dans ses bras pour traverser la rivière.

Si l'on avait demandé à Emily quelle était son odeur préférée – si Robbie avait inclus cette question dans celles qu'il lui avait posées dix minutes auparavant –, elle aurait répondu l'odeur du lilas, ou d'un gâteau qui sort du four. Elle n'aurait pas dit : un blouson qui a gardé la chaleur du corps d'un homme, qui n'a pas été lavé depuis une semaine au moins et probablement plus, et dont le col et les manches sont tout élimés.

Elle fut incapable de parler pendant plusieurs minutes. Cette odeur était excitante et réconfortante à la fois. Elle courba les épaules pour mieux la sentir, pour s'en envelopper, et fourra son nez dans le col.

Quand elle se rendit compte de ce qu'elle faisait, elle se redressa aussitôt. « Merci, dit-elle.

— Vous voulez vous promener ? proposa Robbie. Vous pourrez ainsi me montrer votre Cambridge, me dire quels sont vos endroits préférés. J'aimerais pouvoir vous imaginer ici. Et ce sera bien plus facile pour moi de ne pas flirter si on marche. »

Mais il lui donna le bras quand ils se mirent en route et elle le prit. Se tenant ainsi à lui, avec son blouson sur le dos, elle avait un peu l'impression de flotter.

Les rues étaient calmes, et Emily laissa son bras sous celui de Robbie. La tête lui tournait légèrement, cependant Robbie la serrait avec fermeté contre lui. Lorsqu'ils arrivèrent à la hauteur de King's College, il s'arrêta.

« Vous connaissez cette chanson ? demanda-t-il en sifflant une mélodie avec une grande justesse.

— Bach ? dit-elle.

— Je ne sais pas. J'ai entendu quelqu'un la jouer hier soir quand je suis passé par ici. Il devait y avoir un concert, à mon avis.

— Vous pouvez recommencer ? »

Il se remit à siffler.

« Je crois que c'est l'aria des *Variations Goldberg*. Était-ce au piano ?

— Vous êtes merveilleuse. » Il lui sourit et elle en eut le souffle coupé. Elle ne se rappelait pas avoir eu autant envie qu'on l'embrasse.

« Je fais n'importe quoi, dit-elle. Je dois avoir perdu la tête pour me promener ainsi et parler de Bach alors que je devrais travailler. J'ai un exposé à rendre demain. »

Il lui écarta les cheveux du front, ramena une mèche derrière son oreille. « Certaines choses sont plus importantes que les exposés.

— Pas quand on est étudiant.

— Ce que nous vivons, là, est plus important. Vous n'êtes pas d'accord ? Vous ne vous en rendez pas compte ? »

Il lui caressa la joue, délicatement, comme si elle était fragile et risquait de se briser. Emily trembla.

« *C'est* le destin, dit-il. Je sais que vous n'y croyez pas et que vous ne voulez pas que je flirte avec vous, mais depuis que je vous ai vue à la gare, je n'ai fait que penser à vous.

— Et c'est pour ça que vous vous êtes empressé d'aborder une autre femme.

— Je pensais que vous étiez partie. Que vous étiez montée dans un train et que je ne vous reverrais plus jamais. »

Il avait le visage dans l'ombre et elle n'avait aucun moyen de savoir s'il disait la vérité, mais elle le crut.

« Je ne vous connais pas du tout, dit-elle. C'est allé tellement vite.

— Il fallait que ça aille vite. » Il lui effleura la lèvre inférieure du bout de l'index et le désir que ce geste éveilla en elle faillit la faire chanceler.

« Pourquoi ? » demanda-t-elle.

Il hésita, plissa le front avec l'air de s'attendre à ce qu'elle le gifle.

« Que se passe-t-il ? dit-elle.

— Je dois partir demain. »

Elle ouvrit grand les yeux. Recula.

« Demain ? Pourquoi ?

— Je suis le capitaine d'un ketch en route pour la Méditerranée.

— Je ne comprends même pas ce que ça veut dire.

— Je travaille sur un voilier qui part de Lowestoft mardi pour rejoindre l'Italie. »

Elle fit de nouveau un pas en arrière. « Pourquoi ne m'avez-vous rien dit ?

— J'essayais de ne pas y penser. Et j'avais peur que vous vous mettiez en colère.

— Je ne suis pas en colère. » Pourtant, elle l'était. Elle lui en voulait d'avoir ainsi surgi dans sa vie, de l'avoir troublée à ce point, même l'espace de quelques heures, et de disparaître ensuite. Une goutte d'eau tomba sur sa joue, et elle l'essuya vivement. « Reviendrez-vous en Angleterre ?

— Ce n'est pas prévu.

— Pourquoi alors avez-vous autant insisté pour me revoir, si vous saviez que vous partiez ? »

Il lui prit la main. « Parce que même très peu de temps avec vous, c'est mieux que rien ? On a la soirée pour nous, au moins.

— Je ne vais pas passer la nuit avec vous ! Je vous connais à peine.

— Ce n'est pas ce que je voulais dire. Enfin…, si, je veux dire… si c'est ce que vous souhaitez, mais sinon, juste marcher et parler avec vous me va très bien. Je veux juste apprendre à vous connaître.

— Mais à quoi ça rime, si vous partez demain ?

— Ça rime à *ça* », et il l'attira contre lui et l'embrassa sur la bouche.

Ses lèvres, la rugosité de son menton, le goût du vin rouge. Emily glissa ses bras autour de son cou, sans le vouloir, et elle se dressa sur la pointe des pieds, pressant son corps contre le sien, sa bouche contre la sienne.

Voilà à quoi ça ressemble d'être vraiment embrassée, pensa-t-elle. Elle ferma la main dans ses cheveux à l'arrière de sa nuque, et il la plaqua davantage contre lui. Elle ne sentait pas uniquement ses lèvres mais tout son être, son souffle, les battements de son cœur, ses bras qui l'enlaçaient, la force de son étreinte.

Elle ignorait que cela serait aussi merveilleux, ou qu'elle brûlerait du désir d'être encore plus serrée dans ses bras, ou que plus rien n'aurait d'importance.

« Ouah », murmura-t-il tout près de sa bouche avant de l'embrasser avec plus de fougue encore.

Il se mit brusquement à pleuvoir à verse, et ils eurent en un instant les cheveux et les épaules trempés. Robbie leva les yeux vers le ciel, sans la lâcher pour autant, et éclata de rire.

« Je suppose que je ne suis pas si bon météorologue, dit-il.

— Allons-nous mettre à l'abri. » Il l'enveloppa plus soigneusement dans son blouson et ils coururent jusque sous le porche d'un magasin. Le temps qu'ils l'atteignent, les chaussures d'Emily étaient toutes mouillées et elle avait de l'eau qui lui coulait le long de la nuque.

« Voilà, c'est mieux », dit-il, et il s'adossa contre le mur et l'attira dans ses bras. Des gouttes de pluie, qui dégoulinaient de ses cheveux, roulaient le long de ses joues. Elle les essuya de sa paume mouillée et il embrassa le creux de sa main. « Vous êtes encore plus belle sous la pluie. »

Et il l'embrassa à nouveau, bouche ouverte cette fois, et la chaleur de sa langue l'envahit tout entière. La pluie continuait de tomber. Elle tambourinait sur le toit au-dessus du porche et coulait à flots sur les pavés. Ils s'embrassèrent sans fin jusqu'à ce qu'Emily s'écarte, essoufflée.

« Ça valait le coup de venir en Angleterre, murmura Robbie, ses lèvres frôlant sa joue puis ses cheveux près de son oreille.

— On ne peut pas rester ici, dit-elle, la raison reprenant le dessus, malgré la caresse de son souffle contre son oreille et le frisson qu'il faisait courir le long de son dos.

— Pourquoi pas ?

— Parce qu'il pleut et qu'on va attraper la mort, si un policier n'arrive pas avant et nous chasse.

— Qu'il essaie un peu. » Il commença à l'embrasser dans le cou et elle frémit de volupté. Jamais elle ne s'était blottie ainsi dans les bras d'un homme. Sa poitrine contre la sienne, ses hanches contre ses cuisses.

« Alors, vous voulez qu'on s'embrasse sous ce porche toute la nuit jusqu'à l'heure de votre départ demain ?

— Ça me paraît une bonne idée, non ? » Il lui releva le menton pour l'embrasser à nouveau, mais elle se détourna.

« Où êtes-vous en ce moment ? demanda-t-elle.

— Ici, ici même.

— Non, je veux dire où êtes-vous descendu ? Où avez-vous dormi la nuit dernière ?

— Dans un parc, pas très loin.

— Vous avez dormi *dehors* ?

— La nuit était douce, et les hôtels sont chers.

— Et qu'aviez-vous prévu pour ce soir ? »

Il haussa les épaules. « J'avoue que je n'y ai pas trop réfléchi. Je ne pensais qu'à vous retrouver.

— Comment pouvez-vous... » Un détail la frappa. « Vous aviez prévu de passer la nuit dernière avec cette femme avec qui vous étiez hier, n'est-ce pas ?

— Eh bien... » Il eut l'air honteux. « Puis-je refuser de répondre à cette question en raison du fait qu'elle pourrait m'incriminer ?

— Et envisagiez-vous de passer la nuit avec moi ?

— Je n'envisageais rien du tout. Comme je vous l'ai dit, ici, maintenant, ça me va très bien. » Il l'embrassa, et, bien qu'un peu fâchée, Emily ne put s'empêcher de lui rendre son baiser. Se perdant pendant quelques minutes encore dans un monde où la pluie ne comptait pas, où les gens ne comptaient pas, où demain ne comptait pas non plus.

« À ma décharge, dit-il quand ils eurent fini, je n'ai *pas* passé la nuit avec Cynthia. Dès que je vous ai revue, plus personne d'autre n'existait.

— Bref, vous avez dormi dans un parc.

— En pensant à vous.

— Robbie, vous ne pouvez pas dormir à nouveau dehors.

— Ça ne me gêne pas. J'ai dormi dans des endroits pires. Quelques gouttes de pluie ne m'effraient pas. »

Emily regarda les trombes d'eau qui tombaient. Alors que la décision était en train de se former dans son esprit, elle eut conscience que c'était probablement la plus irréfléchie qu'elle eût jamais prise de toute sa vie.

« Très bien, dit-elle. Suivez-moi. »

Elle le prit par la main et l'entraîna sous la pluie. Ils coururent le long des rues désertes, de l'autre côté du pont, puis ils descendirent Sidgwick Avenue jusqu'à ce qu'elle aperçoive la lumière au-dessus de la loge du portier de Newnham. Elle s'arrêta et l'attira dans un coin peu éclairé.

« Êtes-vous capable de grimper ? lui demanda-t-elle en haletant.

— Bien sûr.

— Parfait. Longez le collège jusqu'au bout, tournez à gauche, puis sautez par-dessus le premier mur que vous verrez dans les jardins. » Elle tendit la main vers la façade latérale du bâtiment. « Une fois de l'autre côté, contournez le collège par la droite, et attendez. J'allumerai la lumière et j'ouvrirai la fenêtre, comme ça vous saurez dans quelle chambre je suis. Elle est au premier étage. »

Robert sourit. « On joue à Roméo et Juliette, c'est ça ?

— On joue à un jeu idiot et si je me fais attraper, je risque d'être renvoyée, alors faites attention, Robbie.

— Je ferai attention. » Il fit mine de cracher. « Je le jure.

— Je suis sérieuse.

— Moi aussi.

— Je ne sais pas pourquoi, mais je n'arrive pas à croire que vous puissiez être vraiment sérieux. » Pourtant, il semblait l'être, et comme il ne pouvait quand même pas rester sous la pluie toute la nuit, quel autre choix avait-elle ? Elle l'embrassa rapidement sur la bouche et fila à la loge pour signer le registre et l'heure de son retour.

« Vous vous êtes fait surprendre par la pluie ? demanda jovialement Howard, le portier.

— Le type de la météo avait annoncé qu'il ne pleuvrait pas avant demain matin », répondit Emily, et, à ce moment seulement, elle se rappela qu'elle avait gardé le blouson de Robbie. « Allez, bonne nuit !

— Mademoiselle Greaves ! lança le portier, et elle se retourna, inquiète. J'ai failli oublier. Il y a un message téléphonique pour vous. » Il lui tendit une feuille de papier et Emily, le cœur battant, revint sur ses pas et le prit. *Votre mère a téléphoné pour vous prévenir que vous sœur était bien rentrée et elle espère qu'elle ne vous a pas mise en retard dans votre travail.*

« J'aurais pu lui dire moi-même que vous n'étiez jamais en retard dans votre travail », déclara Howard, avec un petit clin d'œil. Elle réussit à sourire puis repartit à la hâte en direction de sa chambre.

Qu'est-ce qui lui avait pris ? Elle mettait ses études et sa future carrière en danger pour un homme qu'elle venait à peine de rencontrer. Un homme qui dormait dehors et séduisait les femmes à tout bout de champ.

Un homme qui embrassait comme un ange. Ce qui voulait probablement dire qu'il avait beaucoup d'expérience en la matière.

Elle entra dans sa chambre et alluma la lumière. Son exposé était toujours là où elle l'avait laissé, sur son lit. Elle pouvait ne pas ouvrir sa fenêtre. Elle pouvait ramasser son exposé et le relire encore une fois, comme elle l'avait prévu. Elle pouvait laisser Robbie se débrouiller tout seul. Il lui avait dit que la pluie ne le gênait pas, et il partait demain, pour toujours.

Emily s'approcha de la fenêtre. Elle ne le vit pas dans l'obscurité. Peut-être avait-il décidé de s'en aller, finalement ? Peut-être n'avait-il pas réussi à pénétrer dans les jardins du collège ? Ou peut-être s'était-il trouvé une meilleure offre entre la façade et l'arrière du collège – une autre étudiante logeant au rez-de-chaussée, dans une chambre beaucoup plus facile d'accès ?

Elle ouvrit sa fenêtre en grand et se pencha dehors, sous la pluie, et il était là, dans le rayon de lumière projeté par sa lampe. « Ô Roméo, Roméo », articula-t-il. Elle lui fit les gros yeux et lui indiqua la vieille descente de plomb le long du mur, à mi-chemin entre sa chambre et celle de sa voisine, Adrienne. Toutes deux ne se fréquentaient pas beaucoup, Adrienne étudiant l'histoire, mais le bruit courait qu'elle avait accueilli un garçon dans sa chambre le trimestre dernier.

Son sac sur le dos, Robbie ne perdit pas de temps à grimper, une main après l'autre, comme s'il avait escaladé des tuyaux d'écoulement des eaux de pluie toute sa vie. Mais peut-être, après tout ? Emily se demanda comment il allait passer du tuyau à sa fenêtre, mais elle s'était à peine posé la question qu'il se tenait devant elle, accroché à la vigne vierge, et lui tendait son sac pour qu'elle le prenne. Il attrapa ensuite le rebord de la fenêtre d'une main, balança sa jambe par-dessus.

Et il était là, dans sa chambre, trempé de la tête aux pieds, un large sourire au visage, et guère essoufflé.

Mon Dieu, qu'allait-elle faire de lui maintenant ?

Elle referma la fenêtre, tira les rideaux et posa un doigt sur ses lèvres. « Il ne faut pas faire de bruit, murmura-t-elle. Personne ne doit entendre. »

Il acquiesça en silence. Elle décrocha sa serviette de son support et la lui donna mais il secoua la tête et lui indiqua ses cheveux à elle. Elle les sécha puis lui présenta à nouveau la serviette. « Vous avez des vêtements secs ? demanda-t-elle tout bas.

— Ceux dans mon sac ne devraient pas être trop mal. » Il s'agenouilla et l'ouvrit pendant qu'Emily retirait son blouson et le suspendait sur le dossier de sa chaise. Baissant les yeux, elle constata que son chemisier blanc mouillé était plaqué contre sa peau, révélant son soutien-gorge et la forme de son corps.

La chemise de Robbie aussi lui collait à la peau. Il avait de larges épaules et une ombre noire sur la poitrine à l'endroit de ses poils.

Emily déglutit, comprenant pour la première fois la signification de ce qu'elle avait fait.

« Je vais me changer dans la salle de bains », dit-elle en sortant un pyjama et un gilet du tiroir de sa commode.

Elle se précipita hors de la chambre. Le couloir était désert. Elle entra en vitesse dans la salle de bains qu'elle partageait avec quatre autres filles et ferma la porte à clé derrière elle.

Dans le miroir au-dessus du lavabo, elle vit qu'elle avait les yeux brillants, les joues empourprées. Son menton était tout rouge à force de s'être frotté contre la barbe de Robbie quand ils s'embrassaient. Ses cheveux retombaient en longues mèches humides autour de son visage. Elle avait l'air paniquée, débraillée et...

Heureuse.

« *Kissing in the rain* », chantonna-t-elle tout bas à son reflet. Ce n'était pas quelque chose qu'Emily Greaves faisait. Emily Greaves qui était tellement studieuse, qui cherchait tellement à plaire à son exigeante mère et à son admirable père. Elle n'avait jamais le temps ni l'occasion d'embrasser sous la pluie. Elle n'avait jamais rencontré d'homme qu'elle avait envie d'embrasser sous la pluie.

Qu'allait-elle faire avec lui ?

Elle retira ses vêtements ; elle était trempée jusqu'aux os. Robbie aussi devait être trempé – il n'avait même pas son blouson –, mais il avait semblé heureux à l'idée de rester toute la nuit avec elle sous ce porche, jusqu'au moment de son départ.

Elle se changea rapidement, son pyjama se plaquant contre sa peau mouillée. Une feuille de papier glissa de sa poche et tomba par terre : le message téléphonique de sa mère.

Sa mère. Sa mère la tuerait si elle savait qu'Emily avait invité un inconnu dans sa chambre la nuit. La déception de sa mère ne connaîtrait pas de limites.

Emily fut surprise de s'entendre glousser.

Elle sortit de la salle de bains sur la pointe des pieds et avait la main sur la poignée de la porte, prête à rejoindre Robbie, quand elle songea : *Et s'il n'a pas fini de se changer quand j'entre et qu'il est nu ?*

Une sensation de froid et de chaleur à la fois l'envahit.

Elle tendit l'oreille. Pas un bruit ne montait de l'autre côté de la porte. Mais à l'idée de voir Robbie nu, toute une nouvelle suite de pensées lui traversa l'esprit. S'attendait-il à ce qu'elle ait changé d'avis et accepte de coucher avec lui puisqu'elle l'avait invité dans sa chambre ? Il avait manifestement connu beaucoup de femmes. Il imaginait peut-être que c'était également le cas en ce qui la concernait, qu'elle avait eu des amants. Après tout, elle savait comment un homme devait escalader le mur pour s'introduire dans sa chambre.

Ou pire. Et s'il avait deviné qu'elle n'avait aucune expérience ? S'il avait compris, en l'embrassant, que c'était la première fois pour elle ?

Elle frappa tout doucement, le cœur cognant dans sa poitrine, et, n'ayant pas de réponse, elle ouvrit la porte et jeta un coup d'œil à l'intérieur.

Robbie avait éteint la grande lumière et allumé sa lampe de bureau, près du lit, emplissant la pièce d'ombres douces. Il était assis par terre, à côté de sa bibliothèque, et portait un T-shirt froissé et un caleçon. Elle entra précautionneusement.

« J'aime bien votre pyjama », dit-il.

Il était en pilou, décoré de minuscules myosotis ; elle l'avait depuis des années et il la serrait un peu au niveau de la poitrine. Elle croisa les bras et décida qu'étant donné la situation, avec un bel inconnu à moitié nu dans sa chambre, sa meilleure défense était d'être brusque.

« Je ne vais pas coucher avec vous, déclara-t-elle.

— Ce n'est pas pour ça que je vous ai adressé ce compliment. Vous avez vraiment l'air adorable.

— Je ne coucherai quand même pas avec vous.

— Pas de souci. » Il se tourna vers les livres. « Vous avez lu tout ça ?

— Oui. Plusieurs fois. »

Il sortit son manuel d'histologie et se mit à le feuilleter. Selon toute vraisemblance, elle ne risquait donc rien. Paradoxalement, cela la contraria.

« Vous n'êtes pas *déçu* à l'idée de ne pas coucher avec moi ? » demanda-t-elle.

Il se leva et s'approcha d'elle. Sa chambre lui parut soudain très petite. Quand il l'embrassa, il mit dans son baiser tellement de passion et de désir qu'elle dut se tenir au mur pour ne pas perdre l'équilibre.

« Je suis très déçu, dit-il. Mais je respecte votre choix. »

Il retourna près de la bibliothèque et s'assit de nouveau en tailleur par terre, consultant les titres des divers ouvrages.

Emily resta immobile un instant, les mains sur les hanches. Il ne la regardait pas, mais elle était en mesure de le contempler tout à loisir : ses jambes et ses bras, fins et musclés, et poilus. La plante de son pied – sa peau, là, était plus foncée que sur ses jambes, sans doute à force de marcher sans chaussures – et quelque chose dans le dessous de ses orteils, la façon dont ils formaient de petits coussinets, était insupportablement vulnérable et nu.

Rien ne l'obligeait à passer la nuit avec lui. Sauf la tentation.

Elle redressa les épaules. « Vous pouvez dormir par terre », dit-elle en prenant une couverture et un oreiller sur son lit. Elle étala la couverture sur le sol, près du lit. Il n'y avait pas d'autre endroit possible.

« Ce devrait être mieux que dans un parc, ajouta-t-elle.

— Beaucoup mieux, merci. »

Il la regardait à présent. Mais ne fit aucun geste laissant supposer qu'il allait s'allonger.

« Il est tard, et j'ai cours demain.

— Oui, il est tard. »

Comment diable parviendrait-elle à dormir à côté de lui ? Sachant qu'il lui suffirait juste de tendre la main pour le toucher.

Il fallait absolument qu'elle pense à autre chose, qu'elle trouve un moyen pour s'empêcher d'écouter sa respiration.

« Oh, fit-elle. Vous allez peut-être aimer ça. »

Elle dut s'accroupir tout près de lui pour attraper son tourne-disque et le 33 tours, et encore plus pour brancher la prise dans le mur. Elle posa le disque sur le plateau, abaissa l'aiguille et retourna à son lit avant que les premières notes du piano ne résonnent.

Robbie reconnut immédiatement le morceau. « C'est ça. La musique que j'ai entendue hier. Les variations quelque chose.

— *Goldberg*. C'est de Bach. »

Robbie s'allongea doucement sur la couverture tout en écoutant l'aria. Elle se glissa sous sa propre couverture et tendit la main pour éteindre la lumière. Dans l'obscurité de la pièce, la musique emplissait tout l'espace, pourtant, Emily continuait de sentir la présence de Robbie. Écoutant avec intensité, avec la même concentration que celle qu'il avait mise pour l'embrasser.

Lorsqu'elle se hasarda à laisser tomber sa main hors du lit, il la trouva et l'emprisonna dans la sienne. Il la tint jusqu'à la fin du morceau, et même après.

31

Emily se réveilla pour découvrir Robbie, qui la regardait dans la lumière du matin filtrant à travers les rideaux. La transition d'avec son rêve se fit tellement en douceur qu'elle se demanda pendant un instant si elle était vraiment réveillée. Mais dans son rêve, ils avaient dormi ensemble, dans le même lit, tandis qu'en réalité, il était toujours sur la couverture par terre.

« Bonjour », dit-il, la voix ensommeillée, chaude et sensuelle. Il était allongé sur le côté, la tête reposant sur son bras. Comme ce serait facile de tendre la main vers lui, de soulever sa couverture pour l'inviter à la rejoindre.

Dans son rêve, ses mains caressaient sa peau, déboutonnaient son pyjama et ses lèvres embrassaient le creux entre ses seins.

Elle s'assit. « Vous avez bien dormi ?

— Je n'ai pas dormi. Ç'aurait été une perte de temps. »

Avait-il passé la nuit à la regarder ? Deviné de quoi elle avait rêvé ? Avait-elle parlé dans son sommeil ?

« Vous partez aujourd'hui, dit-elle.

— Mon train est à huit heures et demie. »

Son réveil indiquait sept heures et quart. « Je suppose... je suppose que nous avons le temps d'écouter la deuxième face du disque. Elle se termine par le même aria qu'au début. C'est comme un bonjour et ensuite un au revoir. »

À ces mots, elle eut subitement la sensation d'avoir une boule dans la gorge.

« Venez avec moi, dit-il.

— Quoi ? En Italie ? »

Il grimaça. « Non, le bateau est malheureusement trop petit, à moins que vous ne sachiez naviguer.

— Je ne sais pas.

— Je parlais de Lowestoft. On ne prend pas la mer avant demain matin. Je dois me présenter à la capitainerie aujourd'hui avec les autres membres de l'équipage, mais sinon, j'ai le reste de la journée libre. On pourrait passer encore un peu de temps ensemble.

— Je ne crois pas... »

Il se redressa et lui prit la main, la même main que celle qu'il avait tenue quand elle s'était endormie. « On ne se reverra peut-être jamais, Emily. Je peux essayer de revenir en Angleterre, mais j'ignore quand ce sera possible. Et vous aurez peut-être rencontré quelqu'un d'ici là.

— Je ne suis à la recherche de personne.

— Vous ne me cherchiez pas, mais vous m'avez trouvé. Je ne supporte pas l'idée de revenir et d'apprendre que vous êtes avec un autre homme.

— C'est un peu... précipité, non ?

— Rien que de vous regarder, je me sens heureux comme je ne l'ai pas été depuis des années, peut-être même depuis toujours. J'y ai réfléchi toute la nuit et ça me rend fou. Vous ressentez la même chose, n'est-ce pas ? Un peu ?

— Je..., murmura-t-elle. Oui. »

Il lui prit l'autre main. « Alors venez avec moi. Un jour seulement... vous pourrez rentrer en train demain. Je veux juste passer encore du temps avec vous, répéta-t-il. Juste vingt-quatre heures. Pour voir si ce qu'on ressent signifie quelque chose.

— Cela ne changera rien au fait que vous partirez quand même.

— Je sais, je sais, dit-il. C'est fou, c'est ridicule.

— Ça ne peut pas être réel. Des choses comme ça n'arrivent pas dans la vraie vie. Je suis attirée par vous, c'est tout.

— Alors soyez-le suffisamment pour m'accompagner à Lowestoft. Ce n'est qu'un jour dans votre vie, Emily.

— J'ai une séance de travail à dix heures. Et... » Il y avait autre chose, mais elle ne parvenait pas à se rappeler quoi avec Robbie agenouillé devant elle, lui tenant les mains et la regardant d'un air suppliant.

« Vous serez de retour demain, insista-t-il. Ce sera comme si rien ne s'était passé.

— Ce n'est pas mon genre, de me comporter de la sorte.

— Raison de plus. » Il pressa ses mains dans les siennes. « On ne sera pas toujours jeunes, Emily Greaves. Et on n'a juste qu'une journée. Profitons-en au maximum. »

Elle hésita.

Rien que de vous regarder, je me sens heureux comme je ne l'ai pas été depuis des années, peut-être même depuis toujours.

Il mentait peut-être. En même temps, il n'avait pas l'air de mentir.

« Il faut que je trouve quelqu'un à qui je puisse remettre mon exposé. Et je dois laisser un mot à mon directeur d'études. »

Son sourire lui chavira le cœur.

« Oh, ma beauté, murmura-t-il, et il l'embrassa.

— Vous allez devoir repartir comme vous êtes entré, dit-elle en le repoussant doucement. Je serai prête dans dix minutes. Attendez-moi devant le collège. »

Elle fila à la salle de bains, adressant un faux sourire à Adrienne quand elle la croisa dans le couloir en sortant, et, le temps qu'elle regagne sa chambre, la fenêtre était grande ouverte et Robbie et son sac avaient disparu. La couverture était soigneusement pliée au pied du lit.

Après s'être habillée, elle rédigea une lettre pour le professeur Madison et s'emparait d'une nouvelle feuille de papier pour écrire à Christopher un message qu'elle déposerait dans son casier en allant à la gare, quand tout à coup elle s'arrêta.

Christopher. Elle avait complètement oublié.

Le sang lui monta au visage tandis que lui revenait le souvenir de sa timidité. Comme il avait eu du mal à lui demander de sortir avec lui. Et c'était ce soir qu'ils avaient rendez-vous. Robbie l'avait complètement effacé de son esprit.

Elle ne pouvait pas partir. Elle avait promis à Christopher.

Mais si elle était autant attirée par un homme au bout d'un jour à peine – dix mille fois plus attirée qu'elle ne l'avait jamais été par Christopher, qu'elle connaissait depuis deux ans –, n'était-ce pas la preuve qu'elle commettait une erreur en sortant avec Christopher?

Je suis désolée, s'empressa-t-elle d'écrire avant de se laisser aller à trop réfléchir à ce qu'elle faisait. *Je dois m'absenter pour la journée. Je serai de retour demain. Je t'expliquerai. Peux-tu, s'il te plaît, remettre mon exposé au Pr M? Je suis vraiment désolée, Christopher.*

Elle s'apprêtait à ajouter *Je t'embrasse* mais se retint au dernier moment et se contenta de signer *Em.*

Elle fourra quelques vêtements ainsi que sa brosse à dents dans un sac, se brossa rapidement les cheveux, et descendit l'escalier quatre à quatre tout en répétant dans sa tête ce qu'elle avait décidé de dire au portier, à savoir qu'elle devait rentrer d'urgence chez elle.

Emily regarda par la fenêtre en se mordillant l'ongle de l'index. Elle jeta un coup d'œil à sa montre : dans deux minutes, le train allait partir, et Robbie n'était toujours pas revenu après l'avoir abandonnée sur le quai en la chargeant de leur trouver deux places assises.

Que fabriquait-il? Elle ne connaissait pas cet homme. Il pouvait être n'importe qui. Il pouvait lui avoir menti au sujet du bateau. Au sujet de tout. Qui sait s'il ne manigançait pas quelque plan malfaisant pour l'attirer dans un traquenard? Qui sait s'il n'avait pas femme et enfants, s'il n'était pas un meurtrier? Ou alors, il avait peut-être changé d'avis et décidé qu'il ne voulait plus passer sa dernière journée en Angleterre avec elle.

Elle entendit le coup de sifflet annonçant le départ imminent du train et les portes se refermer les unes après les autres. Robbie n'arrivait toujours pas et elle n'avait pas de billet. Elle se leva pour descendre et le vit par la fenêtre qui courait sur le quai, un sac en papier à la main.

Il monta d'un bond dans le train, essoufflé, et sourit dès qu'il l'aperçut. « Voilà des provisions », dit-il en lui montrant la pochette.

Il avait acheté des bonbons, des chips, des biscuits et des bouteilles de Coca-Cola qu'il décapsula avec son canif. Ils posèrent le tout sur la table, en face d'eux, et Emily mangea ce qui était probablement le petit déjeuner le moins sain de toute sa vie sans pouvoir s'empêcher de sourire.

Après Thetford, le contrôleur apparut à l'extrémité de leur compartiment. « Billets pour Norwich », annonça-t-il avant de remonter l'allée dans leur direction.

Robbie ramassa leur pique-nique qu'il cacha sous son siège et la prit par la main. « Il faut qu'on bouge, lui dit-il tout bas, et il l'entraîna du côté opposé à celui du contrôleur.

— Mais où on va ?

— Dans les toilettes. » Il ouvrit la porte des W.-C. tout au bout du wagon, la poussa à l'intérieur et ferma la porte derrière eux.

L'odeur était assez déplaisante et l'espace si petit qu'Emily était coincée contre Robbie, le ventre contre sa hanche et le visage tout près du sien. Le train roulait en bringuebalant, et il la retint par la taille pour lui éviter de tomber. Son corps était chaud, son bras solide.

« Pourquoi on est ici ? » demanda-t-elle.

Il posa un doigt sur ses lèvres. « Chut, murmura-t-il. Si on se fait prendre sans billets, on sera obligés de descendre.

— Vous n'avez *pas* acheté de billets ? Je croyais que c'était ce que vous étiez parti faire pendant que je cherchais les places. »

Il haussa les épaules. « J'étais trop occupé à nous procurer de quoi manger.

— Mais... »

Il plaqua sa main sur sa bouche. « Chut, fit-il à nouveau. Le contrôleur va passer d'un instant à l'autre. »

Emily se tut, les yeux écarquillés, dévisageant Robbie. Il semblait trouver la situation très drôle. L'air décontracté, il la tenait serrée contre lui, et le mouvement du train imprimait à leurs deux corps un léger balancement. La chaleur de Robbie était telle qu'Emily se mit à transpirer. Elle respirait l'odeur de sa peau à pleines narines. Si elle sortait sa langue et lui léchait la paume, elle la trouverait salée.

Au bout d'un moment, il écarta sa main de sa bouche et déverrouilla la porte dans son dos. « Sortez la première. Je vous rejoins dans une minute », murmura-t-il en la poussant dehors avant de refermer à nouveau la porte.

Elle marcha d'un pas mal assuré jusqu'à leurs places, et Robbie la retrouva un instant plus tard, se glissant sur le siège à côté du sien tout en sifflant quelques notes de l'aria qu'ils avaient écoutée la veille.

« Pourquoi n'avez-vous pas acheté de billets ? chuchota-t-elle.

— Je préfère dépenser mon argent autrement.

— Mais voyons, Robbie, on ne peut pas voyager en train sans tickets.

— Pourquoi ? »

La question lui parut si ridicule qu'elle bafouilla : « Parce que... parce que, ça ne se fait pas. J'aurais pu vous donner de l'argent si vous me l'aviez demandé.

— J'ai assez d'argent. Mais comme je vous le disais, je préfère le garder pour des choses importantes. » Il fouilla sous son siège et attrapa le sac en papier. « On peut se partager le dernier Coca.

— Vous l'avez payé ?

— Bien sûr.

— Ce pique-nique était plus important pour vous que ce voyage en train ? »

Il fit sauter la capsule de la bouteille. Un peu de mousse déborda du goulot. « Je n'aime pas payer pour voyager. Les voyages devraient être gratuits. On devrait tous pouvoir aller où on veut quand on veut. C'est ça l'intérêt d'être en vie.

— Mais que faites-vous des contrôleurs qui doivent travailler pour subvenir à leurs besoins et à ceux de leurs familles ? Et que faites-vous des conducteurs ? Des aiguilleurs, de tous les gens qui construisent les trains et les voies et...

— Emily Greaves, vous allez finir par me donner des scrupules. »

Il tenta de l'embrasser mais elle le repoussa. « Nous achèterons des billets à Norwich pour la fin du voyage.

— J'adore quand vous devenez sévère.

— Robbie, je parle sérieusement.

— D'accord, d'accord. C'est noté. Vous avez raison, j'ai tort. Vous me pardonnez ? »

Il lui adressa un tel regard de petit chien penaud qu'elle ne put s'empêcher d'éclater de rire.

« Oui, répondit-elle. Mais le dernier Coca est pour moi. »

Et elle lui prit la bouteille des mains.

Ils sortirent de la gare à Lowestoft et se retrouvèrent dans une rue déserte baignée d'une étrange lumière diffuse. Des nuages gris roulaient entre les immeubles ; Emily respira instinctivement mais ne sentit rien, et elle mit un moment avant de comprendre que c'était le brouillard, et non de la fumée.

« Il va se dissiper d'ici une heure ou deux, dit Robbie en la prenant par la main.

— Suis-je censée croire vos prédictions météorologiques ? » Mais elle s'agrippa à sa main ; la ville paraissait si abandonnée qu'ils avaient l'impression d'être seuls. Le bruit de leurs pas était étouffé et Emily sentit que son visage, ses habits et ses cheveux se couvraient d'un film d'humidité ; ses cils étaient lourds et mouillés. « C'est comme si on marchait dans un nuage, dit-elle.

— Si je n'avais pas peur que vous vous lassiez de mes compliments, je vous comparerais, là, maintenant, à un ange.

— Vos compliments manquent de spontanéité.

— Dans ce cas, vous ne serez pas surprise si je vous dis que j'aimerais vous présenter à une dame avec qui j'ai passé beaucoup de temps. »

Elle se tourna vivement vers lui et vit qu'il souriait. Il était si sûr de lui, et ce, depuis qu'elle l'avait rencontré. Habituellement, elle se méfiait des gens arrogants, mais le problème, avec ses compliments, c'était qu'ils lui paraissaient totalement sincères même si elle savait qu'elle ne les méritait pas.

La rue donnait sur une esplanade, vraisemblablement face à la mer, mais Emily ne vit qu'un mur d'une brume épaisse et grise, tournoyant sur elle-même. Elle frissonna. Robbie retira son blouson et le posa sur ses épaules.

Il l'entraîna au bas de quelques marches jusqu'à un ponton de bois. L'odeur de la mer était bien plus fort ici : des vaguelettes gris-vert venaient lécher le bord du ponton, et elle distinguait d'immenses silhouettes fantomatiques tout autour d'eux. De temps en temps, lui parvenait le bruit d'une vague plus grosse ou le cliquetis du métal contre du métal.

« La voilà », dit-il, et au même moment, un bateau surgit du brouillard, solide et réel.

Large et long, il avait une coque rouge et deux mâts, un pont immaculé et, un peu partout, des centaines de cordages dont l'utilité échappait à Emily. Robbie posa la main sur le parapet, comme pour le caresser. « Emily Greaves, je vous présente *Nora Mae*, dit-il. La dame dont je vous ai parlé.

— C'est le bateau ?

— Un ketch de dix-huit mètres de long, construit à Annapolis, dans le Maryland, il y a six ans environ. Je le connais depuis qu'il existe. » Il tapota à nouveau la coque doucement. « C'est moi qui l'ai peint.

— Vous l'avez construit ?

— En partie. On s'aime beaucoup, *Nora Mae* et moi. »

Emily tenta de s'imaginer en train de construire quelque chose d'aussi imposant et compliqué qu'un bateau mais elle en fut incapable. « Il est à vous ?

— Elle, corrigea Robbie. Non, *Nora Mae* appartient à un magnat du pétrole qui habite le Texas et qui s'appelle Bud Walker. Et avant, elle était à un banquier de New York, du nom de Chad Lund.

— Mais c'est vous qui naviguez dessus ? Et son propriétaire texan vous embauche pour conduire son bateau, c'est ça ?

— Il me paie parfois pour être son skipper, oui. Quand il est sur la baie de Chesapeake, c'est-à-dire pendant les quatre week-ends de l'été. Bud sait plus ou moins naviguer, mais il préfère organiser des fêtes sur son voilier plutôt que de s'occuper de tout ce qu'il y a à faire à bord. Bref, c'est moi qui me charge du bateau en son absence, et qui accomplis les petits travaux d'entretien l'hiver. Cette année, comme Bud veut passer l'été en Italie, je lui amène *Nora Mae* jusqu'en Méditerranée.

— Tout seul ?

— On est trois. Venez, je vais vous présenter l'équipage. » Il la conduisit vers l'arrière du bateau où la coque plongeait suffisamment dans l'eau pour lui permettre de sauter sur le pont. Il lui tendit ensuite la main pour l'aider à grimper.

« Je ne suis jamais montée sur un bateau.

— Vous étiez dans une barque hier.

— Je parlais d'un vrai bateau. » Elle leva les yeux vers les deux mâts, dont les extrémités disparaissaient dans le brouillard. Une brise imperceptible agitait légèrement les cordages. « Que faites-vous avec toutes ces cordes ? Il y en a tellement.

— Pas tant que ça, finalement, quand on sait à quoi elles servent.

— Ça me paraît impossible de connaître leur fonction à chacune.

— Ne connaissez-vous pas le nom de toutes les veines du corps humain ? Les cordages, c'est bien plus facile.

— Pas pour moi. » Alors qu'elle les réexaminait, il lui vint à l'esprit pour la première fois que Robbie lui était vraiment étranger. Pas seulement son passé ou ses motivations, mais tout ce savoir et ces compétences à propos de quelque chose à quoi elle n'avait même jamais pensé.

Une tête apparut dans l'encadrement d'une petite porte menant sous le pont. « Je savais bien que je t'avais entendu, Bob. Je t'attendais hier. »

L'homme portait une casquette de baseball bleue avec un B rouge brodé dessus et une chemise grise tachée. Plus âgé que Robbie, il avait un visage buriné, et parlait avec le même accent traînant, quoique ses R fussent plus doux et ses voyelles plus plates. Il observa Emily d'un air surpris.

« J'ai eu un contretemps. Emily, je vous présente Dennis, mon second.

— Non, c'est *toi* le second. Et c'est moi le capitaine puisque tu n'es pas revenu hier soir.

— Dennis, je te présente Emily. »

Dennis tendit la main à Emily. Il avait la peau rêche et calleuse, comme de l'écorce d'arbre. « Vous savez faire la cuisine, Emily ?

— Ne joue pas au macho. Emily sera bientôt docteur.

— Mais je sais cuisiner aussi, précisa-t-elle.

— Si vous êtes à bord, vous devez vous rendre utile. J'ai une dizaine d'œufs qu'il faut manger avant qu'Art ne revienne avec des vivres, et les

omelettes de Bob ont la consistance du caoutchouc. » Sur ces paroles, Dennis retourna dans la
cabine.

« Vous n'êtes pas obligée de cuisiner, prévint
Robbie.

— Ça ne m'ennuie pas. Et j'ai faim. Nous
n'avons pas vraiment mangé depuis hier soir. »
Elle suivit Dennis par l'écoutille. L'escalier s'apparentait plus à une échelle et elle dut se tenir aux
deux rampes de part et d'autre pour ne pas glisser.
Elle n'osait imaginer comment ce serait en pleine
mer, avec le bateau tanguant et roulant.

L'échelle donnait sur le coin cuisine, lequel était
équipé de placards, d'une cuisinière et d'un évier.
Derrière se trouvait le coin salle à manger, avec
des bancs, une table, des lampes et des étagères
remplies de livres. Le tout, en teck poli et en cuivre
étincelant ; les banquettes étaient recouvertes de
cuir. Entre les hublots, ou quel que soit le nom que
l'on donnait aux fenêtres sur un bateau, étaient
accrochées des peintures à l'huile représentant des
chevaux. Comparé à sa chambre spartiate au collège, c'était un manoir ici.

« Ouah ! s'exclama-t-elle.

— Bud a refait tout l'intérieur quand il a
racheté le bateau, expliqua Robbie en descendant
l'échelle avec aisance. C'est un endroit agréable où
vivre pendant quelques mois. Plus agréable que
ma propre maison. Venez, la visite guidée va commencer. »

Là-dessus, il la prit par la taille et lui fit faire le
tour du bateau, lui montrant la radio, le sonar et
les cartes cachés dans un placard en teck fixé au
mur ; la table qui s'agrandissait pour accueillir au
moins dix personnes ; la salle de bains compacte

avec des toilettes, un lavabo et une douche ; les cabines, avec des lits soigneusement faits et un lavabo dans chacune. Rien ne dépassait. Difficile de croire que trois hommes avaient vécu là plusieurs semaines d'affilée.

« Laquelle est votre chambre ? demanda Emily à Robbie.

— Celle-là. La cabine arrière. »

Elle y entra, à la recherche d'un signe de Robbie, de quelque chose qui lui permettrait de mieux le connaître. Il dormait dans ce lit quand il traversait l'Atlantique ; il avait dû rêver dans ce lit.

Il y avait plusieurs livres de poche sur l'étagère à côté : trois épais policiers, un guide sur l'Italie aux pages cornées. Une photo aux bords tout abîmés était scotchée à l'abat-jour. Emily pensa qu'elle devait lui être précieuse et qu'il la transportait partout avec lui. Elle souleva légèrement un coin pour mieux la voir. C'était un cliché en noir et blanc, montrant une femme jolie, aux cheveux noirs, aux côtés de Robbie ; il la tenait par l'épaule et la regardait avec de l'adoration dans les yeux.

Il l'avait regardée exactement comme ça ce matin, quand elle s'était réveillée.

Elle écarta aussitôt sa main, comme si elle s'était brûlée. Elle avait vu juste : Robbie était un séducteur qui lui avait servi son baratin.

« Est-ce que votre petite amie en Amérique sait ce que vous faites quand vous êtes à l'étranger ?

— Ma petite amie ?

— Vous l'avez déjà oubliée, malgré sa photo que vous gardez près de votre lit ?

— Je n'ai pas... Oh, vous parlez de cette photo ? C'est ma mère et mon père. Avant qu'il s'engage dans l'aviation et vienne combattre en Europe. »

Elle la souleva à nouveau, décollant le Scotch afin de la regarder de plus près. Bien que l'expression fût la même, il y avait quelques subtiles différences entre l'homme de la photo et celui qui se tenait près d'elle. L'homme de la photo avait une fossette au menton, le visage plus rond, les cheveux gominés. Et, elle venait de la remarquer, une alliance.

« Oh, fit-elle, soulagée. C'est incroyable comme vous lui ressemblez.

— Je vous l'ai dit, je suis son portrait craché, répondit-il, en donnant cependant l'impression de ne pas en être vraiment fier. Je m'appelle même comme lui, Robert Junior. »

Emily se rappela ce qu'il lui avait raconté sur son père alcoolique. « Vos parents semblent très heureux sur cette photo.

— Je suppose qu'ils l'ont été, à une époque.

— Vous avez des frères et sœurs ?

— Non, juste moi. Je suis né avant qu'il parte en Europe, et quand il est rentré, ce n'était plus le même homme. C'est ce que ma mère prétend, du moins. » Il lui prit la photo des mains et la replaça sur l'abat-jour. « Je ne sais même pas pourquoi je la garde.

— Parce qu'ils ont l'air heureux ?

— Oui, sans doute. Parfois je me dis, mais c'est complètement fou, qu'un moment de pur bonheur comme ça fait peut-être que tout le reste en vaut la peine. »

Il semblait triste, et comme elle ne l'avait jamais vu triste, elle l'embrassa sur la joue.

« Je ne sais pas ce que vous fabriquez là-dedans, mais c'est pas ça qui va faire cuire les œufs ! lança Dennis depuis le carré, de sa voix traînante. Je t'ai gardé de l'eau de cale dans la salle des machines, Bob. Tu pourras t'en servir pour nettoyer à fond, vu que ça fait trois jours que tu n'es pas là.

— Dennis ne peut pas s'empêcher de me gâcher mon plaisir, commenta tout bas Robbie avant d'embrasser à son tour Emily sur la joue et de remonter sur le pont.

— Je n'ai jamais cuisiné sur un bateau, précisa Emily en rejoignant Dennis qui l'attendait, penché sur le plan de travail avec une boîte d'œufs à la main. Mais je dois reconnaître que cette cuisine est assez impressionnante.

— Sur un bateau, on dit une coquerie. Et pour les toilettes, poulaine. Vous trouverez tout ce dont vous avez besoin dans les placards. Bud a équipé sa cuisine pour en faire le rêve d'un gourmet, même si on ne mange jamais rien de plus sophistiqué que des haricots à la sauce tomate. »

Elle ouvrit les placards, découvrant des casseroles, des poêles et des ustensiles de cuisine divers, tous accrochés à des chevilles en bois et suspendus dans des filets, sans doute pour ne pas s'entrechoquer quand la mer était forte. Elle trouva un bol et y cassa les œufs. Dennis s'installa sur la banquette et l'observa avec le regard de quelqu'un qui veille à s'assurer qu'il en aura pour son argent.

« Est-ce que Robbie ramène souvent des filles ici ? demanda-t-elle timidement.

— Bob ? Jamais. Il a une femme dans chaque port, si je puis me permettre – parfois deux ou trois –, mais vous êtes la première qu'il invite à bord.

— C'est parce que je vais l'épouser, celle-là, Dennis », intervint Robbie depuis le pont. Sa tête apparut dans l'encadrement de l'écoutille, en contre-jour, souriante.

« Je me fiche de savoir qui tu épouseras tant que tu répares la pompe et que je ne me retrouve pas à flotter pendant mon sommeil », répliqua Dennis en s'installant plus confortablement sur la banquette.

Art revint avant qu'Emily ne commence à cuisiner. Il arriva avec une pleine brouette remplie de vivres, et comme Dennis la présence de la jeune femme ne semblait visiblement pas le déranger. Excessivement mince au point que c'en était presque ridicule, il donnait l'impression d'avoir douze ans, avec ses cheveux roux et son visage constellé de tellement de taches de rousseur à force d'avoir été exposé au soleil qu'on aurait dit qu'il n'en avait qu'une seule, mais énorme. Emily l'aida à ranger les provisions, suivant scrupuleusement ses instructions : tout avait sa place et était disposé de sorte à être facilement accessible selon sa fréquence d'utilisation. Comme l'avait fait remarquer Dennis, le contenu du garde-manger penchait plutôt vers les haricots à la sauce tomate, mais il y avait quand même des produits frais, soigneusement répartis dans la glacière.

Elle parvint à faire une omelette au fromage et à toaster du pain sous la salamandre à gaz, et ils déjeunèrent tous les quatre autour de la table en teck sur des assiettes dont le dessous était muni d'une rondelle en caoutchouc pour les empêcher de glisser. Robbie leur décapsula une bouteille de bière à chacun, et les trois hommes accomplirent un numéro à trois, se taquinant à tour de rôle et régalant Emily d'anecdotes sur leurs voyages, lesquelles lui étaient, cependant, souvent incompréhensibles tant elles étaient émaillées d'un jargon inconnu à ses oreilles. À plus d'une reprise, l'un finissait la phrase de l'autre, et, quand ils eurent terminé de manger, Dennis se leva pour préparer le café et Art s'attaqua à la vaisselle, comme si c'était leur habitude après chaque repas.

Robbie se tourna vers Emily. « À présent, puisque Dennis et Art se sont proposés pour s'occuper des derniers préparatifs avant demain, vous et moi, on va s'amuser un peu.

— Je ne me suis proposé pour rien du tout..., commença Art, mais Dennis lui donna un coup de coude avant de vider l'eau de l'évier.

— Elle a cuisiné pour nous », dit-il. Puis, il tendit la main à Emily. « J'étais ravi de faire votre connaissance, Emily. J'espère vous revoir bientôt.

— Tu peux compter dessus », lança Robbie, et il attendit qu'Emily serre la main d'Art, dégoulinante d'eau de vaisselle, pour l'inviter à regagner le pont.

La lumière du soleil l'éblouit un instant. Comme l'avait prédit Robbie, le brouillard s'était dissipé, et elle découvrit les autres bateaux amassés le long des pontons en bois. Le *Nora Mae* était l'un des plus grands, mais il y avait des petits voiliers et des hors-bords, avec parfois des gens qui travaillaient sur le pont.

« Ils vous ont bien aimée, dit Robbie en l'aidant à enjamber la rambarde.

— Je les ai bien aimés, aussi.

— Vous comprenez maintenant pourquoi je ne peux pas les laisser en plan ? Sûr qu'ils s'en sortiraient à deux, mais à trois, c'est plus facile. »

Elle hocha la tête, ne l'en appréciant que davantage. C'était important pour elle qu'il soit le genre d'homme à ne pas laisser tomber ses camarades.

« Vous êtes tous les trois de bons amis.

— Ça aide.

— Même dans un grand bateau comme celui-ci, vous devez sans cesse être les uns sur les autres. »

Il haussa les épaules. « On finit par s'y habituer. On apprend à faire attention à l'autre pour pouvoir travailler ensemble, parfois même sans qu'il soit nécessaire de parler. Mais on apprend à ignorer sa présence, aussi, quand on a besoin d'espace.

— Dennis disait que... que vous n'emmeniez jamais de filles à bord.

— Non, jamais.

— Et vous avez répondu que c'était parce que vous alliez m'épouser.

— Exact. » Ses yeux scintillaient au soleil.

« Peut-être devriez-vous m'en parler avant de l'annoncer à vos amis.

— Oh, je compte le faire. Mais on doit régler deux, trois petits détails, avant.

— Comme quoi ? »

Elle flirtait, ce qui ne lui ressemblait pas du tout. Bien sûr, elle n'avait nullement l'intention de se marier avec lui. Elle le connaissait à peine, et il partait le lendemain. Mais Robbie avait quelque chose qui lui donnait l'impression d'être légèrement sortie de son monde à elle, pour pénétrer dans un monde plus vif et plus risqué.

« Eh bien, peu m'importe que la fille que j'épouserai soit intelligente ou belle. En revanche, il est indispensable qu'elle aime la voile. »

Ils étaient arrivés au bout du ponton et Emily commença à se diriger vers l'échelle menant au port, mais Robbie l'arrêta et lui montra un bateau amarré à l'extrémité. C'était un petit voilier, de la taille d'un jouet d'enfant comparé aux yachts tout autour, en bois, avec deux sièges, une barre et un seul mât. Son nom était inscrit à l'avant : *Serendipity*.

« Je l'ai emprunté pour l'après-midi, dit Robbie.

— Vous allez m'emmener faire un tour en mer ?

— Non, c'est vous qui allez m'emmener. Je vais vous apprendre à barrer. Je vous ai prévenue, je ne pourrai pas vous épouser si vous ne savez pas naviguer.

— De toute façon, vous ne pouvez pas m'épouser, Robert.

— Si vous n'apprenez pas à diriger un voilier, nous ne le saurons jamais. » Il sauta avec légèreté dans le bateau, qui bascula à peine quand il atterrit. « Venez. »

Le bateau pencha cette fois quand elle posa le pied, et elle serait tombée s'il ne l'avait pas retenue. « Je ne peux pas conduire ça.

— Je vais vous montrer.

— Je ne sais même pas comment s'appellent toutes ces cordes.

— D'abord, on dit cordages, et non cordes. Et c'est un cat-boat, un dériveur, et il en possède deux ; une écoute de grand-voile et une amarre. » Il les lui montra l'une après l'autre. « Vous n'avez à vous soucier que de la grand-voile. Voilà le mât, la bôme, la barre. L'avant du bateau s'appelle la proue, l'arrière la poupe, pour dire à gauche on dit bâbord, à droite tribord. C'est à peu près tout.

— Je ne peux pas manœuvrer un voilier, Robbie.

— Bien sûr que si. Je vais vous expliquer exactement comment procéder.

— Je vais nous faire échouer ou je vais heurter un cargo. Ou nous faire sombrer.

— Absolument pas. J'ai confiance en vous.

— Quand on s'est rencontrés, j'étais agrippée à une perche !

— Et vous aviez l'air adorable. » Il l'embrassa sur le front. « Ne vous inquiétez pas, Em. C'est moi qui sortirai le bateau du port et une fois qu'on sera en haute mer, rien ne coupera votre route. » D'un geste adroit, il détacha la ligne d'amarrage qui retenait le bateau au ponton. « Aidez-moi à hisser la voile, je vous apprendrai ensuite comment faire. »

Hisser la voile était relativement facile. Mais cela n'empêcha pas Emily de paniquer quand Robbie manœuvra le voilier le long de l'étroit chenal bordé par une jetée en pierre, et gagna le large. Maintenant que le brouillard s'était levé et que l'air n'était plus immobile, il était venu avec le soleil une brise qui soufflait même à l'abri du port. Ils croisèrent un bateau de pêche qui rentrait, le moteur à fond, empestant le poisson et suivi par une cacophonie de mouettes. Robbie fit signe au capitaine qui lui répondit.

« Et si je heurte l'un de ces bateaux ? demanda Emily.

— Ça n'arrivera pas. De toute façon, sachez qu'un bâtiment naviguant à la voile a la priorité sur un bâtiment à propulsion mécanique.

— Et si la personne du bateau à moteur ne le sait pas ?

— Elle le sait. » Robbie manipulait l'écoute, la voile et la barre comme s'il s'agissait d'extensions de son propre corps. Comme s'il était né pour naviguer. Et Emily aimait cela aussi, chez lui : il avait gagné le droit d'être sûr de lui. Il construisait des bateaux, il les pilotait, vivait à bord. C'était son monde, comme, le supposait-elle, Cambridge, Bach et les lourds manuels de médecine étaient le sien. Lorsqu'on rencontre quelqu'un, on ne voit que son apparence extérieure et les quelques faits que l'on glane au cours d'une conversation. On ne connaît vraiment cette personne qu'après être entré dans son univers.

Et cette sortie en mer était pour Emily l'occasion de découvrir le monde de Robbie, d'être en contact avec tout ce qui l'entourait, ne serait-ce que l'espace d'un après-midi seulement.

Une fois la jetée passée, le vent forcit, et le voilier se mit à tanguer. Emily avait les cheveux dans les yeux et regrettait de ne pas avoir emporté de foulard. Jetant un coup vers le rivage, elle aperçut la plage de sable recouverte de galets, et les bâtiments de Lowestoft en front de mer, leur brique rouge et blanche. Ils lui paraissaient si loin.

« Prête ? dit Robbie.

— On est en pleine mer. Je ne pense pas que ce soit une bonne idée. Peut-être ferions-nous mieux de rentrer, c'est plus sûr.

— Vous ne craignez rien, ici. Il n'y a que nous, et le vent ne tourne pas beaucoup.

— Vous ne trouvez pas justement qu'il souffle un peu trop fort pour une première navigation ?

— Au contraire, je pense qu'il est parfait. Venez. »

Il recula légèrement et tapota le banc devant lui, entre ses cuisses. Emily le rejoignit d'un pas chancelant en se retenant au bord. Elle pensait s'asseoir gracieusement en laissant un espace entre son corps et celui de Robbie, mais le tangage et le roulis du bateau la déséquilibrèrent et elle tomba pratiquement sur ses genoux. Robbie éclata de rire et glissa ses bras autour de sa taille.

« Vous aurez le pied marin dans peu de temps », souffla-t-il à son oreille. Puis il lui prit la main droite, y glissa l'écoute de grand-voile, et plaça ensuite sa main gauche sur la barre. « Je vais vous aider au début jusqu'à ce que vous attrapiez le coup. »

Elle se laissa faire, s'en remettant entièrement à lui. « Très bien, reprit-il, on veut virer de bord. Ça veut dire changer la direction du bateau. Prête à virer ?

— À quoi ?

— C'est ce que je dis pour vous prévenir que je vais virer afin que la bôme ne vous heurte pas quand elle passera de l'autre côté. Choquez un peu la voile – coincez l'écoute autour de ce taquet pour qu'elle ne vous échappe pas. Parfait. Et mettez-vous sous le vent.

— Où est le vent ?

— Regardez la voile. Vous voyez comment elle se gonfle ?

— Je crois, oui.

— Eh bien, le vent vient dans la direction qui enfle la voile. Continuez comme ça. Virez de bord, sous le vent.

— Quoi ? » hurla Emily, à moitié affolée, mais elle poussa la barre dans la direction que lui avait indiquée Robbie. La voile faseya et commença à se dégonfler.

« Libérez l'écoute du taquet et surveillez la bôme, chérie. Penchez-vous en arrière pour la laisser passer. Bien. Maintenant, regardez comme la voile prend le vent de l'autre côté. Resserrez-la un peu de ce côté. » Il l'aida à tirer sur l'écoute et à la fixer au taquet. Ils avançaient plus ou moins à angle droit par rapport à leur trajectoire précédente.

« Beau travail, la félicita-t-il avec un grand sourire.

— Et si je veux aller par là ? » Elle indiqua la côte. « Je peux ?

— Au bout d'un moment, oui. Mais quand on navigue, le trajet entre deux points forme rarement une ligne droite.

— Que dois-je regarder ? La voile, ou autour de nous, pour être sûre de ne rien percuter ?

— Vous devez observer la voile pour comprendre comment elle se comporte. Je vais surveiller notre route, mais ce n'est pas comme si on était dans une voiture. Nous avons tout l'espace du monde possible. Continuez tranquillement, sentez le bateau et écoutez-le vous dire où il veut aller. » Il l'embrassa sur la joue et elle prit alors conscience de ce qu'elle n'avait pas remarqué tant elle était paniquée : ses cuisses de part et d'autre des siennes, ses bras l'enlaçant. La puissance de son corps derrière elle. Qui la protégeait et la guidait.

Elle pensait qu'en se trouvant sur un voilier au milieu de la mer, elle aurait été exposée au vent et à toutes sortes de bruits, mais elle se rendit compte que le silence régnait tout autour, traversé seulement par le bruit liquide de la proue fendant les vagues, les claquements de la voile, le cri distant d'une mouette, la voix calme et posée de Robbie lui expliquant ce qu'ils faisaient. Malgré la frêle embarcation, l'immensité de l'océan, les mystères du vent, elle était détendue. Elle se sentait... en sécurité.

« Très bien, dit Robbie. Vous vous en sortez à merveille. Maintenant, vous allez barrer toute seule. Continuez tranquillement, de la même manière, laissez le bateau vous dire ce qu'il veut. »

Il libéra ses mains et se dégagea de derrière elle, se réinstallant lestement sur le siège passager.

Emily agrippa plus fort l'écoute de grand-voile et tira sur la barre. La voile battit au vent devenu trop faible.

« Que se passe-t-il ? » s'écria-t-elle.

Il se pencha sur le côté, sans manifester la moindre inquiétude. « Laissez le bateau vous montrer ce qu'il faut faire, Em, répéta-t-il. Écoutez-le. »

La bôme se balança dans sa direction et elle baissa la tête à son passage, mais elle repartit aussitôt dans l'autre sens. « Comment je fais revenir le vent ?

— Il n'est pas parti, il vous attend. Il vous suffit juste de le trouver, chérie. »

Elle surveilla la voile. Et d'un seul coup, elle la vit se gonfler puis se tendre en une parfaite courbe blanche. La barre se stabilisa. Elle borda ensuite la voile, et quelques secondes plus tard ils voguaient sur l'eau bleue, filant plus vite que le soleil qui se reflétait sur les vagues. Le bateau était vivant sous elle, la barre un animal dressé.

Emily éclata de rire. Elle sentait le vent dans son corps. La mer, immense, infinie, n'était que possibilités illimitées et liberté.

Elle surprit le regard de Robbie. Il riait, lui aussi.

C'est à ce moment-là qu'elle tomba amoureuse.

Plus tard, bien plus tard, après avoir rendu le bateau, ils s'assirent sur la plage pieds nus pour manger une glace.

« Je serais incapable de vous écrire un poème, mais je vous construirai un bateau, dit Robbie. Un petit bateau pour que vous puissiez naviguer seule, suffisamment grand pour y passer une nuit ou deux. Et j'écrirai son nom en lettres d'or. »

Emily remua ses orteils dans le sable. Son nez et ses joues la brûlaient à cause du soleil et du vent, et elle avait les cheveux complètement emmêlés. *Cet instant ne peut pas durer, mais il n'en est pas moins réel*, songea-t-elle, alors que la glace fondait sur sa langue.

« Ne me promettez rien. Je n'ai pas besoin de promesses. Ce qu'on vit en ce moment me suffit. »

Robbie finit sa glace et lécha une goutte tombée sur sa main. « C'est ce que je vous disais, hier soir.

— Je ne l'avais pas compris. » Elle renversa son cornet dans sa bouche pour récupérer ce qui restait de sa boule de vanille puis elle le croqua et se pencha contre Robbie. Devant eux, la mer s'étirait à l'infini. D'ici vingt-quatre heures, Robbie partirait pour l'Italie et la quitterait, probablement pour toujours.

Ils s'allongèrent sur le sable et elle posa sa tête contre sa poitrine. Alors qu'il entrelaçait ses doigts à ses cheveux, elle écouta les battements de son cœur; ils lui paraissaient aussi familiers que son propre nom.

« Je veux rester avec vous cette nuit », dit-elle au ciel sans nuages.

Ils prirent une chambre dans un hôtel en front de mer : une demeure édouardienne avec de hautes et larges fenêtres. Emily garda sa main gauche enfoncée dans la poche de sa jupe tandis que Robbie signait le registre sous le nom de *Mr et Mrs R Brandon, Cambridge*.

« Juste une nuit ? » demanda le réceptionniste, et Emily prit conscience avec gêne de leur absence de bagages, de ses cheveux hirsutes et de ses coups de soleil.

« Je prends la mer demain matin, à la première heure, répondit Robbie sur un ton léger. Nous avons pensé que les quelques heures qui nous restaient à passer ensemble valaient le prix d'une chambre d'hôtel. On vient de se marier, ajouta-t-il avec un clin d'œil.

— Vous voulez une suite, alors ? Nous en avons une, qui donne sur la mer. Les jeunes couples nous la réservent souvent.

— Nous voulons ce que vous avez de mieux. »

Il paya, prit la clé, et ils grimpèrent l'escalier côte à côte. Le cœur d'Emily battait la chamade, elle avait les mains moites. *On est en 1962*, se rappela-t-elle. *Personne ne t'obligera à porter la lettre écarlate des femmes adultères parce que tu es allée avec un homme dans une chambre d'hôtel sans être mariée.*

Puis elle pensa à ce que sa mère dirait, et songea qu'elle préférait probablement porter ce fameux A écarlate.

Le couloir était long et silencieux, flanqué de portes. « Vous êtes un sacré menteur, c'en est même inquiétant, murmura-t-elle.

— Je n'ai pas menti. C'est la vérité, seulement un peu prématurée. »

Il ouvrit la porte de la chambre 11 et s'écarta pour la laisser entrer. Emily dut prendre une profonde inspiration avant de franchir le seuil.

Mais une fois qu'il eut refermé la porte derrière lui, et qu'ils se retrouvèrent seuls dans la chambre avec le lit double, la courtepointe rose en tissu gaufré et la vue sur la mer, elle se tourna vers lui. « Il faut que vous arrêtiez de dire que vous allez m'épouser, déclara-t-elle.

— Pourquoi ?

— Parce que vous ne parlez pas sérieusement.

— Bien sûr que si.

— On ne décide pas d'épouser quelqu'un qu'on vient de rencontrer. »

Puis elle se rappela ce qu'elle avait ressenti en pleine mer, son cœur transporté par l'amour, brûlant, étourdi.

« Bien sûr, certaines personnes le font, rectifia-t-elle. Ce n'est pas pour autant une bonne idée. De toute façon, je ne peux pas me marier. Je dois finir mes études et avoir mon diplôme avant de penser à ce genre de choses. Et ce ne sera pas avant des années. Mais ce n'est pas pour cette raison que je suis ici, Robbie. Vous ne devez pas me promettre quoi que ce soit.

— Emily, dit-il en la prenant dans ses bras. Je n'ai pas besoin de vous le promettre. Et je vais vous le prouver. Vous êtes différente. Jamais je n'aurais pensé que je voudrais un jour me ma...

— Taisez-vous. » Elle posa sa main sur sa bouche. « Taisez-vous. Je vous l'ai dit, je ne veux pas de promesses, ni d'avenir ni rien du tout. J'ai autre chose à faire que me demander si je dois vous croire ou si vous allez changer d'avis plus tard. Et je ne veux pas me marier avec vous, de toute manière. Je veux juste qu'on soit là, rien que tous les deux, ici. »

Elle se dressa sur la pointe des pieds et l'embrassa sur la bouche.

Après, il fit couler un bain chaud et ils enjambèrent la baignoire ensemble, Robbie du côté du robinet, Emily en face de lui, leurs jambes repliées. Emily mouilla un gant et le lui passa sur le torse et les épaules. Il était mince mais fort, et il avait une toison noire au milieu de la poitrine. Elle n'avait jamais vu le corps d'un homme adulte d'aussi près : le jeu des muscles sous la peau, sa carrure, les poils sous ses aisselles.

Il l'avait caressée avec une immense tendresse et une immense avidité. Il avait prononcé son nom tout bas contre son oreille.

Elle mit ses mains en coupe pour recueillir de l'eau qu'elle renversa sur ses cheveux avant de les lisser sur sa tête. Mouillés, ils étaient aussi brillants que le silex noir de la plage de Lowestoft. Elle prit du shampoing et lui massa la tête doucement, frottant ses douces mèches entre ses doigts, pétrissant son crâne. Il se pencha pour que ce soit plus confortable pour elle, et elle vit la forme de sa nuque, la bande de peau blanche où ses cheveux l'avaient empêché de bronzer autant que sur le reste de son cou et de son visage. Il y avait là, quelque chose de vulnérable, de secret.

« C'est trop bon, murmura Robbie. Personne ne m'a lavé les cheveux comme ça depuis que je suis gosse. »

Elle fit mousser le shampoing puis lui rinça les cheveux en recueillant à nouveau de l'eau dans le creux de ses mains. Elle se demanda si un jour elle aurait un enfant aux cheveux noirs, si elle le laverait dans l'eau chaude comme la mère de Robbie avait lavé son fils. La nuque fine et pure d'un enfant, épargnée par le soleil.

Robbie releva la tête, essuya l'eau de ses yeux. « À ton tour. »

Elle se retourna dans la baignoire en éclaboussant le sol de la salle de bains, et plaqua son dos contre la poitrine de Robbie.

Être nue lui avait paru étonnamment facile. Toute timidité s'était envolée dès qu'elle avait vu comment Robbie vénérait son corps, comment il l'accueillait entre ses bras. Lui-même était à l'aise avec son propre corps et il l'avait aidée à se sentir à l'aise avec le sien. Il lui mouilla les cheveux en reprenant ses gestes à elle, et elle sentit ses doigts qui faisaient pénétrer le shampoing. Puis il lui démêla patiemment les nœuds que le vent et l'oreiller avaient provoqués.

« Je n'ai jamais lavé les cheveux d'une fille », dit-il. Détendue par l'eau chaude, le contact de sa peau et le plaisir, elle songea à lui demander avec combien de filles il avait déjà couché. Il en avait manifestement connu beaucoup. Mais finalement, cela ne la perturbait pas autant qu'elle aurait pu l'être, et pas autant que cela l'avait perturbée quand elle venait de le rencontrer. Elle n'avait pas voulu, pour sa première fois, d'un homme maladroit et inexpérimenté.

Christopher aurait été cet homme, et elle fut si gênée de se faire cette réflexion qu'elle se mordit la lèvre. Ils auraient connu le processus tous les deux, mais pas ce que c'était en réalité.

« À quoi tu penses ?

— J'avais rendez-vous ce soir. Christopher, mon meilleur ami, voulait m'inviter à dîner. »

Il enroula une mèche de ses cheveux propres qu'il déposa sur son épaule. « Oh, je suis désolé.

— Ce n'est pas un problème. Je préfère être ici.

— En vérité, je n'étais pas vraiment désolé. » Il l'embrassa sur la joue et l'adossa de nouveau contre lui. « Il est amoureux de toi ?

— Non, il... »

Mais l'était-il ? Pourquoi lui demandait-il de sortir avec elle, pourquoi risquait-il de mettre leur amitié en péril, s'il ne l'était pas ?

« Laisse tomber, dit-elle. C'est avec toi que je suis ce soir.

— À quoi il ressemble ?

— Il est doux et gentil. Il étudie la médecine, lui aussi.

— J'ai l'impression que je vais devoir me battre avec lui à mon retour d'Italie. »

Elle éclata de rire. « Non, s'il te plaît, n'en fais rien.

— Comment était-il quand il t'a demandé de sortir avec lui ? Est-ce qu'il était à l'aise, décontracté, ou au contraire nerveux ?

— Nerveux. À l'inverse de toi, quand tu m'as demandé de t'accompagner à Lowestoft.

— J'étais nerveux. J'ai juste essayé de le cacher. »

Elle lui donna une petite tape sur le bras et l'éclaboussa. « Tu n'étais pas nerveux du tout. Tu t'es comporté comme un fieffé arrogant.

— Un fieffé arrogant », répéta-t-il en imitant mal son accent. Puis il lui embrassa l'oreille. « J'étais nerveux », murmura-t-il.

Le désir l'envahit, tendre, nouveau, pur. Elle s'appuya contre lui, s'abandonnant à ses caresses.

Lorsqu'elle se réveilla, elle sut qu'elle était seule avant même d'ouvrir les yeux ou de tendre la main. Ils s'étaient endormis blottis dans les bras l'un de l'autre, le souffle de Robbie dans ses cheveux, les battements de son cœur contre son oreille, et il l'avait rejointe dans ses rêves; mer brillante, vent doux, peau chaude, douceur de sa bouche.

Le soleil filtrait par une fente dans les rideaux. Elle se redressa. Ses habits n'étaient plus sur le dossier de la chaise, ses chaussures par terre. De toute façon, la sensation de vide dans la chambre suffisait à lui faire comprendre qu'il était parti. Alors qu'elle attrapait sa montre sur la table de chevet pour regarder l'heure et voir si elle avait encore le temps de l'embrasser une dernière fois avant qu'il ne prenne la mer, elle aperçut la lettre, soigneusement pliée, à côté de sa montre.

Il s'était servi d'un stylo à bille et d'une feuille de papier à l'en-tête de l'hôtel. Elle ne connaissait pas son écriture, mais quel que fût l'endroit où elle était, elle aurait deviné qu'il s'agissait de la sienne : soignée et sûre, avec des pleins vigoureux et des points qui creusaient presque la page.

Emily, ma chérie,

Tu es si belle quand tu dors. Je ne voulais pas te réveiller. Et c'est mieux de te quitter ainsi – car cela me permet de me souvenir de toi dans ce lit, avec ton sourire endormi au visage. Au lieu de te voir disparaître à mesure que je m'éloigne de toi.

J'ai laissé un peu d'argent sur la commode afin que tu puisses t'acheter ton billet de retour pour

Cambridge. Je ne pense pas que ce soit aussi drôle sans moi de te cacher dans les toilettes. Sans compter qu'en l'espace de deux jours seulement, tu m'as transformé et je suis devenu un réfractaire assagi.

Ce n'est pas un au revoir, car je reviendrai. Je sais que tu ne veux pas de promesses, mais c'en est une. Je n'ai pas l'intention de te dire adieu, Emily. Alors, ne m'oublie pas.

Je t'aime.

Robbie

32

Août 1962
Blickley, Norfolk

Il avait plu tous les jours de ce mois d'août.
Emily accrocha son chapeau et secoua sur le pas
de la porte les fleurs qu'elle venait de couper dans
le jardin pour les débarrasser du plus gros de l'eau.
Dans la cuisine, sa mère était assise à la table,
fronçant les sourcils devant des mots croisés. Elle
releva la tête quand Emily entra.

« Les hommes se fichent des fleurs, dit-elle. Tu
perds ton temps et tu gaspilles mes dahlias.

— Tu mets toujours une fleur dans la chambre
d'amis quand Christopher vient pour le week-end. »
Emily alla remplir un vase à l'évier.

« Christopher, ce n'est pas pareil. Il apprécie les
jolies choses. » Charlotte posa son crayon. « Tu ne
connais même pas ce garçon, Emily.

— Je le connais très bien. Et il nous rend juste
visite, c'est tout.

— Tu es trop jeune pour gâcher ta vie avec lui.
Quand je pense à tous ces efforts que tu as faits
pour être admise à Cambridge...

— Je n'ai pas l'intention de gâcher ma vie. C'est juste une visite, mère, insista Emily. Il était en Italie et à Malte, et il passe quelques jours en Angleterre.

— Mais tu ignores combien de temps, n'est-ce pas ? »

Emily ne put s'empêcher de rougir. « Il ne te dérangera pas, ne t'inquiète pas. Je m'occuperai du repas.

— Tu laisses déjà tout tomber pour lui. Tu ne dois pas réviser pour ton diplôme dont tu es si fière ? Si tu veux devenir un médecin, il vaudrait peut-être mieux que tu ne traînes pas avec des garçons cet été. Ton père a été très généreux en...

— Je ne traîne pas et je ne m'enfuis pas avec lui. Il nous rend simplement visite, répéta encore une fois Emily. J'ai tout le temps qu'il faut pour préparer mes examens.

— Méfie-toi, car les femmes se font piéger, Emily, si elles ne sont pas prudentes. Il suffit d'une erreur pour que tous tes rêves s'envolent.

— Mère. » Les joues d'Emily la brûlaient à présent. « Je ne suis pas stupide à ce point-là.

— Je l'espère. Parce que ce n'est pas uniquement ta carrière qui est en jeu, mais ton avenir. Tu risques de mettre ta réputation en péril, ta vie entière. Tu connais à peine cet homme, et une fois qu'il sera parti tu n'en trouveras peut-être pas un autre qui voudra de toi... »

Le père d'Emily entra à ce moment-là dans la cuisine en sifflotant et Charlotte se tut brusquement. Elle ramassa son crayon et retourna à ses mots croisés.

Emily regrettait de ne pas être restée à Cambridge pour l'été. Plusieurs filles de son collège avaient loué des appartements et trouvé du travail. Elle pourrait être en train de préparer sa chambre pour la venue de Robbie, donner libre cours à sa joie, au lieu de se disputer avec sa mère. Mais Polly avait insisté pour qu'elle rentre, et son père lui avait proposé d'assister à ses consultations.

Il se remplit un verre d'eau au robinet. « Son train arrive bien à deux heures, n'est-ce pas ? demanda-t-il à Emily.

— Oui, à deux heures.

— Je serai prêt avec la voiture. » Il jeta un coup d'œil aux mots croisés par-dessus l'épaule de Charlotte puis ressortit. Emily, qui disposait les fleurs dans le vase, n'osait plus adresser la parole à sa mère. Une fois qu'elle eut terminé, elle souleva le vase et s'apprêtait à sortir à son tour quand Charlotte lança :

« C'est juste que tu ne sais pratiquement rien de lui. Tandis que Christopher...

— Christopher est mon ami, mon meilleur ami, mais rien de plus.

— Vous serez tous les deux docteurs un jour. Vous avez tellement de choses en commun. Et il a de merveilleuses relations qui...

— Je me fiche d'avoir des *relations*.

— Peut-être, mais ce n'est pas le cas de tout le monde. Christopher pourrait te rendre la vie tellement plus facile. C'est un élément que tu dois prendre en considération, Emily.

— Jamais je ne pourrais me marier avec Christopher. Pas même pour te satisfaire.

— Oh, après tout, cette conversation est peut-être inutile et ce Robbie ne viendra même pas au bout du compte. D'après ce que tu en dis, ce n'est pas quelqu'un de très fiable. »

Emily sortit de la cuisine le cœur battant et les doigts moites sur le vase.

Debout sur le quai de la gare, Emily resserra son imperméable autour d'elle. Le train était en retard. Peut-être n'avait-il pas pris celui-ci ; sa lettre avait été postée de France, trois jours auparavant. Les vents étaient-ils prévisibles au milieu de la Manche ? Pouvait-on s'y perdre ? Les trains roulaient-ils normalement depuis Portsmouth ? Pourquoi ne l'avait-il pas appelée à son arrivée en Angleterre ? À moins qu'il n'ait pas encore débarqué. Et si elle venait de passer trois jours à se ronger les sangs en vain ; et si elle était allée chez le coiffeur, s'était acheté un nouveau rouge à lèvres et une nouvelle robe pour rien ? Qui sait si tout cela n'était pas juste qu'une perte de temps : tout ce soin apporté à la préparation de la chambre d'amis, les fleurs dans le vase, les innombrables promesses à sa mère pour lui assurer qu'elle n'aurait à se soucier de rien, que si, effectivement, elle ignorait s'il restait un jour ou deux, tout se passerait bien, qu'elle était sûre qu'il aimerait sa cuisine, que oui, certes, c'était peut-être bizarre de recevoir un étranger à la maison, mais ils s'écrivaient depuis des *mois*, maman.

Elle n'avait pas raconté à ses parents qu'il ne cessait de lui dire dans ses lettres qu'il l'aimait et qu'il allait l'épouser. Elle ne croyait pas tout à fait à ces phrases-là, les jugeant par trop excessives. Elle lisait en revanche plusieurs fois de suite les passages où il lui décrivait ses voyages et les imaginait en esprit. Mais les déclarations d'amour, elle les sautait, presque gênée, puis une sorte de faim la saisissait quelques minutes plus tard, et elle y revenait et murmurait tout bas ses mots, encore et encore, jusqu'à les graver dans sa mémoire. *Ma bien-aimée ma chérie ma beauté mon amour mon unique trésor. Tu es à moi. Je t'aime.*

Elle les caressait du bout de l'index et, à force, l'encre restait sur son doigt. Ses mots, écrits de sa main, visibles sur sa peau.

Quarante-huit heures, ils avaient passé quarante-huit heures ensemble.

Peut-être qu'il ne viendrait pas, finalement. Peut-être que sa mère avait raison.

Elle remonta le col de son imperméable.

Polly était persuadée que Robbie viendrait. Ses lettres arrivaient par paquets, postées de tous les ports où il se trouvait, et comme Emily était rentrée chez ses parents pour les vacances d'été Polly avait insisté pour qu'elle les lui lise dès qu'elle les découvrait dans la boîte aux lettres. « C'est l'homme qui t'a sauvée quand tu étais au milieu de la rivière ? C'est tellement romantique, Em. Il était si séduisant. »

Emily lisait à Polly ce qui se rapportait aux voyages et aux endroits que Robbie visitait, laissant de côté les mots d'amour, même si Polly pestait et lui reprochait de la priver des passages sentimentaux. Elle était convaincue que si elle ne cachait pas les lettres, sa petite sœur les lirait en douce. C'est pourquoi elle s'arrangeait pour intercepter le facteur avant elle : Polly, elle le savait, ne se gênerait pas pour les décacheter.

Emily jeta un coup d'œil à sa montre puis se pencha vers la voie ferrée. Le train avait quinze minutes de retard et visiblement rien n'annonçait qu'il approchait.

Son père attendait dans la voiture, devant la gare. À tous les coups, il avait allumé sa pipe et lisait le journal. Accepterait-il Robbie ? Il *fallait* qu'il l'accepte. Son père aimait tout le monde ; c'était un médecin estimé de tous. Il ne pouvait pas descendre la rue principale du village sans être interpellé par cinq ou six personnes au moins, empressées de le saluer, de lui donner des nouvelles, de lui parler du temps. Parfois, juste pour le remercier. Quand Emily l'accompagnait, elle ressentait, de façon indirecte, le plaisir de se savoir apprécié, respecté. On n'arrivait pas à cela en n'aimant pas les gens.

C'était la première fois qu'elle invitait un garçon chez elle. Enfin, mis à part Christopher. Ses parents adoraient Christopher. Mais il ne leur avait pas rendu visite cet été. Il était parti dans le sud de la France avec sa famille et elle n'avait reçu que quelques lettres prudentes. Très polies.

Polly n'avait pas réclamé qu'elle les lui lise.

Le bruit d'un train approchait. Le cœur d'Emily s'emballa aussitôt et elle s'avança sur le bord du quai, guettant son arrivée. Enfin, elle l'aperçut, une longue silhouette noire sous la pluie, grandissant bien trop lentement à son goût.

Elle se dressa sur la pointe des pieds et fouilla du regard les fenêtres tandis que le train ralentissait le long du quai. Où était Robbie ? Les quelques minutes entre l'arrêt final et l'ouverture des portes parurent durer une éternité, insupportable. Un couple âgé descendit en tirant ses bagages, suivi d'une mère avec son enfant qu'elle tenait par la main, puis de trois hommes en costume, d'une femme portant un petit chien dans ses bras, et en dernier, agile, décontracté, les cheveux noirs, avec le même blouson élimé, le même sac marin à l'épaule, Robbie.

Il l'aperçut en même temps qu'elle le reconnut, et ils coururent l'un vers l'autre et s'enlacèrent.

Pourquoi la sensation lui était-elle aussi familière? Alors qu'elle avait passé bien plus de temps loin de lui qu'auprès de lui? Deux jours, deux nuits, et il s'était imprimé en elle à jamais?

Il l'embrassa, et, malgré la pluie qui tombait à verse sur eux, ni l'un ni l'autre ne sembla le remarquer.

Le docteur Greaves sortit de la voiture quand ils approchèrent et tapota sa pipe contre la portière. Robbie lâcha Emily, qu'il tenait par la taille, pour lui tendre la main.

« Docteur Greaves, dit-il. Ravi de vous rencontrer. Robert Brandon. »

Ils se serrèrent la main chaleureusement. Voyant que le sourire de son père était sincère, Emily poussa un soupir de soulagement.

« Emily ne nous avait pas dit que vous étiez américain, fit-il observer.

— Vraiment? Elle avait sans doute peur que vous n'ouvriez pas votre porte à un Yankee!

— Pas du tout, répondit-il. Laissez-moi prendre votre sac.

— Certainement pas. » Robbie le déposa lui-même sur le siège arrière et Emily lui fit signe de monter à l'avant.

Assise derrière lui, ce qui lui permettait de n'être troublée ni par son regard ni par ses caresses, elle remarqua qu'il était plus bronzé que la dernière fois qu'elle l'avait vu, et qu'il s'était fait couper les cheveux. Peut-être était-il allé chez le coiffeur lui aussi à son arrivée en Angleterre, parce qu'il savait qu'ils se verraient?

Il se retourna et lui sourit et elle lui rendit son sourire, tout son corps en émoi.

« Vous êtes marin, alors? dit le docteur Greaves en quittant le parking de la gare.

— Je construis des bateaux, aussi. Je ne suis pas assez bien pour votre fille, j'en ai bien peur.

— Je pense que c'est à elle de le décider. Vous vous êtes rencontrés à Cambridge, si j'ai bien compris.

— Oui, monsieur. Je visitais la ville. Nous avions fait escale à Suffolk sur notre route pour l'Italie où nous convoyions un voilier.

— Et quels sont vos projets d'avenir?

— Tout dépend de votre fille. »

Emily écoutait à moitié leur bavardage. Son père interrogeait Robbie sur son voyage, les endroits qu'il avait vus, et si elle reconnaissait de temps en temps un nom qu'il avait mentionné dans ses lettres, c'était plus le ton de leurs voix qu'elle percevait que ce qu'ils disaient. Elle était libre, elle allait devenir médecin, elle n'avait pas à se soucier que son père apprécie ou non le garçon de son choix. Pourtant, son jugement comptait pour elle, il comptait beaucoup. Et parce que son père était par nature si poli et aimable, Emily était incapable de savoir s'il approuvait vraiment Robbie ou s'il se comportait comme à son habitude.

Sa bouche la brûlait encore des baisers de Robbie. Elle se retenait de tendre la main pour enfouir ses doigts dans ses cheveux, tracer le pourtour de son oreille. Il lui arrivait certains matins de se réveiller en pensant qu'il était près d'elle dans le lit. Heureusement qu'elle était assise à l'arrière, où son père ne pouvait pas voir à quel point ses yeux brillaient de désir. Comment le cacherait-elle à sa famille quand ils seraient tous réunis ?

Et est-ce qu'elle oserait rejoindre Robbie dans sa chambre pendant la nuit ? Elle était juste à côté de la sienne, mais le plancher craquait ; elle l'avait testé.

« Quelle magnifique demeure ! »

L'exclamation de Robbie la fit brusquement redescendre sur terre. Son père s'était garé devant la maison, une construction datant de l'époque victorienne, en brique et silex, avec de grandes fenêtres à guillotine peintes en blanc et un porche vert brillant. Elle la regarda du point de vue de Robbie, et songea qu'elle devait lui paraître bien massive, lourde, peut-être, après des mois passés sur un gracieux voilier aux lignes pures.

La porte s'ouvrit et Polly sortit précipitamment. « Salut, salut, salut, vous vous souvenez de moi ? cria-t-elle dès qu'ils descendirent de la voiture.

— Bien sûr que je me souviens de toi, Paulina, répondit Robbie, et la jeune fille hurla de plus belle et le serra dans ses bras.

— Entrez, entrez, ne restez pas sous la pluie. Je vais vous montrer la maison. Maman a mal à la tête et elle a dit qu'elle ne nous rejoindrait qu'à l'heure du thé, alors il ne faut pas faire de bruit. »

Robbie eut juste le temps d'adresser un clin d'œil à Emily en prenant son sac. Polly l'attrapait déjà par la main et l'entraînait vers le porche. Tout en les suivant, Emily s'empêcha de demander à son père ce qu'il pensait du jeune homme. « C'est un garçon sympathique, qui semble heureux d'avoir autant voyagé », lui confia-t-il au moment de franchir le seuil.

Emily préféra garder le silence, de peur de se trahir ; elle savait qu'une réponse dans un sens ou dans un autre révélerait à quel point le jugement de son père importait. Que sa mère soit au lit avec une migraine n'augurait rien de bon, mais si son père appréciait Robbie, il pourrait peut-être l'influencer...

« Tu l'aimes beaucoup, n'est-ce pas ? » ajouta-t-il. Emily opina. « Eh bien, j'espère que nous l'aimerons tous, nous aussi.

— Polly l'adore », fit observer Emily en grimaçant quand la voix de Petula Clark monta de la chambre de la jeune fille.

Ce ne fut pas chose aisée de se débarrasser de Polly pour aller se promener, rien que tous les deux, blottis sous un parapluie. Ils marchèrent le long de chemins détrempés et boueux, protégés par les haies, et Robbie lui volait un baiser tous les trois pas.

Jamais Emily n'avait été aussi immensément heureuse.

« Ta famille est sympa, dit Robbie.

— Tu n'as pas encore rencontré ma mère. Elle peut être... difficile.

— *Elle* ne m'a pas encore rencontré. Je vais la séduire avec mon charme yankee.

— Je ne doute pas un seul instant de ton charme yankee, mais maman est très forte pour ne pas changer d'avis. Nous avons une relation intéressante, à savoir qu'elle me dit tout ce qui ne va pas chez moi et je ne suis pas autorisée à faire de même.

— Ton père, lui, me paraît être un type formidable. Quant à Polly, c'est un amour.

— Polly n'a pas les mêmes problèmes que moi avec notre mère. C'est plus facile entre elles deux, pour une raison ou une autre. Mais papa est un type chouette, oui, c'est vrai.

— Je comprends pourquoi tu l'admires autant.

— Je veux juste être comme lui. Sauf que médecin dans un petit village, ça ne m'attire pas beaucoup. Je préférerais exercer mon métier dans un endroit où je peux vraiment aider les gens. Dans un hôpital, par exemple, ou à l'étranger peut-être.

— Tu peux être médecin sur un bateau et aller de port en port soigner les gens dans le besoin.

— Et porter un maillot de bain au lieu d'une blouse et un diadème comme Wonder Woman ?

— Ça ne me déplairait pas. » Il la serra alors contre lui avec fougue. « Je suis tellement heureux de te voir, chérie. J'ai pensé à toi tous les jours.

— Je sais, murmura-t-elle. J'ai reçu tes lettres.

— Et moi, les tiennes, dans chaque port où on s'arrêtait. Tu n'imagines pas comme les voyages me paraissaient longs quand je savais qu'une lettre de toi m'attendait.

— Pardon.

— Tu n'as pas à t'excuser. »

Elle l'embrassa sur le front, les joues, les sourcils. Elle n'avait pas du tout l'impression d'être en présence d'un homme qu'elle connaissait à peine. « C'est de la folie, dit-elle.

— Mais une forme de folie positive. » Il glissa ses bras autour de sa taille et la souleva légèrement du sol. « Je crois même que c'est le genre de folie qui n'arrive qu'une seule fois dans la vie.

412

— J'espère. Je ne pourrais pas faire face à autant de stress autrement. »

Il la reposa à terre. « J'ai eu beaucoup de temps pour réfléchir pendant que nous étions séparés.

— Dennis et Art ont dû apprécier.

— Ils se moquaient de moi et disaient que tu m'avais changé. Art est persuadé que c'est l'occasion pour lui de devenir le Casanova du bateau. Quand j'ai quitté l'Italie, il était fiancé à sept filles différentes.

— Il restera peut-être là-bas et les épousera toutes les sept.

— Il est plus probable qu'il soit chassé du pays par des grands-mères italiennes armées de fourches et de torches enflammées ». Robbie sourit. « Dennis et lui envisageaient de pousser jusqu'en Grèce et d'aller peut-être ensuite en Afrique du Nord, s'ils trouvaient du travail. Ramener *Nora Mae* au printemps prochain.

— Tu vas rater ça. C'est ce que tu voulais faire, voyager et voir le monde. Tu aurais dû les suivre.

— Non. C'est toi que je voulais voir, plus que tout. » Il l'étreignit plus fort. « Mais ce coin du monde vaut aussi le coup d'être vu. L'Angleterre est un pays tellement vert.

— Sans doute à cause de toute cette pluie.

— Je préfère être sous la pluie avec toi qu'au soleil avec des dizaines d'Italiennes qui n'ont plus de grands-mères. En parlant de ça... » Il fouilla dans sa poche et en sortit une petite boîte en cuir qu'il plaça dans la main d'Emily.

Elle était rouge, avec un rebord doré. Emily la regarda fixement. « J'espère que ce n'est pas ce que je crains, dit-elle.

— Ouvre et tu verras. »

Lentement, elle ouvrit la petite boîte. Sur un coussin en velours blanc était nichée une bague en or, composée de deux mains unies, la plus petite, celle de la femme, à l'intérieur de la plus grosse, celle de l'homme. Elle retint sa respiration.

Elle n'avait jamais vu ce modèle, mais elle était parfaite. Deux mains, jointes, ensemble, prisonnières de l'or, à jamais.

« Un diamant était trop cher pour ma bourse, dit Robbie, mais c'est la bague traditionnelle italienne. Elle n'est pas neuve non plus, alors si tu ne l'aimes pas, je peux trouver autre chose... »

Les larmes aux yeux, elle releva la tête. Il s'arrêta de parler.

Pour la première fois depuis qu'elle l'avait rencontré, il paraissait moins sûr de lui, et en le découvrant ainsi vulnérable sa gorge se noua.

« Elle est magnifique, parvint-elle à dire. Elle... » Elle essuya une larme. « Robbie, ce n'est pas possible.

— Si, c'est possible.

— On ne vit même pas dans le même pays. Tu veux voyager, et moi... j'ai encore quatre ans d'études pour obtenir mon diplôme, et ensuite, je devrai faire des stages. On ne peut pas se marier.

— Chérie, on peut faire tout ce qu'on veut. »

Elle secoua la tête. « Où vivrions-nous ? Comment pourrions-nous habiter sous le même toit ? Tu as tes rêves et j'ai les miens.

— Dès l'instant où j'ai posé les yeux sur toi, tu étais présente dans tous mes rêves.

— Mais comment allons-nous faire ?

— Je ne sais pas. Je peux rester en Angleterre pendant un moment, travailler sur un chantier naval. Peut-être serons-nous obligés de continuer de nous écrire le temps que tu termines tes études. Peu importe, on y arrivera. Ça ne m'ennuie pas d'attendre, Emily. Ça ne m'ennuie pas d'attendre des années.

— On se connaît à peine.

— On sait de l'autre ce qui compte. Tu n'es pas d'accord ? »

Elle le regarda à travers ses larmes. Robbie était fou – impulsif, prêt à prendre des risques, courageux, capable de changer sa vie entière sur une rencontre fortuite. Elle... elle n'était pas comme ça. Elle planifiait, avait des objectifs, avançait à petits pas, travaillait dur.

Elle l'aimait. Elle ne comprenait pas comment cela pouvait être possible, mais elle était sûre de l'aimer. Il était entré dans son cœur et avait bouleversé son être tout entier.

Robbie se frappa le front du plat de la main. « Que je suis bête, je fais tout à l'envers ! Essayons autrement. » Il reprit la bague, lui donna le parapluie, et s'agenouilla sur le chemin devant elle. Ses genoux s'enfonçaient dans la boue. La pluie ruisselait sur son visage.

« Emily Greaves, je t'aime. Quoi qu'il arrive, quoi qu'il en coûte, je veux passer le restant de ma vie avec toi. Peu importe ce que la vie mettra en travers de notre chemin, nous nous débrouillerons toujours tant que nous serons ensemble. » Il sortit la bague de la boîte et la lui tendit, un anneau en or parfait, deux mains jointes.

« Veux-tu m'épouser ?

— Robbie... »

Une énorme goutte d'eau roula du parapluie sur son front. Il ne l'essuya pas, mais continua de tenir la bague devant elle, les yeux plongés dans les siens.

« Oh, pour l'amour de Dieu, relève-toi! Tout cela est ridicule. Si nous sommes encore ensemble dans un an, peut-être pourrons-nous alors en reparler, mais... Ne peut-on pas être juste heureux là, maintenant?

— Si, c'est possible. Mais on sera plus heureux si tu promets de m'épouser. S'il te plaît, Emily »

Ses yeux noirs, sa bouche, qui souriait souvent, à présent grave. Ses cheveux qu'il avait spécialement coupés pour elle, la façon dont la pluie avait gorgé d'eau le col de sa chemise. La façon dont il voyait la vie comme une aventure. La bague qu'il avait achetée pour elle à des milliers de kilomètres de là et qu'elle n'avait jamais vue auparavant, mais avait reconnue, tout de suite, comme la bague qu'elle attendait, la seule et l'unique.

« D'accord, répondit-elle. Oui, Robbie, je t'épouserai. »

Le bonheur émerveillé se lut sur tout son visage. Chassa les nuages.

Il glissa l'anneau à son doigt, et il lui allait parfaitement, comme elle savait que ce serait le cas. Puis il se releva, l'enlaça et l'embrassa, et ils mirent un moment avant de se rendre compte qu'ils avaient lâché le parapluie.

Robbie monta dans la chambre d'amis pour se changer et Emily alla dans la cuisine de laquelle s'échappaient diverses odeurs. Cela ne pouvait signifier que deux choses : ou sa mère était debout ou Polly avait décidé de se charger du dîner. Dans un cas comme dans l'autre, Emily avait de bonnes raisons d'être inquiète.

Elles étaient là toutes les deux. Sa mère posait un couvercle sur la casserole de pommes de terre, et Polly épluchait des carottes. « Tu vas mieux ? demanda Emily à sa mère en s'approchant de l'évier pour laver la salade.

— Un peu. Mais il se fait tard, et tout le monde a faim.

— Tu aurais dû rester au lit. J'aurais pu m'en occuper. »

Polly la rejoignit près de l'évier avec les carottes. Elle poussa un petit cri « C'est quoi ? dit-elle en se penchant sur la main d'Emily. C'est lui qui te l'a donnée ? »

Emily cacha sa main sous une feuille de salade. Elle fut tentée de retirer la bague et de faire comme si Polly n'avait rien vu – elle la supplierait de garder le secret plus tard –, mais la bague était si belle, et elle n'avait rien à se reprocher.

Sa mère s'approcha à son tour de l'évier. « Emily, dit-elle, est-ce une bague que je vois à ton doigt ?

— Oui. Elle vient d'Italie.

— Oh, c'est tellement romantique..., se pâma Polly.

— N'as-tu donc rien écouté de ce que je t'ai dit ? »

Elle releva le menton. « C'est ma vie, mère. Et je suis une adulte.

— Tu as vingt ans. Tu ne sais rien. Tu crois que le monde n'existe que pour ton plaisir.

— C'est une bague de fiançailles ? C'est bien à ce doigt-là qu'on la met, n'est-ce pas ? demanda Polly.

— Nous ne nous marierons pas tant que nous ne serons pas prêts. Je dois finir mes études, passer mon diplôme et...

— Dans ce cas, il est inutile d'en parler, déclara Charlotte.

— Mère, je l'aime.

— Maman, intervint Polly, ils sont si *mignons* tous les deux, et ses lettres, tu n'imagines pas...

— Polly, coupa Charlotte, j'aimerais que tu sortes de la pièce, s'il te plaît. »

Polly se renfrogna et partit en leur jetant un coup d'œil par-dessus l'épaule. Emily l'entendit monter l'escalier en tapant du pied.

Sur la cuisinière, les pommes de terre se mirent à bouillir et le couvercle de la casserole tremblota.

Emily posa la salade à côté de l'évier. « C'est à moi de prendre la décision », déclara-t-elle.

Charlotte serra la mâchoire. « Tu as vingt ans. Certaines filles sont adultes à cet âge, mais pas toi. Tu es encore une enfant. Toute ta vie, tu n'as rien eu à faire. Ton père et moi, nous nous sommes démenés pour que tu ne manques de rien. Et maintenant, tu penses que tout va continuer toujours comme ça. Tu veux quelque chose, et tu l'as.

— C'est faux, mère. Je vous suis reconnaissante, à papa et à toi. Mais j'ai travaillé dur.

— Tu le connais à peine. Il t'a écrit quelques lettres, et toi, tu te vois déjà en train de vivre un conte de fées. Tu crois peut-être qu'il va t'attendre ?

— Je sais qu'il va m'attendre.

— Les hommes ne sont pas comme ça, Emily.

— Papa est comme ça.

— Ton père est... On ne rencontre pas des hommes comme James tous les jours.

— Ce n'est pas ce que je cherche. J'ai rencontré un homme, je l'aime et je l'épouserai. D'ici quelques années, mère, quand nous serons prêts.

« — Comment sais-tu qu'il t'attendra ? Qu'il reviendra ?

— Parce qu'il me l'a dit.

— Mais comment le *sais*-tu ?

— Comment savoir, comment savoir ? répéta Emily d'une voix exaspérée. Je lui fais confiance et je suis prête à courir le risque.

— Tu ignores ce qui peut arriver. Tu as été tellement protégée que tu ne sais rien.

— Mère, tu n'as même pas rencontré Robbie.

— Euh... ce n'est pas le bon moment, il me semble. »

Emily virevolta. Robbie se tenait dans l'encadrement de la porte, un petit sourire gêné et attendrissant au visage, et elle fut émerveillée par son culot. Il était persuadé de gagner les bonnes grâces de sa mère grâce à son charme, même s'il avait sans doute entendu une bonne partie de leur échange.

Son cœur se gonfla d'amour rien qu'à cette idée. Séducteur, un rayon de soleil, sûr de lui.

« Je peux vous aider ? demanda-t-il. Je suis un assez bon cuisinier tant que vous me dites quoi faire. »

Emily lui sourit et s'apprêtait à lui prendre la main quand elle remarqua que son expression passait de la surprise à l'affolement.

« Mrs Greaves ? Madame ? Ça va ? »

Il s'avança, et Emily se retourna pour voir sa mère, debout contre la cuisinière, le visage devenu blême. Alors qu'elle l'observait, Charlotte lâcha la cuillère qu'elle tenait à la main et qui résonna en heurtant les tomettes.

33

« Maman ? »

Le visage de Charlotte évoquait un masque effroyable, blanc, avec des trous à la place des yeux et de la bouche. Derrière elle, les pommes de terre bouillaient en sifflant. De l'eau s'échappait de la casserole et éteignit la flamme du brûleur. Charlotte continuait de fixer Robbie.

« Sortez de ma maison, dit-elle, la voix rauque.

— Mais maman ? »

Emily posa une main sur le bras de sa mère qui la repoussa immédiatement.

« Sortez d'ici, répéta-t-elle. Sortez de chez moi. Ne remettez plus jamais les pieds ici.

— Mrs Greaves, je...

— *Dehors !* »

Elle hurla, avec une horreur indicible dans le regard. Une expression de fureur qu'Emily ne lui avait jamais vue.

James se précipita dans la cuisine. « Charlotte, que se passe-t-il ?

— Fais-le partir. Fais-le partir d'ici. Fais-le... »

Robbie recula vivement. Emily entendit la porte d'entrée se refermer. Les yeux écarquillés, elle scruta sa mère et son père, qui tenait sa femme par les épaules. Puis elle courut après Robbie.

Il attendait dans l'allée, sous la pluie. Il avait l'air terrifié, elle-même l'était. « Qu'est-ce qui s'est passé ?

— Je ne sais pas.

— Pourquoi elle m'a demandé de partir ? Est-ce que j'ai dit quelque chose qu'il ne fallait pas ?

— Si c'est le cas, je ne sais pas non plus ce que c'est. Elle n'était pas... elle n'aimait pas l'idée de nos fiançailles, mais cela semble...

— Elle va bien ? Tu disais qu'elle avait mal à la tête.

— Mon père est avec elle. Robbie... »

Elle se blottit dans ses bras. Sa mère avait montré d'elle une facette totalement différente de la femme qu'elle était habituellement. Perdant complètement le contrôle d'elle-même, habitée par un sentiment de haine violent qu'elle était incapable d'expliquer.

« J'ai l'impression que c'est arrivé dès qu'elle m'a vu, reprit Robbie. Elle avait l'air en colère, mais quand je suis entré, elle a... J'ai cru qu'elle allait défaillir.

— On aurait presque dit qu'elle te connaissait. Tu ne l'as jamais rencontrée, n'est-ce pas ?

— Pas que je sache. » Il secoua la tête. « Non, je ne crois pas. Je m'en souviendrais si j'avais rencontré quelqu'un qui me hait autant.

— Ce doit être une erreur. Elle doit te prendre pour quelqu'un d'autre. Ou alors, elle est plus en colère que je ne le pensais au sujet de nos fiançailles. » Elle leva les yeux vers lui. « Qu'est-ce qu'on va faire ?

— Je ne sais pas.

— Tu ne peux pas rester dehors comme ça. Il faut que j'aille lui parler.

— Tu crois qu'il vaudrait mieux que je dorme ailleurs ?

— Robbie, je ne comprends pas ce qui lui a pris. Je suis désolée.

— C'est bon, ne t'inquiète pas. Je vais attendre qu'elle se calme. Est-ce qu'il y a un hôtel dans les parages ?

— Le pub a des chambres. » Elle hésita. « Il est peut-être préférable que tu ne retournes pas dans la maison. Je vais chercher ton sac et emprunter les clés de voiture de papa. Attends-moi. »

Une fois dans la maison, elle ramassa les clés dans le bol près de la porte d'entrée puis se dirigea vers la cuisine. Sa mère était assise à la table, la tête entre les mains, et son père se tenait près d'elle, lui caressant doucement le dos. Il lui avait servi un verre d'eau.

« Maman ? » appela Emily. Charlotte tressaillit, mais ne releva pas la tête. Emily croisa le regard de son père, et d'un battement de cils il lui fit comprendre de les laisser seuls.

Depuis le haut des marches, Polly demanda : « Que se passe-t-il, Em ? Pourquoi maman criait-elle ? J'ai essayé de savoir, papa m'a renvoyée. Contre qui criait-elle ?

— J'ignore ce qu'il se passe, répondit Emily. Je vais conduire Robbie au Royal Oak pour voir s'il peut prendre une chambre là-bas.

— Tu vas rester avec lui ?

— Je... je ne sais pas.

— Il y a un problème avec maman ? Ou est-ce que c'est juste qu'elle n'aime pas Robbie.

— Je ne sais pas, répéta Polly. Je n'en sais pas plus que toi. Reste dans ta chambre pour l'instant, promis ? À tout à l'heure. »

Ils roulèrent jusqu'au pub en silence. Emily avait l'impression que quelque chose s'était brisé. La bague pesait brusquement lourd à son doigt, et elle n'arrêtait pas de jeter des coups d'œil à ces deux mains liées à jamais dans l'or.

Au Royal Oak, Colin Farmer qui tenait le bar leur annonça qu'il lui restait une chambre de disponible. « Vous êtes venu rendre visite aux Greaves ? demanda-t-il à Robbie. Ce sont des gens merveilleux. Mon frère serait mort si le Dr Greaves ne l'avait pas envoyé à l'hôpital après avoir diagnostiqué son appendicite. L'appendice était à deux doigts d'éclater.

— Oui, fit Robbie, c'est une famille formidable. Dites, je pourrais avoir une de ces bières ? Emily, tu veux boire quelque chose ?

— Une limonade, s'il te plaît. »

Colin tendit la clé de la chambre à Robbie. « C'est en haut de l'escalier, première porte à droite. Je peux vous y conduire, après avoir servi mes clients.

— Inutile, je trouverai. » Ils emportèrent leurs verres à une table dans un coin de la salle. Il n'y avait pas beaucoup de monde à cette heure, mais Emily reconnut plusieurs personnes. Elle leur adressa un vague signe de tête et répondit à leurs saluts, avec la sensation de se trouver dans un univers parallèle où rien d'étrange ne s'était produit.

Robbie but sa bière pratiquement d'un trait. « C'est quoi, le plan ? demanda-t-il. Est-ce qu'on va se faire discrets jusqu'à ce que ta mère nous explique ce qui se passe ?

— On ne peut pas parler de ça ici. La plupart des gens qui sont dans ce pub connaissent ma famille.

— Dans ce cas, allons dans la chambre, on pourra parler en privé.

— Non, ce n'est pas possible. Je ne peux pas monter avec toi.

— Bien sûr que tu peux. Tu peux faire ce que tu veux.

— Tu ignores comme les rumeurs vont vite ici.

— On est fiancés, Emily. Et tu t'en fiches de ce que pensent les gens. »

Elle but une gorgée de sa limonade. Les bulles lui picotèrent la langue et les lèvres.

« Bon, je suppose que ça répond à ma question de savoir si tu retournes chez tes parents ou si tu restes avec moi.

— Il faut que j'aille voir si ma mère va mieux, et que j'essaie de comprendre ce qui se passe. »

Robbie acquiesça. Puis il tendit la main et effleura la bague du bout de l'index. « Quel que soit le problème, on le surmontera ensemble. C'est ce qui a été décidé. »

Emily déglutit avec difficulté, et essaya de ne pas imaginer un cas de figure où elle se retrouverait à devoir choisir entre sa mère et Robbie. Entre la femme qui l'avait mise au monde et l'homme qu'elle connaissait depuis si peu de temps, et qu'elle aimait.

Ça n'arriverait pas, bien sûr. La situation était bizarre, certes, pourtant il y avait sûrement une explication. Sa famille ne donnait pas dans le mélodrame. À part l'enthousiasme de Polly pour la pop musique et le romanesque, personne chez elle ne haussait jamais le ton. En général, sa mère exprimait sa désapprobation par des critiques ou par le silence, mais certainement pas par des cris.

Ce n'était qu'un malentendu. Elle n'aurait pas à choisir entre sa mère et Robbie. Ce genre de chose n'existait que dans la tragédie grecque ou les soap operas, pas dans la vraie vie. Pas dans un village comme Blickley, où les habitants bavardaient joyeusement dans le pub, et où l'événement le plus dramatique se résumait à une appendicite évitée de justesse.

Mais si elle devait quand même choisir...

Elle choisirait Robbie. N'est-ce pas ? N'était-ce pas ce à quoi elle s'était engagée en promettant de l'épouser ?

Mais si ce n'était pas ça, qu'avait-elle promis, alors ? Est-ce qu'elle avait été aussi insouciante et impulsive que sa mère le disait ?

« Emily ? »

Elle était si concentrée sur la bague et le doigt de Robbie qui courait sur les deux mains jointes qu'elle sursauta lorsqu'elle releva la tête.

« On surmontera ça ensemble, répéta-t-il. Quoi qu'il arrive. Le destin en a décidé ainsi, pour nous deux. »

Elle hocha la tête. Deux jours, elle n'avait passé que deux jours avec lui. Deux jours et deux nuits. Et ensuite tous ces mois à s'écrire, à s'écrire des lettres où le désir se lisait dans chaque ligne. Et enfin, cette bague : si réelle à son doigt.

Il lui serra la main. « Je vais me prendre une autre bière. Tu veux quelque chose ?

— Non, merci. »

Il alla au bar et elle sentit les regards des autres clients sur eux. Ils pouvaient être un couple normal, sorti boire un verre avant de dîner en famille, avec une famille heureuse et normale. Pourquoi les gens supposeraient-ils que quelque chose clochait ?

Robbie revint avec une pinte, dont il but immédiatement une longue gorgée.

« Tu ne vas pas... », commença-t-elle.

Il s'essuya la bouche du revers de la main. « Je ne vais pas quoi ?

— Comme je dois te laisser ici, il vaudrait mieux que tu ne boives pas trop, tu comprends ? Parce que je risque d'avoir besoin de toi. »

Il fronça les sourcils. « Je n'ai pas l'intention de me soûler, si c'est à ça que tu penses.

— C'est juste que tu vides tes verres si rapidement.

— L'après-midi a été étrange. J'ai besoin d'un petit remontant. Mais je ne suis pas comme mon père, Emily. Je ne suis pas alcoolique.

— Ce n'est pas ce que j'insinuais. Je ne connais même pas ton père. Je disais juste...

— C'est ma dernière bière.

— Très bien.

— Je t'attendrai ici. Appelle le pub et je viendrai te retrouver. »

Il se pencha par-dessus la table et l'embrassa sur la joue. Emily rougit, sachant qu'on les regardait.

La maison était silencieuse. Dans la cuisine, la casserole de pommes de terre se trouvait toujours sur la cuisinière, froide maintenant. « Maman ? appela Emily. Papa ?

— Ici, Emily. »

Emily suivit la voix de son père jusqu'au salon, où ses deux parents étaient assis sur le canapé. Ils se tenaient par la main, la mine sombre. Elle tourna la bague autour de son doigt, l'angoisse lui tordant l'estomac.

« Où est Polly ? demanda-t-elle.

— Chez Margaret, répondit son père. Il est inutile qu'elle soit mêlée à tout ça.

— Tout ça, quoi ? »

Ils gardèrent le silence, se contentant d'échanger un regard.

« Tout ça, quoi ? répéta Emily. Maman, tu as mis Robbie à la porte sans raison. Il est en ce moment au Royal Oak et se demande quel impair il a bien pu commettre. Je comprends que tu ne souhaites pas que je me fiance avec lui, mais ton comportement est... inexplicable. Tu ne le connais même pas.

— Si, dit sa mère tout bas. Je le connais.

— Mais comment ?

— Emily, tu ferais mieux de t'asseoir », intervint son père.

Alors qu'elle se posait sur l'accoudoir du fauteuil, elle remarqua pour la première fois la longue enveloppe blanche que sa mère tenait à la main. Emily la regarda en fronçant les sourcils.

Quoi qu'il arrive, et quelle qu'en soit l'explication, cette enveloppe renfermait la réponse.

Elle eut brusquement la nausée. Son cœur battait trop vite, sa gorge se serrait. Elle voulait revenir en arrière, retourner sur le chemin détrempé, sous la pluie et dans la boue, sur le quai de la gare. Retourner à Lowestoft et Cambridge, et à la première fois qu'elle avait vu Robbie, ses yeux noirs, son blouson en jean.

« Qu'est-ce que c'est ? » demanda-t-elle, bien qu'elle n'ait pas envie de savoir. N'ait pas envie d'aller plus loin d'aucune façon.

« Emily, commença son père, tu sais que je t'aime énormément. Ta mère et moi t'aimons énormément. Et nous sommes tellement fiers de toi. Je ne pouvais pas rêver mieux comme fille.

— Merci », répondit-elle machinalement. Ces compliments ne faisaient qu'accroître son angoisse.

« Mais James n'est pas ton père, déclara Charlotte.

— Quoi ?

— Il n'est pas ton père, mais ton beau-père.

— Tu avais un an quand ta mère et moi nous nous sommes mariés, expliqua son père.

— Un an ? Mais je...

— Ton père nous a prises toutes les deux. Une femme non mariée avec une petite fille. Il n'y a pas beaucoup d'hommes qui auraient accepté cela.

— Et je t'ai toujours, toujours considérée comme ma propre fille, au même titre que Polly.

— Mais... » Elle regarda tour à tour sa mère puis son père. Elle tenait de son père. S'intéressait comme lui à la médecine, aux sciences, était comme lui méticuleuse, soignée. Tout le monde dans la famille le disait : Emily ressemblait à sa mère, mais dans sa personnalité et son esprit, c'était le portrait craché de son père.

Elle avait toujours voulu tout faire comme lui.

« Mais... si tu n'es pas mon père, qui est-ce ?

— J'étais stupide, dit sa mère, les yeux plissés, les dents serrées. J'avais vingt ans et je croyais à toutes ses promesses. Il y avait la guerre. Je le connaissais à peine, mais je pensais que je l'aimais. Je pensais qu'il m'aimait. Il me disait qu'il reviendrait me chercher. Il n'est jamais revenu.

— Pourquoi me racontes-tu cela?

— J'étais une mère célibataire! Je veux oublier cette période de ma vie. Je ne veux plus jamais y repenser. Il a été muté. Je l'ai attendu. Et puis un jour, alors que tu n'avais que quelques mois, il m'a écrit pour me dire qu'il était déjà marié et qu'il avait un enfant. Il était marié depuis le début, mais il me l'avait caché.

— Qui était-ce? » demanda à nouveau Emily en touchant les mains jointes à son doigt, chaudes au contact de sa peau. Une bague ancienne, portée par d'autres fiancées et jeunes mariées. Qui pouvait dire combien elles étaient, à travers les âges, de l'amour à la mort?

Sa mère avala difficilement sa salive en secouant la tête, et son père répondit à sa place.

« C'était un pilote américain volontaire de la Royal Air Force. Basé à Duxford. Ce n'était pas... beaucoup de bébés de la guerre naissaient à cette époque. Tu ne peux pas en vouloir à ta mère. »

Emily dévisagea sa mère. Elle avait plus que la nausée, à présent. Elle avait l'impression qu'elle tombait.

« Comment s'appelait-il? »

Sa mère lui tendit l'enveloppe.

Comme si elle se regardait faire, Emily prit l'enveloppe. Elle vit ses mains l'ouvrir. Sortir la feuille de papier pliée en deux.

C'était un certificat de naissance, long et imprimé à l'encre rouge, avec les renseignements écrits à la main au stylo à plume. Emily Ann, née le 15 juin 1942. Nom de la mère : Charlotte Atwell.

Nom du père : Robert Edward Brandon. Profession : Pilote.

34

Quand elle vint le chercher au pub, elle avait le visage livide, les lèvres serrées. Elle n'osait pas le regarder.

Robbie avait bu deux autres pintes après son départ, mais il était loin d'être ivre. L'alcool n'avait même pratiquement eu aucun effet sur lui. Il avait arpenté sa chambre sans fin, tournant en rond dans la pièce exiguë aux murs inclinés, au plafond bas et à la fenêtre à petits carreaux. Il l'aurait trouvée pittoresque s'il n'avait pas été aussi préoccupé. Lorsqu'il vit Emily se garer dans la rue, il n'attendit pas qu'elle entre dans le pub, mais descendit l'escalier quatre à quatre et s'empressa de la rejoindre dans la voiture.

« C'est quoi le problème, alors ? » lui demanda-t-il à peine assis sur le siège côté passager. Il essaya de lui prendre la main, mais Emily la repoussa.

« Allons ailleurs », dit-elle tout bas. Et elle ne prononça pas une seule autre parole.

Il avait cessé de pleuvoir, mais les arbres étaient encore tout dégoulinants d'eau. Elle roula jusqu'à la sortie du village et prit une petite route déserte avant de s'arrêter sur un parking boueux.

Il avait répété ce qu'il voulait lui dire. Réfléchi aux arguments pour la convaincre que sa mère avait tort. Pour chaque exemple de couples qui s'étaient fiancés trop vite, il répliquerait par un meilleur exemple de coup de foudre qui avait duré une vie entière. À moins que sa mère n'aime tout simplement pas les Américains. Ou les gens aux yeux noirs. Ou les hommes en général.

En vérité, il n'avait aucune idée de ce contre quoi il devait se défendre. Il n'avait jamais vu personne réagir aussi violemment que Mrs Greaves à son égard. Ce qui s'en rapprochait le plus, à sa connaissance, c'était la réaction de sa mère la fois où la police avait raccompagné son père à la maison, soûl et le crâne fendu en deux, et encore, il s'agissait davantage de résignation que de choc.

Ou quand il avait vu Emily la toute première fois. La stupeur qui l'avait frappé, la certitude de ne pas uniquement la vouloir, mais d'avoir *besoin* d'elle.

« Emily ? »

Mais elle secoua la tête et sortit de la voiture. Il la suivit.

Au bas d'un talus herbeux coulait une rivière au cours tranquille, grise dans le gris de l'après-midi, étouffée par des roseaux sur les deux berges. Emily descendit jusqu'au bord. Une odeur de végétation et de terre mouillée flottait après la pluie, et des insectes dansaient et voletaient à sa surface. Robbie comprit qu'elle avait choisi cet endroit parce qu'il n'y avait personne pour les voir ou les entendre.

Jamais il n'avait eu aussi peur de sa vie.

« Emily, explique-moi ce qui se passe, sinon je vais devenir fou. »

Elle refusait toujours de croiser son regard. Elle plongea la main dans la poche de son manteau et en sortit une feuille de papier qu'elle lui tendit.

Il le vit tout de suite, comme quand on reconnaît immédiatement un bateau, même de loin, sur lequel on a travaillé. Son propre nom, sur le certificat de naissance d'Emily, qui l'éblouissait, mais dont il ne comprenait pas la signification, et il s'apprêtait à lui demander pourquoi il était inscrit comme son père alors qu'il voulait être son mari, et...

« Non, lâcha-t-il.

— Papa n'est pas mon vrai père, souffla-t-elle si doucement qu'il l'entendit à peine.

— Ce n'est pas vrai. Ça doit être... ça doit être quelqu'un d'autre.

— C'était un pilote américain volontaire en garnison ici. Elle dit... » Emily eut du mal à déglutir. « Elle dit qu'il était exactement comme toi, au même âge. Que lorsque tu es entré dans la cuisine, elle a cru un instant qu'il était revenu. »

Ce n'était plus le même homme après son retour de la guerre, répétait la voix de sa mère dans sa tête, et la vérité frappa Robbie comme un marteau de forgeron entre ses omoplates. Il faillit s'effondrer.

« Et alors, quelle importance ? s'exclama-t-il soudain. Pourquoi ça changerait quoi que ce soit entre nous ? Pourquoi on s'en soucierait ?

— Robbie... nous sommes... tu es mon frère. Nous avons le même père. »

Devant la répugnance qui perçait dans sa voix, il parla encore plus vite.

« Je n'y crois pas.

— C'est écrit sur mon certificat de naissance.

— C'est un mensonge. Ta mère ne m'aime pas. Elle veut nous séparer.

— Elle n'a pas falsifié ça. » Emily pointa du doigt la feuille qu'il tenait. « La preuve est là, Robbie. C'est la vérité.

— On ne se ressemble pas du tout.

— Je ressemble à ma mère. Tu ressembles à ton... à *notre* père.

— Je trouve que tu acceptes ça bien vite. »

Elle retint un sanglot. « Je ne l'ai pas... je ne l'ai pas accepté du tout. J'essaie juste de comprendre ce qu'on a fait.

— On est tombés amoureux. »

Elle lui tourna le dos et se mit à marcher rapidement le long de la berge. Robbie la suivit. « Ne dis rien, lui demanda-t-elle.

— On ne savait pas.

— Maintenant, on sait. Mes parents savent. Ton père le saurait. C'est écrit sur mon certificat de naissance.

— Je t'aime, dit-il, désespéré. Je refuse de croire que c'est la vérité.

— C'est la vérité. On est frère et sœur. C'est illégal, immoral.

— Ça ne me semble pas du tout immoral. C'est même au contraire ce qui m'est arrivé de plus beau dans la vie.

— Robbie, tu ne crois pas que c'est pour *ça* qu'on a été aussi vite attirés l'un par l'autre ? Des études ont été menées – j'en ai lu plusieurs. Quand des frères et sœurs séparés à la naissance se rencontrent des années après, alors qu'ils sont adultes, ils se découvrent des... affinités. Du jour au lendemain. Comme si... » Sa gorge se noua, et elle dut se forcer pour poursuivre. « Comme s'ils étaient faits l'un pour l'autre.

— On l'ignorait. On n'est coupables de rien.

— Si, Robbie, si, murmura-t-elle.

— On peut aller dans un pays où personne ne nous connaîtra. Loin d'ici, rien que tous les deux. » Il tendit la main vers sa joue, mais elle recula vivement.

« Non, ce n'est pas possible. Ce n'est peut-être pas notre faute, ce qui est arrivé, mais on ne peut pas continuer. On ne peut plus maintenant qu'on sait. C'est mal. »

Il eut l'impression de ne plus pouvoir respirer. « Je t'en prie, Emily. »

Elle fit non de la tête, et, d'un geste délibéré, bouche fermée, elle retira la bague qu'il lui avait donnée et la lui rendit.

« Non, refusa-t-il. Elle est à toi. Je ne la reprendrai pas.

— Je n'ai pas le droit de la porter.

— Peut-être ne pourra-t-on jamais se marier, mais on peut quand même être ensemble. On... on n'a qu'une vie. On n'est pas responsable de là d'où l'on vient ni des actes de nos parents. C'est à nous de faire ce qu'on pense être juste, quoi qu'en disent les autres.

— Mais c'est mal. Robbie, si tu avais vu la honte sur le visage de ma mère... » Elle se mit à sangloter, tout à coup, et une larme tomba de son œil. « Si nous restons ensemble, c'est ce que nous ressentirons. Tout le temps. Même si on s'enfuit, même si je renonce à tous mes rêves pour être avec toi, et que tu renonces aux tiens pour être avec moi, même si personne ne sait, *nous*, on le saura. Et cela empoisonnera notre existence.

— Pas obligatoirement.

— S'il te plaît. *S'il te plaît.* Reprends ta bague.

— Non.

— Dans ce cas, je la jette dans la rivière. » Elle ramena sa main en arrière, mais il attrapa son poignet.

« Ne fais pas ça. » Il s'empara de la bague. Elle paraissait petite dans sa paume, et elle était toute chaude. « Je... je la garderai pour toi. Pour le jour où tu décideras de la porter. »

Elle écarta sa main de la sienne. « Robbie, ne comprends-tu pas que nous ne nous reverrons plus jamais ? Plus jamais. Je vais te reconduire à la gare et nous nous dirons au revoir pour toujours.

— Non.

— Si, Robbie. Il n'y a pas d'autre solution. »

Elle inclina la tête. Une autre larme coula le long de sa joue, et Robbie ne désira à ce moment-là rien de plus, n'avait jamais rien désiré autant, qu'essuyer cette larme. Prendre cette femme dans ses bras et lui murmurer que tout irait bien.

« Je me fiche de savoir qui nous sommes, dit-il.

— Pas moi. »

Elle le ramena au pub pour qu'il récupère son sac, puis le conduisit à la gare. En silence. Raide, décidée dans chacun de ses gestes. Ses yeux étaient encore emplis de larmes, mais très peu s'en échappaient. Robbie, lui, ne tenait pas en place, serrait les poings pour contenir sa rage. Dans la poche de sa chemise, la bague qu'il lui avait reprise le brûlait comme un morceau de charbon porté au rouge.

Il désespérait de ne pas trouver les mots qui arrangeraient tout. Un moyen de parler et de parler encore, de minimiser la portée de cette révélation. Il avait envie de courir, de donner des coups, de sauter à l'eau et de nager, se livrer à un combat physique qu'il pouvait gagner.

Il ne pouvait rien faire. Sans que ni l'un ni l'autre le veuille, ils étaient devenus quelque chose de honteux.

Emily se gara devant la gare. Il était arrivé il y avait à peine six heures, avec la sensation de n'avoir jamais été aussi heureux de sa vie. D'être enfin sûr de ses intentions et de la direction qu'il avait choisie. De donner enfin un sens à son existence autre que la joie éphémère des moments en mer.

« Il y a un train dans une demi-heure », dit-elle, d'une voix que ses larmes contenues rendaient éraillée. Elle resta assise derrière le volant de la grosse voiture de son père, les yeux posés sur ses mains nues, attendant qu'il descende.

Il avait envie de courir, de nager. Il avait envie de maîtriser les événements pour qu'ils aient du sens, domestiquer le vent dans une voile, contrôler l'incontrôlable, faire n'importe quoi pour qu'ils restent ensemble.

« Emily... Est-ce que tu veux bien m'embrasser ? Une dernière fois ? »

Elle fit non de la tête.

« Alors, regarde-moi, au moins. »

Ses yeux, cette nuance de bleu qui lui évoquait la mer. Inquiets et si beaux. Il se rappela la première fois qu'il l'avait vue, courant dans le hall de la gare de Cambridge. Comme il avait eu l'impression, à peine l'avait-il aperçue, de la connaître depuis toujours.

Il plongea son regard dans le sien, aussi long-temps qu'il le put, le gravant dans sa mémoire, jusqu'à ce qu'elle se détourne.

Alors il ouvrit la portière, sortit et attrapa son sac à l'arrière. Il se pencha et la regarda une dernière fois. Elle était fragile et petite et tellement, tellement plus forte que lui.

« Je ne t'oublierai jamais », dit-il.

Puis il partit.

Postface

Octobre 2016
Clyde Bay, Maine

Je pense souvent à la première fois qu'on s'est rencontrés.

On ne reconnaît pas toujours les moments qui seront importants pour nous, pas avant d'y repenser et d'y réfléchir, longtemps après. Mais quand je t'ai vu la première fois, j'ai su, même si je ne le voulais pas, que ma vie avait changé.

Aujourd'hui est une belle journée d'automne, de celles où le ciel est si bleu qu'il aveugle presque. Je suis allée naviguer ce matin, jusqu'à Monhegan Island, et je suis revenue ensuite. J'ai croisé les bateaux des pêcheurs de homards qui rentraient au port, chacun entouré d'une bande de goélands. Certains s'élevaient en spirale vers le ciel, et je les ai contemplés. Les marins les appellent des rats volants mais toi, tu les suivais toujours du regard, tu repoussais ta casquette en arrière et plissais les yeux dans le soleil pour observer la façon dont ils tournoyaient, montaient et descendaient, ailes déployées, comme le dessin d'un enfant représentant des oiseaux.

D'en bas, on ne peut pas voir la tache sur leurs becs, rouge comme une goutte de sang. Tu m'as raconté il y a très longtemps que les bébés goélands étaient programmés pour réclamer de la nourriture à leurs mères en becquetant la tache rouge de leurs becs. Tu m'as dit que les bébés goélands qui donnaient des coups de bec sur la tache rouge avaient plus de chances de survivre que ceux qui ne le faisaient pas. C'est un exemple classique de l'inné et de l'acquis. Un scientifique a remporté le prix Nobel pour ses travaux sur ces taches rouges.

Ce matin, je t'ai entendu me le dire, dans ma tête. J'ai gardé une seule allure et j'ai suivi le vol des goélands jusqu'à ce que le soleil me brûle le nez et les joues. J'avais oublié mon chapeau. J'oublie parfois des choses, maintenant que tu n'es plus là.

Je ne t'oublierai jamais.

Robbie, j'étais en colère contre toi. Tellement en colère que pendant plusieurs jours après que tu as fait ça je ne pouvais pas desserrer les dents. J'arrivais à peine à parler, et encore moins à manger, et ma mâchoire me provoquait de violentes douleurs sur le côté de la tête et le long du cou, jusque dans les épaules. La colère m'aidait à accueillir la douleur car je pensais qu'elle te punirait, en quelque sorte.

Je ne suis plus en colère. Je suis vide.

Tu me manques. Quand je me réveille le matin, je tends la main et je touche ton oreiller qu'aucun pli n'a froissé. Cent fois par jour, mille fois par jour, je me retourne pour te dire quelque chose, et tu n'es pas là. Après toutes ces années, je ne me rendais presque plus compte à quel point tu avais rendu ma vie plus solide, à quel point je ne connaissais vraiment les choses que si je les avais partagées avec toi. Même des petites choses, même la forme d'un galet ou une tache sur un goéland. Quand je te les montrais, quand on en parlait, elles devenaient réelles et faisaient partie de nous.

Et les grandes choses que nous avons partagées... il y en avait tellement dont nous ne parlions jamais, et peut-être était-ce une erreur, en même temps nous savions tous les deux ces secrets que les autres ignoraient. Toutes ces choses auxquelles nous avons renoncé, toutes celles que nous avons perdues, et toutes celles que nous avons découvertes ensemble. J'ai vu la place qu'elles occupaient en toi, comme les courants sous-marins, plus puissants que n'importe quelle force sur terre.

La vie continue sans toi comme tu m'as dit qu'elle continuerait, et les vagues s'abattent sur le rivage et transforment les rochers en sable. William est rentré chez lui, mais il appelle tous les dimanches, maintenant, ce qu'il n'a jamais fait quand tu étais là. Et j'ai Adam et Shelley et les enfants, j'ai Tybalt et Rocco, et tout le monde ici, à Clyde Bay. J'ai l'océan et le ciel et le goût du sel et le spectacle des voiles depuis la côte, notre maison que tu as construite pour nous, le bateau que tu as construit pour moi, tous les souvenirs de notre vie, cette vie que nous avons vécue, ensemble.

J'ai la lettre que tu m'as écrite. Les mots par lesquels tu l'as terminée, avant de traverser le jardin et d'entrer dans la mer, loin de moi.

Je t'aime. Tu es mon commencement et ma fin, Emily, et tous les jours entre les deux.

Tu répétais que nous étions libres, si seulement nous étions suffisamment courageux pour nous saisir de cette liberté. Je voyais les choses autrement. Nous nous appartenions l'un à l'autre, unis par des liens d'une exquise complication.

Mais aujourd'hui, pour la première fois depuis que je t'ai rencontré, je *suis* libre. La liberté est le dernier cadeau que tu m'as offert.

Je renoncerais de bon cœur à cette liberté, Robbie, pour revenir au jour où nous nous sommes rencontrés et tout recommencer.

Remerciements

Merci à Teresa Chris, mon agent, pour son loyal et fervent dévouement à l'endroit de ce livre et envers moi-même. Depuis douze ans qu'elle est mon agent, elle ne s'est jamais trompée une seule fois dans ses conseils, et m'a toujours, toujours soutenue.

Merci à Harriet Bourton, une éditrice exceptionnelle : sensible, talentueuse, et dotée d'un sens du récit absolument merveilleux. C'est un grand privilège que d'être sa complice littéraire.

Merci beaucoup, Teresa et Harriet. Vous êtes deux femmes fortes et formidables. Ce livre vous est dédié, avec toute ma gratitude.

Merci à David Shelley, Katie Espiner, Sarah Benton, Rebecca Gray, Lauren Woosey, Lynsey Sutherland, Jen Breslin, Bethan Jones et vous tous de chez Orion qui m'avez réservé un si chaleureux accueil. Merci aussi à la secrétaire d'édition, Kati Nicholl, qui m'a sauvée d'une erreur très gênante concernant l'histoire militaire.

Merci à Regine Smith, ma voisine, l'été, depuis toujours, avec qui j'ai eu des conversations extrêmement agréables et utiles sur l'expérience de parents adoptifs dans les années 1970 aux États-Unis.

Je suis aussi redevable au livre *The Baby Thief* de Barbara Bisantz Raymond sur les crimes commis par la Tennessee Children's Home Society, qui m'a inspiré le personnage d'Elliot Honeywell.

Merci à mon ami de longue date, le capitaine Dennis Gallant, du grand voilier l'*Angelique*, basé à Camden, dans le Maine, pour tous les détails qu'il m'a fournis sur la construction des bateaux, leur maintenance, et la navigation. (Nous passerons sur l'histoire de sa traversée réussie de l'Atlantique en voilier pour, une fois à terre, se tromper aussi sec de bus !)

Merci à mes parents, Jerry et Jennifer Cohen, qui m'ont également aidée pour le vocabulaire relatif à la voile et ses explications, et pour avoir choisi le lieu idéal sur la côte du Maine où installer la maison d'Emily et de Robbie. Cela été un véritable plaisir d'écrire sur cet État que nous aimons autant, eux et moi, et où l'on se sentira toujours chez nous. Et merci aussi de vous être occupés de mon fils quand je suis allée à Miami faire des recherches, puis de m'avoir enfermée pour que je termine ce roman.

Merci au capitaine Matt, de l'Ocean Force Adventures, à Miami, en Floride, qui a répondu à mes questions sur la navigation dans la baie de Biscayne et m'a fait découvrir Miami depuis la mer.

Merci à Pierre L'Allier pour son généreux don à CLIC Sargent, une association caritative pour les enfants atteints de cancer, qui a permis de donner aux personnages de ce roman portant son nom et celui de sa belle-fille, Sarah, plus de crédibilité.

Merci à la sage-femme Harriet Greaves qui m'a aidée pour les passages traitant de l'accouchement et des dispositions prénatales. Je lui ai volé son nom de jeune fille pour l'attribuer à Emily.

Merci à Coleman, Miranda Dickinson, Kate Harrison, Tamsyn Murray et Cally Tarlor qui m'ont inspirée et soutenue quotidiennement. Merci à Brigid Coady, sans qui j'aurais perdu la raison. Merci à Lizi Owens qui m'a téléphonée, en larmes, après avoir lu mon manuscrit, pour me dire à quel point elle aimait Emily et Robbie. Mes chers amis : je vous aime.

Merci à Bhavua Singh, Patricia Lee, CT Gallagher, Liz Carbone et Sierra Chitteden pour m'avoir changé les idées quand j'en avais besoin.

J'ai écrit une bonne partie de ce livre nourrie et inspirée par Janie Millamn, Mickey Wilson et Rory Chez Castillon, en France.

Merci à vous tous, qui êtes trop nombreux pour que je vous nomme, et qui m'avez aidée grâce à vos encouragements et à vos bonnes bouteilles, et écoutée me plaindre que ce soit super difficile d'écrire un livre à l'envers. Et merci aussi à mon chien qui est juste génial.

J'ai écouté deux disques en écrivant ce roman, des centaines de fois, en boucle : les enregistrements de 1955 et de 1981 des *Variations Goldberg* de Bach par Glenn Gould, et *Carrie and Lowell* de Sufjan Stevens. Ces deux artistes m'ont inspirée plus que je ne pourrais le dire, et le rythme de leur musique s'entend dans chaque phrase de ce livre.

Et enfin, encore et encore, merci à mon mari et à mon fils.

J'AI LU

———

12957

Composition
PCA

Achevé d'imprimer en Espagne
par BLACKPRINT
le 7 septembre 2020

Dépôt légal : septembre 2020
EAN 9782290212462
OTP L21EPLN002612N001

ÉDITIONS J'AI LU
87, quai Panhard-et-Levassor, 75013 Paris

Diffusion France et étranger : Flammarion

Les inséparables

Robbie et Emily vivent un amour sans faille. Après dix ans d'une cruelle séparation, ils se sont retrouvés par miracle et ne se sont plus jamais quittés. Quarante-trois ans plus tard, Robbie fête ses quatre-vingts ans, entouré de sa jolie famille, un fils, des petits-enfants, un amour indéfectible pour Emily, son inséparable...

Mais cet amour apparemment si parfait contient de nombreuses zones d'ombre. En réalité, ils ne se sont jamais mariés. Pourquoi ? Leur fils a été adopté dans des conditions plus que troubles, ce qu'il ignore. Pourquoi ? Ils avaient chacun une autre vie autrefois, et ils ont dû rompre avec leur passé et leurs familles. Pourquoi ?

En remontant dans le temps, l'incroyable secret de Robbie et Emily se révèle peu à peu.

Julie Cohen, jeune universitaire américaine, est l'auteure de trois précédents romans, tous best-sellers en langue anglaise et traduits dans plus de quinze pays. *Les inséparables* est son premier roman publié en France.

« Une révélation. »
Version Femina

« Le sentiment – rare – de lire quelque chose de neuf et d'original. »
Paris Match

JULIE COHEN

Prix France : 8,20 €
ISBN : 978-2-290-21246-2

Traduit de l'anglais (États-Unis) par Josette Chicheportiche
Texte intégral
Création Studio J'ai lu
Photo © Dennis Stock / Magnum Photos (détail).

9 782290 212462